Secretos ocultos

Secretos ocultos

Michael Robotham

Traducción de Efrén del Valle

Rocaeditorial

Título original: *The Secrets She Keeps*

Primera edición: julio de 2020

Av. Marquès de l'Argentera 17, pral.
08003 Barcelona
actualidad@rocaeditorial.com
www.rocalibros.com

Impreso por EGEDSA

ISBN: 978-84-17092-85-6
Depósito legal: B. 11009-2020
Código IBIC: FH; FF

RE92856

Para Sara y Mark

Que estoy ofendida, ofendida y rebajada hasta lo último, viendo
que los trigos apuntan, que las fuentes no cesan de dar agua
y que paren las ovejas cientos de corderos, y las perras, y que
parece que todo el campo puesto de pie me enseña sus crías tiernas,
adormiladas, mientras yo siento dos golpes de martillo aquí
en lugar de la boca de mi niño.

Federico García Lorca, *Yerma* (1934)

PRIMERA PARTE

Agatha

La persona más importante de esta historia no soy yo. Ese honor le pertenece a Meg, que está casada con Jack, y ambos son los perfectos padres de dos hijos perfectos, chico y chica, rubios y de ojos azules, y más dulces que los pasteles de miel. Meg está embarazada de nuevo, y yo estoy tan emocionada que no puedo estarlo más, porque yo también voy a tener un bebé.

Con la frente apoyada en el cristal, miro en ambas direcciones a lo largo de la acera, más allá de la verdulería, la peluquería y la *boutique*. Meg llega tarde; normalmente, a estas horas ya ha dejado a Lucy en la escuela de primaria y a Lachlan en el jardín de infancia, y ha ido a encontrarse con sus amigas en el café de la esquina. El grupo de madres se reúne cada viernes por la mañana en una de las mesas exteriores, maniobrando y aparcando los cochecitos como si fuesen tráileres en la cubierta de un transbordador. Un capuchino con leche desnatada, un té con leche y una infusión…

Un autobús rojo pasa y bloquea mi visión de Barnes Green, que está justo enfrente. Cuando arranca, veo a Meg al otro lado de la calle. Va vestida con vaqueros estrechos y un suéter ancho, y carga con un vistoso patinete de tres ruedas. Lachlan debe de haber insistido en montar en él hasta el jardín de infancia, y por eso ella llega tarde. También se habrá parado a mirar los patos, y al grupo de viejos que hacen taichí y que se mueven tan lentamente que parecen marionetas de *stop-motion*.

Desde este ángulo no parece que Meg esté embarazada. Es cuando se vuelve de lado cuando el bulto se convierte en una pelota de baloncesto, redonda y bien definida, más baja día tras día. La semana pasada la oí quejarse de que se le hinchaban los tobillos y le dolía la espalda. Sé cómo se siente: mi peso extra ha convertido el acto de subir escaleras en un deporte, y tengo la vejiga del tamaño de una nuez.

Mirando a un lado y a otro, cruza Church Road y susurra la palabra «perdón» a sus amigas, las besa en ambas mejillas y acaricia a sus bebés. La gente dice que todos los bebés son una monada, y supongo que es verdad. He visto monstruos en carritos que se parecían a Gollum, con ojos saltones y dos mechas de pelo, pero siempre he encontrado algo que querer en ellos porque estaban acabados de hacer y eran inocentes.

Se supone que debería estar reponiendo los estantes del pasillo tres. Esta parte del supermercado suele ser un sitio seguro para relajarse, porque el señor Patel, el supervisor, tiene un problema con los productos de higiene femenina. No utiliza las palabras «tampones» o «compresas»; los llama «cosas para señoras», o simplemente señala las cajas que quiere que desembalemos.

Trabajo cuatro días a la semana, desde primera hora de la mañana hasta las tres, a menos que alguno de los otros empleados a tiempo parcial se ponga enfermo. En general, lo que hago es reponer estantes y pegar etiquetas de precios. El señor Patel no me deja trabajar en la caja porque dice que rompo cosas. Sucedió una sola vez y no fue culpa mía.

Con un nombre como «señor Patel», pensaba que sería pakistaní o hindú, pero resultó ser más galés que un narciso, con una rubicunda mata de pelo y un bigote recortado que le hace parecer el hijo pelirrojo e ilegítimo de Adolf Hitler.

No le gusto demasiado, y está como loco por librarse de mí desde el momento en que le dije que estaba embarazada.

—No esperes una baja por maternidad: no estás a tiempo completo.

—No la espero.

—Y las visitas al médico salen de tu propio tiempo.

—Claro.

—Y si no puedes levantar cajas, tendrás que dejar de trabajar.

—Puedo levantar cajas.

El señor Patel tiene esposa y cuatro hijos, pero eso no lo ha hecho más comprensivo hacia mi embarazo. Creo que no le gustan mucho las mujeres. Con eso no quiero decir que sea homosexual. Cuando empecé a trabajar en el supermercado, se pegaba a mí más que un sarpullido; buscaba cualquier excusa para frotarse conmigo en el almacén o cuando estaba fregando el suelo.

—¡Huy! —decía, mientras me pasaba su erección por el trasero—. Estaba aparcando la bicicleta.

¡Pervertido!

Vuelvo a mi carro de trabajo y cojo la pistola de etiquetar, y compruebo con cuidado la configuración. La semana pasada puse un precio equivocado en las latas de melocotones y el señor Patel me descontó ocho libras.

—¿Qué haces? —ladra una voz.

El señor Patel se me ha acercado sigilosamente por detrás.

—Reponiendo tampones —contesto, tartamudeando.

—Estabas mirando por la ventana. Has dejado una marca grasienta con la frente en el vidrio.

—No, señor Patel.

—¿Te pago para que sueñes despierta?

—No, señor. —Señalo el estante—. Se nos ha acabado el Tampax Super Plus, el que lleva aplicador.

El señor Patel parece sentir náuseas.

—Bueno, mira en el almacén —dice, mientras retrocede—. Se ha derramado algo en el pasillo dos. Ve a fregarlo.

—Sí, señor Patel.

—Luego puedes irte a casa.

—Pero trabajo hasta las tres.

—Devyani cubrirá tu puesto. Ella puede subirse a la escalera.

Lo que quiere decir es que ella no está embarazada ni le asustan los sitios altos, y que le dejará «aparcar la bicicleta» sin ponerse a soltar tonterías feministas. Debería denunciarlo por acoso sexual, pero me gusta este trabajo. Me da una excusa para estar en Barnes y más cerca de Meg.

En el almacén de atrás lleno un cubo de agua caliente con

jabón y elijo una fregona que no está gastada hasta el armazón metálico. El pasillo dos está más cerca de las cajas. Desde allí puedo ver bien el café y las mesas de fuera. Me tomo mi tiempo para limpiar el suelo, lejos del señor Patel. Meg y sus amigas están terminando. Se besan en las mejillas. Miran los teléfonos. Aseguran a los bebés en los carritos y las sillitas. Meg hace algún último comentario y se ríe, moviendo la rubia cabellera. Casi inconscientemente, yo agito la mía. No funciona. Es el problema de los rizos: no se agitan, rebotan.

El peluquero de Meg, Jonathan, me avisó de que no me iba a sentar bien el mismo peinado que ella llevaba, pero no le quise escuchar.

Meg está de pie a la puerta del café, enviando un mensaje de texto. A Jack, probablemente. Estarán comentando qué preparar para cenar, o haciendo planes para el fin de semana. Me gustan sus vaqueros premamá. Necesito unos así, con la cintura elástica. Me pregunto dónde los habrá comprado.

Aunque veo a Meg casi todos los días, solo he hablado con ella una vez. Me preguntó si teníamos copos de salvado, pero se nos habían acabado. Me habría gustado decir que sí. Me habría gustado poder pasar de nuevo por las puertas de vaivén de plástico y volver con una caja de cereales solo para ella.

Eso fue a principios de mayo. Ya entonces sospechaba que estaba embarazada. Quince días después compró un test de embarazo en el pasillo de parafarmacia y mis sospechas se confirmaron. Ahora estamos las dos en el tercer trimestre, a falta solo de seis semanas, y Meg se ha convertido en mi modelo, porque hace que el matrimonio y la maternidad parezcan tan fáciles... Para empezar, es guapa de morirse. Estoy segura de que podría haber sido modelo, sin problemas. No una de esas bulímicas de pasarela, ni tampoco una de esas espectaculares chicas de la Página Tres, sino una chica *sexy* de la puerta de al lado, de aspecto saludable; de las que anuncian detergente de lavadora o seguros del hogar y están siempre corriendo en prados con flores o en una playa con un perro labrador.

Yo no soy como ellas. No soy especialmente guapa, aunque tampoco vulgar. Probablemente, la palabra correcta sea «inofensiva». Soy la amiga poco atractiva que todas las chicas guapas necesitan, porque no les robaré protagonismo y seré feliz quedándome con sus sobras (ya sean comida o novios).

Una de las tristes realidades del comercio detallista es que la gente no presta atención a los reponedores. Soy como un vagabundo que duerme en un portal, o un mendigo con un cartel: invisible. A veces, alguien me hace una pregunta, pero no me miran a la cara cuando respondo. Si hubiera una amenaza de bomba en el supermercado y evacuasen a todo el mundo salvo a mí, la policía preguntaría:

—¿Han visto si había alguien más en la tienda?

—No —dirían.

—¿Y la reponedora?

—¿Quién?

—La persona que repone la mercancía en los estantes.

—No me ha parecido verlo.

—Verla. Era una mujer.

—¿En serio?

Esa soy yo: invisible, inapreciable, una reponedora.

Echo un vistazo fuera. Meg viene andando hacia el supermercado. Las puertas automáticas se abren. Coge un cesto de plástico y se pasea por el pasillo uno: frutas y verduras. Cuando llega al final, se da la vuelta y se dirige hacia mí. Sigo su camino y me parece verla pasar junto a la pasta y las latas de tomate.

Gira hacia mi pasillo. Empujo el cubo a un lado y retrocedo un paso, preguntándome si debería apoyarme con indiferencia en la fregona o ponérmela al hombro como si fuese un fusil de madera.

—Cuidado, el suelo está mojado —digo, y sueno como si hablase con un niño de dos años.

Mi voz la sorprende. Murmura un agradecimiento y pasa silenciosamente a mi lado, nuestras barrigas casi se tocan.

—¿Para cuándo lo esperas? —pregunto.

Meg se para y se da la vuelta.

—Primeros de diciembre. —Nota que yo estoy embarazada—. ¿Y tú?

—También.

—¿Qué día? —pregunta.

—El 5 de diciembre, pero podría ser antes.

—¿Niño o niña?

—No lo sé. ¿Y tú?

—Niño.

Lleva el patinete de Lachlan.

—Ya tienes uno —le digo.

—Dos —responde ella.

—¡Uf!

Me la quedo mirando. Me digo a mí misma que tengo que apartar la vista. Me miro los pies, luego el cubo, luego la leche condensada, luego las natillas en polvo. Debería decir algo más. No se me ocurre qué.

La cesta de Meg es pesada.

—En fin, buena suerte.

—Lo mismo digo —contesto yo.

Se aleja en dirección a las cajas. De pronto pienso en todo lo que le podría haber dicho. Le podría haber preguntado dónde iba a tener el niño. ¿Qué clase de parto? Podría haberle hecho un comentario sobre sus vaqueros elásticos; preguntarle dónde los había comprado.

Meg se ha puesto en la cola de la caja y hojea las revistas del corazón mientras espera su turno. El nuevo número de *Vogue* no ha salido, pero se conforma con *Tatler* y un ejemplar de *Private Eye*.

El señor Patel empieza a pasar sus artículos: huevos, leche, patatas, mayonesa, rúcula y parmesano. Se puede decir mucho sobre una persona a partir del contenido de su carro de la compra; si son vegetarianas, veganas, alcohólicas, adictas al chocolate, gente que cuida el peso, amantes de los gatos, si tienen un perro, si son fumetas, celiacas, intolerantes a la lactosa, si tienen caspa, diabetes, deficiencias vitamínicas, estreñimiento o las uñas de los pies encarnadas.

Por eso sé tanto de Meg. Sé que es exvegetariana y que empezó a comer otra vez carne roja cuando se quedó embarazada, muy probablemente por el hierro. Le gustan las salsas con base de tomate, la pasta fresca, el requesón, el chocolate negro y esas galletas de mantequilla que vienen en lata.

Ahora ya he hablado con ella debidamente. Hemos creado una conexión. Vamos a ser amigas, Meg y yo, y yo seré como ella. Mi casa será bonita y haré feliz a mi hombre. Iremos a clase de yoga e intercambiaremos recetas y nos reuniremos cada viernes por la mañana a tomar café con nuestro grupo de madres.

Meghan

Otro viernes. Llevo la cuenta, tachándolos en el calendario, grabando marcas en la pared. Este embarazo me está resultando más largo que los otros dos. Es casi como si mi cuerpo se rebelase contra la idea y exigiese saber por qué no se le ha consultado.

Anoche pensé que estaba teniendo un ataque cardiaco, pero era solo ardor de estómago. El pollo Madrás había sido un gran error. Me bebí una botella entera de Mylanta, que sabe a tiza líquida y me hace eructar como un camionero. Este bebé va a salir con aspecto de Andy Warhol.

Y ahora tengo que mear. Debería haber ido al baño cuando estaba en el café, pero entonces no me pareció que lo necesitase. Los músculos de mi suelo pélvico están haciendo horas extras mientras cruzo el parque deprisa, maldiciendo todas las veces que el patinete de Lachlan me golpea en las espinillas.

«Por favor, no te mees. Por favor, no te mees.»

Un grupo de personas haciendo ejercicio ha ocupado una de las esquinas del parque. En otros lugares hay entrenadores personales junto a sus clientes, diciéndoles que hagan una flexión o una abdominal más. Quizá yo también contrate a uno cuando todo esto se acabe. Jack ha empezado a hacer comentarios burlones sobre mi tamaño. Sabe que esta vez estoy más gorda porque no he perdido el peso que gané después de Lachlan.

No debería hacerme sentir culpable. Las mujeres embarazadas deberían poder comer chocolate y llevar pijamas prácticos y hacer el amor con las luces apagadas. Aunque, de todos modos, eso no pasa mucho últimamente. Jack lleva semanas sin tocarme. Creo que tiene una extraña aversión a acostarse con una mujer que está llevando a su hijo dentro, y me ve como una figura virginal de una madre de Dios a la que no se puede ensuciar.

—No es porque estés gorda —me dijo la otra noche.

—No estoy gorda, estoy embarazada.

—Claro, eso es lo que quería decir.

Le dije que era un cabrón. Él me llamó Meghan. Es lo que hace cuando discutimos. Odio la versión larga de mi nombre. Me gusta Meg porque, en inglés, me recuerda a la nuez moscada, una especia exótica por la que hombres y países han ido a la guerra.

Jack y yo, más que batallas, tenemos escaramuzas. Somos como diplomáticos durante la Guerra Fría, que se dicen cosas agradables al tiempo que, en secreto, hacen acopio de municiones. Me pregunto en qué momento las parejas dejan de tener cosas que decirse. ¿Cuándo decae la pasión? ¿Cuándo se vuelven las conversaciones tontas y aburridas? ¿Cuándo llegan los iPhone a la mesa donde se come? ¿Cuándo pasan los grupos de madres de conversar sobre sus bebés a quejarse de sus maridos? ¿Cuándo se convierte en prueba de amor la adaptación de un hombre a las tareas domésticas? La diferencia entre el marido ideal de toda mujer y la esposa ideal de todo hombre, ¿cuándo se convierte en un viaje de un polo al otro?

Eh, todo esto es bueno. Debería tomar notas para mi blog.

No, no puedo hacerlo. Cuando me casé con Jack, prometí que no sería una de esas esposas que intentan convertir a sus maridos en algo que no son. Me enamoré de él tal como es, como salió de la caja, sin necesidad de personalizaciones. Me alegro de mi elección y me niego a perder el tiempo pensando en vidas alternativas.

Nuestro matrimonio no está tan mal. Es una sociedad, un encuentro de mentes y espíritus afines. Los defectos solo se hacen evidentes a corta distancia, como en un delicado jarrón que se ha roto y ha sido recompuesto. Nadie más parece notarlo, pero yo cuido de ese jarrón en mi cabeza, esperando que el agua no se escape, repitiéndome que los baches de la mediana edad son como los baches de control de velocidad, que nos hacen bajar la marcha y disfrutar del momento.

Jack y yo no teníamos pensado tener otro hijo. Este es nuestro bebé «uyyy», accidental, imprevisto pero no «no querido»; al menos por mi parte. Nos tomamos un respiro de fin de semana para la fiesta del cuarenta cumpleaños de un amigo. Mi madre se ofreció para cuidar de Lucy y Lachlan. Jack y yo bebimos demasiado. Bailamos. Caímos rendidos en la cama. Hicimos el amor por la mañana. Jack se había olvidado de los condones. Nos arriesgamos. Por qué no íbamos a hacerlo, teniendo en cuenta la cantidad de veces que nos habíamos arriesgado a un polvo rápido, solo para ser interrumpidos en mitad de la faena por un «Mami, tengo sed» o «Mami, no encuentro a Bunny» o «Mami, he mojado la cama».

Mis otros embarazos fueron planificados como campañas militares, pero este fue un disparo en la oscuridad.

—Si es una niña, deberíamos llamarla Ruleta —dijo Jack, después de que se nos pasara el *shock*.

—No la vamos a llamar Ruleta.

—Vale.

Las bromas seguían a las discusiones y las recriminaciones, que ahora se han interrumpido, pero que, probablemente, vuelvan a surgir cuando Jack esté enfadado o estresado.

Jack es reportero deportivo para un canal de cable; comenta en directo partidos de fútbol de la Premier League, así como un resumen completo de los goles y los goleadores. Durante el verano cubre diversos deportes, incluido el Tour de Francia, pero nunca Wimbledon o el Open. Se va haciendo cada vez más conocido, lo que se traduce en mejores partidos, más tiempo de emisión y un perfil más marcado.

A Jack le encanta que le reconozcan. Generalmente son personas que tienen una vaga idea de que lo han conocido antes. «¿Eres alguien?», preguntan mientras interrumpen nuestra conversación, se abalanzan sobre Jack y me ignoran. Yo miro hacia su nuca y me dan ganas de decir «Hola, soy un plato de carne picada». Pero, en vez de eso, sonrío y les dejo que disfruten de su momento.

Después, Jack suele disculparse. Me encanta que sea ambicioso y que tenga éxito, pero a veces me gustaría que nos diera a mí y a los niños un poco más de la figura pública de «Jack el colega», en lugar de la versión tensa que llega tarde a casa o se va temprano.

—Quizá si volvieses a trabajar... —dijo anoche, otro de nuestros asuntos delicados.

A Jack le molesta que yo «no tenga trabajo». Son sus propias palabras, no las mías.

—¿Y quién va a cuidar de los niños? —pregunto yo.

—Hay otras mujeres que trabajan.

—Porque tienen niñeras o canguros.

—Lucy está en la escuela, y Lachlan, en la guardería.

—La mitad del día.

—Y ahora vuelves a estar embarazada.

Estas discusiones van siempre de lo mismo, mientras nos tiramos granadas de mano desde trincheras opuestas.

—Tengo mi blog —digo yo.

—Y eso, ¿de qué sirve?

—Gané doscientas libras con él el mes pasado.

—Ciento sesenta y ocho —responde él—. Yo hago las cuentas.

—Fíjate en todas las cosas que me envían gratis. Ropa. Comida para bebés. Pañales. Y ese nuevo carrito es de los mejores.

—No necesitaríamos un nuevo carrito si no estuvieses embarazada.

Pongo los ojos en blanco y pruebo una estrategia diferente.

—Si volviese a trabajar, gastaríamos todo mi sueldo en guarderías. Y a diferencia de ti, Jack, yo no tengo hora de entrada y hora de salida. ¿Cuándo fue la última vez que te despertaste porque los niños habían tenido una pesadilla, o a buscar un vaso de agua?

—Tienes razón —dice con sarcasmo—. Será porque me levanto para ir al trabajo y poder pagar esta bonita casa y los dos coches y la ropa de tu armario... Y las vacaciones, las cuotas de la escuela, la cuota del gimnasio...

Debería haberme callado la boca.

Jack menosprecia mi blog, pero tengo más de seis mil seguidores. De hecho, el mes pasado, una revista sobre crianza nombró *Niños mugrientos* como uno de los cinco mejores blogs de madres en Gran Bretaña. Debería habérselo recordado a Jack, pero ya se había ido a dar una ducha. Volvió a bajar vestido solo con su bata corta, que siempre me hace reír. Después de disculparse, se ofreció a frotarme los pies. Arqueé una ceja.

—¿Con qué los piensas frotar?

Nos conformamos con una taza de té en la cocina, y empezamos a hablar sobre conseguir una niñera, valorando los pros y los contras. A mí, en teoría, la idea me parece genial (el tiempo para mí, el sueño adicional, la energía extra para sexo…), pero entonces me imagino a una maciza chica polaca inclinándose para llenar el lavavajillas o envuelta en una toalla medio suelta al salir del baño. ¿Estoy paranoica? Quizá. ¿Soy razonable? Desde luego.

Conocí a Jack en los Juegos Olímpicos de Pekín. Yo tenía un trabajo en el centro de comunicaciones, atendiendo a los periodistas acreditados. Jack estaba trabajando para Eurosport. Aún era bastante novato; estaba aprendiendo cómo funcionaba todo, observando.

Ambos estábamos demasiado atareados en Pekín para darnos cuenta de que existíamos, pero cuando se acabaron los juegos la empresa de comunicaciones anfitriona celebró una fiesta para todos los medios acreditados. A esas alturas, yo ya conocía a muchos de los periodistas; algunos eran bastante famosos, pero la mayoría eran un coñazo, hablando siempre de trabajo. Jack parecía diferente. Era divertido. Molón. *Sexy*. Me gustó todo de él, incluido su nombre, Jack, que le hacía parecer una persona cualquiera. También tenía una fantástica sonrisa y una cabellera de estrella de cine. Lo estuve observando desde el otro lado de la sala y cometí el error de planificar toda nuestra relación en un espacio de sesenta segundos. Nos imaginé casándonos en Londres, de luna de miel en Barbados, y con al menos cuatro niños, un perro, un gato y una gran casa en Richmond.

La fiesta estaba languideciendo. Pensé en algo ingenioso que decir y me abrí paso entre la gente. Pero, antes de que pudiese alcanzar a Jack, lo abordó una reportera de Sky Italia. Gran melena. Voluptuosa. Rostros próximos. Gritando para oírse mutuamente. Veinte minutos más tarde lo vi marcharse con la italiana e inmediatamente me sentí como si me estuviesen poniendo los cuernos. Encontré una docena de motivos por los que no me gustaba Jack. Era engreído. Se ponía reflejos en el cabello. Se blanqueaba los dientes. Me dije a mí misma que no era mi tipo porque no me van los hombres guapos. Quizás esta no haya sido una elección deliberada. Más bien era que yo, en general, no les iba a los hombres guapos.

Pasaron dos años antes de volvernos a encontrar. El Comité Olímpico Internacional celebró una recepción para los delegados que estuvieron en Londres con la finalidad de inspeccionar estadios para los Juegos Olímpicos de 2012. Vi a Jack discutiendo con una mujer en el vestíbulo del hotel. Hablaba con intensidad y era inflexible acerca de algo. Ella lloraba. Más tarde lo vi solo en el bar, bebiendo las copas de cortesía y secuestrando bandejas de canapés de los camareros que pasaban.

Me abrí paso a empujones y le saludé. Sonreí. ¿Estaba mal pillarlo en el rebote de una relación?

Charlamos. Reímos. Bebimos. Intenté no ponerle demasiada intensidad.

—Necesito aire fresco —dijo Jack, casi cayéndose del taburete. —¿Te apetece un paseo?

—Claro.

Era agradable estar fuera, caminando al mismo paso, inclinándonos para estar cerca. Él conocía un café en Covent Garden que estaba abierto hasta tarde. Hablamos hasta que nos echaron. Jack me acompañó hasta mi casa, hasta mi puerta.

—¿Quieres salir conmigo? —preguntó.

—¿Una cita?

—Si no te importa.

—Claro.

—¿Desayuno?

—Son las dos y media de la mañana.

—*Brunch*, pues.

—¿Insinúas que quieres pasar la noche conmigo?

—No, solo quiero asegurarme de verte mañana.

—Quieres decir hoy.

—Eso.

—Podríamos almorzar.

—No sé si podré esperar tanto.

—Suenas a necesitado.

—Lo estoy.

—¿Por qué te estabas peleando con esa mujer con la que te vi?

—Porque rompió conmigo.

—¿Por qué?

—Dijo que era demasiado ambicioso.

—¿Lo eres?

—Sí.

—¿Y nada más?

—También dijo que había matado a sus peces.

—¿Sus peces?

—Tiene peces tropicales. Se suponía que yo tenía que encargarme de cuidarlos, pero, accidentalmente, apagué el calentador del agua.

—¿Cuándo estabas viviendo con ella?

—No vivíamos exactamente juntos. Yo tenía un cajón. Es donde ella guardaba mis pelotas.

—Estaba llorando.

—Es una buena actriz.

—¿La querías?

—No. ¿Siempre eres así?

—¿Así, cómo?

—Interrogadora.

—Tengo interés.

Se rio.

Nuestra primera cita de verdad fue una comida en Covent Garden, cerca de donde ambos trabajábamos. Me llevó al Opera Terrace. Luego miramos los artistas callejeros, los músicos y las estatuas vivientes. Era fácil estar con Jack, era curioso y atento; una buena historia llevaba a la siguiente.

Volvimos a salir la noche siguiente y compartimos un taxi a casa. Pasaba de la medianoche. Ambos teníamos que trabajar al día siguiente. Jack no me pidió entrar, pero yo lo tomé de la mano y lo guie escalera arriba.

Me enamoré. Como una loca. Profundamente. Desesperadamente. Le debería pasar una vez a todo el mundo, a pesar de que el amor nunca debería ser desesperado. Lo adoraba todo de Jack: su sonrisa, su risa, su aspecto, su forma de besar. Era como una caja de galletas de chocolate que no se acabara nunca. Sabía que ya había comido demasiadas y me iban a sentar mal, pero me las comí de todos modos.

Seis meses después, nos habíamos casado. La carrera de Jack floreció, luego se atascó otra vez, pero ahora vuelve a moverse. Me quedé embarazada de Lucy y rechacé un ascenso que me hubiese llevado a Nueva York. Lachlan llegó dos años más tarde y yo dejé mi trabajo para convertirme en madre a tiempo completo. Mis padres nos ayudaron a comprar la casa en Barnes. Yo quería ir más hacia el sur y tener una hipoteca más baja. Jack quería tanto el sitio como el estilo de vida.

Así que aquí estamos: un perfecto núcleo familiar, con un bebé por descuido en camino y las primeras dudas y discusiones de la mediana edad. Quiero a mis hijos. Quiero a mi marido. Y, sin embargo, a veces, me estrujo la cabeza para encontrar momentos que me hagan realmente feliz.

El hombre del que me enamoré, el que dijo que me amaba antes que yo, ha cambiado. El Jack fresco y despreocupado se ha convertido en un hombre frágil cuyas emociones están envueltas en alambre de espino, tan apretado que ya no tengo esperanzas de aflojarlo. No me fijo en sus fracasos, ni llevo la cuenta de sus defectos. Aún le quiero, de verdad. Pero me gustaría que no se centrase tanto en sí mismo ni se preguntase por qué nuestra familia no se parece más a las del Canal Disney, donde todo el mundo es feliz, sano e ingenioso, donde hay unicornios en el jardín.

Agatha

Mi turno termina y me cambio en el almacén, haciendo una bola con la bata de trabajo y la placa con mi nombre y metiéndolos detrás de las latas de aceite de oliva y de tomates. El señor Patel cuenta con que los empleados se lleven los uniformes a casa, pero yo me niego a hacer su colada.

Mientras me tapo bien con el abrigo, me escabullo por la puerta de atrás, esquivando los cubos de basura y las cajas de cartón desechadas. Me cubro la cabeza con la capucha y me imagino que parezco Meryl Streep en *La mujer del teniente francés*. Allí era una puta abandonada por un oficial de un barco francés, que se pasaba la vida mirando al mar, esperando que volviese. Mi marino vuelve a casa, y yo le doy un bebé.

En el extremo este de Putney Common me subo al autobús de dos pisos número 22, que va hacia Putney Bridge por Lower Richmond Road. Al principio del embarazo, la gente no estaba segura de si felicitarme o de si regalarme una inscripción al gimnasio, pero ahora me ceden el asiento en los autobuses y trenes abarrotados. Me encanta estar embarazada, sentir el bebé dentro, estirándose, bostezando, hipando, dando patadas. Es como no estar ya nunca sola. Tengo a alguien que me hace compañía y que escucha mis historias.

Un hombre de negocios se sienta delante de mí, vestido con traje y corbata. Tendrá cuarenta y pico años, y el cabello del color de la crema de champiñones. Sus ojos recorren mi tripa de embarazada y sonríe; me encuentra atractiva. Fértil. Fecunda. Bonita palabra, ¿verdad? La aprendí el otro día. Fe-cun-da. Tienes que poner el acento en el sonido «cun» y resaltar la «d».

El señor Hombre-de-Negocios está echando un buen vistazo a mi escote de estrella del rock. Me pregunto si podría seducirlo. A algunos hombres les excita acostarse con mujeres embarazadas. Podría llevarlo a casa, atarlo y decirle «La que toca soy yo». Nunca lo haría, desde luego, pero Hayden lleva siete meses fuera y las mujeres tenemos necesidades.

Mi marino es técnico de comunicaciones en la Royal Navy, aunque en realidad no sé qué quiere decir eso. Tiene que ver con ordenadores e inteligencia e informar a oficiales superiores; sonaba muy importante cuando Hayden trató de explicármelo. Ahora mismo está en el HMS Sutherland persiguiendo a piratas somalíes en algún lugar del océano Índico. Es una misión de ocho meses, y no estará en casa hasta Navidad.

Nos conocimos la última Nochevieja en un *nightclub* del Soho. Mucho calor, mucho ruido, bebidas muy caras y luces estroboscópicas. Mucho antes de la medianoche ya tenía ganas de irme a casa. La mayor parte de los tíos estaban borrachos, contemplando a las chicas jóvenes con sus microvestidos y sus tacones de esos que dicen «ven a follarme». Me dan pena las putas de ahora; ¿cómo hacen para destacar?

Ocasionalmente, alguno de los tíos reunía algo de valor y le preguntaba a una chica si quería bailar, pero la chica lo rechazaba con un movimiento de la cabellera o un fruncir de los labios pintados. Yo era diferente. Saludaba. Mostraba interés. Dejé que Hayden apretase su cuerpo contra el mío y me gritase en la oreja. Nos besamos. Él me agarró el culo. Supuso que yo me dejaría.

Probablemente era la mujer de más edad del lugar, pero con un montón más de clase que todas las demás. Es cierto que el embarazo ha hecho algunas incursiones en mi culo, pero tengo una cara bonita cuando me pinto bien y, con la ropa adecuada, puedo ocultar los michelines. Y lo más importante: mis tetas son fantásticas; lo han sido desde que tenía once o doce años, cuando empecé a notar que la gente se las quedaba mirando: hombres, chicos, esposos, profesores y amigos de la familia. Al principio, las ignoré; me refiero a mis tetas. Luego intenté hacerlas desaparecer con dietas o tapándolas, pero no se dejaban aplastar o reducir con facilidad.

Hayden es un hombre de tetas. Lo supe desde el primer momento en que me puso los ojos encima (o encima de ellas). Los hombres son tan obvios. Podía verlo pensar: «¿Serán naturales?».

¡Ya te digo yo que lo son, tío!

Al principio pensé que quizás era demasiado joven para mí. Aún tenía granitos de acné en la barbilla y parecía un poco escuchimizado, pero tenía un precioso y ondulado cabello oscuro, que siempre he pensado que es un desperdicio en un chico.

Me lo traje a casa y me echó un polvo como el de alguien que pensase que no iba a volver a hacerlo durante ocho meses, lo que probablemente fuera cierto, aunque no sé lo que harán los marineros cuando tocan puerto y tienen tiempo libre.

Como muchos de mis novios, él prefería que estuviese encima, con las tetas colgando sobre su cara mientras yo gemía y me agitaba. Después, me limpié en el baño y casi esperé que Hayden se vistiera y se fuera. En cambio, se acurrucó debajo de la colcha y me rodeó con los brazos.

Por la mañana, seguía allí. Le hice el desayuno. Volvimos a la cama. Almorzamos y volvimos a la cama. Eso fue más o menos todo lo que sucedió durante dos semanas. Finalmente, salimos de casa y me trató como a su novia. En nuestra primera cita propiamente dicha me llevó al Museo Marítimo Nacional, en Greenwich. Abordamos el River Bus en Bankside Pier, y Hayden fue señalando los monumentos que íbamos pasando, como el HMS Belfast, un buque museo cerca del Tower Bridge. Hayden se sabía toda la historia del buque: que había sido dañado por una mina alemana durante la Segunda Guerra Mundial y que, más tarde, había participado en el Desembarco de Normandía.

Prosiguió con mi educación en el Museo Marítimo, donde me contó la historia de *lord* Nelson y de sus batallas contra Napoleón.

Un cuadro en particular me llamó la atención. Se llamaba *Tahiti Revisited,* y en él se veía una isla del Pacífico Sur con picos rocosos, lujuriosos bosques, palmeras y mujeres voluptuosas bañándose en un río. Mirando la escena, podía notar la tibieza de la arena bajo mis pies y oler las flores de la plumaria y sentir el agua salada secándose en mi piel.

—¿Has estado alguna vez en Tahití? —le pregunté a Hayden.

—Aún no —dijo él—, pero algún día iré.

—¿Me llevarás?

Se rio y comentó que, en el River Bus, parecía mareada.

En otra cita, fuimos al Museo Imperial de la Guerra, en el sur de Londres, y allí me enteré de que en la Segunda Guerra Mundial habían muerto más de cincuenta mil marinos. Eso me dio miedo por Hayden, pero él explicó que el último barco de guerra británico que se hundió en el mar fue el HMS Coventry durante la guerra de las Malvinas, antes de que él naciese.

Tuvimos tres meses para nosotros antes de que tuviera que volver a incorporarse a su buque. Sé que no parece mucho tiempo, pero durante ese periodo me sentí como si estuviera casada, como si formase parte de algo mayor que ambos. Sé que me ama. Me lo dijo. Y, aunque tiene nueve años menos que yo, tiene edad suficiente para sentar cabeza. Hacemos una buena pareja. Yo le hago reír y el sexo es genial.

Hayden no sabe que estoy embarazada. El pobrecillo cree que rompimos antes de que se fuera. Me pilló leyendo sus correos electrónicos y mensajes de texto y reaccionó de forma totalmente exagerada, dijo que era una paranoica y que estaba loca. Estoy segura de que los dos nos arrepentimos de las cosas que dijimos. Hayden salió del piso hecho una furia y no regresó hasta después de medianoche. Borracho. Yo fingí que estaba dormida. Él forcejeó con su ropa, se quitó los vaqueros a tirones, se cayó de culo. Era obvio que aún estaba enfadado.

Por la mañana, le dejé dormir y salí a comprar beicon y huevos para el desayuno. Le dejé una nota. Amor. Besos. Cuando volví, ya se había ido. Mi nota estaba arrugada en el suelo.

Intenté llamarlo. No contestaba. Fui a la parada de autobús y a la estación de tren, aunque sabía que ya se había ido. Le dejé mensajes diciendo que lo sentía, rogándole que me llamase, pero no ha contestado a ninguno de mis correos o mensajes de texto y ha dejado de ser amigo mío en Facebook.

Hayden no se da cuenta de que yo estaba tratando de protegernos. Conozco a muchas mujeres que le quitarían a otra el novio o el marido sin pensárselo dos veces. Su ex, por ejemplo,

Bronte Flynn, una zorra con todas las letras, famosa por ir «a la Britney» (no llevar bragas). Hayden aún la sigue en Facebook e Instagram, y escribe comentarios en sus provocativos *selfies*. Por ella miré en su teléfono; por amor, no por celos.

En todo caso, ahora estamos embarazados, pero no quiero darle la noticia por correo electrónico. Tiene que ser cara a cara, cosa que no puede suceder a menos que acepte hablar conmigo. El personal de la Navy tiene permitidos veinte minutos de llamadas por satélite a la semana, pero los destinatarios deben estar en una lista. Hayden tiene que registrarme como novia o compañera y darle mi número a la Navy.

La semana pasada hablé con la oficina de Asistencia Social de la Royal Navy y les dije que estaba embarazada. Una amable mujer anotó mis datos y fue muy comprensiva conmigo. Ahora harán que Hayden me llame. El capitán le dará una orden directa. Por eso estoy en casa todas las noches, esperando junto al teléfono.

Meghan

Mi padre va a cumplir sesenta y cinco este mes y se va a jubilar, después de cuarenta y dos años en la misma empresa del sector financiero. Esta noche es su cena de cumpleaños, y Jack llega tarde. Me prometió que estaría en casa a las cinco y media, y son más de las seis. No le voy a llamar, porque se quejaría de que lo estoy atosigando.

Finalmente llega y le echa la culpa al tráfico. Discutimos en el coche, en voz baja, mientras Lucy y Lachlan están sentados en sus sillitas, escuchando la banda sonora de *Frozen*.

Jack acelera para pasar un semáforo que está cambiando.

—Vas demasiado rápido.

—Has dicho que llegábamos tarde.

—Y entonces, ¿qué?, ¿nos matamos?

—No digas tonterías.

—Deberías haber salido antes.

—Tienes razón. Debería haber salido a mediodía; así nos podríamos haber pintado las uñas juntos.

—¡Vete a la mierda!

Las palabras se me escapan. La cabeza de Lucy se levanta de golpe. Jack me echa una mirada que dice: «¿En serio? ¿Delante de los niños?».

—Has dicho una palabrota —dice Lucy.

—No, he dicho «mira la hiedra». Estaba en un jardín que hemos pasado.

Ella arruga el ceño.

—No me gusta la hiedra, me da miedo —dice Lachlan, gritando más que hablando.

—Si no sabes qué es.

—Hiedra, hiedra, miedo hiedra —canturrea Lachlan, aún más alto que antes.

—Vale, no te gusta, de acuerdo —digo yo.

Conducimos en silencio, serpenteando por el tráfico hacia Chiswick Bridge. Cabreada en silencio, pienso en todas las comidas estropeadas porque Jack ha llegado tarde. Lo odio cuando se burla y menosprecia lo que yo hago. Llegamos a casa de mis padres a las siete. Los niños corren hacia el interior.

—A veces puedes ser una mierda de persona —digo mientras cojo las ensaladas, y Jack se encarga de la cuna de viaje.

Mi hermana sale a ayudar. Grace tiene seis años menos que yo y está felizmente soltera, pero va siempre acompañada por algún hombre atractivo y exitoso que parece idolatrar el suelo por donde ella pisa, aunque lo esté pisoteando a él.

—¿Cómo está papá? —pregunto.

—Haciendo de anfitrión —contesta mientras nos abrazamos—. Ha encendido la barbacoa. Vamos a comer otra vez salchichas chamuscadas y *kebab*.

Grace y yo no parecemos exactamente hermanas. Yo soy más guapa, pero ella tiene más personalidad, o eso dice la gente. Cuando tenía catorce años, creía que era un cumplido, pero ahora sé que no lo es.

Jack prepara la cuna de viaje en uno de los dormitorios extra antes de unirse a los hombres en el jardín, de pie alrededor de la barbacoa, ese gran igualador de leyendas, donde cualquier hombre puede ser rey si tiene las tenazas en la mano. Sus primeras dos cervezas desaparecen en cuestión de minutos. Va a por una tercera. ¿Cuándo empecé a contarlas?

Mamá necesita ayuda en la cocina. Aliñamos las ensaladas y ponemos mantequilla en las patatas. Grace está jugando con Lucy y Lachlan; los tiene entretenidos hasta la hora de la cena. Dice que le encantan los niños, pero me da la sensación de que solo son los niños de los demás, que puedes devolverlos cuando están cansados o cuando se ponen a llorar.

Oigo risas fuera. Jack ha hecho reír a todo el mundo con una de sus historias. Le quieren. Es el alma de todas las fiestas, la estrella de televisión que siempre tiene algún chismorreo sobre traslados y contratos. Muchos tíos saben de fútbol, pero todos delegan en Jack cuando se habla de ello porque imaginan que tiene información adicional, o sabe algo que solo saben los que están en el ramo.

—Tienes suerte con él —dice mi madre.

—¿Perdona?

—Jack.

Sonrío y asiento, y sigo mirando al jardín, donde la barbacoa llamea.

—No tengo ni idea de lo que voy a hacer con él —dice mi madre, hablando de la jubilación de papá.

—Tiene planes.

—¿Golf y jardinería? Se aburrirá como una ostra al cabo de un mes.

—Siempre podéis viajar.

—Siempre quiere ir a sitios donde ya hemos estado. Son como peregrinaciones.

Me recuerda cuando volvieron al hotel de Grecia en el que pasaron su luna de miel. Los despertó a las tres de la mañana un ruso agitando un montón de dinero y pidiendo sexo.

—El sitio se había convertido en un burdel.

—Suena a aventura.

—Ya soy demasiado vieja para esa clase de aventuras.

Cuando la carne está abrasada a conciencia, nos sentamos a comer. Lachlan y Lucy tienen una mesita propia, pero yo me acabo sentando con ellos, persuadiendo a Lucy para que coma e impidiendo que Lachlan sumerja su salchicha en kétchup.

Hay brindis y discursos. Papá se pone tierno y la voz se le quiebra cuando habla sobre lo mucho que su familia significa para él. Jack no deja de hacer comentarios chistosos, aunque no sea ni el momento ni el lugar.

A las diez, cada uno se lleva a uno de los niños dormidos al coche y los dos nos despedimos. Yo conduzco. Jack da cabezadas. Lo despierto al llegar a casa y repetimos el baile de los niños para llevarlos a la cama. Estoy agotada y no son ni las once.

Jack quiere tomar una última copa.

—¿Aún no has bebido bastante? —digo yo, y me arrepiento casi al momento.

—¿Qué has dicho?

—Nada.

—No, te he oído.

—Lo siento, no fue mi intención.

—Sí que lo fue.

—No nos peleemos. Estoy cansada.

—Siempre estás cansada.

«Lo que quiere decir es que estoy demasiado cansada para tener sexo.»

—Yo he querido sexo toda la semana y tú no has tenido ningún interés —contraataco yo, aunque técnicamente no es verdad.

—¿Y me culpas? —pregunta Jack.

—¿Qué quieres decir?

No responde, pero sé que lo que quiere decir es que ahora no me encuentra atractiva y que no quería otro niño. Con dos basta; niño y niña, objetivo cubierto.

—No lo hice a propósito —digo yo—. Fue un accidente.

—Y tú decidiste quedártelo.

—Lo acordamos los dos.

—No, lo decidiste tú.

—¿En serio? ¿Eso es lo que les cuentas a tus amigos en el pub? ¿Qué eres tan calzonazos que yo te obligo a tener hijos?

La mano de Jack agarra el vaso con fuerza; cierra los ojos como si estuviera contando hasta diez. Se lleva la bebida al jardín y enciende un cigarrillo del paquete que guarda en un estante alto, junto al reloj de la cocina. Sabe que odio que fume, pero también sabe que no me voy a quejar.

Así es como nos peleamos. Más que tirarnos platos a la cabeza, nos disparamos como francotiradores. Apuntamos a las zonas vulnerables, las debilidades, las cosas que hacen que nos avergoncemos, todo lo que hemos averiguado en el curso del matrimonio.

Una vez tomamos la decisión de que nunca nos iríamos a dormir enfadados con el otro. No sé cuándo cambió esto. No dejo de repetirme que, cuando el niño nazca, todo irá bien. Yo tendré más energía; sus dudas desaparecerán. Seremos felices de nuevo.

Agatha

A veces me siento como si mi pasado latiese dentro de mí, como un reloj fantasma que me recuerda las fechas que debo reconocer y los pecados que debo expiar. Hoy, primero de noviembre, es una de esas fechas; una especie de aniversario, y por eso estoy viajando hacia el norte bajo un cielo gris y sombrío, en un autocar de National Express que se apropia del carril derecho de la autopista.

Apoyo la frente en la ventanilla mientras miro los coches y camiones que nos adelantan, las ruedas escupiendo agua y el vaivén de los limpiaparabrisas. La lluvia parece especialmente oportuna. En mis recuerdos de infancia no hay veranos interminables, largos crepúsculos y el canto de los grillos en la hierba. La Leeds de mi juventud era eternamente gris, fría y con llovizna.

La casa de mi familia ya no existe; la derribaron para hacer un almacén de mercancías al por mayor. Mi madre compró otra, una pequeña casa adosada no lejos de nuestra antigua casa, con el dinero que le dejó en herencia mi padrastro. Él murió de un ataque al corazón (¿quién iba a decir que lo tenía?) en un campo de golf, después de meter la bola en un estanque con el *drive*. Mi madre me llamó para decírmelo y me preguntó si vendría al funeral, pero le dije que prefería regodearme de lejos.

Hoy no veré a mi madre. Está «hibernando en España», como le gusta decir, y eso significa que se está tostando como un pollo junto a una piscina en Marbella, bebiendo sangría y haciendo comentarios desagradables sobre los ciudadanos locales. No es rica, simplemente es racista.

Desde la estación de autocares de Leeds me dirijo a la floristería más próxima y pido a la florista que me prepare tres pequeñas coronas de jabonera y hojas verdes. Las envuelve en papel de seda y las pone en una caja envuelta en papel satinado, que guardo en mi bolso. Luego me compro un bocadillo y una bebida, y tomo un taxi privado que va por la A65 hasta Kirkstall, donde cruza el río Aire. Me deja cerca de Broadlea Hill, donde paso un murete y tomo un camino fangoso a través del bosque.

Gracias a Nicky, mi exmarido, puedo poner nombre a la mayoría de los árboles y arbustos, y también a los pájaros. Él pensaba que no prestaba atención cuando me señalaba las cosas, pero a mí me encantaba escuchar sus historias y maravillarme de lo mucho que sabía.

Conocí a Nicky un mes después de cumplir treinta años, justo cuando pensaba que se me acababa el tiempo para encontrar al Señor Perfecto, o al Señor Imperfecto, o a un señor cualquiera. Por entonces, la mayor parte de mis amigas ya estaban casadas, o comprometidas, o en relaciones de larga duración. Algunas estaban embarazadas por segunda o tercera vez, porque habían planificado más familia o más ayudas del Estado o porque no habían planificado nada.

Vivía en Londres y trabajaba para una agencia de trabajo temporal encadenando breves empleos de administrativa, sobre todo para sustituir a mujeres con baja por maternidad. Tenía una habitación alquilada en Camden, sobre un restaurante de *kebab* en donde podías encontrar pelea y *doner kebabs* cuando los pubs cerraban por la noche.

Era Halloween. Grupos de brujas, duendes y fantasmas llamaban a mi puerta, con bolsas y cestos. Después de hacer otra donación a los odontólogos británicos, me encontré de pie en la cocina, descalza, sintiéndome como un cartón de leche que ha pasado demasiado tiempo en el frigorífico.

Tenía el portátil abierto en la mesa. En ambos lados, montones de páginas de texto impreso. Me había pasado tres meses transcribiendo cintas para un escritor llamado Nicholas David Fyfle, que escribía biografías de soldados famosos e historias de la guerra. Él me enviaba las cintas por mensajero y yo le enviaba las transcripciones de vuelta. Nuestro único contacto eran las notas estrafalarias que me escribía en los márgenes si quería que reescribiese alguna parte del texto.

Me preguntaba si estaba flirteando conmigo, y qué aspecto tendría. Me imaginaba a un artista tranquilo y torturado, creando bella prosa en su buhardilla, o a un corresponsal de guerra alcohólico con el pelo desordenado, viviendo al límite. Solo lo conocía por sus notas y por la voz en las cintas, que sonaba amable y educada, con un ligero tartamudeo en algunas sílabas y una risa nerviosa cuando se perdía.

Tomé una decisión: en lugar de enviar las transcripciones, las entregué en mano, llamando a la puerta de su casa en Highgate. Nicky pareció sorprendido, pero también contento. Me invitó a pasar y preparó té. No era tan guapo como me había esperado, pero tenía un rostro agradable y un cuerpo delgado que parecía crecer dentro de la ropa.

Le pregunté sobre sus libros. Me enseñó su biblioteca.

—¿Lees?

—Solía leer mucho de niña —repuse—. Ahora me cuesta elegir.

—¿Qué clase de historias te gustan?

—Me gustan los finales felices.

—A todos nos gustan —dijo él, riendo.

Le sugerí hacer la transcripción de las cintas en su casa, para ahorrar el coste de los mensajeros y acelerar el proceso. Llegaría cada día a las nueve de la mañana y trabajaría en su comedor, haciendo una pausa de vez en cuando para preparar té o algo de comer en el microondas. Pasaron semanas de flirteo antes de que Nicky se decidiera a besarme. Creo que era virgen. Tierno y considerado, atento, pero no muy hábil. Quería que gimiera o llorase cuando hacíamos el amor, pero él siempre guardaba silencio.

Con sus amigos se comportaba como cualquier tío, disfrutando de una pinta o de una apuesta en los caballos, pero conmigo era distinto. Me llevaba a dar largos paseos por el campo, a investigar castillos en ruinas y a descubrir pájaros del bosque. Nicky se me declaró en una de nuestras «expediciones», y yo dije que sí.

—¿Cuándo conoceré a tus padres? —preguntó.

—No los conocerás.

—Pero vendrán a la boda, ¿no?

—No.

—Son tus padres.

—Me da igual. Tenemos muchos otros invitados.

Incluso después de que nos casáramos, Nicky siguió tratando de negociar una reconciliación.

—No puedes dejar de hablar con ellos —decía.

Pero sí podía, y lo hice. Era como cualquier relación: si ambas partes dejan de esforzarse, se marchita y muere.

El suelo hace una pendiente suave; yo sigo un camino de tierra salpicado de charcos. Cada tanto miro por encima del hombro. Nadie me sigue. Mi embarazo queda oculto bajo un chaquetón, pero siento el peso del bebé en las articulaciones de la cadera y la presión en la pelvis. Escalo torpemente un terraplén, agarrándome a las hierbas. Las ramitas y las hojas muertas se rompen y desmenuzan bajo mis botas. Encuentro una zanja y la salto con toda la gracia de un hipopótamo.

El calor del sol ha ido aumentando y ahora sudo bajo el abrigo. Siguiendo un sendero serpenteante, llego a un grupo de árboles junto a las ruinas de una granja. Oigo el agua caer en un estanque profundo en la base de una presa que hay más abajo.

Me arrodillo en la tierra húmeda y despejo la maleza, arrancando puñados de plantas y terrones de tierra. Lentamente dejo al descubierto tres pequeñas pirámides de piedras, espaciadas a intervalos regulares en el claro. Una vez satisfecha, me quito el abrigo y lo tiendo en el suelo como una manta de pícnic improvisada, y apoyo la espalda contra el muro a medio derrumbar de la granja.

Encontré este lugar mucho antes de conocer a Nicky. Debía de tener once o doce años cuando recorrí en bicicleta el camino de sirga que pasaba junto a Kirkstall Abbey y la fragua e iba hacia Horsforth. Pedaleando con mi vestido de algodón y mis sandalias, recuerdo saludar a los botes que pasaban por el canal, mientras maniobraban en las esclusas. Al volver la esquina entreví los restos de una chimenea, apenas visible entre los árboles. Abriéndome camino a través de las zarzas y la maleza, encontré las ruinas de la granja, que casi parecía encantada, como un castillo de cuento al que forzasen a dormir hace mil años.

Mucho más tarde traje a Nicky aquí, y él también se enamoró del lugar. Le dije que debíamos comprar el terreno y reconstruir la casa; él podía escribir, y tendríamos un montón de niños. Nicky se rio y me dijo que me tranquilizara, pero yo ya estaba intentando quedarme embarazada.

El sexo sin protección era como comprar un rasca-y-gana cada veintiocho días, esperando ganar un premio. Yo no gané nada. Visitamos médicos, clínicas de fertilidad y curanderos alternativos. Probé inyecciones de hormonas, vitaminas, fármacos, acupuntura, hipnoterapia, hierbas chinas y dietas especiales. La fecundación *in vitro* era el siguiente, y obvio, paso. Lo intentamos cuatro veces, consumimos todos nuestros ahorros y cada fracaso se convirtió en un nuevo desengaño. Un matrimonio de esperanza pasó a ser uno de desesperación.

Nicky no quería volver a intentarlo, pero lo hizo por mí. En nuestra última tirada de dados, un embrión se agarró a mi matriz como una lapa a una roca de la orilla. Nicky lo llamaba nuestro «bebé milagro». Yo sufría día sí, día también, porque no creía en milagros.

Pasaron semanas. Meses. Mi barriga se hacía cada vez mayor. Nos atrevimos a elegir nombres (Chloe si era niña, Jacob si era niño). Estaba de treinta y dos semanas cuando dejé de notar el movimiento del bebé. Fui directa al hospital. Una de las comadronas me conectó a una máquina y no pudo encontrar el latido. Dijo que probablemente estaba en una posición extraña, pero yo supe que algo iba mal. Vino un médico. Hizo otra ecografía y no pudo encontrar flujo sanguíneo ni latido.

Tenía un bebé muerto dentro de mí, dijo. No una vida: un cadáver.

Nicky y yo lloramos durante lo que me pareció una eternidad, lamentando la pérdida. Ese mismo día me indujeron el parto. Pasé por el dolor y por los pujos, pero sin llantos de bebé, sin alegría. Me entregaron un bulto envuelto en una toalla y me quedé mirando a los ojos de mi niña aún tibia, que no había vivido lo bastante para respirar una sola vez, que no había podido crecer con su nombre.

Aquí es donde Nicky y yo trajimos sus cenizas, donde enterramos a Chloe, junto a la granja en ruinas, por encima de la presa, nuestro lugar especial. Prometimos volver cada año el día del cumpleaños de Chloe (hoy), pero Nicky nunca tuvo la presencia de ánimo para hacerlo. Me dijo que teníamos que «seguir adelante», que es algo que yo no he comprendido nunca. El planeta gira. El tiempo pasa. Seguimos adelante aunque nos quedemos parados.

Nuestro matrimonio no pudo sobrevivir a las consecuencias de aquello. Antes de un año nos habíamos separado; por mi culpa, no por la suya. Mi amor por un niño siempre será mayor que mi amor por un adulto, porque es un amor singular que no se basa en la atracción física, ni en las experiencias compartidas, ni en los placeres íntimos, ni en el tiempo pasado juntos. Es incondicional, inconmensurable, inquebrantable.

El divorcio fue sencillo y limpio. Cinco años de matrimonio se acabaron con un trazo de bolígrafo. Nicky se fue a vivir fuera de Londres. Lo último que supe de él es que vivía con una maestra en Newcastle, una divorciada con dos chicos adolescentes; familia instantánea, añadir agua y agitar.

Salgo fuera con el sándwich de rosbif y una bebida, abro el triángulo de plástico y como lentamente, recogiendo las migas en la mano ahuecada. Un petirrojo avanza a saltos por entre las largas ramas de un arbusto y se encarama en lo alto del túmulo de Chloe, mirando a un lado y al otro. Tiro las migas en la hierba. El petirrojo salta al suelo y picotea mi ofrenda, torciendo de vez en cuando la cabeza para mirarme.

Hoy es el cumpleaños de Chloe, pero lloro por todos mis niños, los que perdí y los que no pude salvar. Los lloro porque alguien tiene que asumir la responsabilidad.

Antes de dejar el claro, abro la cremallera de la mochila y saco las tres pequeñas coronas de flores, tratando de no aplastar los pétalos, y pongo cada una encima de una de las pirámides de piedras, diciendo sus nombres.

—Voy a tener otro bebé —les digo—, pero no por eso os quiero menos a vosotros.

Meghan

He estado pintando la habitación del niño, y he hecho dibujos con plantilla en las paredes. En lo que se refiere a decoración del hogar, no soy muy atrevida. La culpa es de mis padres, que no creían en eso de dar a los niños libertad para expresarse. Los árboles tenían que ser verdes, y las rosas, rojas.

También estoy tratando de vigilar a Lachlan, que ya ha manchado la puerta con la mano y ha metido un pincel en el bote que no era. Es buen material para mi blog, pienso mientras le lavo las manos en la pila del lavadero.

Lachlan no está precisamente emocionado de que yo tenga otro bebé. No es rivalidad entre hermanos, o que alguien usurpe su puesto de «el pequeño». Quiere a alguien de su misma edad con quien jugar; eso o un perrito.

—¿Por qué el bebé no puede tener cuatro años como yo?

—Porque no me cabría en la barriga —le explico.

—¿No puedes hacerlo más pequeño?

—La verdad es que no.

—Podrías crecer tú más.

—Creo que mamá ya es lo bastante grande.

—Papá dice que estás gorda.

—Lo dice de broma.

¡Será capullo!

Hablando de Jack, llamó antes para decir que esta noche vendría a casa en vez de tomar el tren a Mánchester. Parecía de buen humor. Lleva meses dando vueltas a ideas para un nuevo programa de televisión en el que famosos hablan de los temas deportivos candentes. Jack quiere ser el presentador. Ha puesto sus argumentos por escrito, pero está esperando el momento oportuno para presentarlos a los «poderes fácticos».

—Sobre todo, no te vayas a la cama —ha dicho.

—¿Por qué?

—Tengo noticias.

Decido preparar una buena cena: bistec, patatas nuevas y ensalada de endivias. Típica francesa. Hasta abriré una botella de vino tinto y dejaré que respire. Desde que me quedé embarazada he sido bastante perezosa en la cocina. Durante el primer trimestre me fue imposible pensar siquiera en cocinar.

Subo al piso de arriba, me ducho y echo un vistazo a mi reflejo. Me giro de lado y examino mi culo y mis tetas, sin hacer caso de las estrías. Me inclino hacia el espejo y veo un extraño pelo rizado que surge, como un sacacorchos, de la sien izquierda. Lo miro más de cerca.

¡Dios mío, tengo una cana! Busco unas pinzas y arranco el pelo; lo inspecciono, con la esperanza de que sea pintura. No, es gris, definitivamente. Otra indignidad. Escribo un artículo para el blog:

> Hoy me he encontrado una cana y he perdido un poco los papeles. Este pelo en concreto estaba desprovisto de color y estaba retorcido en el extremo. Siempre he sido algo arrogante acerca del hecho de no tener ninguna cana (aún), cuando otras personas que conozco llevan arrancándolas y tiñéndolas desde los veintiuno.
>
> Ahora los estragos del tiempo están empezando a aparecer. ¿Qué será lo siguiente? ¿Arrugas? ¿Varices? ¿Menopausia? Me niego a dejarme llevar por el pánico. Tengo amigas de mi edad que viven en un estado de negación total, que se niegan a pensar en sus cuarenta años, que le dicen a todo el mundo: «¡No hay nada que ver aquí! ¡Circulen!».
>
> Yo solía reírme de ellas, pero ahora tengo una cana. Quisiera atribuirlo al estrés del embarazo, pero según Google no hay pruebas de que el estrés provoque canas. Tampoco las situaciones traumáticas, ni tomar demasiado el sol. Lo bueno es que la puedo arrancar sin temor de que tres más vayan a ocupar su lugar. Lo malo es que me quedan más o menos diez años antes de que el gris se convierta en mi color natural.
>
> Sí, claro. Por encima de mi cadáver.

Después de publicar el escrito, leo algunos de los últimos comentarios. La mayor parte de ellos son amables y comprensivos, pero de vez en cuando hay gente que trolea diciendo que no le gusta mi «parloteo absurdo», o que me baje de mi «pedestal de mamá». Me han llamado zorra, puta y quejica. Aún peor, me han dicho que soy una mala madre por llevar a Lachlan a la guardería, y que soy culpable de «hacerme la superior» ante mujeres que no pueden tener hijos, y que soy personalmente responsable por la superpoblación del mundo porque voy a tener un tercer hijo.

La semana pasada, alguien escribió: «Me encanta el sonido que haces cuando te callas la puta boca». Otro dijo: «A tu marido le debe de gustar despertarse con pulgas». Borro los comentarios insultantes, pero los negativos no los toco porque, al parecer, todo el mundo tiene derecho a una opinión, incluidos los ignorantes y maledicentes.

Jack llega a casa después de las nueve. Para entonces, ya estoy dormida en el sofá. Se inclina y me besa en la frente.

—Lo siento —digo yo, alargando el brazo y dándole un beso de verdad.

Me ayuda a ponerme de pie. Le sirvo una copa de vino.

—¿Qué tal el día?

—Genial. Inmejorable. —Se sienta en el banco de la cocina, con aspecto satisfecho.

—¿Voy a tener que adivinarlo?

—Te lo cuento durante la cena.

No puede esperar tanto y me lo cuenta todo mientras aliño la ensalada.

—Hoy he planteado la idea para el nuevo programa. Les encanta; Bailey, Turnbull, todo el equipo está entusiasmado. Lo van a incluir en el horario de primavera.

—¿Lo presentarás tú?

—Seguro que sí. Vamos, la idea es mía.

Percibo un tono de preocupación, pero no quiero arruinarle el buen humor.

—¿Cuándo lo sabrás?

—En las próximas semanas.

Me da un beso ligero en el cuello y un apretón en el trasero. Lo aparto en broma y le digo que vaya a lavarse las manos. Hace siglos que no lo veo tan optimista. Puede que las cosas vayan a mejor. Un nuevo trabajo, más dinero y un bebé. Hay tantas maneras de avanzar, y solo una de quedarse quieto…

Agatha

Los sábados, Jack se levanta temprano y se va a correr a lo largo del río. Luego se lleva a los niños a una cafetería de Barnes, donde toman leche con mucha espuma y magdalenas, y se encuentra con otros padres que beben café, leen el periódico y se comen con los ojos a las canguros y a las mamás jamonas.

Gail's es el local más nuevo que han abierto en Barnes. Durante los fines de semana está lleno de papás con los niños y de guerreros de la carretera de fin de semana vestidos de licra, que aseguran con cadenas las bicicletas de carretera a las barandas mientras reponen combustible para la vuelta a casa a pedales.

Esta zona de Londres tiene aspecto de pueblo, llena de vegetación, atrapada en una curva del río entre Putney y Chiswick; un oasis de calma poblado de casas carísimas, *boutiques* y cafeterías. La población local se compone sobre todo de directores de empresas, agentes de bolsa, diplomáticos, banqueros, actores y estrellas del deporte. El otro día vi a Stanley Tucci paseando por Barnes Bridge. Y otra vez vi a Gary Lineker en el mercado de productores. Antes jugaba al fútbol en la selección inglesa y ahora trabaja de comentarista deportivo, como Jack.

¿Alguna vez has notado que los presentadores de televisión tienen la cabeza grande? No me refiero a que sean unos engreídos o algo así, aunque es probable que algunos lo sean. Quiero decir literalmente. He visto a Jeremy Clarkson, y su cabeza era enorme. Parecía una pelota de playa mal hinchada, flácida y pálida. Eso no sale en las revistas de chismorreos —lo de la cabeza grande—, y uno no puede hincharse la cabeza a propósito para que le den trabajo en la tele. O la tienes, o no la tienes. Jack la tiene; una cabeza grande, una cabellera estupenda y unos dientes blanquísimos. El mentón tiene un aspecto más bien debilucho, pero cuando está delante de la cámara lo inclina hacia arriba.

Va por el segundo café. Me gusta cómo se lame el índice para pasar las páginas de un periódico. Los niños se le dan bien. Recoge los lápices de colores cuando se les caen al suelo y lleva sus dibujos a casa «para enseñárselos a mamá».

La primera vez que vi a Meg fue a menos de cien metros de aquí. Estaba en el parque con Lucy y Lachlan, que jugaban con un pompero y perseguían las esferas jabonosas. Meg llevaba una camisa blanca sencilla y vaqueros. Me la imaginé trabajando para una revista de moda como fotógrafa o estilista, lo que no estaba demasiado lejos de la verdad. Pensé que su marido sería agente de bolsa y que tendrían una villa de vacaciones en el sur de Francia, donde irían a pasar los fines de semana largos. Invitarían a amigos, todos ellos muy atractivos y con éxito profesional, y comerían queso francés y beberían vino francés, y Meg se quejaría de que las *baguettes* eran «obra del diablo» porque se ponían directamente en sus caderas.

Me encanta inventarme estas historias. Imagino vidas enteras de personas, les pongo nombres y profesiones, les asigno historias pasadas y pueblo sus familias de ovejas negras y secretos terribles. A lo mejor es por haber leído tantos libros de niña. Crecí con Ana de las Tejas Verdes, espié con Harriet, escribí obras de teatro con Jo March y exploré Narnia con Lucy, Peter, Edmund y Susan.

No me importaba sentarme sola a la hora de comer, ni que apenas me invitasen a las fiestas. Mis amigos imaginarios eran igual de reales; y cuando cerraba un libro por la noche, sabía que seguirían allí por la mañana.

Me sigue gustando leer, pero lo que hago ahora es buscar información en Internet sobre embarazos, partos y cuidado de bebés. Así descubrí que Meg tiene su propio blog: un sitio llamado *Niños mugrientos*, en el que escribe sobre maternidad y las cosas extrañas y divertidas que le suceden en la vida diaria; como cuando Lucy le escribió una carta al Ratoncito Pérez argumentando que dos libras era «demasiado poco para un incisivo», o cuando Lachlan rompió una botella de esmalte azul para uñas y creó una «escena de asesinato de pitufo».

La página web tiene varias fotografías de Meg, pero no utiliza nombres reales. A Jack lo llama «Ave César». Lachlan es «Augusto» y Lucy es «Julia» (César tenía una hija).

Al leer las entradas del blog, se nota que solía ser periodista. Escribía para una revista femenina, y algunos de sus artículos aún se encuentran por Internet, incluida una entrevista a Jude Law, a quien llamó «sexo con patas», y con quién reconocía haber flirteado mientras tomaba ostras con champán en el hotel Savoy.

Al otro lado de la calle, en la cafetería, Jack está preparando a los niños, asegurando a Lachlan en un cochecito y sosteniendo la mano de Lucy. Mientras cruzan el parque, Lucy tiene que tocar el tronco de todos los árboles; las hojas caen a su paso como confeti en una boda.

Los sigo a cierta distancia; cruzan el césped, pasan el estanque, giran a la izquierda y luego a la derecha hasta llegar a Cleveland Gardens, una bonita calle con casas semiadosadas de estilo victoriano y de setos pulcramente podados.

Durante la *Blitzkrieg*, una bomba alemana destruyó por completo tres casas en el extremo más alejado de la calle. Las casas fueron sustituidas por un bloque de pisos, al que los vecinos llaman «Torres del Divorcio», por el número de esposos infieles (y alguna que otra esposa) que han ido a parar allí como consecuencia de una aventura extraconyugal. Algunos acaban por volver a casa. Otros siguen adelante.

Justo detrás de la casa de Jack y Meg hay una vía de tren (el *Hounslow Loop*) por la que pasan unos cuatro trenes por hora durante la semana y aún menos el fin de semana. Los trenes no son muy ruidosos; no son como los aviones, que empiezan a alinearse desde el amanecer y pasan por encima de las casas, separados entre sí un kilómetro y pico, en su descenso hacia Heathrow.

Cruzando la calle, corto a través de Beverley Path hasta el paso de peatones inferior. La valla metálica se ha desmoronado en parte, lo que facilita pasar por encima de ella. Compruebo que no haya trenes y camino a lo largo de las vías, tropezando con el balasto y contando los jardines traseros de las casas. Un pastor alsaciano muy enfadado se lanza contra una de las cercas cuando paso junto a ella. Mi corazón da un salto. Le gruño yo a él.

Al acercarme a la casa correcta, me arrastro por las hierbas y me encaramo a un árbol caído, que es mi posición estratégica preferida. Desde aquí puedo mirar al otro lado de un estrecho jardín que se encuentra a unos quince metros de una casa de juegos, de unos columpios infantiles y de un cobertizo que Jack ha convertido en una oficina doméstica, que no utiliza nunca.

Oigo risas de niñas: Lucy se ha traído a una amiga a jugar. Están en la casa de juegos, haciendo como que preparan el té. Lachlan está sentado en el foso de arena, moviendo minimontañas con una excavadora. Las puertas acristaladas están abiertas, y Meg está en la cocina, cortando fruta para un tentempié matinal.

Yo me inclino contra una gran rama, saco una lata de refresco del bolsillo del abrigo y la abro, sorbiendo el líquido que se derrama. También tengo una barra de chocolate; la guardo para más tarde.

Podría estar sentada durante horas observando a Meg, a Jack y a los niños. Los he estado observando mientras hacían barbacoas de verano, durante el té de la tarde o cuando jugaban en el jardín. Una vez vi a Meg y a Jack tumbados en una manta. Meg tenía la cabeza apoyada en el muslo de Jack mientras leía un libro. Se parecía a Julia Roberts en aquella escena de *Notting Hill*, reposando la cabeza en el regazo de Hugh Grant. Me encanta esa película.

Cada quince minutos pasa un tren, traqueteando. Me giro a mirar los vagones iluminados desde el interior; los pasajeros hipnotizados por teléfonos móviles o periódicos, o inclinando la cabeza contra el cristal. Uno o dos de ellos me miran al pasar. No me preocupa que me vean. No parezco una ladrona, ni una *voyeur*.

Cuando empieza a oscurecer, sigo el recorrido de Meg por la casa, encendiendo las luces. Baña a los niños, les cepilla los dientes y les lee un cuento para que se pongan a dormir.

Tengo frío y hambre, así que no me quedo a ver llegar a Jack, pero me lo imagino entrando por la puerta, quitándose el abrigo, aflojándose la corbata y abrazando a Meg por la cintura. Ella lo aparta y le sirve una copa de vino mientras le escucha explicar cómo le ha ido el día. Después de comer, llenan el lavavajillas y se tumban juntos en el sofá, con el rostro iluminado por la luz temblorosa del televisor. Más tarde, subirán de la mano al piso de arriba y harán el amor en su enorme cama.

Me resulta fácil imaginarme todo eso porque he estado dentro de la casa. Fue antes de que Meg y Jack se mudasen, cuando estaba a la venta. Buscar casas es una de mis aficiones, y concerté una cita para que me la enseñasen. La agente de la inmobiliaria, una rubia de bote que llevaba un vestido ajustado, me paseó por la casa, señalando las características más notables, y dijo que «tenía personalidad» y que «el precio era asequible».

Me di cuenta de cómo actuaba: flirtear con los maridos y cautivar a las esposas, pero siempre lo bastante lejos como para que el otro no lo oiga. Actuaba como un compañero conspirador, convenciendo a cada cónyuge de que le ayudaría a persuadir a su pareja. Intentó lo mismo conmigo, interesándose por mi marido, preguntándome si iba a venir también. Yo fingí que hablaba con él por teléfono.

—Sí, creo que es lo bastante grande, pero me preocupa un poco el ruido de los trenes... En verano, con las ventanas abiertas, los oirás.

Deambulando de habitación en habitación, examiné el horno y los cajones de cierre automático, y pasé el dedo por los electrodomésticos de acero inoxidable y las encimeras de mármol. Probé la presión del agua y giré los mandos de los fogones de gas. La agente inmobiliaria anotó mis datos (que, por supuesto, no eran reales). Tengo un montón de nombres que me gustan: Jessica, Sienna, Keira.

No supe que Meg y Jack habían comprado la casa hasta que seguí a Meg por primera vez. Ahora me los puedo imaginar en todas las habitaciones; Lucy en el dormitorio de atrás, Lachlan en el de en medio, y la habitación del bebé justo al final de la escalera.

He dejado que se haga tarde y ahora es demasiado oscuro para ver el camino. A tientas, tropiezo con las raíces y noto cómo las ramas se enganchan a mi ropa. Las vías del tren destacan con un brillo plateado en la luz ambiente y yo me muevo con dificultades sobre las piedras sueltas y las traviesas. El canto de los grillos se interrumpe y los raíles empiezan a zumbar: un tren se acerca. Tropezando hacia el costado, me giro y una luz brillante me ciega. La máquina pasa como una exhalación a mi lado en un estruendo de ruido y viento que hace temblar el suelo y bailar las hojas muertas en mis piernas.

Me sostengo la barriga, protegiendo a mi bebé; le digo que yo lo mantendré a salvo.

Meghan

A lo mejor no estoy hecha para la maternidad. En el primer trimestre estaba preocupada por si sufría un aborto. Más tarde me inquietaba tener un bebé prematuro, las complicaciones en el parto, las negligencias de los médicos y otros muchos desastres. Cuando nazca me preocupará el SMSL, la gripe, las infecciones, la meningitis, los chichones, los moretones, las erupciones y las temperaturas altas. Me pondré tensa con cada tos, respiración mocosa o estornudo. Cuando mi hijo aprenda a caminar, a correr y a subirse en sitios, me preocuparé por las caídas, las fracturas, los cajones abiertos, los platos calientes y los venenos domésticos. Esto no cambiará nunca, tenga la edad que tenga. Cuando cumpla los dieciocho años, me preocuparé por los conductores borrachos, los traficantes de drogas, los matones, el desempleo, las deudas de estudiante y las chicas que le rompan el corazón.

Escribo sobre estas dudas e inseguridades en mi blog, y los lectores creen que bromeo. Esperan de mí que sea una experta, después de practicar con Lucy y Lachlan, pero yo solo encuentro nuevos errores que cometer y nuevos miedos que me mantienen despierta por la noche.

Hoy me han hecho una ecografía. Un técnico me ha puesto gel en la barriga y ha ido comentando mientras señalaba cada detalle. Mi pequeño pasajero tiene dos brazos, dos piernas y el número apropiado de cavidades en el corazón, que late como las alas de un colibrí.

El médico dice que todo está correcto: la presión sanguínea, la orina, los niveles de hierro, etc. He engordado diecisiete kilos, y eso también está bien, aunque me siento torpe y falta de coordinación porque no hago más que chocar con las cosas. Mi barriga es como un *airbag*.

De nuevo en casa, miro la habitación del bebé, aún sin acabar. Hay que medir y encargar las cortinas, y la ropa de bebé de Lachlan está en cajas, en el altillo. Empecé con grandes planes para una habitación perfecta para un pequeño, pero nada ha salido como yo imaginaba. La verdad es que no me importa, mientras sea sano y feliz y me trate bien.

Como si me estuviese leyendo los pensamientos, elige ese momento para darme una patada fuerte en los riñones.

—¡Eh! ¿Por qué has hecho eso?

Me vuelve a dar otra patada.

—Si lo vuelves a hacer, no te prestaré el coche nunca.

A veces me lo imagino (a mi hijo aún no nacido) como el asesino más pequeño del mundo, un feto torturador que me castiga por lo que le hice a Jack. Cada patada, codazo y cabezazo es un desquite, y cada ecografía es un recuerdo de mi eterna vergüenza. El otro desencadenante de recuerdos juega al tenis con mi marido todas las semanas. Se llama Simon Kidd, y es uno de los mejores amigos de Jack.

Se conocieron en la Universidad de Exeter, y eran uña y carne: compartían casa, iban a las mismas fiestas y eran compinches cuando iban a ligar, cosa que están rememorando constantemente. Lucy les preguntó una vez qué era ligar, y yo le hice una señal a Jack para que se callase.

Siempre he pensado que formaban una curiosa pareja de amigos. Simon era de esa clase de estudiantes que tienen que probarlo todo, drogas o chicas; en cambio, Jack era mucho más estudioso, formal y sano.

A pesar de que Jack no lo sabe (ni lo sabrá nunca), tuve un breve rollo con Simon años antes de conocer a Jack y casarme con él. Yo trabajaba para una revista, y Simon estaba tratando de obtener financiación para una película. Me invitó a comer con la esperanza de que escribiera una historia; al cabo de dos horas estábamos en la cama. Simon tenía una casa compartida en Brook Green, llena de material de filmación de segunda mano y de coleguitas de segunda categoría. Rompí la relación al cabo de cuatro meses, porque no podía soportar las sábanas empapadas en sudor ni a sus amigos drogatas que iban y venían.

Para entonces ya era muy consciente del efecto que Simon provocaba en las mujeres, que le escuchaban con arrobamiento y se reían nerviosamente a una sonrisa suya. ¿Es guapo? Sí, pero no en un sentido viril. Casi es demasiado guapito, con sus pómulos altos y sus penetrantes ojos grises. He aprendido a mirarlo de forma que no me afecte, algo parecido a mirar un eclipse de sol parcial: nunca directamente, o te arriesgas a perder la vista.

Incluso después de dejar de vernos me tropezaba ocasionalmente con Simon en ceremonias de estreno y en festivales de cortos. Sin dejar de flirtear, siempre se mostraba muy atento, y me preguntaba si estaba viendo a alguien. Más tarde se trasladó a Estados Unidos y, luego, a Hong Kong. Perdimos el contacto.

Cuando conocí a Jack, a veces mencionaba a un amigo llamado Simon, pero yo no caí en la cuenta porque se llamaban con motes. No fui consciente hasta la víspera de nuestra boda. Jack había quedado en recoger a Simon en Heathrow y, cuando le vi, no me lo podía creer. Con la sorpresa, tomé la decisión tal vez precipitada de no decirle nada a Jack, y Simon me siguió la corriente. Ahora parece una tontería, pero me iba a casar al día siguiente y sabía que Jack podía ser muy celoso y competitivo. No quería pasar mi última noche siendo interrogada sobre exnovios y lo que hicimos cuando estábamos juntos.

Más tarde, en la cocina del piso de Jack, le susurré a Simon:

—¿Te acuerdas de mí?

—Por supuesto.

—Pensaba que quizá…

—¿Estaba colocado?

—Sí.

—He dejado todo eso. Es extraño, estar lúcido todo el tiempo. Es aburrido, pero viviré más tiempo.

Toda la neurótica energía de Simon había desaparecido. Seguía siendo esnob y sarcástico, pero ahora era más divertido estar con él. Las mujeres seguían siendo una presa fácil para Simon; la mayor parte de ellas eran del tipo modelo de palidez cadavérica con pómulos en lugar de pechos, y eran «novias en serio» mientras él no dijese lo contrario.

Después de casarme con Jack, Simon se convirtió en una visita regular en nuestra primera casa, y luego en esta. Solía jugar al tenis y al golf con Jack en el club Roehampton. Jack ayudó a Simon a conseguir su trabajo en la cadena, en donde tuvo éxito con los televidentes, con su combinación equilibrada de sobriedad y descaro.

Aparte de ser el padrino de boda, Simon es también el padrino de Lucy, lo cual le parece muy gracioso, porque es tan ateo que dice que no ve la hora de que Lucy cumpla los dieciocho para emborracharla, colocarla o ambas cosas. Sé que bromea, pero no del todo. Mi propia relación con él fue bien hasta hace ocho meses, y no ha vuelto a venir a casa desde entonces. Jack no deja de invitarlo, pero Simon se inventa excusas.

—No entiendo lo que ha pasado —me dijo Jack—. ¿Es que os habéis peleado?

—No.

—Pues parece como si te estuviera evitando.

Cambio de tema e intento no mencionar a Simon. La verdad es que no puedo pensar en él sin querer echarme a llorar en un rincón. No puedo pensar en él sin recordar una noche, a mediados de marzo, en la que Jack y yo tuvimos una terrible discusión sobre dinero que no fue más que el desencadenante. Empezó cuando choqué contra una farola al dar marcha atrás y abollé el maletero. Fue culpa mía. Debí haber admitido el error, pero, cuando Jack me acusó de ser descuidada, contraataqué. Nos peleamos. Mi madre me dijo una vez que tenías que ser dulce en el matrimonio si querías que funcionase. Pero yo no, pensé. Esta vez no.

Jack también tiene una vena de testarudez; se mete en las discusiones con entusiasmo y esgrime acusaciones como si fuesen una bayoneta. Herida, agaché la cabeza, casi rogando que reaccionase desproporcionadamente; y lo hizo. Levantó el puño. Yo me encogí. No me pegó, pero lo vi en sus ojos.

—¡No sé por qué me casé contigo! —rugió—. Si no fuera por los niños, me habría marchado hace tiempo.

En silencio, metí a Lucy y Lachlan en el coche y los dejé en casa de mis padres. Mi madre quería saber lo que había pasado. Me fue imposible hablar con ella. Conduje hasta el piso de Simon, luchando para ver la carretera entre las lágrimas que inundaban mis ojos. Quería preguntarle por qué Jack era tan infeliz. ¿Le había dicho algo? ¿Se había acabado todo?

Estaba hecha una calamidad. Simon me sirvió vino. Yo hablé. Él escuchó. Muchos hombres no se dan cuenta de hasta qué punto ese gesto de escuchar resulta atractivo para una mujer. Escuchar sin interrumpir. Sin juzgar. Dejó que sollozase en su hombro. Enjugó mis lágrimas con el pulgar. Me susurró que las cosas se iban a arreglar.

Yo estaba demasiado borracha para conducir hasta casa. Simon se ofreció a llamar un taxi. Yo me puse de pie y tropecé. Él me sujetó. Nuestros labios estaban cerca. Nos besamos. Me abracé a él. Nos dejamos caer en el sofá, sin dejar de besarnos, arrancándonos la ropa, quitándonos las botas, abriendo botones. Levanté las caderas. Él me separó las rodillas. Bajó la cabeza y usó la lengua. Grité y soné como una persona distinta. Después lo atraje dentro de mí, animándolo a que me follara más fuerte. Sabía que estaba mal, pero no quería que parase. Quería sentir algo que no fuese disgusto y decepción. Quería sexo caliente, puro, sin adulterar, y al carajo las consecuencias.

Luego nos tumbamos en la alfombra persa de Simon para recuperar el aliento. Vi la silueta de las ramas que producían los faroles contra la persiana, y reconocí un mundo distinto del que había existido hacía solo unos minutos. La lujuria y la rabia se habían disipado para dejar paso a un aturdimiento y a una violenta sensación de vacío. ¿Por qué motivo? ¿Realmente era tan infeliz?

Recuperé mis bragas, me las puse por debajo de la falda y alisé la blusa. Estaba conmocionada. ¿Qué había hecho? Después de seis años de dichoso (bueno, razonablemente feliz) matrimonio, sin ton ni son, me había tirado al mejor amigo de mi marido.

¿En qué pensaba? Estaba claro que no pensaba.

No hay excusas. Soy una persona terrible. Soy de esa clase de burdas zorritas descaradas que deberían ser humilladas por Jeremy Kyle o por el doctor Phil. Sí, Jack me levantó la mano, pero no me pegó. Dijo que no me quería, pero estaba enfadado, dejando escapar su furia.

Todas las relaciones pasan por periodos irregulares. Habíamos pasado épocas peores y siempre nos habíamos recuperado. Normalmente, no hace falta más que un fin de semana de descanso, o salir una noche a pasarlo bien, o un momento de intimidad para recordarnos por qué nos enamoramos.

En los días posteriores, estaba segura de que las personas podían ver mi sentimiento de culpa. Lo sentía como si lo llevara tatuado en la frente, o volando al viento como una etiqueta olvidada en unos vaqueros nuevos. Jack se disculpó por haberme asustado, y aceptó ver a un consejero matrimonial. No era especialmente abierto sobre sus sentimientos en las sesiones de terapia, pero se esforzó, que es más de lo que se puede decir de mí. Mi secreto me tenía paralizada. No era solo la traición; era el recuerdo bochornoso de lo bueno que fue el sexo; caliente, urgente y desesperado. Cada vez que los detalles vuelven a mí me dan ganas de abrir y cerrar los muslos. Los tengo que juntar haciendo fuerza, lo que hace que aún me odie más a mí misma.

Cualquiera que diga que lo mejor es actuar siempre con honestidad vive en el País de Nunca Jamás, o nunca se ha casado ni tenido hijos. Los padres mienten a sus hijos todo el tiempo: sobre sexo, drogas, la muerte y un montón de cosas más. Mentimos a los que queremos para proteger sus sentimientos. Mentimos porque eso es lo que significa amor, mientras que la honestidad sin trabas es cruel y la cumbre de la autocomplacencia.

Entonces vino nuestro fin de semana fuera y el sexo loco e impulsivo en el hotel. Tuve dos faltas, en abril y en mayo. Me entró el pánico. No me acordaba de si Simon había usado preservativo. Lo llamé. Oía risas de fondo, gente bebiendo en un ruidoso bar. Simon me dijo que sí.

—¿Por qué? —me preguntó a gritos.

—Por nada en especial.

—Creía que no íbamos a hablar nunca de aquella noche.

—Y no lo haremos. Jamás.

—Me la llevaré a la tumba.

—Bien.

Agatha

Hoy tuvimos un robo en el supermercado. Un fumeta con pinta nerviosa, chándal y gafas de sol estaba paseándose cerca de los congeladores, murmurando y meneando la cabeza. No llevaba cesta de la compra, y echaba miradas de soslayo a las cámaras de vigilancia de los pasillos.

—¿Hay algo que no encuentra? —le pregunté, tratando de ayudarlo.

Me ignoró por completo y se marchó, caminando hacia las puertas. Iba a decirle algo al señor Patel, que estaba en las cajas, pero pensé que el tipo se marchaba. En el último momento, se giró y sacó un cuchillo.

Los ojos del señor Patel se abrieron de golpe, como impulsados por un resorte. Creo que yo grité.

El tipo le dijo:

—Vacía la caja o te corto el cuello. —Se giró y agitó el cuchillo en mi dirección—. ¡Tú! ¡Al suelo!

Me señalé como diciendo «¿Quién, yo?» y caí de rodillas.

—Túmbate del todo —dijo—. Boca abajo.

—¿En serio?

Se dio cuenta de que estaba embarazada y me dijo que me quedase a cuatro patas.

El señor Patel estaba tratando de abrir la caja. Apretaba el botón «Sin venta», pero la llave estaba en la posición incorrecta y el cajón del dinero no se abría.

El ladrón le dijo que se diese prisa.

—Tiene que comprar algo —dijo el señor Patel.

—¿Qué?

—No puedo abrir el cajón si no compra algo.

El ladrón le echó una mirada de incredulidad.

—Creo que no sabes cómo funciona esto.

—Pues no —dijo el señor Patel, meneando frenéticamente la cabeza.

Yo estaba intentando alejarme, arrastrándome hacia atrás, hacia el final del pasillo, pero vi que al señor Patel le estaba entrando el pánico. Dije a voces:

—Escanee los cigarrillos.

El señor Patel levantó la vista del cuchillo y me miró.

—Los cigarrillos —dije yo—. Escanéelos. La caja se abrirá.

Eso resolvió el problema y el cajón se abrió. El señor Patel le dio el dinero.

—¿Dónde está el resto?

—Eso es todo.

El tipo del cuchillo indicó el cajón debajo de la caja registradora. Es donde el señor Patel guarda el fondo de caja diario y los billetes grandes. También tiene una pistola cargada, que enseña a todos los empleados nuevos; sobre todo a las colegialas que trabajan los fines de semana y a las que espera impresionar.

Buen plan, pensé yo. Hará un arresto ciudadano o, si es necesario, le pegará un tiro al tipo. Pero el señor Patel no cogió la pistola. Le entregó el fondo de caja y le dijo al tipo del cuchillo:

—¿Puedo ayudarle en algo más?

¿Por qué no se une a nuestro programa de fidelización? ¿Quiere un boleto de rasca-rasca?

Más tarde, el señor Patel le dijo a la policía que estaba tratando de protegerme, cosa que era una idiotez, porque fui yo la que le salvó el culo a él. Nos tomaron declaración a los dos y nos enseñaron fotos en un ordenador, pero a mí se me da fatal recordar caras. El cuchillo sí que podía haberlo identificado entre un montón.

La policía quería que un médico me examinase a causa de mi embarazo, pero les dije que me encontraba bien y que solo quería irme a casa. Me dieron un vale para el taxi y me dijeron que debería tomarme libre el día siguiente, cosa que no le gustó mucho al señor Patel.

El taxi me deja delante de mi piso y yo abro la puerta exterior con el hombro, esquivando el correo basura del suelo. Ahora que la adrenalina se ha evaporado, me siento cansada, y las escaleras parecen más empinadas que nunca.

Mi piso está en la planta segunda. Mi casera, la señora Brindle, vive abajo con sus dos hijos, Gary y Dave, que tienen cuarenta y tantos años y no parecen tener prisa por irse de casa. Gary, el mayor, cobra una pensión de invalidez; Dave conduce un taxi privado. Creo que parte de la razón de que la señora Brindle me cobre un alquiler tan bajo es que espera que me quede con alguno de ellos.

Una puerta se abre tras de mí.

—Hola, princesa.

—Lárgate, Dave.

—¿Te echo una mano?

—No.

Se sitúa al final de las escaleras para poder mirar por debajo de mi vestido. Yo me acerco a la pared.

—No seas así —dice—. Tienes unas bonitas piernas, Agatha, ¿a qué hora abren?

—Muérete.

Sigo subiendo. Él grita en mi dirección:

—Recuerda que tengo un condón con tu nombre escrito.

—¿Y qué dice? ¿Durex Extramini?

—Muy buena —responde con una risotada—, pero seré suave contigo.

Me tumbo en el sofá de cualquier manera, me quito los zapatos y me froto los pies; me duelen de haber estado de pie todo el día. Los botones de la blusa están tan tirantes encima de mi barriga que podrían saltar y sacarle un ojo a alguien. Los suelto y echo un vistazo al desorden que me rodea; debería haber hecho limpieza anoche, o ayer durante el día. Los platos sin lavar se apilan en la pica, y la mesa está cubierta de folletos y catálogos de ropa para bebés.

En el pasillo está el baño, con bañera, y mi dormitorio, que es muy agradable porque puedo hacer que esté muy oscuro y dormir hasta el mediodía si no tengo trabajo. Mi cama doble es un mueble desvencijado, con un cabecero barnizado y un colchón viejo y blando como arenas movedizas. Por la noche me gusta apagar todas las luces y escuchar los trenes que llegan a la estación de Putney Bridge.

Mi mejor amiga, Jules, vive en el piso de arriba con su marido, Kevin, y su pequeño, Leo, que tiene cuatro años y es una verdadera monada. A veces cuido de él cuando Jules sale un momento de compras, o a la lavandería o a la peluquería.

Jules está embarazada otra vez, y estos últimos meses hemos sido inseparables, comprando, haciéndonos la manicura y dándonos como premio unos batidos de chocolate, que son la mejor cura nunca inventada para las náuseas matutinas.

Después de recuperar el aliento cojo tres sobres del felpudo: una factura de gas, una factura de teléfono y una carta de mi madre. Reconozco su caligrafía y los sellos españoles.

¿Y ahora qué quiere? Debería tirarla. Algo me hace arrancar la solapa del sobre y desdoblar la hoja perfumada que contiene.

Querida Agatha:

No te enfades conmigo por volver a escribirte. Ni siquiera estoy segura de que la dirección sea correcta. Probé de llamarte, pero debes de haber cambiado de número.

Te echo de menos. Me he sentido muy sola, y tú eres la única familia que me queda. Ya sé que han pasado muchas cosas entre nosotras, pero espero que puedas perdonarme.

En Marbella hace sol, pero menos calor que el año pasado. He alquilado el mismo apartamento, puerta con puerta con el del señor y la señora Hopgood (te hablé de ellos en mis otras cartas). Él es un poco aburrido, pero Maggie es maja. Jugamos al bingo juntas y tomamos cócteles en el club náutico.

Deberías venir a visitarme. Te puedo enviar dinero para el avión. Podríamos pasar las Navidades juntas. En el club náutico hacen un banquete fantástico, con pavo asado y una botella de vino incluida para cada mesa.

Por favor, contéstame.

Con todo mi amor,

MAMÁ

XXOO

Rasgo la carta en trocitos pequeños y los tiro en el cubo de la basura de la cocina, que está tan lleno que los pedacitos se caen al suelo. Mi madre no sabe que estoy embarazada. Lo haría todo más complicado.

Alguien llama a la puerta.

—Vete al carajo, Dave —grito.

—Soy yo —responde Jules.

¡Mierda!

—Vale. Dame un momento.

Me aliso la ropa, me abotono la blusa y me miro en el espejo antes de abrir la puerta.

—¿Por qué has tardado tanto? —pregunta Jules. Pasa balanceándose a mi lado y se tira en el sofá con un gruñido—. Me has tenido un buen rato esperando ahí fuera.

Medio alemana y medio escocesa, con una explosión de cabello como lana de acero y piernas como troncos de árbol, Jules es una mujer con un aspecto impresionante, y yo le envidio su piel clara y sus ojos marrones. Ya era grande antes de quedarse embarazada, y le encanta presumir de su tamaño, porque a Kevin le gusta así. No es un «alimentador», ni un «amante de las grasas», pero le gustan las gorditas, eso desde luego.

Le cuento lo del robo y presta atención a todas y cada una de las palabras; quiere saber si pasé miedo.

—Probablemente era un adicto al éxtasis —comenta—. Esos tíos dan un miedo de muerte. Se comen la cara de la gente.

—¿En serio?

Asiente.

—Esa mierda te hace agujeros en el cerebro y hace que se te caigan los dientes.

—El ladrón este tenía todos sus dientes.

—De momento.

De pronto recuerda por qué ha bajado.

—Eh, ¿quieres venir conmigo a un acupuntor? Tengo una oferta de dos por uno.

—Nadie va a clavarle agujas a mi bebé —afirmo.

—No clavan agujas en el bebé —responde ella, agitando un folleto—. Aquí dice que la acupuntura ayuda a las mujeres embarazadas a superar las náuseas, la retención de fluidos, el cansancio, los calambres y la acidez de estómago.

—Aun así.

—¿Y una sesión de depilación de bikini?

—Por el momento, no me preocupa.

—Qué suerte tienen algunas —dice con desdén—. Yo tengo un triángulo de los años setenta en pleno crecimiento ahí abajo. Kevin necesita un machete para encontrar mi cuevita.

—Qué asco das.

—Al menos tengo un poco de acción —dice Jules—. Por cierto, ¿sabes algo del marinero?

—No lo he mirado.

Tengo el portátil debajo de un montón de revistas. Lo abro y espero que el wifi encuentre la señal. Dos correos aparecen en mi bandeja de entrada. Uno de ellos es correo basura. El otro es de Hayden. El corazón me da un vuelco.

—Me va a llamar esta noche —susurro yo, al tiempo que pestañeo de la sorpresa.

—¿Qué más dice? —pregunta ella con entusiasmo.

—Eso es todo.

Meghan

Lucy se trae a una amiga esta tarde. Se llama Madeleine, y es una señoritinga gruñona que ignora mi bandeja de fruta y pide galletas de chocolate y patatas fritas.

Yo le digo «En casa no tenemos esas cosas», y Madeleine me mira como si fuese alguna cosa desagradable que se le ha pegado al zapato. Ahora están jugando fuera. Creo que Lachlan se está constipando, así que lo baño y le doy paracetamol y le dejo mirar el Canal Disney.

Echo un vistazo al reloj. A Madeleine la vienen a recoger a las seis. Querría pulsar el avance rápido y tener a todos en la cama, para poder arrastrarme debajo de las mantas y dormir. Esta noche Jack no está. Ha estado de buen humor toda la semana. Diría que hemos vuelto a la normalidad, pero ya no sé qué quiere decir «normal». No, eso no es verdad. Me encanta cuando Jack me provoca y flirtea y me toca en cualquier momento, rozándome el trasero, o cogiéndome de la cintura, o robando un beso rápido al pasar a mi lado en las escaleras.

Lachlan se ríe de algo. Me siento a su lado en el sofá y lo rodeo con el brazo, oliendo su perfume de niño recién salido de la bañera.

—¿Viene a casa papá?

—No llega hasta mañana.

—¿Dónde está?

—Trabajando.

—¿Va a salir por la tele?

—Ajá.

Más tarde le preparo a Lachlan un huevo pasado por agua para cenar y alineo tiras de pan tostado a ambos lados de la huevera. Es un niño hambriento en todos los sentidos, ansioso por crecer, destructor de juegos, acumulador de juguetes y monopolizador de la atención. Lucy parece tolerante, pero últimamente he notado arañazos y marcas de pellizcos en los brazos de Lachlan. Su camión favorito desapareció hace una semana, lo que provocó aullidos de indignación. Lucy le observó desde el rincón y negó saber nada del asunto. Unos días más tarde, encontré el camión debajo de su cama.

Lucy y Madeleine comen macarrones con queso, que a Lucy le suelen encantar, pero hoy, emulando a Madeleine, ha puesto mala cara. ¿Por qué eligen los niños a los amigos más inadecuados? Probablemente escriba sobre ello esta noche; cambiando los nombres, desde luego. Mi blog es como una fiera hambrienta a la que hay alimentar con contenidos, más y más contenidos.

En la universidad soñaba con ser una periodista seria, la próxima Marie Colvin o Kate Adie, e informar desde las calles llenas de escombros de Bagdad o desde abarrotados campos de refugiados en el norte de África. No sé cuándo murió esta ambición. La verdad es que soy una persona que siempre ha igualado las expectativas, no las ha superado.

Cuando empecé a escribir mi blog quería que fuese atrevido y divertido, quizás incluso polémico. Pensaba que, con mi formación en *marketing* y relaciones públicas, podría influir en las opiniones y crearme una marca, pero la verdad es que me pasaba el tiempo escribiendo historias estrafalarias acerca de mi imperfecta familia y de mi *superfeliz-de-la-muerte* matrimonio.

El otro día leí que la madre bloguera promedio tiene más de treinta y siete, tiene dos hijos, tiende a ser de izquierdas y con conciencia social, y compra productos ecológicos. ¡Esa soy yo! Soy un tópico. Mi blog es un resumen de mi vida: segura, sin controversia y superficial.

Limpio la cocina y el baño antes de hacerme la cena; sobras de los niños. Jack me llama desde Old Trafford, donde el Manchester United juega contra el Tottenham.

—Es un partido importante —dice con entusiasmo—. Creo que el nuevo programa está en el bote.

—No digas eso, no seas gafe.

Se ríe y me pide un favor. Se ha dejado una tarjeta de visita en su otra chaqueta. ¿Podría ir a buscarla?

Me llevo el teléfono arriba y abro su armario. Jack gasta más dinero en ropa que yo. Tiene tres trajes Paul Smith y dos docenas de camisas. Rebuscando en los bolsillos doy con una hoja de papel doblada. Es un número de teléfono móvil, escrito a mano, pero alguien ha plantado un beso de pintalabios al lado. Sin nombre.

Sigo rebuscando en los bolsillos hasta que encuentro una tarjeta.

—¿Esta es la que querías? —le pregunto mientras recito el número.

—Gracias, muñeca.

—He encontrado otro número, en un trozo de papel... Con un beso de pintalabios. Sin nombre.

—Ah, eso —dice él, sin perder el compás—. Una mujer me lo puso en el bolsillo en el pub. Me reconoció; creo que pensaba que era un futbolista famoso.

—¿Y conservaste el número?

—No lo «conservé», me olvidé de que estaba allí. ¿Es que estás celosa?

—No.

Me empieza a tomar el pelo:

—Pues deberías estarlo. Tenía como veinticinco años.

—Viejo verde.

—Quería trabajar en la tele.

—Como todas.

Se ríe y me manda abrazos y besos antes de colgar. Yo miro el trozo de papel, lo arrugo y lo tiro a la papelera.

Me da igual que, a veces, Jack me trate como a una novia, porque puede ser excitante. Solíamos tener citas en las que fingíamos ser otras personas. Él podía ser piloto, y yo, la chica del tiempo; nos conocíamos en un bar y uno de nosotros tomaba la iniciativa y ligaba con el otro. Una vez fingí ser una fan enloquecida.

—Dios mío, eres Jack Shaughnessy, ¿verdad?

—Eh, pues sí —respondió él.

—Estás en la tele. Me encanta tu voz. Di algo *sexy*.

—¿Por ejemplo?

—Eso es. Oh, me voy a fundir. Jack Shaughnessy, joder. ¿Qué estás haciendo aquí?

Charlamos durante unos veinte minutos y salimos cogidos del brazo; un ligue de manual. El personal del bar se quedó de piedra.

Antes me chiflaban nuestras citas de noche, y que Jack me escribiese notas bonitas y me las dejara en lugares aleatorios como el microondas, o un bolsillo de la chaqueta, o dentro de las botas de agua. «Queridísima esposa, tus tetas son las mejores», me escribía, o: «Este cupón se puede canjear por un masaje de pies extraespecial». Sí, tenía una motivación subyacente, pero no tenía obligación de ser tan atento.

Estos recuerdos hacen que me sienta gratificada, pero también furiosa. ¡Cómo me atrevo a dudar de Jack, si fui yo quien rompió nuestro voto!

Agatha

La imagen por satélite es borrosa y se interrumpe a veces, pero la voz de Hayden llega con claridad. Está vestido con un mono azul, sentado en una pequeña habitación con diagramas y mapas en la pared. ¿Lleva barba? ¡Puaj!

—¿Me ves? —pregunto, esperando que haga algún comentario sobre el vestido nuevo, o las ganas que he puesto en el maquillaje.

—Sí —responde, sin siquiera mirar a la pantalla—. ¿Cómo es eso de que estás embarazada?

—¿A que es fantástico?

—¿Cómo ha podido suceder?

—Deberías saberlo, tonto.

—Quiero decir que cuándo te enteraste.

—Sabía que me estaba retrasando, pero mis reglas suelen ser muy irregulares. Así que meé en un predictor. ¿Lo quieres ver? —Agité el predictor delante de la pantalla—. La línea rosa quiere decir que estoy embarazada.

—¿Cómo de embarazada?

—Salgo de cuentas a principios de diciembre.

—¿Es mío?

—¿Qué?

—El bebé, ¿es mío?

—Claro que lo es. Te quiero.

—Llevo siete meses embarcado.

—Estoy embarazada de ocho meses. Sucedió cuando estuviste aquí, en Londres. Lo estuvimos haciendo sin parar, como conejos.

—Dijiste que tomabas la píldora.

—También te pedí que usaras condón porque me había saltado unos cuantos días. Dijiste que no te gustaban.

—¿Por qué no me lo has dicho antes?

—Lo intenté, pero no me contestabas. Te envié correos electrónicos y cartas. Puse mensajes en Facebook. No me respondiste.

—No decías nada de un bebé.

—No iba a soltarlo así como así. Es algo privado. Tengo las imágenes de las ecografías. ¿Las quieres ver?

Hayden respira profundamente y suspira, mirando al techo como si buscase una señal del cielo o la espera de una intervención divina.

—¿Qué quieres que haga? —pregunta él.

—No espero que te cases conmigo ni una bobada así.

—Entonces, ¿por qué me lo dices?

—Pensé que debías saberlo. Si no quieres tener nada que ver conmigo, lo acepto, pero este bebé es tan tuyo como mío.

Mira a la pantalla y niega con la cabeza.

—No quiero un bebé.

—Bueno, ya es un poco tarde para eso. —Me pongo de pie y me giro de lado, pasándome las manos por la tripa—. Esto es de verdad.

Vuelve a apartar la mirada.

—Ya sé que piensas que te estoy metiendo en algo que no esperabas, pero traté de decírtelo. Te escribí casi cada día, pero tú estabas enfadado conmigo y querías hacer una pausa.

—¡No era una pausa! ¡Era que cortamos!

—Lo de mirar tus correos fue una tontería, pero no ves que… Ya debía de estar embarazada cuando lo hice. Mis hormonas estaban desbocadas.

—Y esa es tu excusa.

—Es la verdad.

Hayden se aparta de la pantalla de un empujón.

—¡Demonios, ahora no puedo con esto!

—Podemos hablar cuando llegues a casa.

—¡No! Lo que quiero es que me dejes en paz.

—¿Y el bebé?

—¡Si lo quieres, adelante!

—Por favor, Hayden, no seas tan duro.

—Este no era el trato. Deberías haberte librado de él.

—¿Qué?

—Abortar.

—¡No!

—No vuelvas a ponerte en contacto conmigo. ¿Entendido?

La pantalla se pone en negro. Toco las teclas, pero no puedo hacer que vuelva.

Me niego a llorar y me digo que Hayden puede cambiar de opinión. Ahora mismo, lo que piensa es que soy una de esas pelanduscas que se pasean cerca de los cuarteles de la Navy esperando engatusar a un hombre de uniforme. Se equivoca. Le quiero. Le voy a demostrar que puedo ser una madre estupenda. Y no tardará en ponerse de rodillas para pedirme que me case con él, y dentro de treinta años nos reiremos de todo esto y hablaremos de nuestros nietos.

72 Jules llama a la puerta. Probablemente haya estado esperando fuera, muerta de ganas por saber lo que ha dicho Hayden. La dejo pasar. Me mira con expresión esperanzada, a punto para decirme lo mucho que lo siente.

—Bueno, ¿qué ha pasado? ¿Estaba feliz?

—Entusiasmado.

—Ya te dije que lo estaría. —Se ríe y baila por la habitación, meneando las curvas.

—Me ha pedido que me case con él.

—¡No me digas!

—Sí.

—¿Por qué no respondía a tus mensajes?

—Ha dicho que tenía miedo de enamorarse de mí.

—Qué bonito. Entonces, ¿qué le has dicho?

—Que tendría que pensármelo.

—¡Eres una idiota! ¿Por qué no le has dicho que sí?

—Él me ha hecho esperar. Ahora, que espere él.

Jules quiere saber todos los detalles: lo que he dicho yo, lo que ha dicho él. Me tengo que inventar la conversación, pero ella no duda de ninguna de mis explicaciones.

—¿Dónde está Hayden ahora?

—Navegando hacia Ciudad del Cabo.

—A lo mejor te compra un anillo de compromiso en Sudáfrica. Tienen los mejores diamantes.

—No quiero un anillo de diamantes.

—Sí que lo quieres. A todas las chicas nos encantan los diamantes. ¿Volverá para el parto?

—No.

—Pero debería estar contigo.

—No pasa nada. Voy a tener el niño en Leeds.

—No soportas a tu madre.

Me encojo de hombros.

—Hemos tenido nuestros más y nuestros menos, pero necesito que alguien me acompañe en el parto, y ella se ha ofrecido.

—Lástima que yo no pueda —dice Jules—, pero tengo un pequeño problema. —Señala a su barriga.

Le doy un abrazo.

—Siempre podría tomar prestado a Kevin.

—No sirve para nada, créeme. ¿Cuándo te irás hacia el norte?

—Cuando se acerque el momento.

Jules sabe de mi familia. No la historia completa, pero lo bastante para entender mi relación de amor/odio con mi madre. Dice que debería tenderle la mano, construir puentes, pero creo que algunos puentes han de quemarse, y que es una pena que algunas personas no estén en ellos cuando eso sucede.

Meghan

La casa está tranquila. Los niños duermen. Me he pasado una hora planchando delante del televisor, haciendo una pila de ropa de cama pulcramente plegada y una colección de camisas de agradable aroma colgando del pomo de la puerta. Me gusta la rutina y la habilidad que requiere la acción de planchar; de una forma pequeña y doméstica, me hace sentir que estoy manteniendo el caos a raya.

A veces echo un vistazo hacia las escaleras y escucho por si oigo llanto o una llamada. Lucy duerme con la luz encendida. No es que tenga pesadillas o miedo a la oscuridad, pero le gusta saber dónde se encuentra en el mundo cuando se despierta por la noche.

Jack aún no ha llegado. Normalmente llama si va a llegar tarde. He probado de llamarlo al móvil, y en su oficina me dicen que hace horas que salió. Está obsesionado con el nuevo programa. Ya tienen un nombre (¡Dispara!), pero aún no ha oído nada sobre quién va a ser el presentador. Están entrevistando a otros candidatos, y no a cualquiera: a Simon Kidd, el hombre con el que me acosté, al que estoy tratando de olvidar desesperadamente. Jack y Simon siempre han sido competitivos, pero eso no tiene importancia cuando están en una pista de tenis, un campo de golf o jugando al Trivial Pursuit. Esto sí es importante. Si eligen a Simon, no sé cómo Jack puede reaccionar.

Vuelvo a probar con su móvil. Pero me salta directamente al buzón de voz. Le dejo otro mensaje: «Jack. Soy yo. ¿Dónde estás? Estoy preocupada. Llámame, por favor».

Cuando llega a casa, ya estoy en la cama. Oigo que tira las llaves del coche en la mesita y que se quita los zapatos de una patada. Abre la nevera. Está cogiendo una cerveza. Una parte de mí quiere apagar la luz y fingir que estoy dormida.

Pero lo que hago es ir abajo. Está en el jardín, sentado en el columpio de Lucy, con la cerveza en la mano. Me siento en el columpio de al lado y me balanceo en zapatillas.

—¿Has venido conduciendo?

—No. —Se ha soltado la corbata y se ha quitado la camisa a medias—. No me han dado el trabajo.

—¿Se lo han dado a Simon?

—No.

—¿A quién?

—A Becky Kellerman. Trabaja en uno de los canales de estilo de vida.

—¿Sabe algo de deporte?

—Sale guapa en cámara.

—Eso es muy injusto.

Frunce el ceño.

—La idea del programa era del todo mía, maldita sea. Yo inventé el concepto, el nombre. Hasta se me ocurrió un eslogan para la promoción: «Desde el límite mismo».

—Al menos no ha sido Simon —comento yo.

—¿Por qué lo dices?

—Sé que sois muy competitivos entre vosotros.

—¿Por qué piensas que somos competitivos?

—Por nada. Olvídalo, no he dicho nada.

Nos quedamos sentados en silencio durante un rato. Me gustaría preguntarle lo que piensa, pero tengo miedo de lo que podría decir. Hubo un tiempo en el que hablábamos mucho y compartíamos nuestros pensamientos, pero ahora Jack comunica más con sus silencios.

—Me gustaría poderte ayudar de alguna manera —le digo mientras le tomo de la mano—. Y ya sé que no es ningún consuelo, pero creo que eres brillante y que están locos por no haberte dado el trabajo de presentador.

Jack da la vuelta a mi mano y me besa la palma.

—¿Te preocupan cosas, a veces?

—¿Por ejemplo?

—El dinero.

—No somos pobres.

—Vamos a necesitar un coche más grande, y otro dormitorio.

—Esta casa es lo bastante grande.

—¿Y si tres hijos son demasiados? ¿Y si no tenemos tiempo para dedicarnos el uno al otro?

Esto me coge por sorpresa, y siento como si la lengua se me trabase dentro de la boca.

—No quiero perderte, nunca —susurra Jack.

—Pues no te vayas —respondo con suavidad, con la esperanza de que suene convincente.

Me lanza una mirada de reproche.

—Te envidio.

—¿Por qué?

—Eres capaz de sacar lo bueno de cada situación. No te deprimes. No tienes dudas.

—Todo el mundo tiene dudas.

—Y eres honesta de una forma extraña. No ocultas las cosas. Te muestras a todos exactamente tal y como eres; y a cambio, todos te quieren.

Percibo que mi voz se quiebra mientras cambio de tema.

—¿Tienes hambre?

Jack niega con la cabeza.

Me pongo de pie y me ajusto el cinturón de la bata.

—Me voy a la cama. ¿Vienes?

—Aún no.

—No te quedes despierto hasta muy tarde.

Me deslizo bajo el edredón y cierro los ojos, pero no puedo dormir. Despierta y tumbada, trato de comprender la tristeza de Jack. Sé que quiere a Lucy y a Lachlan de verdad, y creo que a mí me quiere igual, pero tenemos diferentes perspectivas de la vida. Jack se anticipa a los problemas, se prepara para lo peor y pone en orden los recursos necesarios para gestionar la situación. Yo me enfrento a los problemas según van viniendo; me inclino, no me rompo.

Si Jack ha reaccionado así por perder una oportunidad de trabajo, ¿cómo se tomaría averiguar que me he acostado con Simon? No debe saberlo jamás.

Agatha

Los padres de Hayden viven en Colindale, en el norte de Londres, en una de esas casitas de posguerra con guijarros recubriendo la fachada y un pequeño jardín en la parte delantera. Dos pisos. Mirador. Pulcros parterres. Los rosales trepadores están floreciendo con retraso.

El señor y la señora Cole saben que voy. He telefoneado antes, y el señor Cole se ha ofrecido a venir a recogerme a la estación, pero yo le he dicho que podía llegar andando. Llevo uno de mis mejores vestidos, un bonito modelo de Mothercare ajustado a la cintura, con mangas casquillo y cuello redondo. Es un poco corto y suelto para ver a los suegros, pero quiero que me perciban como a una futura nuera, no como si estuviese haciendo oposiciones para hacerme *amish*.

Encuentro la casa. Llamo al timbre. La puerta se abre al instante. La señora Cole me mira con una sonrisa radiante. Tiene el aspecto de una austera novia de los años cincuenta que cose y hornea y organiza celebraciones en el jardín en ocasiones especiales. Su esposo está en el vestíbulo, detrás de ella, con su calva en forma de cúpula brillante bajo una pequeña lámpara de araña. No me había imaginado a Hayden perdiendo el cabello; es un poco inquietante.

El señor Cole trabaja en Correos, y tiene un cargo que suena distinguido, pero creo que lo que hace es clasificar paquetes o sellar cartas. La madre de Hayden es maestra en una escuela para sordos, y sabe hablar con el lenguaje de signos. Es porque el hermano menor de Hayden es sordo. Puede que también sea mudo, pero la gente ya no usa esa palabra. La hermana mayor de Hayden está casada y vive en Norfolk. No recuerdo si tiene hijos.

Después de las presentaciones me hacen pasar a una habitación a la que llaman «la salita», donde me coloco en el borde del sofá, con las rodillas juntas. Todo en la habitación parece combinar, con el mismo estampado de flores en las cortinas, los cojines y la papelera. Me ofrecen té y pastel. Me muero de hambre, pero estoy a dieta.

—¿Seguro que no quieres un trozo? —pregunta la señora Cole.

—No, gracias.

Los dos han notado que estoy embarazada, pero yo no he dicho nada de ello. En vez de eso hablamos del tiempo y del viaje en tren y de lo mucho que nos gusta el pastel de limón.

—No sé si Hayden les ha hablado mucho de mí —digo cuando la conversación empieza a languidecer.

—Muy poco —responde la señora Cole, echando un vistazo hacia su esposo.

—Bueno, empezamos una relación mientras él estaba de permiso, en enero. Quizá se hayan preguntado por qué no vino a casa muchas de esas noches. Se quedaba en mi casa.

Siguen inclinados hacia delante en sus sillones, sin reaccionar.

¿Qué tengo que hacer? ¿Les hago un esquema?

Saco un pañuelo de papel del bolsillo del abrigo y me sueno.

—Esto es muy difícil. Normalmente no les habría molestado, pero Hayden no me ha dejado muchas opciones. No contesta a mis correos. Hablé con él hace una semana y él… —No me salen las palabras.

La señora Cole me pone una mano en la rodilla.

—¿Vas a tener un hijo de Hayden?

Asiento y lloro aún más.

Hay un momento de silencio. La mirada del señor Cole parece decir que preferiría que le examinasen la próstata antes que estar sentado en el salón, hablando conmigo. Yo lloro en silencio. Me disculpo y me ensucio las mejillas de rímel.

La señora Cole se sienta a mi lado en el sofá y me rodea los hombros con el brazo.

—¿Qué dijo Hayden?

—Dijo que no quiere saber nada de mí, ni del niño. Dijo

que debía haber abortado, pero es demasiado tarde y va contra mi religión. No tengo nadie más a quien recurrir. Mi verdadera madre está muerta.

—¿Muerta?

—Lo está para mí —espeto, dándome cuenta de mi error—. Está muerta para mí. Apenas hablamos.

—Pobrecita —dice la señora Cole—. Trae más pañuelos, Gerald.

El señor Cole se pone firme de golpe y da una vuelta completa antes de dirigirse a la cocina. Una vez que ha encontrado los pañuelos, me vuelvo a sonar y a secar los ojos. La señora Cole me ha hecho las preguntas obvias sobre cuándo tiene que nacer el bebé y si he ido al médico. Le enseño las ecografías.

—Mira, Gerald. Se ve todo. Los deditos de las manos y de los pies.

—Está muy sano —explico.

—¿Es un niño?

—Sí.

Al cabo de veinte minutos ya estamos hablando como madre y suegra, comentando hospitales, náuseas matutinas y alivio del dolor. Pronto saca los álbumes de fotos de la familia y me enseña fotos de Hayden, de cuando era un bebé.

—Era un gordito. Pesó cuatro kilos —explica—. Me tuvieron que poner puntos.

Me estremezco y ella me da unas palmaditas en la rodilla.

—No te preocupes, tú pareces tener una constitución hecha para tener bebés. Yo era una delgaducha. ¿Te acuerdas, Gerald?

El señor Cole no contesta.

Me pregunta dónde estoy viviendo y cómo me las arreglo. Le hablo de Jules y de mi genial grupo de madres que se reúne los viernes por la mañana para tomar café delante de Barnes Green. Pronto estoy mirando fotos de Hayden cuando gateaba, cuando empezó la escuela y cuando era un adolescente con granos. Me hace una visita guiada por su dormitorio y me da una explicación detallada de cómo ganó cada uno de sus trofeos deportivos.

Se hace de noche. La señora Cole insiste en que me quede a cenar y hace que me siente en la cabecera de la mesa. Está claro que esto es algo grande, su primer nieto. La hermana de Hayden «no ha tenido la suerte», dice la señora Cole, que me sirve más de todo.

El hijo sordo, Regan, se ha estado ocultando en su dormitorio toda la tarde. Me mira fijamente durante toda la cena, haciéndole preguntas a su madre en lenguaje de signos; su madre le responde de la misma forma. Tengo la impresión de que están hablando de mí, cosa que me pone nerviosa. He oído decir que las personas que pierden el uso de un sentido, como la vista o el oído, desarrollan a veces habilidades superiores en otras áreas. ¿Y si Regan me puede leer el pensamiento?

Recogemos la mesa y volvemos a la sala de estar; el señor Cole enciende la chimenea de gas y se sienta a mi lado en el sofá. Creo que me está tomando afecto, o quizá sea por el tercer jerez que veo que se sirve mientras la señora Cole no mira.

—¿Dónde tienes pensado tener al bebé? —pregunta.

—Mi madre vive en Leeds.

—Pero has dicho que ella estaba muerta para ti.

—Sí, pero quiero cambiar eso. Lo que he hecho hoy, venir aquí, ha sido un paso importante para mí, y han sido ustedes tan amables y acogedores que ahora sé que puedo arreglar las cosas con mi madre.

—¿Así que irás al norte?

—Ajá. Aunque esperaba que Hayden estuviera conmigo…

Dejo la frase en suspenso. El señor Cole me da palmaditas en la rodilla.

—Has hecho lo que debías al venir a vernos. No te preocupes por nuestro Hayden. Yo me encargaré de que haga lo correcto contigo.

Me limpio otra lágrima. Brotan muy fácilmente.

—Odio pensar que crea que tengo su bebé para hacer que se quede, o para obligarlo a quererme. Ni siquiera le pido que se case conmigo.

Le cojo la mano al señor Cole y la pongo sobre mi tripa.

—¿Puede notarlo?

Asiente de forma incierta.

—¿Se mueve mucho?

—Todo el rato.

La señora Cole se une a nosotros con más té y pastel de limón.

—A Hayden aún le falta crecer un poco —comenta, cortando un trozo de pastel para mí—. Pero es un buen chico. Estoy seguro de que, después de que hable con él con tranquilidad, lo entenderá todo mucho mejor. Mientras tanto, ¿necesitas alguna cosa, Agatha?

Niego con inseguridad.

—¿Estás segura?

—Bueno, la verdad es que me he encontrado bastante mal y he perdido muchos turnos en el trabajo. El día de pago del alquiler ha pasado, y…

—¿Cuánto debes?

—De verdad, no tienen por qué hacerlo.

—¿Cuánto es?

—Unos cientos de libras.

—¿Con eso bastará?

—Si tuviera quinientas, podría pagar todas mis facturas, la electricidad y el gas.

—Seguro que podremos encontrarlas —dice el señor Cole—. Y no te preocupes por nuestro Hayden. Nosotros nos encargaremos de que haga lo que debe hacer.

Hayden me llama esa noche. Temo que esté furioso conmigo por actuar sin decirle nada, pero está increíblemente dulce. Yo actúo un poco dolida y no acepto sus disculpas. Hoy, la imagen vía satélite es más clara que la última vez. Él no deja de decir que lo siente y que no tenía intención de hacerme daño. Poco a poco suavizo el tono, pero me pregunto si está siendo amable conmigo a regañadientes.

—Sé que aún te estás haciendo a la idea —le digo—, pero vas a ser un padre estupendo.

Rehúye mi mirada.

—Escucha, Agatha…

—Llámame Aggy.

—Muy bien, Aggy. —Se inclina hacia delante—. Acepto que probablemente sea el padre…

—Lo eres.

—Y respeto tu decisión de tener el bebé.

—Gracias.

—Pero no me voy a casar contigo.

—No te he pedido que te cases conmigo. No te he pedido nada.

—Ya, ya lo sé. He hablado con mis padres. Han hecho que me dé cuenta de que lo que dije estaba mal. Quiero decir que… el bebé fue una sorpresa.

—A mí me lo vas a decir —respondo con una risita nerviosa.

—He tenido tiempo de pensar y de tomar algunas decisiones.

—Me parece bien criar al niño sola, si es eso lo que decides, pero si quieres ser parte de ello…, creo que debes tener ese derecho. Quiero decir, ¿no crees que sería horrible si tú de verdad quisieras un niño y yo no te dijese que ibas a ser padre?

Asiente, con aspecto sombrío. El silencio se alarga.

—Tu madre y tu padre son majos.

—No tienen ningún nieto.

—Me parece bien dejar que me ayuden. No es por el dinero, pero me va a costar pagar el alquiler cuando nazca el bebé. Hay muchos gastos…

—¿Cuánto necesitas?

—Si informo al Gobierno, te van a obligar a pagar pensión alimenticia.

—¿Cuánto?

—Cien libras a la semana.

Cierra los ojos.

—De acuerdo. ¿Cuándo tiene que nacer?

—A principios de diciembre, pero podría ser antes.

—No llegaré a casa hasta las Navidades.

—Está bien. Mi madre me va a acompañar en el parto. —Sostengo una imagen de una ecografía—. ¿Lo ves? —Hayden se acerca a la pantalla—. Eso es la cabeza y ahí están sus bracitos y sus piernas. Está encogido.

—¿Es un niño?

—Ajá. ¡Eh! ¿Quieres verme a mí? —Me pongo de pie y me giro de lado hacia la webcam, sosteniendo el vestido y pasándome las manos por el estómago—. Una buena tripa, ¿eh? Deberías ver mis tetas de estrella del rock. —Las cojo con las manos y me vuelvo a sentar.

—Lástima que no esté allí para jugar con ellas —dice Hayden.

—Qué cara tienes, cabrón. —Subo más las manos—. Están bastante grandes.

—Siempre fueron bastante grandes.

—¿Quieres verlas?

Echa una ojeada por encima del hombro.

—Alguien podría verlo.

—¿Una miradita rápida?

Me bajo la parte de arriba del vestido y las copas del sujetador. Abre los ojos como platos.

—Tengo los pezones ultrasensibles. Siento la tela pasar frotándolos. Me pone cachonda.

—Será mejor que te tapes —dice él, con la voz más grave.

Empujo la silla y me alejo de la pantalla, deslizo mi vestido un poco más arriba, abriendo y cerrando las piernas. Hayden parece a punto de lanzarse hacia la pantalla.

—No llevo bragas.

Su respiración se detiene un momento. Gime. Pobre chico. Lleva siete meses en el mar. Ajusta algo en el regazo.

—¿Te estás tocando? —pregunto, sonriendo—. Me gustaría estar allí. Lo haría por ti. Me he encontrado muy sola. Si estuviera allí, te pasaría los dedos por los muslos, acercándome muy poquito a poco. Oh, sí… ¿Te gustaría que lo hiciera?

Su respiración se hace irregular.

—Dímelo.

—Sí.

—¿Sí, qué?

—Sí, me gustaría.

Deslizo mis manos debajo del vestido.

—Oh, querría que estuvieses aquí ahora mismo. Te dejaría follarme y hacerme otro bebé. —Separo aún más las piernas—. Te siento. Te siento dentro de mí. Tan grande. Tan duro… Oh, sí, sí, más fuerte... Necesito que me toques. Por favor, por favor, Hayden. Lléname. Fóllame... Sí... Sí... Más fuerte.

Oigo un gemido diferente y el sonido de la pequeña muerte en un hombre.

Hayden tiene los ojos vidriosos y los párpados pesados. Se mira el regazo, aterrorizado.

—Nos hablamos pronto otra vez, amor.

Él no contesta.

Meghan

Estoy arriba, repasando ropa vieja de bebé en la buhardilla, deseando haber puesto etiquetas en las cajas, en lugar de meterlo todo dentro de cualquier manera.

Debería poner algunas de estas cosas en eBay. Tengo las colecciones completas en DVD de *Sexo en Nueva York* y *El ala oeste de la Casa Blanca*, que podrían tener algún valor. ¿La gente sigue comprando DVD? ¿Y botas de esquí de segunda mano?

Suena el timbre de la puerta. ¿Por qué la gente llama siempre cuando estoy arriba? Esquivando las bolas de plastilina y las piezas sueltas de Lego en las escaleras, llego a la puerta de delante. Será mejor que no sea un vendedor.

Giro la manilla. Simon Kidd me sonríe desde detrás de un inmenso ramo de rosas que han perdido algunos pétalos por el camino.

—Hola, Megs.

No respondo, pero mi corazón late como un tambor *taiko*.

—Te he traído esto —dice, arrastrando las palabras.

—¿Estás borracho?

—El almuerzo ha sido largo.

—Jack no está.

—Lo sé. Tenemos que hablar.

—¡No! No tenemos nada que decirnos.

—Es sobre el bebé.

El corazón me da un vuelco. Trato de cerrar la puerta, pero él da un paso y la para con la palma de la mano.

—Me llamaste y me preguntaste si usé condón aquella noche.

—No importa.

—El condón se rompió.

—¿Cómo?

—Se rompió. No te lo dije porque… No pensé que fuera… —Me está mirando fijamente a los ojos como si esperase que yo terminara la frase.

Estoy en *shock*, pero no quiero que él lo vea.

—Tienes razón, no es importante. Por favor, vete.

—He estado pensando en ti.

—¿Cómo?

—En aquella noche.

—¡Por Dios, Simon! No fue más que sexo. Un rollo de una noche. Ni siquiera eso. Un error. Una cosa bochornosa.

Parece abatido.

—Para mí fue más que eso.

—¿Y eso qué significa?

Simon baja la vista, mira las flores.

—¿Y si el niño es mío? —susurra.

—No lo es.

—No sabes si es de Jack.

—Sí que lo sé.

—Si lo supieras, no me habrías preguntado si habíamos usado un condón.

—El niño es de Jack, ¿vale? No quiero volver a hablar de esto jamás. Lo acordamos.

—Necesito saber si es mío.

—¿Cómo?

—Tengo que saberlo. —Simon pone su mirada de cordero degollado.

Mi garganta emite un extrañísimo sonido de gorgoteo.

—¿Por qué querrías poner en peligro mi matrimonio, tu amistad con Jack…?

—Yo quiero… A ti… —No termina la frase—. Quiero ser padre.

—De acuerdo. Pídele a Gina que se case contigo. Déjala embarazada. A mí, no me líes.

—No lo entiendes.

Elevo la voz.

—¡No! ¡Eres tú el que no lo entiende! Esta es mi casa. Esta es mi familia. Voy a tener el niño de Jack. No tienes derecho a venir aquí y hacerme estas preguntas.

Estoy llorando de frustración y de rabia. Quiero golpear a Simon. Quiero hacerle daño. Pero lo que más quiero es que se vaya. Retrocede un paso y yo cierro la puerta de un golpe, girando la llave en el cerrojo y apoyando la espalda en la gruesa madera. Me deslizo al suelo, me siento en el felpudo; me tiemblan los hombros, asustada por lo que he hecho. En mi familia no tenemos asuntos extramatrimoniales. No tenemos polvos de una noche ni ligues locos. Apoyada contra la fría puerta, con las rodillas encogidas, miro los listones de madera del suelo del recibidor.

¿Y si Jack lo descubre? ¿Y si el niño es de Simon?

He sido una estúpida, pero no me merezco este tormento. He sido una buena esposa. Amo a Jack. No debería ser castigada por un error.

Agatha

No he visto a Meg desde hace casi una semana. Esta mañana no ha venido a la reunión del grupo de madres y no ha aparecido por el supermercado. Su última publicación en el blog la hizo hace diez días y no ha puesto «Me gusta» ni ha respondido a ninguno de los comentarios.

Quería esperarla esta tarde en la puerta del jardín de infancia al que va Lachlan, pero el señor Patel me ha hecho quedarme hasta más tarde porque teníamos una entrega. He tenido que hacer un inventario de cada una de las cajas porque está convencido de que nuestros proveedores nos sirven de menos.

Al final, me deja ir. Me quito la placa con mi nombre, me desprendo de la bata y guardo ambas cosas en el lugar habitual antes de salir y atravesar deprisa Barnes Green, pasar el estanque y la iglesia, y girar hacia la izquierda y después hacia la derecha hasta llegar a Cleveland Gardens.

El coche de Meg está aparcado en el exterior de la casa. Las cortinas de delante están abiertas, pero no veo a nadie dentro. Corto por Beverley Path y llego hasta el paso de peatones inferior del tren antes de escalar la valla y ponerme a caminar siguiendo las vías. Cuando llego a la casa correcta, me arrastro por la maleza y me subo a mi árbol caído favorito. Hay juguetes junto a la casa de juegos, pero las puertas acristaladas están cerradas y no hay señal de que haya nadie en el piso de abajo.

Considero la posibilidad de llamar por teléfono a la casa. Pero ¿qué iba a decir? Podría colgar si Meg respondía. Al menos así sabría que está. Saco el móvil y busco el número. Paso el pulgar por encima del botón verde, sin tocarlo. Vuelvo a echar un vistazo a la casa y veo una sombra que se mueve detrás de las cortinas, en el piso de arriba. Espero y observo, atenta por si vuelve a aparecer.

¡Ahí está! Siento una oleada de alivio. Está sana. Embarazada. Perfecta. Está en la cocina, abriendo la puerta del frigorífico, seleccionando ingredientes. Me relajo y me apoyo en el tronco del árbol, de nuevo feliz, respirando cómodamente y soñando.

Mi peor defecto es lo mucho que me atraen las personas. Conozco a una persona nueva y me quedo pegada a ella, desesperada por tener su amistad. Por eso he tenido tanto cuidado con Meg y la he observado a distancia, en lugar de acercarme demasiado. Conozco sus horarios, sus amigos, sus costumbres y el ritmo de su vida. Sé dónde hace las compras de la casa. Sé cuáles son sus cafeterías favoritas, su médico de cabecera, su peluquería, quién es su hermana menor y dónde viven sus padres; todas las conexiones e intersecciones, la topografía de su vida.

Creo que se me daría bien hacer de espía porque soy maravillosamente dúctil, tan adaptable como el agua, capaz de fluir y llenar espacios y asentarme en las rendijas, tan suave e inmóvil que puedo reflejar el entorno. Lo aprendí cuando era una niña; apenas se me veía y aún se me oía menos. A la gente le cuento que crecí en régimen de acogida familiar, pero eso es solo verdad en parte. En lo que se refiere a mi pasado, cuento una parte de la verdad una parte del tiempo.

Mi verdadero padre desapareció el día en que nací. Dejó a mi madre en el hospital, se fue a casa, hizo el equipaje y vació la cuenta del banco. ¿Quién dijo que la caballerosidad ha muerto?

Hasta que tuve cuatro años, mi madre y yo estuvimos solas. Entonces empezó a asistir a grupos de estudio de la Biblia y se hizo testigo de Jehová. Yo también tuve que convertirme. Nada de festivos, nada de cumpleaños, nada de Navidades o Semanas Santas. A mí me daba igual; no importaba qué religión optase por rechazar más tarde. Pero mi madre se metió en ella con entusiasmo, porque le ofrecía una comunidad.

Asistíamos semanalmente a los servicios (los llamábamos «reuniones») en el salón del reino, y cantábamos canciones en las que alabábamos a Jehová. Yo tenía clases sobre las Escrituras, en las que me enseñaban «la verdad» y que el resto de la sociedad era moralmente corrupta y estaba bajo la influencia de Satán.

Al cabo de un año, mi madre se casó con uno de los «ancianos» de la iglesia. Se convirtió en una esposa para exhibir, paseándose por la vida con su pañuelo Hermès, impecablemente encantadora, siempre en busca del siguiente peldaño en la escala social. No me cabe duda de que quería a mi padrastro, que se dedicaba a gestionar devoluciones de impuestos en una pequeña oficina encima de una tienda de muebles en Leeds. Ella era ambiciosa por él, y se dedicaba a adular y a hacer correr la voz hasta que logró que el negocio creciera lo bastante como para mudarse a una casa más grande.

Elijah nació cuando yo tenía seis años. Yo le quería, y él a mí. Me convertí en su segunda madre, lo paseaba en su cochecito y lo sentaba en la trona y le daba de comer. Más tarde, lo vestía con elegancia y nos «casábamos» bajo el sauce del jardín de atrás.

A los tres años se puso enfermo y se pasó dos meses en el hospital. Mi madre y mi padrastro hacían turnos para dormir junto a su cama y apenas se veían, ni de noche ni de día. Elijah se curó. La vida prosiguió. Pero, después de aquello, mis padres estaban más pendientes de él, y su preocupación se dejaba entrever de muchas pequeñas formas.

Yo me hice mayor. Elijah me siguió. Era como una sombra, siempre detrás de mí, haciendo innumerables preguntas para las que yo no tenía respuesta. «¿Qué pasaría si las ballenas pudiesen andar?» «¿Hay dinosaurios en el Cielo?» «¿Adónde va la luz cuando la apagas?»

Normalmente, yo me inventaba algo y su carita se iluminaba de alegría cuando aprendía una cosa nueva, aunque fuese una gilipollez. A veces me hacía enfadar y yo le contestaba con un grito. La boca de Elijah se curvaba hacia abajo en una mueca perfecta y sus ojos se llenaban de lágrimas. Me odiaba a mí misma cuando eso pasaba.

Cumplió cinco años y empezó a ir a la escuela. Yo tenía que acompañarlo cada día, cogiéndole la mano en los cruces mientras él daba saltos en sus zapatos nuevos, ansioso por ponerse a correr. Mis amigas pensaban que era una monada. A mí me daba vergüenza.

El día en que traíamos algo a clase y lo explicábamos, Elijah trajo un castillo que había construido con cajas de zapatos y rollos de papel higiénico. Necesitaba las dos manos para llevarlo y apenas podía ver por encima de los torreones.

—Deprisa, deprisa —decía, emocionado por llegar a la escuela.

Esperaba en cada cruce, porque sabía que yo tenía que cogerlo de la mano. Después de cruzar, salía corriendo, los torreones tambaleándose por encima de su cabeza. Nadie vio exactamente lo que pasó a continuación. Yo oí un chirrido agudo de neumáticos contra el asfalto y me giré mientras Elijah se doblaba contra el capó del coche y se enderezaba de golpe. Dio una vuelta en el aire y, por un momento, pareció que me miraba directamente. El castillo de cartón se desintegró contra el parabrisas. Elijah aterrizó en la calle y su cabeza se torció con un crujido, mirando en otra dirección. Se quedó tendido de espaldas, con una pierna doblada debajo del cuerpo en un ángulo extraño. Se podía ver un hueso sobresalir por un agujero en sus pantalones.

Como una explosión marcha atrás, la gente fue absorbida hacia allí, apareciendo desde los edificios y los coches cercanos. Yo acunaba la cabeza de Elijah sobre mi brazo. Él yacía, mirando hacia mí, con un mar de pecas en la nariz y las mejillas, con una fría niebla enturbiando sus ojos.

—¿Dónde está su zapato? —le pregunté a alguien—. No puede perder el zapato. Son nuevos. Mi madre se va a enfadar.

La conductora, la señora McNeil, era madre de una niña de mi clase. Más tarde nos enteramos de que era su cumpleaños. Atropelló a Elijah a cincuenta y cinco kilómetros por hora, veinticinco por encima del límite de velocidad, pero nunca la procesaron.

Vino una ambulancia de emergencias, pero no se llevaron a Elijah. Lo ocultaron tras unas cortinas y lo dejaron tirado en la calle durante horas, tomando fotografías y entrevistando a testigos. La gente me aseguró que no era culpa mía y que Elijah había salido corriendo hacia la calle.

Llegaron mis padres. Mi padrastro se quitó las gafas y se puso a sollozar, cubriéndose los ojos con las manos. Mientras, mi madre me preguntaba: «¿Dónde estabas tú, Aggie? ¿Por qué no lo llevabas de la mano?».

—Elijah estaba llevando el castillo— respondía yo, pero no había excusa.

Tiempo después, cada vez que un terapeuta me preguntaba qué quería obtener de las sesiones, yo contestaba:

—Ser normal.

—¿Qué te hace pensar que no eres normal?

—Maté a mi hermano.

—Fue un accidente.

—Debería haberlo cogido de la mano.

Desde el día en que murió Elijah, tuve claro que Dios o el destino se habían equivocado. Si mi madre y mi padrastro iban a perder un hijo, ¿por qué no podía haber sido yo? Puede sonar melodramático, o puede parecer que siento odio hacia mí misma, pero la verdad viaja más profunda que la mentira. La muerte de Elijah se llevó todo el oxígeno de nuestra familia, y nada de lo que hice dejó que mis padres respirasen tranquilos otra vez. Podría haber sacado notas magníficas en mis exámenes, ayudado a ancianas a cruzar la calle, rescatado gatos de los árboles o curado el cáncer, pero nada de eso habría tenido importancia alguna. Vivo o muerto, mi medio hermano no podía hacer nada mal y yo no podía hacer nada bien.

Entendía que mi padrastro me quisiera menos que a Elijah, pero mi madre no. ¿Por qué lloraba a Elijah y me ignoraba a mí? Quería gritarle. Quería morderla y arañarla y pellizcarla para provocar un poco de emoción, o que reconociera que yo también contaba.

Aunque aún no me daba cuenta, Jehová me había dado la espalda mucho antes de que yo se la diera a él.

Meghan

Me despierto sobresaltada, con el corazón palpitando y el pánico obturándome la garganta como una bola de algodón. Estaba soñando que mi bebé tenía exactamente el mismo aspecto que Simon: ojos grises, pómulos afilados y cabello oscuro con raya a la izquierda. Llevaba una chaqueta de lino arrugada, zapatos de cordones (de tamaño bebé) y barba de dos días que oscurecía su mandíbula.

¿Qué clase de esposa se acuesta con el mejor amigo de su marido? No soy ninguna *groupie* adolescente en un concierto de rock, lanzándome en brazos del batería porque el cantante ya está ocupado. No soy un ama de casa sedienta de sexo que flirtea con los vendedores o abre la puerta desnuda debajo de la bata. Ni siquiera tengo bata.

Jack se da la vuelta y me pone el brazo encima, con los dedos cogiéndome el pecho derecho. Mi corazón se ralentiza. Respiro. Cierro los ojos. Me adormezco. Su mano se mueve hacia abajo, sube la curva de mi barriga y baja hacia el otro lado, entre mis muslos. Se acurruca contra mí. Siento su erección. Eso está bien.

Levanto las caderas y él me quita las bragas. Lanza sus bóxers por los aires.

—¿Qué hace papá? —pregunta Lucy, que está de pie, con una mano en la manilla de la puerta y la otra sosteniendo un conejito de peluche.

—Nada —dice Jack mientras se tapa.

—Vuelve a la cama —le digo.

—No tengo sueño.

—Ve abajo y mira dibujos animados.

—Lachlan ha mojado la cama.

—¿Cómo lo sabes?

—Por el olor. —Arruga la naricita y espera que yo haga alguna cosa.

Me bajo el camisón y saco las piernas de la cama. Jack gruñe. Me inclino y le beso en la mejilla, susurrando «Espera aquí».

—No puedo —contesta—. Me pasan a recoger a las siete.

—¿Cuándo estarás en casa?

—Volveré tarde.

Cuando regreso a la cama, él ya se ha duchado y afeitado, y está respondiendo correos en el teléfono. Llega el coche. Besa a cada uno de los niños. A mí me da el mismo piquito, pero nada de palabras cariñosas ni apretones secretos. Le envidio porque se va al trabajo, a hablar con adultos de cosas de adultos. Bueno, la verdad es que no creo que los deportes sean un asunto de adultos, pero es mejor que comentar berrinches, recetas para críos y problemas de dentición con un grupo de madres, cada una de las cuales trata sutilmente de ser mejor que las otras, quejándose de sus precoces retoños, diciendo que son «más inteligentes de lo que les conviene», que es su forma de decir que son más inteligentes que los otros niños.

Ninguno de mis hijos es un Einstein en potencia. Una vez, Lachlan se metió una pasa en la nariz y nos pasamos cuatro horas en urgencias; y Lucy se tragó una moneda de una libra, lo que se tradujo en rebuscar en sus cacas durante una semana para asegurarnos de que la expulsaba.

Esta mañana están siendo especialmente revoltosos. Las ropas son rechazadas, los desayunos pedidos son anulados, se abren negociaciones y las riñas se cortan de raíz. Lachlan quiere llevar botas de agua y Lucy insiste en que sus moños de princesa Leia están torcidos y hacen que parezca que va de lado. La culpa es de Jack por dejarle ver *La guerra de las galaxias*.

Salgo de casa tarde y los arrastro por el césped, a paso rápido, mientras se quejan y se pelean. Cerca del estanque, observo que hay alguien de pie entre los árboles. La reconozco de alguna parte, pero no recuerdo de dónde.

Beso a Lucy a las puertas de la escuela y llevo a Lachlan al jardín de infancia. Hoy decide colgarse de mi pierna, suplicándome que no me vaya. Una de las personas que trabaja allí lo distrae lo suficiente como para que me pueda escabullir.

Mientras pliego el carrito veo que dos madres murmuran y echan miradas furtivas en mi dirección. Pilladas en falta, apartan la vista.

—¿Pasa algo? —pregunto.

—No, nada —responde una de ellas, torciendo el labio.

Mientras me voy, las oigo reír. Quiero saber lo que están diciendo, pero no vale la pena. Tengo por delante cinco horas de cocinar, limpiar, lavar y planchar antes de poder tener un poco de tiempo para mí.

Primero tengo una cita con el obstetra, el doctor Phillips, que tiene la consulta en el piso bajo de un gran edificio victoriano junto al río. Mi médico de cabecera me derivó por las complicaciones que tuve con Lucy y Lachlan. Nada especialmente grave. Sus cabezas eran demasiado grandes. Mi pelvis era demasiado pequeña. Una de las dos tenía que ceder.

Las paredes de la sala de espera del doctor Phillips estaban empapeladas de testimonios, fotografías y tarjetas de pacientes satisfechas, que le agradecían que las hubiera ayudado a dar a luz a su «precioso regalo», como si fuese personalmente responsable de organizar la concepción, el embarazo y el nacimiento. El doctor tiene un tranquilizador aspecto de hombre de mediana edad con gafas de John Lennon y los dientes superiores ligeramente prominentes, lo que hace que su boca sea el rasgo más interesante de su rostro. Me pregunto si estará casado. En tal caso, ¿qué opinará su mujer de esta parte de su trabajo: mirar el sexo de otras mujeres? Me lo imagino llegando a casa sin ganas de mirar ni una vagina más. Esto me provoca risitas, y no puedo parar ni siquiera mientras me toca la barriga.

—Está casi coronando —me informa—. Ya no queda mucho.

—Gracias a Dios —susurro.

Se dirige al escritorio y hace unas anotaciones en el ordenador. Yo me bajo el vestido y me siento frente a él.

—Tenemos que hablar del parto —dice él, apoyando las manos en su tripita cervecera—. Ya sé que tenías pensado otro parto natural, pero en los dos anteriores tuviste desgarros.

—Quizá no suceda esta vez.

—Eso es poco probable, y volver a poner puntos será más difícil. Creo que deberías pensar seriamente en una cesárea.

Tengo una lucha interna con esto; no por corrección política, ni porque otras madres me juzguen y digan que soy «demasiado pija para empujar». Las dos veces anteriores he hecho las cosas «a la antigua»; los dolores fueron infernales, pero la sensación de satisfacción fue tremenda.

—¿Cuánto tiempo tendría que quedarme en el hospital? —pregunto.

—Sin complicaciones, serán tres o cuatro días.

—¿Y eso es lo que me recomienda?

—Sin duda alguna. —El doctor Phillips abre su agenda en la pantalla—. Podemos traerte al hospital el jueves 7 de diciembre, temprano, y operar a primera hora.

Querría discutírselo, pero sé que tiene razón.

—Habla con tu marido. Si tienes algún problema con la fecha, llama a la oficina. En caso contrario, nos veremos entonces.

Agatha

A los trece años me bautizaron como testigo de Jehová. Eso significaba que ya podía ir puerta a puerta y ayudar a otros a arrepentirse de sus pecados y vivir en paz en la Tierra. En los meses anteriores al bautismo asistí a clases sobre las Escrituras. Mi maestro, el señor Bowler, era un anciano de la iglesia con la cara redonda y el pelo cortado en forma de tazón que le hacía parecer muy capacitado. Hablaba mucho sobre el Reino de Dios y el Armagedón, que yo pensaba que debía de ser un apóstol porque en las Escrituras no dejaba de decir que «el Armagedón se acerca».

El señor Bowler tenía cuatro hijas y era el propietario de una tienda de ropa en Leeds. Su hija menor, Bernie, estaba en el curso siguiente al mío en la escuela, pero, en realidad, no éramos amigas.

Después de mi bautismo seguí asistiendo al salón del reino dos veces por semana; allí, el señor Bowler me ayudaba con mis deberes de mates y ciencias. También leía mis textos de inglés y me ayudaba a redactar trabajos.

Un día me preguntó si quería ir a hacer visitas puerta a puerta con él, distribuyendo *La atalaya*, la revista oficial. Yo quería ser tan buena testigo de Jehová como pudiera, así que recorríamos las calles y, de pie en los umbrales de las casas, les contábamos a las personas que podían vivir eternamente en el paraíso si despertaban a la verdad. A la mayor parte de la gente aquello les irritaba, pero yo no decía nada porque era muy joven.

Se hizo de noche y empezó a llover. Tuvimos que correr. Yo reía. El señor Bowler compró *fish and chips*. Nos lo comimos en el sótano del salón del reino, chupando la sal y el vinagre de los dedos.

Yo tuve un escalofrío.

—Tienes frío —dijo él—. Deberías quitarte esa ropa mojada.

Me intentó desabrochar la blusa. Le dije que no. Me hizo cosquillas, empujándome. Me besó en los labios. Dijo que me quería. Yo le dije que también le quería. Era verdad: le quería. Había sido más amable conmigo que nadie que hubiese conocido nunca. Quería que fuera mi padre, pero ya tenía hijas propias.

Recuerdo el olor mohoso del sofá y la tela áspera del tapizado que me producía picor en la piel. El vestido se me había subido por encima de los muslos. Sus uñas buscaban a tientas sobre mis bragas. Le aparté la mano.

Él me dijo que, cuando dos personas se querían, hacían algo más que besarse. Se quitaban la ropa. Se tocaban. Me besó otra vez. No me gustó la humedad de su gruesa lengua, que sabía a bacalao y vinagre.

Sabía lo que quería; había oído hablar a las chicas. Me cogió la mano y la movió arriba y abajo. Suspiró. Se agitó. Lo limpié con su pañuelo.

—Este será nuestro secreto —dijo él—. Nadie más lo entendería.

¿Por qué siempre tiene que ser un secreto?

La siguiente vez que fuimos puerta a puerta me dio un brazalete con un mensaje grabado: «No hay cura».

—¿Para qué? —pregunté.

—Para el amor —respondió él.

Luego volvimos al sótano del salón del reino. Nos sentamos en el sofá. Me volvió a meter la misma lengua gruesa y húmeda en la boca y me forzó a abrir los muslos con la rodilla. No me gustaron los besos. No me gustó notar su peso, ni el dolor, ni la vergüenza, así que me refugié dentro de mí misma y me oculté en las sombras.

—Abre los ojos, princesa —me dijo—. Quiero que me mires.

«Por favor, no hagas eso.»

—¿A que es bonito?

«No, me haces daño.»

—Ahora ya eres una mujer de verdad.

«¿No podemos volver a como era todo antes?»

Vomité el pescado y las patatas fritas. Él retrocedió como si se hubiera quemado, soltando juramentos mientras miraba sus pantalones sucios. Me llevó al pequeño lavabo e hizo que me desnudase. Me quedé de pie, desnuda en el suelo helado, y noté el semen y la sangre en los muslos. Lloré. Él dijo que lo sentía. Sentí pena por él.

En las semanas y meses siguientes, llamamos a muchas otras puertas sin salvar ningún alma. Después, teníamos sexo en el sótano y el señor Bowler decía que, cuando cumpliese diecisiete años, huiríamos juntos y viviríamos en una casa junto al mar. Me enseñaba fotografías de pequeñas casitas cubiertas de glicina o hiedra. Mientras, debíamos mantener en secreto nuestro amor, pues él estaba casado.

Ese verano, el señor Bowler se llevó a su familia a Cornualles de vacaciones. Pensé que sentiría alivio, pero en realidad lo echaba de menos y estaba ansiosa por que volviese a casa. Me trajo otro regalo (un fósil de un caracol que tenía millones de años) y dijo que nuestro amor también iba a durar mucho tiempo. Yo sabía que no era verdad.

Con el paso de las semanas, cada vez hablaba menos. «¿Dónde está esa preciosa sonrisa?», preguntaba él, y yo intentaba sonreír. «Te gusta esto, ¿a que sí?», decía mientras exhalaba su aliento tibio en mi cara. «Dime que te gusta.»

Un día me preguntó si su hija menor, Bernie, tenía novio, o si algún chico había mostrado interés en ella. Yo no lo sabía. Se puso bastante nervioso de pensar que «algún piojoso adolescente la sobaba» y me pidió que la espiase y se lo contara todo. Me di cuenta de la hipocresía. Pensaba que era aceptable tener sexo conmigo, pero su hija debía de permanecer pura. Observé a Bernie en el patio mientras charlaba y se reía con sus amigos. Era guapa y popular y le encantaba la vida. Sabía que yo nunca volvería a ser como ella, limpia, feliz.

El señor Bowler tuvo sexo conmigo durante otro año, sin utilizar nunca un condón, retirándose siempre en el último segundo. Cuando terminaba, se abrochaba el cinturón y me decía que me limpiase antes de llevarme a casa.

Una noche, mientras me daba embestidas, sentí que mi mente se separaba del cuerpo y flotaba hacia arriba, mirando hacia abajo en la habitación. Pude ver el trasero blanco del señor Bowler y sus pantalones de pana en los tobillos y el suéter sin mangas que le había tejido su mujer. Abrí la boca para gritar, pero no se oyó sonido alguno. En cambio, sentí como si un monstruo se deslizara por mi columna y reptase entre mis órganos hasta enroscarse alrededor del corazón, impidiendo que se rompiese.

Cuando volví en mí, el señor Bowler me estaba dando bofetadas en la mejilla y repitiendo mi nombre. Yo no quería despertarme.

—Debes de haber perdido el conocimiento —dijo, subiéndose la bragueta—. Has hecho un sonido extraño, como si estuvieses hablando con alguien, pero no era tu voz. Espero que en tu casa no hables en sueños.

El señor Bowler dejó de ayudarme con mis deberes y de pedirme que fuera con él a llamar a puertas. Y, a medida que pasaban las semanas, encontraba cada vez más cosas que criticar de mí. Mi piel. Mi peso. Mi olor. Ya no me besaba ni me decía que me quería.

El monstruo se despertaba y dormía y reptaba dentro de mí, susurrando consejos, garabateando palabras en las páginas de mi diario, riéndose de mis tímidos intentos de expresar mis sentimientos.

«A nadie le importa lo que pienses.»

Al señor Bowler le importa.

«No te quiere. Piensa que estás engordando.»

No.

«Por eso te pellizca los michelines sobre tus caderas. Le das asco.»

Él me quiere.

«No te besa. No te compra regalos. No te lleva a hacer puerta a puerta.»

Cumplí quince años. No hubo celebración. Mi madre me preguntó por mi último periodo. Lanzó un grito ahogado cuando el médico confirmó que estaba embarazada. Mi padrastro me exigió saber el nombre del padre. Yo negué con la cabeza. Me cogió del pelo con el puño cerrado y me levantó.

Recuerdo la mirada en sus rostros. Sorpresa. Incredulidad. Me mandaron a mi habitación, donde me senté en la cama y los escuché discutir. Mi madre quería llamar a la policía, pero mi padrastro dijo que los ancianos sabrían qué hacer. Rasqué el dibujo de la Sirenita que había en el cabecero de mi cama, pelándolo lentamente. La idea de que llevaba un bebé dentro de mí me parecía ridícula. Aún tengo una casa de muñecas, y un cajón de disfraces.

Al día siguiente, mis padres recibieron una llamada telefónica, y oí que mi padrastro preguntaba «¿Es una reunión del comité judicial?».

No oí la respuesta.

Me llevaron al salón del reino y me entrevistaron tres ancianos a los que conocía desde niña. El hermano Wendell tenía un negocio de limpieza de alfombras; el hermano Watson instalaba persianas; y el hermano Brookfield trabajaba de jardinero para el Ayuntamiento.

Me hicieron preguntas. ¿Cuándo tuve sexo? ¿Dónde? ¿Con qué frecuencia? ¿Estaba el señor Bowler circuncidado? (No sabía qué quería decir eso.)

—¿Cómo de abiertas tenías las piernas? —preguntó el hermano Brookfield, que tenía la cara como un tomate.

—¿Perdón?

—Enséñanos cómo de abiertas tenías las piernas.

Estaba sentada en una silla dura de madera, con un vestido hasta las rodillas. Los ancianos estaban alineados en una mesa larga. Abrí las rodillas. Se inclinaron hacia delante.

—Debe de estar mintiendo —dijo el hermano Wendell—. ¿Cómo podrían violarla con las piernas así?

—¿Por qué no se lo dijiste a tus padres? —preguntó el hermano Watson.

—El señor Bowler dijo que me quería.

El hermano Wendell hizo un sonido de burla.

—Así que tuviste sexo con él voluntariamente, ¿no?

—No. Sí. No lo disfruté. El sexo, digo.

—¿Se lo dijiste a alguien más? —preguntó el hermano Watson.

—No.

—¿Alguien vio cómo pasaba?

—Lo mantuvimos en secreto. El señor Bowler dijo que, cuando tuviera diecisiete años, huiríamos juntos y viviríamos en una casa junto al mar. Me enseñó fotos.

Pensé que se iban a poner a reír.

—¿Cuándo fue la primera vez? —preguntó el hermano Brookfield.

—No recuerdo la fecha exacta.

—¿Eras virgen?

—Sí.

—Seguramente debes de acordarte de la fecha —dijo el hermano Wendell—. ¿La semana? ¿El mes?

Me esforcé por recordar, y finalmente dije una fecha al tuntún.

—Más o menos en Pascua.

—No pareces muy segura.

—Creo que fue más o menos por entonces, pero no estoy segura.

Los ancianos me dejaron sola. Quería ir al baño, pero me daba miedo pedirlo. Crucé las piernas y apreté con fuerza. Al cabo de poco oí al señor Bowler gritando en otra habitación, acusándome de mentir. Se me escapó un poco de pipí.

Cuando los ancianos volvieron, iban acompañados de mis padres. El señor Bowler entró por otra puerta. Antes de que se cerrase vi a su hija Bernie de pie detrás de él. Estaba sosteniendo la mano de su madre.

El comité judicial tomó asiento en la larga mesa. Mi padrastro se sentó detrás de mí y mi madre se quedó de pie justo al lado de la puerta principal, con aspecto de estar desconcertada.

El hermano Wendell habló en primer lugar.

—Se han efectuado acusaciones muy graves contra el hermano Bowler, miembro de alto rango de nuestra congregación. La hermana Agatha está embarazada. Ella afirma que, en más de una ocasión, el hermano Bowler fornicó con ella y la obligó a realizar otros actos sexuales. El hermano Bowler niega haber obrado mal y ha acusado a su vez a la hermana Agatha de difamación. Ha pedido permiso para interrogar a su acusadora.

Creí que iba a vomitar.

El señor Bowler cruzó la habitación y se quedó de pie justo frente a mí. Llevaba una indumentaria familiar: pantalones de pana y suéter sin mangas. Con una sonrisa amable, me saludó y me dijo que sentía verme en aquellas circunstancias.

—¿Tienes novio?

—No.

—Así que no has tenido sexo con ninguno de esos muchachos mundanos de tu escuela.

—No.

—Estás mintiendo, hermana.

—No.

—Hace seis semanas viniste a verme para confesar. Yo te dije que *La atalaya* prohíbe ese tipo de actos. Yo te aconsejé. Te advertí que te apartases del chico, pero tú no me escuchaste.

—¡No! —Miré a mi madre—. ¡No es verdad!

—Mi hija Bernie lo ha confirmado —dijo el señor Bowler—. Tú se lo contaste.

Yo negaba con la cabeza, tratando de pensar con claridad. ¿Por qué iba a decirle a Bernie que yo tenía novio?

—¿Sabes lo que es una mentira, Agatha? —preguntó el señor Bowler.

—Sí.

—Tú dijiste a tus padres que ibas puerta a puerta conmigo. ¿Eso era una mentira?

—Sí.

—Así que mientes cuando te conviene, ¿no?

—No. Sí. No lo sé.

—Le dijiste al comité judicial que la primera vez que tuve sexo contigo fue en Pascua, hace dos años. Aquí tengo mi agenda, en la que se muestra que yo estuve en una feria durante una semana, durante la Pascua.

Abrí y cerré la boca.

—No recordaba la fecha exacta.

—Entonces, ¿mentiste sobre ello?

—No. Quiero decir, no estaba segura.

—Entonces, cuando no estás segura sobre algo, mientes.

—No.

—¿Le estabas mintiendo al comité, o me estás mintiendo a mí?

—¡Ya basta! —gritó una voz desde la parte de atrás de la sala.

Mi madre avanzó con decisión por el pasillo central, agarrando su bolso con fuerza. Generalmente mansa y sumisa, fijó su mirada en los ancianos y declaró:

—Agatha ya ha contestado a vuestras preguntas. Tomad una decisión para que pueda llevarla a casa.

Nadie intentó discutir, ni siquiera el señor Bowler.

El comité se retiró a deliberar sobre su veredicto. Yo fui al baño y lavé y sequé mis bragas, sosteniéndolas bajo el chorro del secador de manos.

Pasó una hora. El comité regresó. Me dijeron que me pusiera de pie, pero no creí que las piernas me sostuviesen. Mi madre y mi padrastro se quedaron sentados.

El hermano Wendell tenía una Biblia en las manos. No me miró.

—Las Escrituras dicen, en Timoteo 5:19: «No admitas una acusación contra un anciano, salvo y únicamente por la evidencia de dos o tres testigos». En el caso que se nos presenta, la hermana Agatha es el único testigo contra el hermano Bowler. Esto no significa que esté mintiendo o que el hermano Bowler esté mintiendo, pero la política de *La atalaya* expone que son necesarios dos testigos o una confesión para demostrar alegaciones de esta naturaleza. Puesto que no se ha cumplido ninguna de estas reglas, el comité judicial no llevará a cabo acción adicional alguna y deja el asunto en las manos de Jehová.

El señor Bowler se puso de pie y anunció que no estaba satisfecho.

—Soy un miembro estimado de esta Iglesia, y la hermana Agatha me ha causado un grave daño. Me ha acusado falsamente, y ha tenido relaciones sexuales fuera del matrimonio con un chico mundano. No se ha arrepentido. Exijo una disculpa y que se expulse a la hermana Agatha de la comunidad.

Oí cómo mi madre inspiraba con fuerza y se ponía rígida al escuchar la palabra «expulsión». Sabía lo que aquello significaba. Había visto a otros testigos de Jehová expulsados por crímenes mucho menos graves que el de «acusar falsamente».

—¿Vas a disculparte ante el hermano Bowler? —preguntó el hermano Wendell.

Negué con la cabeza.

—¿Te vas a arrepentir?

—No.

Mi madre me apretó el brazo con fuerza.

—Haz lo que dicen, Agatha. Dile que lo sientes.

—No he mentido.

—No importa.

—Iré a la policía.

—Entonces serás condenada por Dios —rugió el hermano Wendell—. Y te perderás para siempre en Satán.

Mi padrastro me puso la mano en el hombro. Podía sentir sus dedos apretándome la carne en ambos lados de la clavícula.

—Dile que lo sientes, Agatha.

El dolor me bajaba por el brazo y notaba un hormigueo en los dedos.

—No.

Los miembros del comité judicial se miraron y asintieron. La audiencia había concluido. Una semana más tarde, recibí una carta con mi nombre, fecha de nacimiento y número de la congregación. No especificaba la infracción precisa, pero el significado estaba claro. Había sido aislada de la iglesia. Ya no podía tomar parte en los estudios bíblicos ni en la oración en grupo, ni era libre de relacionarme con otros miembros. Como era menor, podía seguir viviendo bajo el mismo techo que mis padres, que se harían cargo de mis necesidades físicas, pero nada más. Mi madre no podría consolarme si lloraba, ni aconsejarme, ni darme apoyo emocional.

Mi padrastro me dijo:

—Te quiero, Agatha, y te estaré esperando el día que vuelvas. Te recibiré con los brazos abiertos y diré, como dijo el padre a su hijo pródigo: «Esta hija mía estaba muerta y ha vuelto a vivir, estaba perdida y ha sido encontrada». Pero hasta ese día estarás sola, porque has elegido dar la espalda a Dios.

Meghan

Jack se ha tomado el día libre porque cree que se está poniendo enfermo. Él dice que es la gripe, pero yo lo voy a llamar resfriado hasta que se demuestre lo contrario. Llevo toda la mañana subiendo y bajando las escaleras.

—¿Megs? —vocifera desde su lecho de dolor.

—¿Qué pasa?

—Siento molestarte tanto.

—No me molestas.

—¿Me traes una taza de té?

—Voy a poner la tetera.

Vuelvo sobre mis pasos, le preparo té y añado unas cuantas galletas, anticipándome a su próxima petición.

—¿Qué estás haciendo? —pregunta cuando se lo llevo.

—Pasar el aspirador.

—¿Has visto el periódico?

—No lo han traído.

—¿Te importaría ir a por él, por favor?

—Claro, ahora voy.

—Y tráeme unos caramelos para la garganta; los de limón que llevan un medicamento contra la tos, no los de cereza que saben a medicina.

—Son medicina.

—Ya sabes a qué me refiero. ¿Me puedes hacer sopa para el almuerzo?

—¿Qué clase de sopa?

—Guisantes y jamón… con picatostes.

«¿Quién era tu esclavo ayer?»

El viento tiene hoy una sensación ártica, tironea de los faldones de mi ropa y forma remolinos de hojas caídas sobre el césped de Barnes Green. Recojo a Lachlan en el jardín de infancia, porque los martes solo está la mitad del día. Sale corriendo delante de mí, los mitones colgando de las mangas de la chaqueta y las suelas de las deportivas iluminándose a cada paso.

Las puertas del supermercado se abren deslizándose y Lachlan se para a mirar los cuadernos de colorear, al otro lado del pasillo. Yo examino los diversos medicamentos y caramelos para la tos. Una empleada que lleva una bata de trabajo marrón se materializa al final del pasillo. Hablé con ella hace unas semanas. Está embarazada. Miro la placa con el nombre.

—¿Sabe algo de medicinas para la tos?

Agatha me echa un vistazo nervioso y aparta la mirada.

—¿Es para usted?

—No, para mi marido.

—¿Tiene fiebre?

—La verdad es que no creo que sea muy serio lo que tiene.

Agatha aparta unos productos para acceder a la parte de atrás del estante.

—Las quiere de limón.

—¿Cuándo sale de cuentas? Me lo dijo, pero me he olvidado.

—Principios de diciembre.

—Las dos vamos a tener sagitarios. ¿Deberíamos estar preocupadas?

—No sé mucho sobre sagitarios —responde Agatha.

—Tienen una gran fuerza de voluntad, un apetito sexual muy acusado y son muy viriles, según mi marido.

—Déjeme adivinar: ¿a que él es sagitario?

—Exacto.

Ambas nos reímos. Tiene una bonita sonrisa.

—¿Qué hace su marido? —pregunta Agatha.

—Es periodista de televisión.

—¿Lo conocería?

—No, a menos que siga los deportes; trabaja para un canal de satélite.

El supervisor del supermercado nos interrumpe.

—¿Va todo bien? —pregunta, arreglándose el corto bigote con dos dedos.

—Perfectamente —respondo.

—¿Puedo ayudarla en algo?

—No, ya me están ayudando, gracias.

Vacila. Le devuelvo la mirada. Aparta la suya y se va.

—¿Ese es su jefe? —pregunto.

—Ajá. Es un asqueroso. —Agatha se tapa la boca—. Lo siento, no debería haber dicho eso.

—Todas las mujeres han tenido algún jefe como ese —opino yo, mientras miro si lleva anillo de casada.

Ella se da cuenta y se tapa la mano.

—Estoy comprometida.

—No era mi intención fisgonear.

—Lo sé. Mi novio está en la Navy. Está de misión en el océano Índico, pero me comprará un anillo cuando pase por Ciudad del Cabo. Es el mejor sitio para comprar diamantes.

—¿Estará aquí para el parto?

—No, a menos que la Navy le dé permiso.

Echo una ojeada detrás de mí, buscando a Lachlan. Ya no está mirando los cuadernos de colorear. A lo mejor está en los tebeos, cerca de la caja. Me disculpo y voy a buscarlo, llamándolo. Repito su nombre, esta vez más fuerte. No hay respuesta.

—No te escondas de mí, Lachlan. No es divertido.

Camino rápido, corro por el pasillo, gritando su nombre, consciente de pronto de que tengo el estómago en un puño.

Agatha me ayuda a buscar. Nos miramos desde distintos extremos de los pasillos mientras cubrimos toda la extensión del supermercado. Lachlan no está. Corriendo de nuevo hacia la puerta principal, pregunto a los clientes si han visto a un niño. El supervisor me sugiere que me calme, porque estoy alterando a los clientes. La chica de la caja me mira con cara de miedo.

—¿Ha visto si salía?

Niega con la cabeza.

—¡Oh, Dios mío! ¡LACHLAN! ¡LACHLAN!

Desde la acera, miro a un lado y al otro en la calle y en el parque. Estoy temblando. Mareada. Pasa un hombre caminando.

—¿Ha visto a un niño? Es más o menos así de alto, con el pelo rubio. Lleva una parca azul. Sus zapatos se iluminan.

El hombre niega con la cabeza. Inconscientemente, le agarro del brazo, apretando con fuerza. Se libera y se va con prisas.

Un autobús se ha parado al otro lado de la calle. Se abren las puertas. ¿Y si Lachlan se sube en él? Le encantan los autobuses. Le grito al conductor y agito los brazos, cruzando la calle sin mirar. Un coche frena y hace sonar el claxon. El conductor del autobús abre su ventanilla.

—Mi pequeño… ¿Se ha subido?

Niega con la cabeza.

—¿Está seguro? ¿Le importaría comprobarlo?

El conductor recorre el autobús, mirando debajo de los asientos. Mientras, yo miro con atención hacia el parque, luchando contra el pánico. Hay dos personas con perros. Una madre con aspecto de estar agotada, sentada en una manta de pícnic, al lado de un cochecito. Un anciano pasea por el camino, andando con dificultad. Las partes lógicas de mi cerebro se están bloqueando. Corro, gritando el nombre de Lachlan, convencida para mis adentros de que alguien se lo ha llevado. Mi niño precioso. Desaparecido. Lachlan Shaughnessy. Cuatro años de edad. Con un flequillo desordenado y unos dientecitos blancos y perfectos, con una feroz mirada de concentración cuando juega o finge que es un caballero, o un soldado, o un vaquero.

Miro hacia el otro lado de la extensión de césped, hacia el estanque. ¿Y si Lachlan ha ido a mirar los patos? Podría haberse caído dentro. Vuelvo a moverme, gritando su nombre, muerta de miedo al pensar que voy a ver su cuerpecito flotando boca abajo en el agua.

Buscando a tientas en los montones de hojas secas, llego a la orilla. Los patos se echan a volar de forma explosiva, las alas baten en el aire. Lachlan no está allí. La brisa provoca ondas en el agua terrosa. Es posible que haya vuelto al jardín de infancia, o que haya tratado de volver solo a casa. En el supermercado me pidió chocolate y le dije que esperara. Podría estar en la cafetería, mirando los dulces en el escaparate. Corro de vuelta, pero Lachlan no está allí. ¿Puede ser que haya ido a la escuela de Lucy? Siempre está diciendo que quiere empezar a ir a la escuela, que no quiere esperar al año que viene. Empiezo otra vez a correr, examinando cada coche, camioneta y camión que pasa, forcejeando contra el pánico que me atrapa. Aparecen nombres en mi cabeza. Niños desaparecidos. Niños asesinados. ¿Qué voy a decirle a Jack? ¿Cómo se lo voy a explicar a Lucy? Mi visión está fragmentada y borrosa por culpa de las lágrimas. No puedo encontrarlo. Pero debo hacerlo.

Alguien me llama.

—¡Señora Shaughnessy!

Doy dos vueltas sobre mí misma antes de ver a Agatha. Lleva a Lachlan de la mano. Corro hacia ellos y tomo a Lachlan en mis brazos, apretándolo tan fuerte que se queja.

—Me haces daño, mamá.

El alivio es como una válvula que se abre o un globo que se deshincha.

—Estaba en el almacén —explica Agatha—. No sé cómo se metió en él.

—Muchas…, muchas gracias —le digo, con ganas de abrazarla también a ella.

Lachlan se retuerce para librarse de mi abrazo.

—¿Por qué llora mamá?

—No te vuelvas a escapar nunca —le digo.

—No me he escapado. La puerta se ha cerrado.

—¿Qué puerta?

—Debe de haberse cerrado tras él —aclara Agatha.

—Bueno, no deberías haberte distraído —le digo a Lachlan—. Estaba asustada. Pensé que te había perdido.

—No me he perdido. Estoy aquí.

Había dejado la compra en el supermercado. Lachlan coge la mano de Agatha y también la mía, balanceándose entre las dos. Ahora que el miedo ha pasado, me siento agotada, y tengo ganas de hacerme un ovillo y dormir.

Agatha me ayuda a poner la compra en bolsas y charlamos sobre el embarazo y acerca de la responsabilidad de criar niños. A primera vista me había parecido más joven que yo, pero ahora veo que tenemos más o menos la misma edad. Está un poco rellenita, una talla catorce en comparación con la doce que yo uso, y tiene ojos de color azul-gris y una sonrisa nerviosa. Me gusta su pintoresco acento norteño y el hecho de que no se dé aires; no como algunas mujeres de por aquí, que pueden ser elitistas y distantes. Ella se ríe de sí misma. Se ríe, en general. Hace que me sienta mejor.

Debería invitarla a mi grupo de madres. Sería como una bocanada de aire fresco. Pero en el mismo instante pienso en lo esnobs que pueden ser mis amigas. La mayoría de ellas fueron a escuelas privadas y luego a la universidad, y hablan en el mismo tono. Son socialmente seguras de sí mismas, y capaces de salir airosas de cualquier fin de semana en el campo o fiesta en el jardín. ¿Podría hacer lo mismo Agatha? ¿Cómo la presentaría?

—Deberíamos quedar un día para tomar café —le digo, y realmente lo pienso.

—¿En serio?

—¿Cuál es tu número de teléfono? —pregunto mientras saco el móvil—. Yo me llamo Meghan, por cierto. Pero llámame Meg.

—Y yo soy Agatha.

—Ya, ya lo sé. —Señalo la placa que lleva—. Hablamos hace unas semanas; me avisaste de que el suelo estaba mojado.

Parece sorprendida.

—¿Te acuerdas?

—Claro, ¿por qué?

—Nada, no importa.

Agatha

—Los *tours* suelen ir organizados por una comadrona —dice la enfermera de la maternidad, que lleva pantalón azul oscuro y blusa marinera con un cordoncillo blanco en el cuello. Mide apenas metro y medio y tiene aspecto italiano, con cejas gruesas que casi se juntan por encima de la nariz.

—¿Para cuándo lo esperas? —pregunta.

—Principios de diciembre.

—Lo has dejado para bastante tarde.

—Tengo otras opciones —respondo mientras me froto la barriga con las manos—. Mi hermana parió en casa y es una defensora a ultranza de ello.

—Puede ser una experiencia muy positiva si estás sana y no hay complicaciones —dice ella, guiándome por el pasillo en sus razonables zapatos de suela de goma—. ¿Es el primero?

—Sí.

Tomo nota de cómo se ha hecho la cola de caballo con una simple goma de pelo, y del pequeño reloj que lleva enganchado en el bolsillo del pecho. Detrás de la oreja derecha lleva un bolígrafo barato.

—Si no encontramos sitio para ti aquí, te recomendaré algunas clínicas y hospitales públicos. ¿Irás a la privada?

—Es probable.

—¿Quién es tu obstetra?

—El doctor Phillips.

Se queda parada en la puerta y echa un vistazo por la ventanita de cristal.

—Quizá no te pueda enseñar todas las *suites* de parto. Algunas de ellas están ocupadas. Puedes hacer un *tour* virtual en nuestra página web.

Los pasillos son blancos, limpios, brillantes. Pintados con colores pastel. Inspiran calma. Pasamos junto a una mujer que lleva zapatillas y una bata del hospital; su marido la sostiene.

—En el Churchill dan a luz cinco mil bebés al año. Las horas de visita están establecidas para amigos y familia, pero tu pareja puede entrar y salir cuando quiera —dice la enfermera, que me muestra una *suite* de parto con una piscina para el parto en el agua.

—Esta es el ala de atención posnatal. Tenemos un número limitado de habitaciones privadas, pero las asignamos en orden de llegada.

El *tour* termina en el mostrador de recepción, donde me entregan un formulario de solicitud.

—Tu médico también puede enviar una solicitud, pero no lo dejes para muy tarde.

Le doy las gracias y me siento en la sala de espera, donde examino el formulario mientras miro el desfile de madres en espera y de padres nerviosos que salen de los ascensores. Otros se van a casa, con el bebé en un carrito o en una cuna de coche. Las madres llevan ramos de flores o peluches en las manos.

Cuando estoy lista para irme, sigo los carteles de «SALIDA», tomando nota mental de los pasillos y las escaleras. Las personas asienten y sonríen mientras paso, porque las mujeres embarazadas son guapas y brillan y se balancean como pingüinos. ¡Cómo no te van a gustar!

Cuando llego a casa, hay una nota bajo la puerta: «¡Ven arriba!».

Llamo a la puerta de Jules. Ella responde, abriendo la puerta con ademán exagerado. Veo a la madre de Hayden de pie detrás de ella, vestida con un conjunto de *tweed,* con una expresión de haber ganado la lotería.

—Espero que no te importe —dice, abrazándome. Huele exactamente como su casa: a suavizante y a pastel de limón. Tengo que luchar para no parecer rígida en sus brazos.

—¿Cómo supo dónde vivía? —pregunto, nerviosa.

—Me lo ha dicho Hayden. ¿Has hablado con él?

—Desde el sábado, no.

—Tiene una gran noticia.

Rompe el achuchón. Jules ya debe de saberlo, porque me mira y sonríe como un bufón de la corte. La miro cara a cara mientras me pregunto si espera que lo adivine.

—Hayden viene a casa para el parto —anuncia la señora Cole.

Yo me quedo mirándola con la boca abierta.

—Habló con el Departamento de Relaciones Familiares y les contó la situación. La Navy no suele permitir al personal interrumpir un periodo de servicio, pero le han dado permiso. ¿A que es maravilloso?

Las piernas me flaquean. Jules me toma del brazo y hace que me siente.

—Oh, querida, lo siento mucho —dice la señora Cole—. Es por la sorpresa. Debería de haberme dado cuenta.

—¿Cuándo? —pregunto.

—¿Perdón?

—¿Cuándo llega?

—Toca puerto en Ciudad del Cabo dentro de dos semanas..., a partir de hoy. Allí cogerá un vuelo a Heathrow. Debería llegar justo a tiempo.

Mi estómago da una arcada y noto el sabor de vómito en la boca antes de tragar con fuerza. Jules sugiere tomar una taza de té y va a calentar la tetera. Su pequeño, Leo, está mirando la tele sin sonido, y nos mira ocasionalmente como si estuviésemos invadiendo su territorio.

—Hayden está que no cabe en sí de contento —dice la señora Cole, gesticulando y sonriendo—. Sé que tardó un tiempo en hacerse a la idea, pero ahora está totalmente implicado. Quiere estar contigo, si a ti te parece bien.

Me siento como Alicia en el País de las Maravillas deslizándose por la madriguera del conejo, tratando de parar mi caída hacia un mundo paralelo.

—No puede ser —digo yo.

La señora Cole se detiene en mitad de la frase. Jules me

mira con la tetera en la mano. Están esperando una explicación por mi parte.

—Quiero decir que lo que está haciendo es importante..., atrapar piratas. ¿Y si los piratas secuestran otro barco? He visto esa película; ya sabéis, la de Tom Hanks en la que toman como rehén al capitán.

La señora Cole se ríe.

—Pueden detener a los piratas sin Hayden. —Señala sus bolsas de la compra—. Te he traído unas cuantas cosas. Ya las miraremos más tarde. —Yo no quiero que haya un «más tarde»—. Espero que no te importe que haya venido. No sabía que Hayden te había pedido casarse contigo.

—¿Quién se lo dijo?

—Tu amiga Julie; es un encanto. Es una buena cosa que os tengáis la una a la otra.

—¿La una a la otra?

—Ya sabes, estar embarazadas al mismo tiempo.

Asiento mientras trato de digerir la noticia.

Jules entra en el salón con una bandeja. Me da una taza de té. «Dos terrones». Sorbo e inspiro profundamente. Tengo que parar esto. Hayden no puede venir a casa para el parto.

—¿Seguro que no pasa nada? No quiero meter en problemas a la Navy.

—No pasa absolutamente nada.

—Mi madre estará conmigo.

—Entiendo —dice la señora Cole—. Pero ahora tendrás dos compañeros de parto. No creo que Hayden te sea demasiado útil, pero nunca lo he visto tan entusiasmado con nada.

No lo entiende. Y yo no puedo explicárselo. Quiero ser la mujer de Hayden y quiero que se haga cargo de mí. Dentro de un mes puede tocar puerto en Portsmouth como un guerrero vikingo que vuelve a casa después de saquear unas cuantas ciudades, pero ahora no, todavía no.

—¿Te encuentras bien, Aggy? —pregunta Jules—. Estás muy pálida.

—Es por la sorpresa —dice la señora Cole—. Deberías tumbarte.

La señora Cole me sigue abajo a mi piso y espera que abra la puerta. Está todo hecho un desastre. Me disculpo.

—No te preocupes. Has estado sola.

Hace que me siente y ponga los pies en alto, y empieza a limpiar. Vacía y vuelve a llenar el lavavajillas. Limpia las encimeras. Vacía los cubos de basura. Tira la comida caducada. Pregunta si tengo un cubo y una fregona.

—Por favor, no friegues el suelo.

—Solo la cocina.

La miro desde el sofá.

—Deberías comer más fruta y hortalizas frescas —comenta, evaluando el contenido del frigorífico—. ¿Eres buena cocinera?

—No mucho.

—Yo te puedo enseñar a preparar algunos de los platos favoritos de Hayden.

—Genial.

A continuación va a por el baño, haciéndome preguntas a gritos, interesándose por mi familia: de dónde soy, a qué escuela fui. Trato de recordar lo que le dije la última vez.

—Tu madre debe de estar emocionada de ser abuela, ¿no?

—No demasiado.

—¿Por qué no?

—Creo que la etiqueta «abuelita» la hace sentirse incómoda.

—Es verdad que a las mujeres nos hace sentir viejas.

La señora Cole no me deja ver lo que me ha traído hasta que no ha acabado de limpiar. Se quita los guantes de goma, se aparta el pelo de los ojos y se sienta en el sofá, abriendo una bolsa tras otra. En la primera hay una bata y un camisón.

—Algo que llevar en el hospital —explica.

La siguiente contiene una manta para el bebé, calcetines y chaquetas y gorritos de punto.

—No estaba segura de si querrías el azul para un niño, así que elegí colores neutros. Los niños son maravillosos. Las niñas también, pero siempre es bonito tener un niño primero.

La señora Cole dice algunas cosas amables sobre mi piso y pregunta dónde dormirá el bebé.

—Pensaba comprar un moisés.

—Buena idea —afirma—. Puedo llevarte de compras. ¿Y un cochecito? —pregunta.

—Me lo van a prestar.

—Te podría comprar uno nuevo.

—No está bien que lo pagues tú.

—Claro que lo está. Queremos ayudar.

Ya bien instalada, sigue hablando del parto, diciéndome que no me preocupe por el dinero. Me gustaría que se marchase. Necesito pensar sobre Hayden y sobre lo que voy a hacer. Tengo catorce días antes de que llegue a casa. Querrá verme. Querrá pruebas de que él es el padre.

A veces es mejor no saber cómo se hacen los bebés.

Meghan

Grace quiere celebrar una fiesta de bienvenida al futuro bebé; yo pienso que es una horterada hacerlo por tercera vez. Nos sentamos en la cocina, observando los intentos de Lachlan por hacer volar una cometa de fabricación casera en el jardín. La ha hecho con una caja de pizza, y tiene menos probabilidades de volar que nuestro flamenco decorativo.

—No seas aguafiestas —dice Grace—. Se debe celebrar la llegada de todos los bebés.

—¿Y si no me apetece hacer una fiesta?

—Entonces eres una gruñona y un fastidio.

Durante un breve instante, quizá buscando su solidaridad, me pasa por la cabeza hablarle de Simon, pero lo descarto al momento.

—Nada de regalos —pongo como condición.

—¿Ni ropa para bebé?

—Tengo cajas enteras de ropa en el altillo.

—¡Cosas de segunda mano! —refunfuña ella—. Por favor, no le hagas llevar ropa heredada. Eso es lo que me pasó a mí. Tenía que llevar cosas viejas que habían sido tuyas. Uniformes de la escuela, zapatos, raquetas de tenis, anoraks de esquí... Recuerdo unas Navidades, cuando tenía nueve años, en que mamá me compró un par de botas. Fue el primer calzado nuevo que tuve en mi vida.

Quisiera reír y hacer alguna bromita sobre los problemas del primer mundo, pero veo que está hablando en serio. Grace siempre ha tenido celos por ser la segunda. No acepta que ser la más joven tenga ventaja alguna. Quizá tenga razón. Todo el mundo celebra un primer niño. Cuando Lucy nació, hubo postales, flores y juguetes de amigos, familia y compañeros de trabajo. Lachlan no recibió ni la mitad. Y, cuando miro nuestras fotografías, hay muchas más de Lucy que de Lachlan.

—Tú tenías a mamá y a papá para ti sola —dice Grace—. Cuando yo llegué, solo tenía la mitad de su tiempo.

—Tú tenías a tres personas que te querían. Me tenías a mí.

—Tú no eras muy buena conmigo. ¿Recuerdas aquella vez que me tiraste de una caja en el jardín y me rompí el brazo?

—¡Dios mío, solo fue una vez!

—Sí que me cuidabas, sí.

—Te firmé la escayola.

—¡Guau, muchas gracias!

Grace sabe que le estoy tomando el pelo.

—Si tienes tantas ganas de hacer una fiesta de bienvenida, ¿por qué no tienes tu propio bebé? —propongo.

—Un marido sería algo útil en ese sentido.

—¿Y Darcy? —Su último novio.

—Lo estamos dejando.

—¡Si se lo acabas de presentar a la familia!

—Creo que ese es mi problema: cuando a mi familia le gusta un tío, a mí empieza a dejar de gustarme.

—Darcy es estupendo.

—Me recuerda demasiado a papá.

—¿Y eso es malo?

—¡Sí! —dice, con expresión enérgica—. La sola idea de casarme y tener hijos me da pánico. ¿Y si ser madre no me hace crecer? Podría no ser más que un disfraz barato.

—No es barato.

—Eso es verdad.

Agatha

Mis recuerdos son implacables con los detalles de mi vida. No puedo editarlos, ni alterarlos, ni modificarlos, ni reescribir el final. Veo a mis bebés —los que perdí o los que di a otros— e imagino vidas diferentes y tiempos mejores, pero no puedo cambiar lo que sucedió.

Ahora tengo otro problema. Hayden estará en casa dentro de diez días. El monstruo está enroscado alrededor de mis pulmones y me dificulta la respiración Me está provocando, a veces con un susurro, otras con un chillido. Yo me tapo los oídos y le digo que se vaya.

«¡Estúpida! ¡Estúpida!»

No es culpa mía.

«Tú nunca serás madre.»

Lo seré.

Salgo de la cama, arrastro los pies hasta el vestidor y me pongo la ropa de ayer. El primer atisbo gris del amanecer ilumina el cielo por el este, revelando un día lluvioso después de una noche de tormenta. Hoy no trabajo. En circunstancias normales me quedaría en la cama, pero el monstruo no me dejará descansar.

Enciendo la tele y miro los titulares de las noticias, seguidos por una alegre chica del tiempo a la que le pagan por encontrar arcoíris en una mañana deprimente como la de hoy. A las nueve llaman a la puerta.

—¿Quién es? —pregunto.

—Soy yo —contesta Jules.

Está vestida para salir y lleva a Leo de la mano.

—¿Has estado llorando? —pregunta.

—No.

—Tienes los ojos rojos.

—Debe de ser alergia.

—¿En esta época del año?

Hace entrar a Leo en el piso. Va vestido con vaqueros anchos y una sudadera con un dibujo de *Thomas el Tren*.

—Dijiste que te encargarías de él esta mañana —dice Jules—. Tengo una cita con el médico. ¿Te habías olvidado?

—No, no pasa nada. Ve.

Leo se esconde debajo de su tripa y le abraza las piernas. Jules me da una bolsa llena de cuadernos para colorear, lápices de colores y DVD.

—Venga, hombrecito —le digo—. Vamos a ver dibujos animados.

Jules se va enseguida, antes de que Leo se ponga nervioso. Sentados en el sofá, miramos la tele hasta que se aburre.

—¿Por qué no me haces un dibujo? —le propongo mientras voy a buscar papel y los lápices de colores.

Al cabo de veinte minutos está corriendo por la casa con una caja de cartón en la cabeza, jugando a que es un astronauta. Choca contra una pared. Llora. Se le suministran besos.

—Te voy a comer entero —le digo.

Me mira con expresión de alarma.

—¡No me puedes comer!

—¿Por qué no?

—Porque soy un niño.

—Pero si los niños son muy apetitosos.

Lo persigo hacia el dormitorio, lo atrapo sobre la cama y le hago pedorretas en su tripita blanca y suave. Luego le doy una galleta y se acurruca a mi lado en el sofá.

—¿Quieres más leche?

Asiente.

Me pongo de pie y Leo señala la parte de atrás de mi falda vaquera.

—La has derramado.

Miro por encima del hombro y veo la mancha de sangre. En el sofá hay una mancha más pequeña. Algo menudo y frágil se rompe dentro de mí, como si hubiese pasado andando por un hilo de tela de araña. Todo mi cuerpo se contrae. Miro la sangre fijamente. Me tiemblan las rodillas.

Me dirijo al baño dando tumbos, me quito la falda y las bragas. En la pica, froto jabón en el tejido manchado con las manos, hago espuma, la aclaro. El agua sale rosada. Me duelen las manos.

¡Estoy perdiendo a mi bebé!

«Nunca has estado embarazada.»

¡Cállate! ¡Cállate!

«Te lo dije.»

Lloro y me tiro del pelo, disfrutando del dolor. Clamo al cielo por la injusticia, me odio a mí misma, quiero hacer algo violento. Quiero meter el puño dentro de mí y detener el flujo de sangre. Sentada al borde de la bañera, doy hipidos y sollozos, dejando que la falda empapada gotee sobre mis calcetines.

Oigo un crujido y levanto la mirada. Leo me está observando por una rendija de la puerta. Deprisa, agarro una toalla y trato de cubrirme, pero él ya ha entrado.

—¿Qué es eso? —pregunta, señalando mi estómago.

—Es de donde vienen los bebés.

—Mi mamá no lo tiene.

—Es que su bebé viene de otra parte.

Echo un vistazo al espejo y veo un payaso triste, semidesnudo, llevando una tripa de silicona de aspecto ridículo atada a la espalda. Qué desgracia de persona. Un patético, lamentable pretexto de ser humano. Soy un chiste. Soy un eco. Soy un fracaso.

El monstruo tiene razón. ¿Qué sentido tiene una mujer estéril?

Leo alarga la mano y toca la prótesis.

—¿Tienes un bebé ahí dentro?

—Eso es.

—¿Cómo se metió dentro?

—Dios lo puso ahí.

Leo frunce el ceño.

—¿Qué pasa? —pregunto.

—Mi papá puso un bebé en la tripa de mamá —dijo Leo—. ¿También lo puso en la tuya?

Niego con la cabeza mientras me seco los ojos.

—Vuelve a mirar la tele.

—Tengo sed.

—Iré enseguida.

Cuando se va, me lavo los muslos y saco un tampón del armario del baño. Me pongo ropa limpia, lentamente, como si fuese la víctima de un accidente probando si tiene magulladuras o huesos rotos.

Le llevo a Leo un vaso de leche y me siento a su lado en el sofá. Aún curioso, me pone la mano en la barriga.

«El niño lo sabe.»

No ha hecho nada malo.

«Podría decírselo a alguien.»

Nadie le va a creer.

«Niña estúpida.»

Jules llega a casa a mediodía, sacudiendo el paraguas.

—Hace un tiempo horrible —comenta mientras abraza a Leo.

—¿Todo bien en el médico?

—Normal.

Se gira hacia Leo.

—¿Qué se dice?

El pequeño me mira con timidez.

—Gracias por cuidar de mí, tía Agatha.

—No hay de qué —respondo.

Los oigo subir las escaleras, abrir la puerta; oigo correr a Leo por el salón. Jules va al baño. Tira de la cadena. La cisterna se vuelve a llenar. El agua gime y borbotea en las tuberías, dentro de las paredes. Envidio a Jules, que siente crecer a su bebé dentro de ella, que escucha el latido de su corazoncito, que examina las ecografías.

No soy impetuosa ni impulsiva por naturaleza. Tampoco soy ningún mal bicho. Pero hay noches en las que me quedo despierta, mirando al techo, pensando en la forma de drogar a mi mejor amiga y sacarle el bebé de la tripa.

No lo haría. No podría hacerlo. Pero quiero hacerlo.

Siento claustrofobia. No puedo respirar. Me pongo el abrigo, lo ajusto con un gesto de los hombros, bajo las escaleras y me pongo la capucha para protegerme de la lluvia. Siento calambres en el útero. Me duele el corazón. Mi cuerpo se burla de mí. El monstruo se ríe a carcajadas.

«Te lo dije. Te lo dije. Te lo dije.»

Canto para mí, para dejar de oír la voz, y sigo andando, junto a las tiendas de King's Road y Sloane Square, en dirección norte hacia Kensington y Marble Arch. Londres tiene una solemnidad ominosa que hace que cada paso parezca más pesado, como si estuviese acercándome al patíbulo.

En un cruce veo a una fila de párvulos con impermeables a conjunto, alineados de dos en dos, cogidos de las manos, esperando a que cambie el semáforo. Sus maestros los vigilan desde delante y detrás de la fila. Pienso en Elijah, mi hermanito, mi primera pérdida.

En el salón del reino me enteré de que la envidia es uno de los siete pecados capitales, y yo soy culpable de ella a diario. Envidio a los guapos, a los ricos, a los felices, a los que tienen éxito, a los que tienen contactos y a los casados. Pero, más que nada en el mundo, envidio a las que acaban de ser madres. Las sigo cuando entran en las tiendas. Las observo en los parques. Miro con anhelo dentro de sus cochecitos.

Mi reloj biológico está roto y no es posible repararlo. En los últimos cuatro años, doce clínicas de fertilidad me han rechazado. Ya tuve mi turno, decían. Un especialista del hospital de Hammersmith me dijo que no abandonase la esperanza. Me dieron ganas de abofetearlo y decirle: «¿Esperanza? Con la esperanza no te quedas embarazada. La esperanza susurra «una vez más», pero sigue decepcionando. Mi abuela solía decir "La esperanza es un buen desayuno, pero es una mala cena"».

Un psicoterapeuta me dijo que mi deseo de tener un bebé era una metáfora de algo distinto que faltaba en mi vida.

—¿Qué quiere decir? —le pregunté.

—El nacimiento es metafórico. Hay algo que quiere nacer y que no es realmente un bebé.

—No es un bebé.

—Eso es.

«Vaya idiotez», pensé yo. Un bebé no es una metáfora. Un bebé es mi razón para haber nacido mujer. ¿Por qué, si no, me han dado una matriz y sangro una vez al mes? ¿Por qué, si no, me siento tan vacía por dentro? ¿Por qué, si no, lamento todos los bebés que he perdido y el bebé que entregué?

Las personas con niños parecen contemplar la infertilidad como una enfermedad pasada de moda, como la viruela o la peste. Creen que se curó hace mucho tiempo, con la fertilización *in vitro* y los vientres de alquiler, y que cualquiera que se conforme con no tener hijos es débil de voluntad e indigno. Se equivocan. La ciencia no ofrece una red de seguridad. Solo uno de cada cuatro tratamientos de fertilidad da como resultado un nacimiento; y, cuando la mujer cumple treinta y cinco años, las posibilidades se reducen aún más.

Yo me he burlado de esas posibilidades. He engañado a novios, he follado con extraños, he robado esperma y he pasado por cinco fertilizaciones *in vitro*, pero mi matriz sigue negándose a hacer crecer una «miniyo». He puesto anuncios para conseguir donación de óvulos, he investigado la posibilidad de adoptar y he tirado la toalla con el alquiler de vientres internacional porque nunca podría pagar las tarifas que piden los intermediarios, los abogados y las madres subrogadas.

He intentado evitar las fiestas de bienvenida de bebés, las fiestas de cumpleaños infantiles, los patios de juegos y las puertas de los colegios. No es que ver bebés y niños me haga infeliz. Me encanta mirarlos. Lo que me entristece es escuchar a las madres sentadas intercambiando historias, quejándose de las noches de insomnio, o los problemas de los dientes, o los gastos, o los gérmenes, o las rabietas. ¿Cómo se atreven a quejarse? Han sido bendecidas. Elegidas. Afortunadas.

Mi deseo de un niño es como una pieza que me falta y que no se puede sustituir ni reemplazar. Duele, esta sensación hueca, esta matriz vacía, este agujero del tamaño de un bebé dentro de mí. Lo siento cuando veo un bebé por el rabillo del ojo, o cuando leo una revista, o cuando miro la tele. Quiero un matrimonio feliz, una casa y un perro, pero renunciaré a todo eso por la oportunidad de tener un bebé, de sostenerlo, para quererlo, para acariciarlo, para poseerlo, para criarlo, para pertenecerle.

Es media tarde y ya empieza a haber poca luz. De algún

modo he llegado al río cerca de Westminster, y no recuerdo los caminos que he tomado ni las esquinas que he doblado. El Big Ben toca la hora. Sentada en un banco de madera pintada con base de fundición de hierro, huelo la humedad en mí. Sigue cayendo una llovizna. Toca la campana de una iglesia. Pasa un autobús. Un martillo neumático vibra. Las gaviotas vuelan en círculos sobre mi cabeza. Londres no tiene tiempo para el silencio. No reflexiona sobre su propio pasado.

Lentamente pasa una gabarra, avanzando poco a poco contra la corriente. Un escolar se para a mi lado y me pregunta si tengo fuego. Lleva un cigarrillo húmedo en los labios. Se va. Me pongo de pie. Entumecida por el frío, camino y miro el río, espumeando alrededor de los pilares. El mundo es enorme y yo no soy más que una pequeña mota sin importancia, fácil de perder, que se puede olvidar enseguida.

El monstruo se desenrosca dentro de mí.

«Podrías saltar.»

Probablemente fallaría.

«Podrías deslizarte bajo la superficie y desaparecer.»

Mi barriga ortopédica me mantendría a flote como un chaleco salvavidas. Iría oscilando arriba y abajo hasta que alguien me sacase.

«Podrías quitártela.»

La confusión se arrastra sobre mí. Apoyo las manos en la piedra y me inclino hacia fuera, poniéndome de puntillas. Me quedo mirando el agua arremolinada, preguntándome si estará muy fría. En ese momento, un perro labrador pone las patas en el murete, a mi lado, de pie sobre las patas traseras, mirando la misma agua. Agitando la cola y temblando de alegría, se vuelve hacia mí, excitado, como si me preguntase qué estoy mirando.

—Hola —le digo—. ¿Y tú de dónde has salido?

—Lo siento mucho —dice una voz. Un anciano entra lentamente en mi campo de visión. Lleva una correa de perro y está resoplando—. Se me había escapado. Túmbate, *Betty*, deja en paz a esta señora.

Betty me lame la mano.

—No la morderá. ¿Va todo bien?

No le respondo.

—Está alterada. ¿Puedo ayudarla?

—No, por favor, váyase.

Engancha la correa al collar de la perra y se da la vuelta. No se aleja mucho. Lo veo hablar por teléfono mientras me mira. Al tiempo, una gaviota se ha posado en el murete. Es fea y gorda, con ojos pequeños y brillantes, patas palmeadas y pico ganchudo.

Miro fijamente al ave de aspecto maligno, consciente de que el hombre y el perro me observan. Un coche de policía se detiene detrás de ellos. Un agente sale de él, se pone la gorra y se me acerca.

—Buenas tardes —dice jovialmente. Casi espero que añada «Bonito día».

—Esa ave es malvada —digo yo, haciendo un gesto hacia la gaviota.

—¿Perdón?

—Me está mirando fijamente.

Mira hacia la gaviota sin comprender. *Betty* ladra.

—Fui yo quien los llamé —dice el hombre—. Estaba preocupado por ella.

El agente se acerca y pone sus manos enguantadas sobre las mías.

—¿Cómo se llama?

—Agatha.

—¿Tiene frío, Agatha?

—Sí.

—¿Y si vamos a tomar una taza de té?

—No pasa nada. Tengo que ir a casa.

—¿Y dónde está su casa?

Señalo hacia el oeste, a lo largo del río.

—¿Ha estado llorando?

—Es la lluvia.

—¿Cuándo sale de cuentas? —pregunta el policía.

—Dentro de dos semanas.

El agente asiente. Es más joven de lo que pensaba a primera vista. En su anular brilla una alianza de plata.

—¿Qué está haciendo aquí? —pregunta.

—He salido a dar un paseo.

—Está lloviendo.

—Me gusta la lluvia.

Debo de tener un aspecto horrible. Debo de sonar como si estuviese loca.

—¿Tiene algún tipo de identificación?

—Me he olvidado la cartera en el coche.

—¿Dónde está su coche?

—En la esquina.

—Muy bien, vamos al coche.

Los agujeros en el guion son obvios en el mismo momento en que me voy inventando el guion.

—Lo siento, me he equivocado. No tengo coche. He venido andando. —Echo una ojeada a mi alrededor—. Me tengo que ir. Me esperan en casa.

—Quizá debería dejar que la acompañase —dice él, sacudiéndose las gotas de lluvia de los hombros de la chaqueta.

—¡No!

Está esperando a que diga algo más, pero no puedo ni empezar a explicar hasta qué punto hoy ha sido un día miserable. Se da la vuelta y habla por la radio que tiene en el hombro. Escucho las palabras «agitada» y «médico».

Cada vez más nerviosa, miro a un lado y al otro de la calle, pero no hay por donde escaparse. Soy una débil inmunda, extremadamente fácil de perturbar; enseguida me entra el pánico. El monstruo se ríe.

«Ahora sí que te has metido en un lío.»

¡Cállate!

El agente se gira.

—¿Decía algo?

—No.

—Creo que debería acompañarme.

—¿Adónde?

—Al hospital.

—No estoy enferma.

—Quiero que los médicos comprueben cómo está su bebé.

Me guía al coche de policía.

—Cuidado con la cabeza.

La última vez que estuve en un coche de policía fue cuando

murió Elijah. Mi madre estaba sentada a mi lado, y esperamos a que el forense terminara de examinar el cuerpo.

—Me llamo Hobson —dice, mirándome por el retrovisor. Me pregunta por mi nombre completo. Me invento uno: «Agatha Baker». Suena falso. Debería haber elegido otro.

—¿Dónde vive exactamente, Agatha? —pregunta.

—En Leeds —respondo. Otra mentira—. He venido a visitar a mi hermana.

—¿Dónde vive ella?

—En Richmond.

—¿Qué estaba haciendo junto al río?

—Nada.

—¿Hay algo que la haya alterado?

—No, estoy bien.

El coche de policía aparca en una plaza para ambulancias en el hospital Chelsea and Westminster. Urgencias está en la planta baja. La sala de espera está recién reformada, con bancos de madera brillante y las paredes pintadas de color verde intenso. Los asientos están ocupados por personas heridas, vendadas, con fracturas y quemaduras.

—Parece que están muy ocupados. Podría volver más tarde.

—Ahora ya estamos aquí —dice el agente Hobson, acompañándome a la recepción.

Relleno un formulario utilizando mi nombre y dirección falsos. Una enfermera de triaje me examina los ojos con un bolígrafo-linterna.

—¿Cuántas semanas?

—Treinta y ocho.

—¿Cómo se llama su médico de cabecera?

—Doctor Higgins... Está en Leeds.

—Parece que tiene el vientre un poco bajo. La enfermera se adelanta a tocarme el estómago y yo me retiro. Frunce el ceño y me dice que entre en el cubículo de al lado y me ponga una bata. Pronto vendrá un médico.

El agente Hobson parece aliviado.

—¿Quiere que llame a alguien? ¿Su marido, quizá?

—Está embarcado. Está en la Royal Navy.

—¿Y su hermana?

—Estará en el trabajo. Yo misma la llamaré. No tiene por qué quedarse.

Desaparezco detrás de una cortina. La sala de examen tiene una cama con ruedas y estantes con guantes de un solo uso, toallitas antisépticas y vendas. No puedo quedarme aquí. No puedo dejar que me examinen.

Antes de que pueda moverme, aparece un médico. Parece joven, cansado e inteligente.

—No se ha desnudado —dice.

—Lo siento, no lo había entendido bien.

Se pone un par de guantes quirúrgicos y echa un vistazo a sus notas.

—¿Agatha?

Asiento.

—¿Sabe el sexo de su bebé?

—Es un niño.

—¿Cuándo fue la última vez que sintió que se movía?

—Ahora mismo; está estupendamente.

—¿Sangra o mancha?

Me estremezco.

—No.

—¿Contracciones?

—Punzadas.

El truco para mentir es no agregar detalles superfluos. Mantén las cosas simples. No lo compliques ni lo adornes.

—¿Me va a tocar?

—Voy a comprobar la posición del bebé. Luego la conectaré a un monitor fetal para escuchar el latido de su corazón.

—¿Es necesario?

—Lo es.

—Tengo que ir al baño.

Suspira con impaciencia.

—Está al final del pasillo. La tercera puerta a la izquierda.

—No tardaré mucho.

Cojo el chaquetón y me escabullo corredor abajo. Llego al baño de mujeres, me meto en un cubículo e intento controlar mi respiración. No puedo volver. No puedo dejar que me toque o que me vea desnuda.

Abro la puerta ligeramente, me inclino hacia fuera y examino el ajetreado pasillo. Camino con decisión en dirección contraria a urgencias, pasando junto a enfermeras aleatorias y médicos con bata blanca que no parecen detectarme. El pasillo se divide. Giro a la derecha y luego a la izquierda. Paso junto a un empleado de limpieza y un paciente en silla de ruedas al que acompañan dos celadores. Llego a un punto sin salida y me doy la vuelta.

Una enfermera me pregunta:

—¿Se ha perdido?

Me sobresalto.

—Estoy buscando la maternidad.

—Está en el piso equivocado.

—Claro. Mi orientación es un desastre.

Me indica la dirección de los ascensores. Pulso el botón y espero, mirando por encima del hombro para asegurarme de que se va. Se abren las puertas. Hay una mujer de mediana edad dentro del ascensor.

—¿Va a entrar? —pregunta.

—No. Perdón.

Las puertas se cierran y yo me esfumo, siguiendo los carteles de salida hasta la puerta principal. Mientras cruzo el vestíbulo, aún espero oír que alguien grite «¡Quieta!».

El monstruo se retuerce dentro de mí. Se lo está pasando en grande.

«¡Corre!»

No he hecho nada malo.

«Has fingido un embarazo.»

Eso no va contra la ley.

«Investigarán. Descubrirán lo de los otros.»

Mientras me acerco a la puerta principal veo a un guardia de seguridad con sobrepeso; lleva un uniforme gris. Tiene un *walkie-talkie* junto a la boca. Mantengo la cabeza baja, evitando el contacto ocular. Las puertas automáticas se abren. Giro hacia Fulham Road, temblando del susto, del sudor y de mi ropa húmeda de lluvia.

El monstruo sigue hablando.

«Irán a buscarte.»

Les he dado un nombre y una dirección falsos.

«Te encontrarán de todos modos.»

No hay ningún doctor Higgins en Leeds y no tengo ninguna hermana en Richmond.

«¿Y las cámaras de seguridad?»

Viene un autobús. Levanto la mano, me subo y me dejo caer en un asiento debajo de la ventanilla. Miro con cuidado y vislumbro el coche de policía aún aparcado junto al hospital.

«¡Estúpida! ¡Estúpida! ¡Estúpida!»

Meghan

Simon me ha enviado otro ramo de flores, esta vez tulipanes, con una tarjeta en la que se disculpa por su comportamiento:

> Por favor, Meg, perdóname. Eres la última persona del mundo a la que querría hacer daño. Espero que pienses en lo que dije. Te quiero, Meg, y también quiero a Jack, pero hay cosas que son más importantes que la amistad.

A Jack le cuento que las flores me las ha enviado una empresa de relaciones públicas que quiere que comente sus productos para bebés en mi blog. Debería haberlas tirado, porque no hacen más que recordarme a Simon y lo que me dijo. Estoy de mal humor y me peleo con Jack, cosa del todo injusta porque él no ha hecho nada malo. Me quejo de que no ha terminado la habitación del bebé.

—Prometiste que me ayudarías.

—He estado ocupado.

—Eso mismo dijiste la semana pasada.

—Porque estaba ocupado.

—Vale. Entonces, ¿qué hago? ¿Empujo al bebé hacia atrás? ¿Le digo que espere hasta que estés menos ocupado?

—Lo haré el fin de semana.

—Este fin de semana estás fuera.

—El domingo.

¿Por qué está siendo tan razonable? Quiero gritarle: «¡No aguantes toda mi mierda! ¡Hazte valer!».

Finalmente, hago algún comentario sobre Simon, diciendo: «Al menos él tiene agallas».

—¿Qué quieres decir con eso? —pregunta Jack.

—Nada. No quiero hablar de Simon.

—¿Qué ha hecho Simon? Antes erais amigos.

—Me hace sentir incómoda.

—¿Incómoda, cómo?

—¿Olvídalo?

—¿Te ha tocado?

—No. —Siento que mi cuerpo me traiciona; me ruborizo desde los tobillos hasta el último pelo de mi cabeza—. Es por cómo me mira.

—¿Cómo te mira?

—Lo retiro. No debí haber dicho nada.

—No puedes retirarlo así, sin más. Es el padrino de Lucy. Es mi amigo más antiguo.

Dejo de hablar, cosa que acaba por poner furioso a Jack. Sale al jardín, arranca hojas de un arbusto y las tira al aire como si desease que fueran piedras.

Me siento culpable porque soy yo la que merece ser castigada. Deberían exponerme en la picota o lapidarme como si fuera una prostituta de la Biblia.

Cuando Jack sale hacia el trabajo, me regodeo en la autocompasión mientras escucho una entrevista en *Woman's Hour*. Una madre cuyo bebé desapareció hace cinco años está contando lo que sucedió, con la voz inexpresiva, consumida por la aflicción.

—Cuando me fui a la cama fui a ver a Emily, estaba durmiendo en su cuna. Jeremy vino tarde a casa y volvió a comprobarlo. Aún estaba allí. Era una noche cálida de agosto. Dejamos la ventana abierta para que entrase la brisa. Cuando me desperté, eran casi las seis. Pensaba que Emily había dormido toda la noche, por fin. Cuando fui a verla, el moisés estaba vacío.

»Nunca hemos abandonado la esperanza de encontrarla viva, pero debemos enfrentarnos a la realidad: a cada año que pasa, las posibilidades se reducen. De todos modos, vuelvo a pedir información. Vuelvo a suplicar que alguien dé un paso. Con vuestra ayuda, podremos acabar con el tormento de la incertidumbre.

Lachlan ha entrado en la cocina.

—¿Por qué lloras, mamá?

—No lloro.

—Tienes los ojos mojados.

Me toco las mejillas húmedas.

—¿Te ha hecho llorar el bebé? —pregunta.

—No.

Lo abrazo, ocultando la cara en su cuello. Él me abraza también, con toda su fuerza.

—Ten cuidado, no le hagas daño al bebé —le digo.

—¿Puede sentirme?

—Y oírte también. ¿Te gustaría decirle algo?

Lachlan frunce el ceño, concentrado, y baja la cabeza, presionándola contra mi abultada tripa.

—No hagas llorar a mamá.

Agatha

No hay ningún bebé dentro de mí. Estoy embarazada de una idea. Estoy cuidando de un sueño. Se pueden robar muchas cosas; entre otras muchas, ideas, momentos, besos y corazones. Yo voy a robar un bebé. Voy a tomar lo que se me debe, porque otros ya han tenido más que suficiente. Voy a vivir la vida que se supone que debo vivir: con un marido y un hijo.

No recuerdo en qué momento exacto tomé la decisión de fingir un embarazo. La idea pareció germinar en la oscuridad y crecer lentamente hacia la luz. Leí un reportaje en una revista sobre un acuerdo de maternidad subrogada en el que la nueva madre llevaba un vientre ortopédico con la esperanza de «compartir la experiencia» con la madre biológica. No por primera vez, me metí una almohada debajo de la chaqueta del pijama y me puse de pie frente al espejo, girándome a un lado y al otro, suavizando el bulto, imaginándome embarazada.

Disfruté de la fantasía y empecé a repetirla, añadiendo cada vez más detalles. En Internet descubrí una página web llamada «Mi embarazo falso», en la que se vendían tres tamaños distintos de barrigas ortopédicas, una para cada trimestre. Fabricadas de «silicona médica de alta calidad», se suponía que las barrigas tenían el aspecto y el tacto de la piel real. Leí los testimonios de parejas que utilizaron prótesis de barriga ortopédicas porque iban a adoptar un bebé y querían que las personas pensasen que el niño era suyo.

El pedido tardó una semana en llegar. Empecé a llevar la prótesis de barriga en casa, nunca fuera. Compré ropa premamá y jugué a vestirme con ella, alimentando mi fantasía con más y más detalles del mundo real, mirando muebles para habitaciones de bebé y catálogos de productos para bebés. Al principio solo quería la sensación de estar embarazada y sentir que un niño crecía dentro de mí. Más tarde, quería que las personas me mirasen de forma distinta. Quería sentirme bendecida. Especial. Adorada.

Cuando conocí a Hayden, escondí la barriga ortopédica, esperando que él se enamorara de mí. Era amable y considerado, y lo bastante guapo como para no creérselo demasiado. Me podía imaginar siendo su mujer y teniendo un hijo suyo.

Jules se quedó embarazada y yo me alegré por ella mientras lloraba por dentro. Envidiaba sus pantorrillas hinchadas y su ombligo salido y su júbilo. Hayden había vuelto a embarcarse. Encontré las barrigas falsas en la parte de atrás del armario ropero y me puse la más grande de todas. ¿Fue entonces cuando lo decidí? Quizá. No todas las ideas aparecen completamente formadas, o proceden de un solo origen. Con frecuencia, no hay momentos de lucidez ni caídas de rayos.

Fingir un embarazo no es difícil. Que Jules viviese tan cerca de mí fue una ayuda. Al principio vaciaba el agua del váter y saboteaba la cisterna para que no se vaciase. Luego invitaba a Jules a venir y la hinchaba a tazas de té hasta que tenía que usar el baño.

—El retrete está averiado —decía—. La cisterna no funciona.

—Es así de caprichosa.

—¿Quieres que Kevin le eche un vistazo?

—No, la señora Brindle debería llamar a un fontanero.

Cuando Jules se fue, metí un bote de cristal bien dentro de la taza; ya, un poco asqueroso, pero la necesidad... Al día siguiente fui a ver a un médico de cabecera fuera de mi zona y me senté en la sala de espera entre niños tosiendo y ancianos decrépitos, ensayando una historia dentro de mi cabeza.

El doctor Bailey me hizo pasar a una consulta que olía a gasas empapadas en alcohol y a jabón de manos. Tenía el pelo ralo, y cejas pobladas que hacían que su frente pareciese inmensa. Me pregunté si su cerebro se expandía para ocupar el espacio o si bailaba en el hueco, como una nuez en una sartén.

—Así que esta es su primera visita —dijo, consultando sus notas—. ¿Cómo se pronuncia su apellido?

—Fyfle.

—¿Y en qué puedo ayudarla, señora Fyfle?

—Me parece que estoy embarazada.

—¿Cuánto se ha retrasado?

—Cuatro semanas.

—¿Se ha hecho una prueba de embarazo?

—No sabía si eran muy exactas.

—Son muy exactas. —Hizo rodar la silla por el suelo hasta una pequeña cajonera, de la que sacó una jeringa envuelta en plástico hermético—. Puedo hacerle un análisis de sangre.

—No, una aguja no —dije, tapándome los brazos—. Con las agujas me desmayo desde que era una niña.

Abrió un cajón distinto y me dio un bote.

—El baño de señoras está al otro lado del vestíbulo. Llene este recipiente y le haré una prueba de embarazo.

En el cubículo del lavabo, abrí el bolso y saqué la botella con la muestra de Jules que había recogido. Después de pasar el contenido al otro bote, me lavé las manos y volví a la oficina del doctor Bailey.

—Bueno, está embarazada, eso es seguro —dijo, mostrándome el bastoncillo—. La línea no puede estar más rosa.

—¿Está seguro?

—Estas pruebas no se equivocan nunca.

Firmó una carta en la que confirmaba mi embarazo y me dijo que fuese a mi médico de cabecera, que programaría una ecografía y me daría un calendario con las fechas importantes. Me llevé la carta a casa y la fijé en la puerta del frigorífico. Luego se la enseñé a las chicas del supermercado, que se alegraron mucho por mí, y quizás estuvieran un poco celosas, cosa que entendí.

Desde entonces he sido muy minuciosa. Nada de alcohol, ni quesos tiernos, ni sushi, ni mayonesa, y he puesto en espera lo del *bungee-jumping* y el paracaidismo. Si alguien enciende un cigarrillo cerca de mí, le miro y muestro mi hinchada barriga.

En el primer trimestre me quejé de mareos matutinos hasta que las náuseas parecían reales, y me escabullía al lavabo del personal, dando arcadas en la taza. Abigail me sostenía el pelo y me iba a buscar agua, diciéndome que la bebiera a pequeños sorbos.

El señor Patel se quejaba de que estaba evitando los trabajos pesados y de que me metía en el lavabo en cuanto tenía algo que hacer. Yo trataba de explicarle que el incremento del riego sanguíneo en la zona pélvica y la presión sobre la vejiga daban ganas de mear, pero él se tapaba las orejas y se retiraba.

La primera vez que llevé una barriga ortopédica fuera de casa (la más pequeña) sentí timidez, pero ahora ya se ha convertido en parte de mí. Llevo vestidos ajustados y arqueo con orgullo la espalda cuando camino por la calle, pregonando al mundo que llevo un niño dentro.

A las veinte semanas descargué de Internet imágenes de ecografías. Las modifiqué con mi nombre y número de la Seguridad Social para darles un aspecto oficial. Las enseñé en el trabajo y las pegué en el frigorífico, junto a mi fotografía favorita de Hayden. A esas alturas, estaba tan confiada que llevaba la barriga postiza con vestidos de verano y blusas de seda. Pasaron días y semanas, y me perdí en el sueño. Sentía el bebé crecer dentro de mí. Me daba patadas, tenía hipo y se movía cuando me acariciaba la tripa y hablaba con él.

Ahora llevo el tamaño más grande (la versión para el tercer trimestre) y me encantan las miradas que me echan los extraños, que me sonríen como si fuese su sobrina o su nuera favoritas.

Durante meses me dije a mí misma que podía dejarlo cuando quisiera. Podía «sufrir un aborto», o mudarme de Londres y empezar una nueva vida en otro lugar. Pero una pequeña e irracional parte de mí esperaba poder mantener el engaño por siempre. Imposible, ya lo sé. Dentro de mí, un reloj ha empezado a contar el tiempo, un reloj de arena que se agota. Me quedan menos de dos semanas. Cuando llegue ese momento, tendré que perder mi bebé… o encontrar uno.

Meghan

Estoy en una clase de yoga para embarazadas, en un estudio debajo de la estación de Barnes Bridge. Conozco a la mayoría de las mujeres, aunque cada semana perdemos algunas madres a medida que los bebés van llegando. La instructora también está embarazada, y lleva unos leotardos tan finos y ceñidos que puedo verle el ombligo abultado. El top que lleva tiene un dibujo de una mujer embarazada enfadada y el texto:

LA PALABRA QUE ESTÁS BUSCANDO ES «RESPLANDECIENTE».

Hablando con un jadeante entusiasmo, nos exhorta a:

—*Inspiraaaaar. Espiraaaaar. Inspiraaaaar. Espiraaaaar.* Buscad vuestra propia respiración, sed conscientes de ella. *Inspiraaaaar. Espiraaaaar.* Usad mi voz como guía...

La miro de pasada y me fijo en mi reflejo. La única vez que me veo los dedos de los pies es en estas clases de yoga.

—Ahora coged una mano de vuestro precioso bebé y poned la otra mano en el corazón. Dejad que los pulmones se expandan y atraed suavemente al bebé hacia vosotras como si lo o la estuvieseis abrazando.

Me gustan estas sesiones; los estiramientos y la meditación, no las bobadas *new-age* sobre autoexploración, equilibrio emocional o entrega a un ser superior. He decidido que el truco consiste en «sumar» la ciencia y «restar» lo espiritual.

—*Inspiraaaar. Espiraaaar.* Dos respiraciones más... Eso es... Ahora volved al centro y poneos a gatas para un saludo prenatal al sol.

Sobre las manos y las rodillas, me siento más que nunca

como una vaca. Miro más allá de la barriga y veo a Agatha en la parte de atrás del grupo. La saludo con la mano. Ella sonríe nerviosamente.

—Un brazo en la pierna, el otro detrás. *Inspiraaaar, espiraaaar*. Seguid moviéndoos con la respiración. Vuestro cuerpo está acunando a vuestro bebé y creando un hermoso hogar para él».

Pongo los ojos en blanco; Agatha me imita.

Cuando termina la clase, la busco. Se está cepillando el pelo y haciéndose una cola de caballo.

—No te había visto antes —le digo.

—Trato de esconderme en la parte de atrás —responde ella.

Las dos llevamos la misma marca de *leggings* y de top deportivo.

—Podríamos ser gemelas.

—Salvo que yo, en clase de yoga, parezco un hipopótamo.

Es divertida.

—¿Y ese café que teníamos pendiente? —pregunto.

—¿Conmigo?

—Claro. Invito yo. Es lo menos que puedo hacer después de que encontrases a Lachlan.

—En realidad, nunca se perdió —replica Agatha—. Estuvo siempre a salvo… en el almacén.

—Ya lo sé, pero aún no entiendo por qué se cerró la puerta tras él.

—No —dice Agatha, cambiando de tema—. Vamos a tomar café en Gail's…, a menos que prefieras otro sitio. —Pone una mirada de esperanza.

—No, me encanta Gail's.

Cogemos los bolsos y pasamos por las puertas giratorias. Hay grupos de mujeres charlando en el camino, balanceando llaves en dedos con manicura. Al otro lado de la calle, el río huele a marea baja, y hay barcazas encalladas en el barro, inclinadas hacia un lado como si estuviesen borrachas. Giramos hacia Barnes High Street, pasando frente a una hilera de tiendas especializadas, *boutiques* e inmobiliarias. El carnicero me saluda con la mano. Una madre de la escuela sonríe e inclina la cabeza.

—Parece que conoces a todo el mundo —comenta Agatha.

—Es un pueblo, pero no hay demasiada privacidad.

En el café, decidimos sentarnos dentro, protegidas del frío viento. Automáticamente, el tema de la conversación pasa a ser los bebés. ¿De qué vamos a hablar, si a las dos nos falta tan poco? Embarazo. Clases de gimnasia prenatal. Obstetras. Analgésicos.

—Yo tengo reserva para una cesárea —comento—. Si no me la hacen, volveré a tener un desgarro.

—¿Desgarro?

—Ahí abajo —indico mi regazo—. Lucy y Lachlan tenían cabezas grandes, y mi pelvis es pequeña.

Agatha hace una mueca.

—No te pasará nada. Es increíble lo que podemos dar de sí las mujeres.

—¿Dolió?

—¡Dios mío, ya lo creo! Pero luego te olvidas de ello. Por eso volvemos a pasar por ello.

—Entonces, ¿sabes el día?

—El 7 de diciembre.

—¿Cuánto tiempo estarás en el hospital?

—Cuatro o cinco días —me sirvo el té de menta—. ¿Dónde vas a tener tú al tuyo? Espera, ya me lo dijiste. En Leeds.

—Mi madre vive allí. Ella estará conmigo.

—Entonces, ¿no hay ninguna posibilidad de que tu prometido pueda venir?

Agatha niega con la cabeza.

—Me aseguraré de que hagan muchas fotografías.

—Pero no es lo mismo, ¿verdad? Cuando Lucy nació, Jack dijo que quería estar en la cabecera de la cama, tomándome de la mano, porque prefería no ver el «lado malo», pero cuando las cosas se pusieron complicadas, se puso abajo y me hizo un relato segundo a segundo. Lo hizo como quien narra una tanda de penaltis en el Mundial.

Agatha se ríe. Tiene un rostro bonito y una sonrisa tímida, como si se avergonzara o tuviese miedo de cometer un error. Me pregunta cómo conocí a Jack y cuánto tiempo llevamos casados. Como todo el mundo, parece impresionada de que trabaje en televisión.

—No es tan glamuroso como crees. La mayoría de los fines de semana no está en casa y, por culpa de los partidos de Champions, se perdió nuestros dos últimos aniversarios de boda. Mi cumpleaños es durante el Tour de Francia, así que también se lo pierde.

—¿Durante cuánto tiempo está fuera?

—Tres semanas para el Tour. Cada noche me llama por teléfono, un poco piripi, desde bares o bistrós de Francia.

—Los hombres no se hacen una idea —dice Agatha, que tiene migas de bollería por todo el suéter—. ¿No te preocupa que esté fuera de casa? ¿Por las tentaciones?

—Solía preocuparme, pero es de los buenos.

Sueno confiada, pero a veces me imagino a Jack de fiesta con esas modelos medio desnudas con *shorts* de licra y camisetas de los patrocinadores a las que ves en el podio con los ganadores de la etapa. Esto no se lo cuento a Agatha (tampoco se lo he dicho nunca a Jack), pero sé que él me quiere.

—¿Está emocionado por el bebé? —pregunta Agatha.

—Ahora sí; al principio no lo estaba.

—¿Por qué?

—Es un bebé accidental. No teníamos previsto tener otro.

—¿En serio?

Agatha parece sorprendida por la noticia. Pedimos más bebidas y seguimos hablando.

—¿Y tú? —pregunto—. ¿Dónde fuiste a la escuela?

—En Leeds, sobre todo, pero en realidad en un montón de sitios. Me fui de casa cuando tenía quince años.

—¿Por qué?

—No me llevaba bien con mi padrastro.

—¿Y volviste?

—Entré en acogida.

—Pero ¿tu madre…?

—Ahora somos amigas.

—¿Y qué pasó cuando terminaste la escuela?

—Fui a una escuela de secretarias —dice Agatha, con tono de decepción—. Pero hice un curso para ser artista maquilladora. Sobre todo hacía bodas y fiestas.

—¿Alguien famoso?

—¡Qué va! Nunca he conocido a nadie famoso. No como tú.

—¿Por qué piensas que yo he conocido a personas famosas?

Agatha abre la boca, pero no emite sonido alguno. Se produce una pausa incómoda.

—Como Jack trabaja en la tele, supuse que… —dice entre dientes.

Yo me río, con la esperanza de que se relaje.

—Antes trabajaba para una revista. Una vez entrevisté a Jude Law.

—¿Y cómo era? —pregunta Agatha.

—Muy guapo y muy descarado.

—¿Flirteó contigo?

—Yo diría que sí.

—¿Le gustaste?

—Ahora no me miraría dos veces.

Agatha

Me maravilla cómo se puede transformar Meg, de una muchachita de gimnasio, con cola de caballo y vestida de licra, a una esposa y madre moderna y sofisticada. A su lado, me siento anticuada y torpe como uno de esos caballos de broma formados por dos actores. Meg ha pedido un té de menta y una macedonia de frutas, una opción sana. Yo he pedido un capuchino grande y una napolitana de chocolate que me ha dejado el suéter lleno de migas, un suéter tejido con una lana tan basta que no hay forma de quitarlas.

—Me gusta ver a alguien que disfruta comiendo —dice Meg, sin intención de burlarse de mí.

—Soy una manazas.

—Yo también.

—No, tú no lo eres.

—Te sorprendería saber cuánta comida de bebé me las he arreglado para meterme en el pelo.

—Sí, pero eso no es culpa tuya.

Un trío de chicas adolescentes pasan junto al café; llevan pintalabios y lápiz de ojos, y las faldas enrolladas unos centímetros para mostrar las piernas.

—Yo solía tener un cuerpo como esos —dice Meg, con un tono triste.

—Qué suerte.

—Calla. Creo que el embarazo te favorece —dice.

—Es porque me he habituado a mi cuerpo —respondo—. Ahora mismo no me siento en absoluto *sexy*; más bien indeseable.

—No creo que sea «indeseable» a lo que te refieres.

—Ya me entiendes.

Meg sigue haciéndome preguntas, y yo varío entre verdad y mentira; rara vez le doy respuestas directas. Mentir es algo que me sale de forma natural, mientras que la verdad es incómoda y embarazosa, como unos zapatos que no son de tu talla. No es que tenga intención de ser manipuladora o astuta, y las mentiras que les digo a otras personas no son nada comparadas con las que me digo a mí misma.

Meg habla sobre cómo fue criarse en Fulham e ir a una escuela privada para niñas en Hammersmith.

—¿Tienes hermanos o hermanas?

—Una hermana, Grace. ¿Y tú?

—Tenía un medio hermano, pero murió cuando tenía cinco años.

—¿Qué pasó?

—Un accidente de coche.

—Es terrible. ¿Qué edad tenías tú?

—Once años.

Meg me cuenta más cosas sobre Grace; por lo que me dice, es una rebelde. Se supone que yo debo revelar intimidades parecidas sobre mi crianza. ¿Por qué en las conversaciones informales se acaba hablando inevitablemente de la infancia? Ya sé que los amigos comparten esta clase de recuerdos, pero ¿por qué debo revelar detalles de hermanos, castigos, mascotas, vacaciones, travesuras, huesos o corazones rotos, o sobre qué madre está más chalada?

—¿Y tú, Agatha? —pregunta—. ¿Qué haces en tu tiempo libre?

Río nerviosamente.

—Tengo una vida aburrida.

—Las personas que dicen eso siempre tienen las mejores historias que contar.

—No es mi caso.

Trato de desviar su atención de nuevo. Meg se da cuenta de ello. No quiero que me tome por una persona reservada.

—Estuve casada, una vez —le digo, y empiezo a contar la vida de Nicky—. Duró cinco años, pero no funcionó.

—¿Seguís siendo amigos?

—Me envía una felicitación de Navidad cada año.

—¿Y no tuvisteis hijos?

Mis ojos se humedecen, el café se hace borroso. Bajo la cabeza; me atraganto con las palabras.

—Te he puesto nerviosa —dice Meg—. Lo siento.

—No, es culpa mía. Pensaba que, después de tanto tiempo… —No termino la frase. Vuelvo a empezar—. Perdimos un bebé, una niña. Tuve un aborto a los cinco meses.

—Eso es espantoso.

—Ya no debería afectarme, pero aún me afecta.

—¿No lo volvisteis a probar? —pregunta.

Una alarma se dispara al instante dentro de mí. He dado demasiada información. Verdades compartidas que lo harán todo más difícil. Meg parece detectar mi inquietud.

—Bueno, todo eso ya pertenece al pasado. Ahora tienes un prometido y un bebé en camino. —Sonríe—. ¿Habéis decidido una fecha para la boda?

—Aún no. Quizás el próximo verano.

—Perfecto.

—Estamos pensando en ir de luna de miel a Tahití —agrego, con la esperanza de impresionarla.

—Dicen que el sur del Pacífico es precioso.

—Vamos a alquilar un bungaló en la playa y vivir como los nativos.

—Qué romántico —dice Meg—. Tienes suerte. —Su rostro se ilumina de repente, como si se le hubiese ocurrido una idea brillante—. ¿Qué haces ahora?

—¿Cómo?

—Ahora mismo.

—Nada.

—Deberías venir a casa conmigo. Tengo un montón de cajas de ropa de bebé para ordenar, mucha más de la que necesito. Llévate una parte.

—No necesito ropa.

—Echa una mirada, al menos. Algunas prendas están completamente nuevas. Me envían muestras gratis por mi blog.

—¿Qué blog?

—Escribo un pequeño blog para mamás, sobre el embarazo y la crianza de los niños. Ven a casa. Prepararé un almuerzo para las dos, y luego me ayudas a decidir qué me quedo.

Fuera, el cielo se ha oscurecido y se ha levantado viento, que sacude la lona de los toldos y hace golpetear las ventanas. Grandes gotas empiezan a salpicar la acera.

—No tengo paraguas —dice Meg.

—Yo tampoco.

—Tendremos que echar una carrera.

Me río.

—¿Lo dices en serio? No estamos como para ponernos a correr.

—Pues andaremos como patos.

Meg corre delante de mí, sosteniendo la bolsa de gimnasio sobre su cabeza mientras la lluvia arrecia cada vez más. La gente que está de compras se refugia en los portales y abre los paraguas.

Riendo y chapoteando en los charcos, grita:

—Mi casa no está lejos.

Me da miedo que, si corro demasiado, la barriga se me caerá o el soporte elástico aflojará.

Cuando llego a la casa, Meg ya ha abierto la puerta principal y se ha quitado los zapatos. Saca dos grandes toallas del armario de la ropa blanca. Riendo como colegialas, nos secamos el pelo. Meg se parece a una versión rubia de Andie MacDowell en *Cuatro bodas y un funeral*. Yo me parezco a Janet Leigh en *Psicosis* antes de que el cuchillo empiece a moverse tras correrse la cortina de la ducha.

Me quito el suéter empapado y noto que mi top de manga larga se pega a mí como una segunda piel, revelando el perfil de la prótesis de barriga donde me rodea por la espalda. Me quedo sin aliento. Sostengo la toalla alrededor de mí.

—¿Me puedes prestar algo de ropa seca para cambiarme?

—Por supuesto. Ven arriba.

Dejo que Meg pase primero. No quiero que me vea desde atrás. Conozco la distribución de la casa. El dormitorio principal está en el segundo piso, con vistas a Cleveland Gardens. Meg abre su guardarropa y saca *leggings* y suéteres. Sin dudar un momento, se quita el top de gimnasia. Sobre la luz de la ventana se marca la silueta de su barriga hinchada. Se desabrocha el sujetador deportivo y se vuelve hacia mí. Noto su *linea nigra,* la ligera decoloración de la piel que va desde encima del ombligo hasta el hueso púbico. Sus pezones son del mismo color.

—Cámbiate antes de morirte de frío —me aconseja.

—¿Puedo utilizar el baño?

Señala hacia el cuarto de baño. Yo cojo la ropa seca en los brazos y cierro la puerta tras de mí. Meg me habla.

—Perdona, Agatha, debería haber preguntado antes. Siempre me quito la ropa delante de otras mujeres en el gimnasio.

—No pasa nada —contesto.

—Es casi como si quisiera exhibirme —explica ella—. Sabe Dios por qué.

—Yo hago lo contrario —grito a través de la puerta cerrada.

Me quito la ropa mojada, tratando de no mirarme en el espejo. Me visto rápido, asegurándome de que la barriga ortopédica quede bien ajustada. Estoy tardando mucho.

—¿Va todo bien? —pregunta Meg.

—Sí, sí.

—¿Necesitas un secador? —grita.

—No, está bien.

—Bueno, yo voy a subir a la buhardilla a por la ropa de bebé. Nos vemos abajo.

Cuando se ha ido, abro el armario del cuarto de baño y examino la crema hidratante y las cremas de noche de Meg; tomó nota mental de las marcas. Jack y ella tienen cepillos de dientes eléctricos a juego. En el dormitorio principal, abro cajones, curioseando en la lencería y la ropa interior de Meg. Bien metido en la esquina de atrás del cajón de las bragas, descubro un pequeño vibrador rosa en una bolsa de terciopelo. Bonito. *Sexy*. Moderno.

Deambulando por el descansillo, entro en la habitación del bebé, que huele a pintura fresca. Admiro los muebles y los dibujos de plantilla en la pared, me siento en la mecedora y me bamboleo atrás y adelante, imaginando que doy de mamar a mi bebé.

Meg me llama para que baje. Está calentando una *quiche* en el horno y ha preparado una ensalada. Después de comer, nos pasamos dos horas repasando cajas de ropa, pensando en cómo le quedará al bebé y jugando mentalmente a vestirlos. Meg habla sobre hacer amigos y sobre elegir el jardín de infancia y la escuela primaria adecuados.

—¿A Lucy le gusta St. Osmund's? —pregunto.

—¿Cómo sabes que va a esa escuela?

—He visto su uniforme.

—Has visto a Lucy. —Meg frunce el ceño.

—Trabajo en el supermercado, ¿recuerdas? Te he visto ir y venir con Lucy y Lachlan. No sabía sus nombres, claro. Pero, si no me equivoco, Lachlan tiene un patinete de colores vivos y a Lucy le gusta llevar dos moñitos a los lados.

—Quiere ser la princesa Leia.

—¿Quién?

—¿No has visto *La guerra de las galaxias*?

—Hace mucho tiempo.

Meg mira su móvil.

—Ahora que hablamos de ellos... Tengo que ir a recogerlos.

Ha dejado de llover. Mi ropa mojada ha pasado por la secadora. La ropa de bebé está pulcramente plegada en bolsas de papel satinado. Meg me acompaña a la puerta.

—¿Cuándo te vas hacia el norte?

—La semana próxima.

—Nos veremos antes, ¿no?

—No lo sé.

—Ya tienes mi teléfono. Este es mi correo electrónico. —Escribe su dirección en un trozo de papel.

Nos abrazamos. Nuestras barrigas chocan.

—Si no nos vemos, ¡buena suerte! —dice Meg.

—Para ti también.

—Envíame fotos.

—Lo haré.

Meg se queda de pie junto a la puerta y se despide con la mano. Yo sigo andando por la calle, sin mirar atrás, a pesar de que me gustaría. Sabía que Meg y yo nos haríamos amigas. Nos imagino juntas, jugando al tenis y organizando pícnics y comentando las escuelas a las que deberían asistir los niños.

Al mismo tiempo, tengo que ser cuidadosa, porque no hay nada definitivo, ni seguro, ni simple. La cosa no se acaba hasta que la señora gorda no tiene un bebé.

Meghan

—Hoy me he hecho amiga de una persona —comento.

Jack está sentado en la cama, atándose los cordones de las zapatillas de tenis. Ha reservado una pista con Simon en el Roehampton Club.

—En mi clase de yoga.

—Entonces, está embarazada.

—Obviamente.

—Eres como la mujer que susurraba al oído de las mamás —dice Jack, riéndose—. Las atraes con ese blog que tienes.

—No son amigas, sino seguidoras.

—Quieres decir discípulas.

Jack no tiene ni idea sobre redes sociales y la diferencia entre amigos, seguidores, «Me gusta» y suscriptores. Comprueba el mango de la raqueta de tenis y practica su golpe de derecha.

—¿Y quién es?

—Trabaja en el supermercado.

Jack parece sorprendido.

—¿Cuál es el problema?

—Normalmente, tus amigas no trabajan en supermercados.

—Agatha tiene una actitud realista, cosa que resulta refrescante, y me hace reír. He pensado presentarla al grupo de madres.

—¿El aquelarre?

—Muy gracioso. Es su primer bebé y su prometido está embarcado.

—¿Es pescador?

—Está en la Royal Navy.

—Ah, un marinero.

—¿Por qué lo dices así?

—Ya sabes lo que dicen de los marineros.

—¿Qué dicen?

—Había una vez un marinero que se pasó seis meses en el mar. Cuando llegó a puerto, visitó un burdel, puso doscientas libras en la mesa y dijo: «Quiero la mujer más fea y un bocadillo de chorizo». La *madame* del burdel respondió: «Caballero, por ese dinero puede tener a la chica más guapa y un almuerzo de tres platos». Y el marinero dijo: «Señora, no estoy cachondo; añoro mi casa».

Jack suelta una carcajada.

—Es terrible —digo yo.

—Los mejores suelen serlo. —Me da un besito en los labios—. He pensado en invitar a Simon a cenar. Gina está fuera, así que está de Rodríguez.

Siento algo moverse dentro de mí, como si un temblor hubiese activado una alarma que tintinea en mis oídos.

—¿Se ha invitado él mismo? —pregunto; me cuesta oír mis propias palabras por encima de todo el ruido interno.

—No, pero siempre está preguntando por ti.

—¿Por mí?

—Por el embarazo. Quizás está esperando que lo hagamos padrino otra vez; ¿puede serlo?

No le respondo. Jack está casi en la puerta.

—Solo tenemos sobras. Deberíais cenar en el club.

—Tonterías. Simon quiere verte. Pediremos comida para llevar. Hay que arreglar lo que sea que haya pasado entre vosotros dos.

Yo no digo nada. La puerta se cierra. Mi corazón late como un neumático a punto de estallar. Le dije a Simon que no era bienvenido. ¿Por qué hace esto? Abro el frigorífico y me percato de que hay una botella mediada de vino blanco. Considero la posibilidad de ponerme una copa; una de las grandes. Quiero emborracharme. Quiero irme de casa. Pero, sobre todo, quiero evitar a Simon.

Durante las dos horas siguientes, tengo los nervios de punta. Le echo una bronca a Lachlan por derramar una bebida y hago llorar a Lucy cuando le cepillo el cabello y deshago los nudos. No es justo para ellos. No es justo para mí.

Oigo llegar a Jack y Simon a casa. Cuando están juntos, hablan más alto, como las personas que gritan al hablar por el móvil. No están borrachos, pero llevan una cerveza abierta y un paquete de seis cada uno.

Yo no miro a Simon. Me intenta abrazar, pero le giro la cara y arqueo la espalda.

—¿Qué pasa? —pregunta—. Me he duchado.

—La cena estará enseguida —contesto, cambiando de tema.

Jack me empieza a contar cómo ha ido el partido, me habla de su gran remontada, de perder por cinco juegos a ganar el set decisivo. Yo miro a Simon de reojo y me doy cuenta de que le ha dejado ganar. Otros no lo notarían, pero yo le conozco demasiado bien.

Ha puesto a Jack de buen humor, porque no suele ganar demasiado; o no lo hace desde que «se casó y engordó», como dice él, dándose palmadas en el estómago, un comentario dirigido sobre todo a mí, porque Jack pesa lo mismo que cuando le conocí.

Simon se termina la cerveza y Jack le pasa otra. Se sientan en taburetes junto a la encimera de la cocina, mirándome preparar una ensalada y poner la mesa.

—Tienes muy buen aspecto —dice Simon.

—Resplandeciente —respondo, sin ocultar el sarcasmo.

—¿Para cuándo lo esperas?

—El 7 de diciembre —dice Jack.

Quizás esté paranoica, pero me da la sensación de que Simon se pone a calcular de cabeza, contando hacia atrás, buscando cuando fue concebido el bebé.

Jack sigue hablando.

—Simon decía que quiere ser padre. Le he dicho que tendría que dejar embarazada a Gina, pero que antes debería ponerle un anillo en el dedo.

Yo no respondo. Ambos parecen notar la tensión, pero Jack no entiende por qué.

—Entonces, ¿cuándo decidisteis que queríais un tercero? —pregunta Simon, dirigiéndose a mí.

—No fue precisamente planificado —dice Jack.

—¿No tomabais precauciones?

—¿Recuerdas la fiesta del cuarenta cumpleaños de Heston?

—En Hampshire.

—Tuvimos un calentón matutino y jugamos a la ruleta rusa.

De nuevo me doy cuenta de que Simon está haciendo cálculos mentales. El silencio se alarga.

—Bueno, ¿cómo están los niños? —pregunta—. Pensaba que los podría ver.

—Lachlan está en la cama. Lucy está viendo la tele en nuestra habitación —respondo. Toco el hombro de Jack—. Quiere que vayas a darle las buenas noches.

—Ahora voy.

Jack vacía lo que le queda de la cerveza, metiendo la lengua en la botella como si estuviera buscando la última gota.

Sola con Simon, empiezo a limpiar encimeras que ya están limpias. Él rasca la etiqueta de la cerveza con la uña.

—No puedes seguir haciéndome el vacío, Megs. Soy el mejor amigo de Jack. Soy tu amigo.

—¿Por qué haces esto?

—Hemos jugado al tenis. Me he tomado unas cervezas. Siempre he sido bienvenido en esta casa. Sois como mi segunda familia.

—No lo somos.

Se pone de pie y avanza hacia mí. Yo me aparto, manteniendo la isleta de la cocina entre los dos.

—¿Por qué preguntas sobre la fecha en que salgo de cuentas?

—Es lo que hace la gente: preguntan sobre cómo están los demás. Imagínate que no lo hiciese: Jack querría saber por qué. ¿Qué le cuento?

—Nada.

—Me estás castigando por tu error.

—El error fue de los dos.

—Claro, yo engañé a Gina, pero no estamos casados. Así que, si vamos a empezar a repartir culpas, creo que sé quien tiene la mayor parte de ella.

Tiene razón, desde luego, cosa que es aún más exasperante.

—Así que, por tu bien y por el de Jack, te sugiero que te calmes y me empieces a tratar con amabilidad.

Comienzo a quitar de la mesa las botellas vacías. Simon se acerca a mí.

—Deberías preocuparte por mantenerte sana y cuidar de ese bebé.

—Y a ti, ¿qué te importa?

Sonríe.

—Ya sabes la respuesta.

—El bebé no es tuyo.

—Demuéstralo.

Agatha

Mi madre me ha escrito otra carta. Esta tiene una mancha de vino tinto en el lugar donde apoyó la copa.

> Querida Agatha:
>
> ¿Has pensado en lo de venir a España para Navidad? Podríamos alquilar un coche y conducir por la costa, y yo te presentaría a mis nuevos amigos. No todos son viejos como yo, y los españoles son muy guapos. En el club náutico hay un socorrista que hará que quieras ahogarte solo para conocerlo.
>
> Si no quieres verme, lo entenderé. En mi vida siempre he dependido de extraños, así que no iba a ser distinto ahora que se me está acabando el tiempo.

A mi madre le encanta jugar conmigo la carta de la muerte, pero está sana como una manzana, así que no va a conseguir hacerme sentir culpable para que sea una hija obediente. Cuando mi padrastro murió, ella intentó «reconectar» (es la palabra que utilizaba, y sonaba como si uno de nosotros le hubiese dado accidentalmente una patada a un enchufe de la pared).

Sigo leyendo.

> Me he olvidado de decírtelo, pero recientemente falleció el señor Bowler. Ya sé que tuvisteis vuestras diferencias, pero espero que tengas compasión y le perdones, igual que yo rezo para que me perdones a mí.

Ha incluido un trozo de un periódico, concretamente del *Yorkshire Evening Post*:

BOWLER, CHARLES STEWART

Falleció pacíficamente el 18 de octubre en el Hospital de St. Anne para enfermos terminales, a la edad de sesenta y ocho años. El señor Bowler sirvió gozosamente como testigo de Jehová junto con su mujer, Elizabeth, y sus hijos, Helen, Nancy, Margaret y Bernice.

Halló un gran gozo en la glorificación de la palabra de Jehová, nuestro creador, enseñando la «buena nueva» del ya consolidado reino de los cielos a «todos los que estaban ordenados para la vida eterna» (Hechos 13:48; Mateo 24:14), y aprendiendo acerca de todas las hermosas creaciones de Dios.

Se celebrará un servicio el lunes, 23 de octubre, a las 11.40 de la mañana, en el salón del reino de los testigos de Jehová, en el número 103 de Silvermere Road, Leeds.

Elizabeth solicita a todos los asistentes que se vistan con colores vivos. Flores únicamente de la familia. En su lugar, se pueden hacer donaciones al hospital de St. Anne.

Me imagino el funeral: el ataúd descendiendo mientras su mujer y sus hijos lloran, con ropas de colores vivos, celebrando una vida que me trajo tanto dolor. Veo a los ancianos de la iglesia alineados para cantar sus alabanzas, hablando de la amabilidad y la piedad del hermano Bowler.

Me tiemblan las manos cuando abro mi portátil para buscar más pruebas, para asegurarme. Descubro la página de Facebook de Bernie y la recuerdo declarando contra mí en la reunión del comité judicial. Ha subido una foto de su padre, llamándolo «mi roca y mi guardián». Docenas de amigos suyos han puesto comentarios, mandándole su pésame. Yo quisiera agregar un comentario llamándolo malvado y pervertido, pero me da miedo.

Uno pensaría que, después de veinte años, ya me habría librado del señor Bowler, pero aún me despierto algunas noches con el olor a pescado con patatas en la nariz, y una voz que me dice que abra los ojos. Los mantengo cerrados. No quiero verle la cara.

Nunca pude contar a mis terapeutas o a los trabajadores sociales de qué forma abusa la sociedad de palabras como «horror» y «monstruo». Para mí, el horror es algo que me infecta como una enfermedad, y mi «monstruo» puede aparecérseme con el olor del vinagre sobre las patatas fritas.

No quiero ser una víctima, y por eso resto importancia a lo que sucedió, y me digo que solo me acosté con mi abusador unas pocas veces, y que el señor Bowler me quería de verdad, pero me estoy enfrentando a mis propios recuerdos, menospreciando los detalles, tratando de convencerme a mí misma de que fue menos espantoso, o de que lo que sucedió no me ha afectado, cuando la verdad es que lo ha envenenado todo.

Estaba embarazada y tenía quince años, y mi iglesia y mi familia me habían repudiado.

Mientras íbamos en coche aquella noche, volviendo del salón del reino, mi madre sollozaba en silencio y mi padrastro agarraba el volante con tal fuerza que tenía blancos los nudillos. Más tarde, tumbada en la cama, los oí discutir mientras el monstruo susurraba dentro de mí: «Te advertí que no lo dijeras. Te advertí que no lo dijeras».

A la mañana siguiente, el sol salió de forma inesperada, porque yo no creía que un nuevo día pudiera seguir al día anterior.

Mi padrastro me dijo que no iría a la escuela. Lo que hizo fue llevarme a una gran casa de estilo victoriano en una tranquila calle de las afueras de Newcastle. Observé los grandes ventanales y los muros manchados de hollín y me pregunté si sería un orfanato o un internado para niños.

—¿Qué es este sitio?

—Es una clínica —contestó él.

—No estoy enferma.

En el otro lado de la calle, un grupo de manifestantes sostenían banderolas y carteles. Uno de ellos decía UNA PERSONA ES UNA PERSONA, POR PEQUEÑA QUE SEA. Estaban cantando un himno eclesiástico: *Amazing Grace*.

—Quiero conservar a mi bebé —dije yo.

Mi padrastro habló con suavidad, sosteniendo mi mano:

—Si fueses un poco mayor…

—Tengo casi dieciséis años.

—Apenas tienes quince años. De esta forma podrás terminar la escuela e ir a la universidad y tener una carrera. Algún día te casarás y tendrás una familia.

—No les mentí a los ancianos.

—Lo sé.

—El señor Bowler es el padre.

—Nosotros dejamos que sea Jehová quien decida estas cosas.

Pasamos por dos puertas de seguridad antes de llegar a la zona de recepción. Me temblaban tanto las manos que mi padrastro tuvo que rellenar los formularios. Una enfermera me vino a buscar, una mujer sonriente con la piel tan negra que casi parecía violeta bajo las luces fluorescentes. Llevaba trenzas en el cabello con cuentas de colores vivos que repiqueteaban al caminar.

—Tengo que hablar con Agatha a solas —le dijo a mi padrastro.

Él trató de discutir, pero ella le dijo que se callase y se sentara. Creo que nunca había oído a ninguna mujer hablarle de aquella manera.

—Recuerda lo que hemos decidido —me dijo mientras la enfermera me acompañaba a una sala de reconocimiento con una cama baja, un escritorio y una máquina para hacer ecografías.

Me pregunté si aquel era el lugar donde sucedía la interrupción. Jehová no permite el aborto. El señor Bowler me lo enseñó en nuestras clases sobre las escrituras en el salón del reino, cosa que habría parecido irónica si yo no hubiera estado tan asustada.

—Hola, Agatha, me llamo Janice —dijo la enfermera—. ¿Por qué has venido aquí hoy?

—Estoy embarazada.

—Ya veo. ¿Y por qué has venido?

—Soy demasiado joven para tener un hijo.

—¿Qué edad tienes, Agatha?

—Quince años.

—¿Cuánto tiempo llevas teniendo sexo?

—Desde los trece.

—¿Te violaron?

—No. Quiero decir que no fue una violación. Lo hicimos, ya sabe. Fue decisión de los dos.

Echo una mirada nerviosa hacia la puerta.

—El hombre de la sala de espera... ¿es tu padre?

—Mi padrastro.

—¿Es él el padre de tu bebé?

—No.

Janice me pidió que me tumbase en la cama.

—Te voy a hacer una ecografía para confirmar el embarazo y ver cómo de avanzado está. Luego te sacaré una muestra de sangre para analizarla y prepararé tu historial médico.

Me subió la blusa y me puso gel en el estómago.

—Lo siento si está frío.

—No pasa nada.

—¿Te gustaría ver el feto?

—No. —Hice una pausa—. Gracias por preguntar.

—Parece que estás de unas doce semanas. ¿Te parece correcto?

Asiento.

Me limpió el estómago con una toalla de papel y me dijo que me abrochara la blusa.

—¿Se lo has dicho al padre?

—Sí.

—¿Qué edad tiene él?

—No lo sé.

—¿Es de tu edad?

Negué con la cabeza.

—¿Es mucho mayor que tú?

No respondí.

—¿Has pensado en hablar con la policía?

—No puedo hacer eso.

—¿Por qué no?

De nuevo, me quedé en silencio.

Janice no se enfadó ni me hizo sentir vergüenza. Me dio un zumo de manzana en un cartón con una pajita y me tomó de la mano, hablándome con un tono de voz amable. Casi le conté lo del señor Bowler. Casi le dije «Ayúdame».

—Agatha, necesito asegurarme de que no te presionan ni te meten prisa para que tomes esta decisión. Es importante que tú estés segura. Aquí estás a salvo. Nadie puede hacerte daño. ¿Fue decisión tuya venir aquí?

—Mis padres quieren que lo haga.

—¿Y qué quieres tú?

—No lo sé.

—Agatha, hay leyes sobre la interrupción del embarazo. A menos que me des las razones correctas, no podemos hacerlo.

—¿Qué razones?

—No puedo poner las palabras en tu boca.

—No sé qué hacer.

—¿Te has planteado entregar al bebé en adopción?

—¿Es eso posible?

—Sí. Te aconsejo que hables con tus padres. Quizá sientan decepción, pero estoy segura de que te quieren y de que apoyarán cualquier decisión que tomes.

Caminamos en silencio de vuelta al coche de mi padrastro. Él abrió la puerta y la sostuvo para que entrase. Al pasar a su lado, me abofeteó. Sentí el dolor subir y bajar en los ojos. Levantó la mano, pero no me volvió a golpear.

Engordé veintidós kilos durante el embarazo, y no me he puesto un bikini desde entonces. En la escuela, me sentaba sola, como una leprosa que pudiese infectar a otros. No importaba que las otras chicas tuvieran sexo: yo iba a tener un hijo.

Una vez, al llegar a la cantina para almorzar, todas las chicas se habían metido un jersey debajo de la blusa y esperaban en la cola, con la espalda arqueada y las piernas en arco, andando como patos para recoger la bandeja. Los chicos se reían y silbaban, disfrutando del espectáculo. Cabizbaja, terminé mi comida, decidida a no llorar. Luego caminé hasta casa entre torbellinos de nieve que me hicieron echar de menos a Elijah, porque le encantaba la nieve. Pensé que tenía suerte de estar muerto para no tener que sufrir esta crueldad.

Los últimos dos meses dejé de ir a la escuela y me quedé en casa, mirando la tele y comiendo en exceso, esperando que naciese mi bebé. No iba a las reuniones en el salón del reino y no hablaba con mi padrastro. Mi madre hacía como si todo fuera normal, ignorando mi embarazo y tratándome como a una niña.

Rompí aguas en mitad de la noche, y me llevaron a un centro de maternidad. Mi voz, con una extraña sensación de objetividad, rugió, gruñó y gimoteó durante doce horas en las que mi bebé luchó por salir y mi cuerpo luchó por mantenerlo en su interior.

Mi niña nació a las 2.24 de la tarde del 24 de marzo, y pesó dos kilos y medio. La comadrona me la puso sobre el estómago mientras cortaba el cordón. Un bebé diminuto, con la cara arrugada y sucia, y una fina y rala pelusa en la cabeza. Sus ojos estaban cerrados, como si estuviese concentrada pidiendo un deseo.

Estudié cada una de sus facciones, cada arruga, cada curva, cada hueco, cada tono de piel. Observé cómo su pecho subía y bajaba. La suavidad de su piel. Su olor, su tacto, su tibieza, su belleza. Me la grabé en el cerebro, creando una imagen que, aún hoy, es igual de vívida que entonces.

Los padres adoptivos estaban esperando fuera. Los había visto una sola vez, durante unos minutos. Estaban incómodos y nerviosos, pero parecían buenas personas. Una trabajadora social se acercó a mi cama.

—Estoy aquí para recogerla —dijo, sin mirarme a los ojos.

Durante todo el embarazo me había negado a imaginarme este momento, expulsándolo a la fuerza de mi mente, diciéndome a mí misma que estaba haciendo lo correcto. Pero, en ese momento, todo cambió. Había creado un diminuto, frágil, perfecto ser humano, alguien que me pertenecía, que era sangre de mi sangre, mi bebé, que me querría y a quien yo querría.

—No la voy a entregar —dije en un susurro.

Mi madre respondió:

—No puedes hacer eso, Aggy.

—¿Por qué? Es mía.

—Firmaste un papel.

—Rómpelo.

La trabajadora social fue a coger el bebé.

Yo la sujeté más fuerte.

—He cambiado de idea. ¡No te la lleves! ¡Es mía!

—No quiero tener que usar la fuerza —dijo la trabajadora social, cogiéndomeme las muñecas.

Yo le di una patada. Ella soltó una palabrota.

Dos celadores me inmovilizaron, abriéndome los dedos y bajándome los brazos; se llevaron a mi bebé. Mi madre me abrazó. Yo luché para quitarme sus brazos de encima. Lloré. Supliqué.

—¡Por favor, por favor, devolvédmela!

La trabajadora social se llevó a mi bebé, mientras yo seguía gritando. Grité para despertar a los que dormían, para sacudir el aire, para hacer volar los pájaros de los árboles. Grité para que alguien, cualquiera, me ayudara, pero nadie vino, nadie escuchó. Una aguja se deslizó en mi brazo. Mi cerebro se nubló.

Nunca perdonaré a mi madre por lo que hizo. Quizás el señor Bowler me robase la infancia, pero mi madre y mi padrastro me robaron el futuro. Dos semanas más tarde me escapé de casa. Me trajeron de vuelta. Me volví a escapar. Después de eso, pasé por una serie de casas de acogida.

Cuando cumplí dieciocho años, fui a la agencia de adopción a preguntar por mi hija. Fue entonces cuando descubrí la traición definitiva de mi madre. Me había engañado para que firmara un documento en el que me comprometía a no ponerme en contacto con mi hija en el futuro. Con un trazo de bolígrafo, con mi caligrafía infantil, me condené a una vida de preguntas. Me pregunto si hice lo correcto. Me pregunto si es feliz. Me pregunto si piensa en mí alguna vez.

Todas las madres que entregan a su bebé tienen esas preguntas en la cabeza, pero en mi caso suenan en voz más alta, porque no tengo otros hijos que alivien mi dolor. Mi hija tendrá ahora veintitrés años. Podría estar en la universidad. Podría vivir a unas cuantas calles de distancia. Podría estar paseando por King's Road en Chelsea, meneando las caderas y balanceando el bolso mientras mira su reflejo en los escaparates.

No tengo derecho legal a buscarla, pero ahora que tiene más de dieciocho años, ella puede buscarme a mí. Esa es mi esperanza, mi sueño, mi oración al dios que me dio la espalda. Espero, algún día, abrir la puerta y encontrármela allí, de pie en el escalón. Le diré que no la abandoné, y que la he estado queriendo y atesorando su recuerdo durante veintidós años. Mi niña… Mi primer hijo… La que sobrevivió…

Meghan

Simon me ha dejado una docena de mensajes, y en todos dice lo mismo: que me quiere ver. He apagado el móvil y he optado por ignorarlo. Mientras, trato de alegrarme un poco yendo de compras.

John Lewis tiene un departamento de ropa y artículos para bebé, y también una sección de premamá y un servicio de regalos. Mi «consejera de moda», Caitlin, es alegre hasta la irritación, y claramente nunca se ha comido una magdalena ni, desde luego, ha tenido un bebé. Le dejo que me enseñe vestidos y me hable de las bondades de los tratamientos de spa. Un vestido en especial me llama la atención. Es negro y elegante, y no tengo nada en mi armario que sea ni la mitad de bonito.

—Lo lamento, pero no lo tenemos en tu talla —dice Caitlin.

No me gusta el tono con el que habla. Tampoco me gusta su delgada cintura ni su estómago plano ni sus pómulos altos. Cojo el vestido negro y me dirijo a los probadores, en donde me quedo en sujetador y bragas premamá. Abro la cremallera del vestido negro y me lo paso por la cabeza. Las capas de seda se empiezan a deslizar por mis hombros y luego dejan de hacerlo. Tironeo y me revuelvo, bajando lentamente el vestido sobre mis pechos y mi vientre.

Me miro en el espejo. ¡Es horrible! El vestido, que había sido elegante, sobresale desde mi busto como si fuese un vestido de baile de cintura imperio. Si me pongo un gorro en la cabeza, podría optar a un papel en *Orgullo y prejuicio: los años de luto*.

Cojo el vestido por el dobladillo y me lo empiezo a quitar por la cabeza, pero me olvido de abrir la cremallera lateral. A medio camino, mis brazos quedan inmovilizados. Estoy atrapada. No puedo volver a bajar los brazos y no puedo quitarme el vestido por encima de la cabeza.

Me miro a medias a través del escote corazón y veo un monstruo blanco y negro, extraño y amorfo, con el estómago abultado por encima de unas bragas de abuela. No parece que esté embarazada: parece que me haya atracado de pasteles.

—¿Va todo bien? —pregunta Caitlin desde el otro lado de la puerta.

—Tengo un pequeño problema con el vestido.

—Llamaré al encargado.

—No, no pasa nada.

Resoplando, doy tirones al vestido. Ha venido el encargado, que habla a través de la puerta.

—¿Qué problema tiene, por favor?

—No pasa nada.

Maldigo un poco más. La cerradura golpetea. La puerta se abre. No puedo bajar los brazos para cubrirme.

El encargado, Caitlin y tres clientes son testigos de mi escena de horror en la tienda; ven mis varices, mis estrías y los hoyuelos de la celulitis.

—Está atascada —dice Caitlin, afirmando lo evidente—. Ya le dije que no era de su talla.

¡Zorra!

—Me quedaba bien; es solo que olvidé abrir la cremallera.

El encargado y Caitlin tienen que quitarme el vestido a tirones, lo que casi me cuesta una oreja.

—¿Le gustaría probarse algo más? —pregunta el encargado.

—No, gracias. Este es perfecto.

Me visto, completamente sonrojada y cargada de electricidad estática, que hace que todo el cabello se me ponga de punta. Pago el vestido y salgo de John Lewis, imaginándome al personal riéndose de mí. No voy a poder volver jamás. Le echo la culpa a Simon. Si no estuviese tan preocupada, nunca me habría probado ese vestido.

Al llegar a casa descubro que tengo más mensajes en el contestador automático. ¿Y si Jack los hubiera oído antes? He de parar todo esto. El teléfono vuelve a sonar. No reconozco el número.

—Si me cuelgas, pasaré por tu casa —dice Simon.

Mi dedo está encima del botón de colgar.

—Por favor, déjame en paz.

—Tenemos que aclarar esto.

—¡No! Deja de enviarme mensajes. Deja de llamarme. No quiero volver a verte.

—No tienes elección.

—Llamaré a la policía.

—De acuerdo. Llámalos.

Me gustaría matar a ese arrogante hijo de puta, pero no puedo hacer nada. No puedo implicar a la policía ni solicitar una orden de alojamiento sin que Jack se entere de todo. Simon sabe que haré lo que sea para proteger mi matrimonio y a mi familia.

—No quiero hacer daño a nadie —dice en voz baja—. Quedemos y te lo explico.

En marea alta, en el camino junto al Támesis en Kew, el agua ha desbordado la orilla en algunos lugares, llenándolos de charcos y fango. Espero sentada en un banco, mirando una embarcación de remo deslizarse cruzando el río, creando ondas que se extienden en ángulo, como las plumas de una flecha.

—Perdona por llegar tarde —se disculpa Simon.

—Los dos hemos llegado pronto —respondo yo, de pie a su lado, sin ocultar mi rabia.

Viene directo de la oficina, y lleva el traje arrugado y la corbata suelta, la viva imagen de la despreocupación estudiada. Sobre la cabeza lleva unas gafas de sol. Se acerca inclinándose, como si esperase un abrazo, pero yo doy un paso atrás.

—¿Qué pasa, Simon? Tengo que ir a casa.

Empezamos a andar por el camino bajo los árboles, donde las últimas hojas amarillas se aferran tercamente a las ramas. Simon se aclara la garganta.

—Cuando nazca el niño, quiero hacer una prueba de paternidad.

A pesar de que soy yo quien lanza el grito ahogado, es como si el sonido viniese de atrás.

—¿Cómo?

—Ya me has oído.

Me detengo y me quedo parada junto al camino. Pasa un deportista, saludando con un gesto de cabeza. Clavo las uñas en mis puños apretados.

—Tienes que dejarlo. Jack es tu mejor amigo. Es mi marido. Lo que pasó entre tú y yo estuvo mal. Ambos lo reconocimos, y prometimos que no volveríamos a hablar de ello.

—Eso era antes.

—¿Antes de qué?

—Quiero ser padre.

—Este bebé ya tiene un padre.

—No lo comprendes.

—Explícamelo.

Inspira profundamente, como si lo que me va a contar fuese un globo que necesita que lo hinchen.

—Yo no tengo padre. Solo tengo vagos recuerdos. Es un hombre en una fotografía, de pie junto a un Volkswagen Escarabajo en el camino de una casa. Es alguien golpeando la puerta, suplicándole a mi madre que le deje entrar, su voz cada vez más alta, más furiosa. Mi hermano y yo estábamos encogidos, ocultos en la oscuridad. Mi madre amenazó con llamar a la policía.

»Al cabo de unos años, mi hermano vio a un hombre de pie delante de nuestra escuela. Siguió a mi hermano a casa, pero no llegó a cruzar la calle. Mi madre llamó a la policía; pero, cuando llegaron, el hombre se había ido.

»Durante años me dije a mí mismo que me daba igual no tener padre. Muchos niños vienen de hogares rotos. A algunos les va mejor de lo que les hubiese ido si su padre se hubiese quedado. Cuando cumplí catorce años, empecé a hacer preguntas. Mi madre no quería responderlas. Rebusqué entre sus cosas y encontré la foto en la que está de pie al lado del Volkswagen. Le pregunté a mi madre si era él, pero ella me arrebató la foto y me acusó de robar. No la volví a ver jamás.

No sé por qué Simon me está contando esto. Me gustaría que fuese al grano, porque me duelen los pies y tengo ganas de mear.

—Un año después de terminar la escuela, visité a mi abuela en Escocia; su mente estaba empezando a dispersarse. Me contó que mi padre era un maestro de los planes de hacerse-rico-enseguida que siempre parecían fracasar, lo que provocaba quiebras y alguaciles de los juzgados llamando a su puerta. Mientras me contaba la historia, yo recordaba a mi madre llorando, viendo cómo se llevaban los muebles de la casa y los cargaban en un camión.

»Después de graduarme viví con mi madre. Una tubería de agua reventó e inundó el sótano, donde guardaba viejas cartas y postales. La mayor parte de ellas quedaron dañadas por el agua. Yo empecé a tirar cosas. En una de las cajas encontré docenas de cartas sin abrir. Estaban dirigidas a mi hermano y a mí. Eran tarjetas de felicitación de cumpleaños y de Navidad, con fechas de cuando éramos niños... Todas ellas las había enviado nuestro padre. No nos abandonó: trató de mantener el contacto.

—Si realmente hubiese querido...

—Déjame terminar, por favor —dice Simon, haciendo una mueca y disculpándose por el tono—. Empecé a buscar a mi padre. Probé con los canales habituales: listines telefónicos y censos electorales. Contraté a un investigador privado. Me costó seis meses y la mayor parte de mis ahorros. Me llegó un correo electrónico con dos adjuntos: un certificado de defunción y los resultados del análisis de un forense. Mi padre había muerto de una sobredosis en Marruecos. Tenía cuarenta y siete años.

Simon me mira con una expresión afligida que le marca arrugas en la frente. Durante un instante siento compasión por él.

—Sé lo que estás pensando. El tipo era un perdedor y salimos ganando sin él. Pero yo he estado lamentando la ausencia de ese hombre durante toda mi vida. Probablemente te parezca una ridiculez echar de menos a alguien a quien apenas conocí, pero siempre me he preguntado si su ausencia fue la causa de mis problemas con las mujeres. ¿Por eso soy incapaz de comprometerme en una relación? También me pregunto si lo tienen más fácil los niños que pierden un padre a quien han llegado a amar. Pueden llorar una ausencia, o tratar de llenar el espacio que estuvo antes ocupado. Yo no tengo espacio que llenar, pero, aun así, me siento vacío. Quizá la separación no fuese peor para él de lo que lo fue para mí. ¿Se preocupaba por mí? ¿Lloraba por mí? ¿Fue ese el motivo de que recurriese a las drogas?

—Eso es mucho especular.

—Quizá —dice Simon, encogiéndose de hombros—, pero yo no quiero ser como él, Meg. No quiero desperdiciar mi vida, ninguna parte de ella, y eso incluye ser padre.

Esta última afirmación parece una súplica hacia mí. Yo lucho contra mis ganas de ridiculizar sus delirios de grandeza. He visto a Simon esnifar más cocaína que Charlie Sheen, y cambiar de mujeres con más frecuencia que de corbata. Me muerdo la lengua y mantengo la calma.

—Hay una diferencia, Simon —respondo, hablando en voz baja—. Tú creciste sin padre. Mis hijos ya tienen uno.

—Pero ¿es Jack el padre adecuado?

—Es el único.

—Quiero formar parte de la vida de mi hijo.

—No es tu hijo. No tiene nada que ver contigo.

—Tengo derecho a saber si es mío.

—No tienes ningún derecho.

—He hablado con un abogado. Dijo que mi caso podría tener una base. Dijo que un juez podía ordenar que se hiciese una prueba de paternidad.

Levanto la vista.

—Por Dios, Simon, no tienes ni idea... Esto destruiría mi familia.

Simon se queda en silencio. Inhala. Susurra:

—Por favor, tienes que comprenderlo; no quiero causarte ningún problema, pero lo he pensado bien. He pensado en ti...

—¿Y eso qué significa?

El rostro de Simon parece cambiar de forma bajo la mezcla de luces y sombras.

—¿Piensas alguna vez en el tiempo que estuvimos juntos, antes de que conocieses a Jack?

—No.

La respuesta parece dolerle.

—Me quedé destrozado cuando me dejaste.

—Estabas colocado casi todo el tiempo.

—Estaba enamorado de ti.

—¡Y una mierda!

—Te lo dije entonces.

—Se lo decías a todas las chicas; era parte de tus juegos amorosos.

—Te equivocas. —Me toca el brazo y hace que me gire para mirarlo—. Solo he dicho esas palabras a dos mujeres en mi vida. Una de ellas era mi madre. La otra eres tú.

Examino su cara, buscando una señal que me diga que miente.

—¿Estás diciendo…?

—Sí.

—¿Que aún estás…?

—Enamorado de ti.

Parece contener la respiración, esperando mi respuesta. No puedo. Él llena el silencio dándome una lección de historia, relatándome nuestra primera cita, nuestro primer fin de semana juntos y nuestro viaje a París en Pascua. Lo recuerda todo, hasta lo que yo llevaba puesto la primera vez que me vio.

—He tratado de olvidarte. Me fui a vivir a Estados Unidos y luego a Hong Kong. He salido con montones de mujeres, esperando que alguna de ellas consiguiera que te olvidase. Soy incapaz de decirte lo que sentí cuando volví a Londres para la boda de Jack y descubrí que se iba a casar contigo. Me alegré por él. La vida siguió. Fingí que no me importaba. Me dije a mí mismo que conocería a alguien, me enamoraría y olvidaría que me había sentido así alguna vez. —Vacila—. Aquella noche, cuando discutiste con Jack y viniste a verme… Odio decir esto, pero una parte de mí esperaba, quería, deseaba poder decirte lo que sentía. Sé que lo que hicimos estuvo mal, pero no puedo seguir negando mis sentimientos. Y, si aquella noche tuvo esta consecuencia… —Señala mi vientre—. Si llevas a mi hijo, quiero ser parte de su vida. Te amo, Megs. Siempre te quise. Siempre te querré.

Me rodea con sus brazos, pero yo no me enternezco. Mi cuerpo se tensa, se endurece como el de un maniquí, y lo rechazo de un empujón. Mi mente funciona a toda velocidad.

Todos estos años..., las cenas..., las barbacoas..., los partidos de tenis y de golf..., las Navidades y los bautizos. ¿Le he estado dando falsas esperanzas a Simon? ¿Soy una persona terrible?

—Me tengo que ir —digo con un murmullo, mirando a mi alrededor, repentinamente perdida.

¿Cómo he podido no darme cuenta? Hace años que conozco a Simon. Sé que tiene tendencia a una mimosa autocompasión y a las promesas, pero no al amor. ¿Acaso espera que elija entre él y Jack?

—Lo siento, Megs —dice Simon—. Me gustaría poder hacer esto sin herir a nadie, pero no puedo vivir con la idea de que un niño ha venido al mundo sin conocer a su verdadero padre.

—Pasa continuamente.

—Y no está bien.

—¿Esto tiene que ver conmigo o con el niño?

—Con los dos.

La falta de sinceridad de su respuesta dispara un mecanismo dentro de mí. Me giro y le doy una bofetada. Me escuece la mano. Nunca había pegado a nadie.

—Eres un verdadero cabrón egoísta.

—Te quiero.

—¡No! ¡No te atrevas a decirlo! Si me quisieras, nunca me lo habrías dicho. Si me quisieras, aquella noche me habrías enviado de vuelta, en lugar de emborracharme.

Simon empieza a replicar, pero lo interrumpo.

—Si sigues con esto, si insistes en la prueba de paternidad, me aseguraré de que no veas jamás a este niño. Nunca lo tendrás en tus brazos. Nunca más entrarás en nuestra casa. Para mí, estarás muerto.

Agatha

Este es mi último día en el supermercado. Le pregunté al señor Patel si podía escribirme una carta de recomendación, pero dijo que no me había conocido lo suficiente.

¡Será gilipollas!

En consecuencia, no me siento culpable por robar una barra de Snickers y una lata de Coca-Cola cuando salgo afuera durante mi pausa. Abigail sale conmigo, enciende un cigarrillo y aparta el humo de mí con la mano. Nos hemos sentado en un murete bajo de ladrillos detrás de los cubos de basura, debajo de un enrejado cubierto de hiedra.

—No me voy a quedar aquí mucho tiempo. He enviado una solicitud para un trabajo en la nueva tienda Apple en Regent Street. Te dan camisetas gratis.

—¿Y descuentos?

—Sí, necesito un iPhone nuevo.

Me enseña la pantalla rota de su teléfono.

Me cae bien Abigail porque es ruidosa sin reservas y mucho más atrevida que yo. Una vez cruzó Europa entera en autoestop y se pasó un mes viajando sola por Turquía. Además, conduce una moto y no tiene interés alguno en casarse, aunque eso puede deberse a que su novio tiene esposa y dos niños.

El señor Patel da un silbido desde la puerta de atrás. Nuestros quince minutos se han acabado. Quiere que friegue el suelo en la sección de productos frescos, que es siempre lo que está más sucio. Lleno un cubo de agua caliente en el almacén y lo empujo desde allí, rodando.

—Perdón —dice una voz masculina.

Me aparto y mascullo una disculpa. Me doy cuenta de quién es cuando pasa a mi lado. Jack está examinando los estantes de la sección de farmacia. No lleva cesta ni carro. Es una compra rápida, quizás algo que ha olvidado. Coge una caja de condones y la lee, tratando de decidir qué marca o tamaño comprar. Se decide por una y se dirige a la caja. Abigail marca la venta con una sonrisita en los labios.

Hay algo que me hace sentir incómoda. ¿Por qué iba Jack a comprar condones? Dejo la fregona y me acerco hacia el escaparate. Hay un coche aparcado fuera en doble fila, un descapotable BMW negro con una mujer al volante. La reconozco: es la agente inmobiliaria que me enseñó la casa de Cleveland Gardens que Jack y Meg acabaron por comprar. Observo cómo Jack se sienta en el lado del pasajero.

—¿Pasa algo? —pregunta Abigail.

—Nada.

—¿Lo conoces?

—No.

Sigo fregando el suelo, chapoteando furiosamente con el agua. Lo que pasa es evidente: Jack está engañando a Meg. Se está acostando con esa zorra de agente inmobiliaria, pintada, hinchada de Botox y con zapatos de aguja. ¿Cómo se atreve a romper mi familia perfecta? ¿Y si deja a Meg? ¿Y si ella lo echa de casa?

A las tres en punto recojo mi última nómina y me despido de Abigail y de las otras chicas. Después de cambiarme y ponerme el abrigo, salgo por el camino de atrás en dirección al pueblo de Barnes. Haciendo una pausa en el escaparate de la inmobiliaria, echo un vistazo a las brillantes fotos de pisos y casas en venta. Debajo de los detalles de cada propiedad hay información de contacto y una fotografía de la agente. Rhea Bowden, se llama. La recuerdo haciéndome la pelota cuando vi la casa y preguntándome si mi marido querría también una visita privada.

En el pub hay un teléfono público. Llamo a la agencia inmobiliaria. Me contesta una recepcionista, joven y de voz melosa.

—¿Puedo hablar con Rhea Bowden? —pregunto.

—Esta tarde no está en la oficina. ¿Quiere dejarle un mensaje?

—Llamo de Homebase. Uno de nuestros chóferes está tratando de hacer una entrega de baldosas de baño, pero no encuentra su casa. Debemos de tener la dirección equivocada.

—¿Baldosas de baño?

—He intentado llamarla al móvil, pero no responde. Creo que hay un instalador que las está esperando.

La escucho teclear en el ordenador.

—Es el número 34 de la avenida Milgarth, Barnes.

—Calle correcta, número erróneo —replico—. Gracias por su ayuda.

La dirección está a poco más de medio kilómetro. Me desvío ligeramente para pasar por la pescadería de Barnes, donde compro un kilo de gambas cocidas. El pescadero no hace más que bromear sobre que el pescado es bueno para las mujeres embarazadas.

—¿Sabe cuáles son los peces más esmirriados? —dice alegremente.

—Los tiburones, porque son «escuálidos»; aunque, correctamente, se les llama «escualos».

—Veo que ya lo sabía.

—Es más viejo que Noé.

Rhea Bowden vive en una bonita casa en una calle con muchos árboles y muchos contenedores de construcción. En sitios así hay dos tipos de coches: las marcas de agente de bolsa, como Mercedes, BMW o Audi, y los coches *cool* como Mini Cooper, Aston Martin o Volkswagen Escarabajo originales. El coche de Jack está aparcado al otro lado de la calle, detrás del BMW descapotable.

Entro subrepticiamente por la puerta principal y sigo el estrecho camino lateral que pasa junto a una bicicleta herrumbrosa encadenada a un poste. En cada ventana, me agacho para evitar hacer sombra en las cortinas.

En la parte de atrás de la casa, oigo música y voces. Me meto en un macizo de flores y, de puntillas, miro por una ventana, donde veo la esquina de una cama y unos pantalones tirados en el suelo..., un zapato..., una camisa..., una blusa.

Agarrándome del marco de la ventana, levanto más la barbilla. Esta vez veo a Rhea Bowden vestida con lencería negra. Está montada encima de Jack, apoyándose sobre su torso y sacudiendo rápidamente las caderas. Su vientre se estremece y Jack mueve las manos hacia arriba, masajeándole los pechos debajo de la camisola. Ella le está diciendo obscenidades, restregándose contra él y gimiendo como una actriz porno.

Una parte de mí siente asco, pero otra parte quiere seguir mirando. Pienso en la posibilidad de interrumpirlos. Podría llamar a la puerta, o disparar la alarma del coche de Rhea. No, eso es una chiquillada.

Retrocediendo por el camino, me acerco al coche de Jack y arranco una página de una libreta que llevo en el bolso. Me imagino a Jack en el coche, fumando un cigarrillo postcoital mientras Rhea se lava en el bidé. Es el tipo de mujer que tiene bidé, porque la hace sentirse más europea y sofisticada.

Querido Jack:

Sé que tienes una aventura. Sé dónde y cuándo. Tengo fotografías tuyas con Rhea Bowden. También sé que tu mujer está embarazada. Acaba con tu lío ahora mismo o se lo diré a Meg. No te la mereces. ¡Gilipollas!

Sinceramente,

UNA AMIGA

Doblo la página por la mitad y la dejo debajo del limpiaparabrisas del coche de Jack.

Miro si viene alguien por la calle, me acerco al BMW de Rhea y me agacho junto a la rueda del lado del pasajero. Desenvuelvo las gambas y las empiezo a meter dentro del tapacubos, pasando de una rueda a la otra, y luego en las rejillas de ventilación y en el radiador. Algunas cabezas se rompen, pero las meto por los huecos.

Pasarán unos días hasta que las gambas se pudran. Al principio, Rhea se preguntará de dónde viene el hedor, pero acabará por darse cuenta, porque el olor la irá siguiendo a todas partes.

Satisfecha con mi obra, me lavo las manos en una fuente cercana. Espero que sea suficiente para que Jack aprenda la lección. Si no es así, la siguiente carta se la enviaré a casa. Necesito que siga casado con Meg y le sea fiel y críe a Lucy y a Lachlan. Quizá yo no sea la más moral de las personas, pero no voy a dejar que rompan su relación. Pronto se van a necesitar el uno al otro.

Meghan

¿Qué voy a hacer con Simon? Estoy atrapada en sus demandas, pillada entre mi infidelidad y sus insensatas declaraciones de amor, Guatemala o Guatepeor, el fuego o las brasas. Los recuerdos de la noche que pasamos juntos me vienen continuamente a la cabeza, generando oleadas de vergüenza y emociones que varían entre la furia asesina y la claudicación total.

¿Y si se lo dijera a Jack y le suplicara que me perdonase? «Solo fue sexo —le diría—, no significó nada». Trillado y patético. «Solo fue sexo» es lo que dice cualquier cónyuge infiel, como si poner la palabra «solo» antes de otra minimizase la traición.

¿También le cuento a Jack que Simon está enamorado de mí y que hace tiempo tuve una relación con él? Eso aún hace que sea peor, porque lo he mantenido en secreto. Se lo debería haber dicho a Jack desde el principio, pero fue la noche antes de nuestra boda.

Todo esto es culpa de Simon. Afirma que me quiere, pero creo que no es capaz de querer a nadie que no sea él mismo. Es un oportunista y un narcisista. Se puede ver en las novias que elige, que son estúpidas y aprovechadas, y están lejos de ser sus iguales desde un punto de vista intelectual. Debajo de sus encantos y de su evidente atractivo hay un hombre sin convicción emocional ni profundidad. No tiene ni idea de lo que significa mantener unida a una familia o conservar una relación. Y la única razón por la que quiere un hijo es porque lo haría a él más interesante.

Grace quiere hacerme salir un día de «solo chicas» porque

me cargué sus planes para una fiesta de bienvenida del bebé. Ha hecho una reserva en un spa junto a Sloane Square y ha insistido en conducir ella.

—Espero que tengan una bañera tamaño ballena —comento, pero ella no me hace caso y dice que la autocompasión demuestra que necesito que me cuiden.

El spa está discretamente situado detrás de una pesada puerta de madera. La decoración tiene un aire del Sudeste asiático, como un idílico oasis de Malasia con figuras de teca, suelos de mármol y olores de madera de sándalo. Grace no me deja que mire la lista de precios.

—Invito yo —dice, dando un sorbo de su primera copa de champán—. Dentro de tres horas nos vamos a sentir como mujeres nuevas.

Tiene razón. Al cabo de un rato me están golpeando, acariciando, friccionando, estirando y perfumando hasta que me quedo dormida, babeando en mi toalla. Un par de masajistas compiten por ponerle las manos encima a Grace, que tiene este efecto sobre los hombres, sean homosexuales o no.

De jóvenes éramos muy diferentes. Grace era rebelde y obstinada, mientras que yo era tímida y siempre con ganas de agradar. Cada vez que yo ganaba nuevas libertades a causa de mi madurez, a Grace se las quitaban.

—A esa chica le das una mano y se toma el brazo entero —solía decir mi padre.

Yo estudié Filología Inglesa en Edimburgo, la universidad más alejada de mi casa que pude elegir. Aprobé mis exámenes y me gradué con honores, al tiempo que veía a Grace colarse en clubs a los dieciséis a base de dar la brasa, emborracharse, fumar un cigarrillo tras otro, llevar minifalda y huir a Europa durante dos años, fingiendo ser *hippie*. Al final acabó volviendo a casa y yendo a la universidad y, fuera como fuese, aprobó los exámenes. Sospecho que se acostó con algunos de sus tutores, pero eso debe de ser culpa de mis celos.

Durante la mayor parte del tiempo pensé que no teníamos nada en común, pero ahora estamos más unidas. Es fácil estar con ella; no está todo el rato tratando de impresionarme o de hacerme reír.

—¿Y si vamos a comer? —me dice cuando salimos.

—Solo si me dejas invitarte.

Su coche está aparcado en una calle cercana. Caminamos cogidas del brazo, aún adormiladas del spa.

—Has estado muy callada toda la mañana. ¿Va todo bien? —pregunta—. ¿Pasa algo con Jack?

—No.

—¿Los niños?

—Están estupendos. —Inspiro profundamente. Me tiembla la voz—. Tengo un problema serio.

—Ahora ya es tarde. —Se ríe, mirándome la barriga. Su sonrisa se desvanece al ver que yo no me río.

—No se lo puedo contar a nadie. Ni siquiera a ti.

—Claro que puedes. Nosotras nos lo contamos todo.

—Esto no.

Las lágrimas asoman a mis ojos. Me las seco con la mano, furiosamente.

Al otro lado de la calle, observo una camioneta de mudanzas con las puertas traseras abiertas. Dos hombres sacan un sofá de una casa y lo suben por la rampa. Me imagino que es mi casa y que Jack se divorcia de mí.

—Venga, Megs, no llores, lo que sea no puede ser tan malo.

—La cagué. Cometí una verdadera estupidez. —Me tiembla la voz—. Solo sucedió una vez. Estaba borracha. Enfadada. —Me paro. Suspiro. Me armo de valor.

Grace frunce el ceño.

—¿Qué quieres decir?

—Me acosté con Simon.

Grace no reacciona. Apenas puede hablar.

—Jack y yo nos peleamos. Me dijo cosas que duelen… Dijo… que quería acabar con el matrimonio. Fui a casa de Simon. Quería saber si Jack le había dicho alguna cosa. ¿Aún me quería? Simon me sirvió algo de beber. Hablamos. Lloré. Él me rodeó con sus brazos. Fue una verdadera estupidez.

—¡Tuviste un lío!

—Solo fue una vez.

—¿Tú? ¿El ejemplo de decencia?

—Por favor, no empieces.

—Lo que quiero decir es que, bueno, le pasa a todo el mundo, pero a ti no.

—Ya, ya lo sé.

—¿No tuviste un asuntillo con él antes de conocer a Jack?

—Sí.

Grace aspira entre dientes, haciendo un sonido sibilante. Hemos llegado a su coche. Abre las puertas y nos sentamos en silencio, mirando por el parabrisas.

Yo me muerdo el labio inferior.

—Di algo.

—Estoy en *shock*.

—¿Nada más?

—Siento que se ha hecho un poco de justicia.

—¿Por qué?

—Siempre fuiste Doña Perfecta, la hija favorita. Nunca hacías nada mal.

—No era la favorita. Comparada contigo, era sensata.

—Hasta ahora.

¿Por qué discutimos sobre esto?

Grace tiene las dos manos en el volante. Me pregunto cuánto ha bebido. Su tono de voz suena duro.

—Supéralo, chica.

—¿Cómo?

—Te sientes culpable. Supéralo. Déjalo atrás.

—No es solo eso; hay más. Simon piensa que el niño es suyo.

Esta vez abre y cierra la boca sin emitir ningún sonido. Lo vuelve a intentar.

—¿Lo es?

—No. Para nada, no. —Niego enérgicamente con la cabeza, tratando de aparentar confianza.

—¿Y por qué cree que lo es?

—Se le ha metido esa idea estúpida en la cabeza… Porque… Bueno, yo le pregunté si habíamos usado condón, así que él pensó…

—O sea, que el niño podría ser de Simon.

—Dijo que no había usado condón.

—¿Y tú no te acuerdas?

Niego con la cabeza. Grace se ríe.

—No es divertido.

—Es una risa nerviosa, ¿vale? Pero ¿qué importancia tiene todo esto? Si los dos os calláis, nadie lo sabrá nunca.

—Simon quiere saberlo. Exige hacer una prueba de paternidad cuando el bebé haya nacido.

—Dile que no.

—Ya se lo he dicho.

Grace ya está al corriente de mi problema. Está enfadada, cosa que está bien. Tiene una mente de primera clase y una moral de tercera, que es justo lo que necesito ahora mismo si quiero parar a Simon.

—Hablaré con él —dice Grace.

—No servirá de nada.

—Puedo ser muy convincente.

—¿No irás a...?

—¿Qué?

—Nada.

Sus ojos se convierten en una rendija y me mira con un acordeón de arrugas en la frente.

—No, Meg, no me voy a acostar con él. A pesar de tu percepción sobre mí, no es esa mi forma de arreglar cualquier cosa.

—Lo siento.

—Necesitamos saber algo de él.

—¿Algo como qué?

—Algún cotilleo que no quiera que se sepa.

—Eso no va a funcionar.

—¿No solía tomar un montón de drogas?

—Como muchas otras personas.

—¿Y las vendía?

—Sí... Algunas veces.

—A lo mejor podemos hacerle chantaje al chantajista, para garantizar su silencio. Estoy seguro de que a sus jefes no les gustará saber que uno de sus empleados solía vender drogas.

Grace está lanzada, disfrutando de esto incluso demasiado.

—¡No! No le vamos a hacer chantaje. No quiero hacer daño a nadie.

—¡Eh! Esto es la guerra, hermanita. Tenemos que combatir el fuego con fuego; o, en este caso, la porquería con porquería. —Me toma de la mano, apretándomela—. Si esto no funciona, quizá se lo tengas que decir a Jack.

—Ya, ya lo sé.

—¿Y qué hará?

—Ojalá lo supiera.

Agatha

Jules fue al hospital ayer y tuvo a su bebé durante la madrugada. Fue Kevin quien me dio la noticia, cuando fue a su casa esta mañana para ducharse y cambiarse.

—Una niña preciosa —dijo, sin aliento, cuando me crucé con él por la escalera.

—¿Cómo está Jules?

—Genial. Sin problemas. De libro, según la comadrona. Llegarán a casa hoy mismo, más tarde.

—¿Tan pronto?

—Jules no quiere estar en el hospital. Voy a recoger a Leo de casa de su madre para que conozca a su hermanita.

—Si necesitáis ayuda… —dije yo, pero Kevin ya estaba bajando los escalones de dos en dos.

Me imagino a Hayden actuando así cuando sea padre, dando saltos por todos lados como un cachorro de setter irlandés. Será torpe, eso seguro. Tendré que enseñarle a sostener al bebé y a cambiar un pañal, pero pronto le pillará el truco.

Esa misma tarde oigo a Jules llegar a casa. Kevin lleva el bebé en un canasto para cochecito mientras Jules se pelea con la bolsa de viaje y los dos ramos de flores (uno de ellos es mío).

—Tengo una hermanita nueva —presume Leo al pasar a mi lado por las escaleras.

Le cojo las flores a Jules, le doy un abrazo y la sigo hasta su piso, donde le preparo una taza de té, pongo agua en unos jarrones y coloco los ramos sobre la mesa.

Kevin quiere salir a celebrarlo con sus amigos a la antigua, con cerveza y puros.

—Para remojar la llegada del bebé —dice—. Pero si prefieres que me quede…

—No, ve —contesta Jules—, y saluda a tus amigos de mi parte. Y no te emborraches demasiado.

—No lo haré —dice, mientras mira en la cuna—. Una niñita.

—¿Habéis decidido qué nombre le pondréis? —pregunto.

—Habíamos pensado en Violet —dice Jules.

—Es bonito.

Kevin coge la chaqueta, le da un beso al bebé en la frente y la llama «chica lista». Lo oigo bajar trotando las escaleras, dos escalones a la vez, y agarrándose para girar en cada descansillo.

—Bueno, ¿cómo fue? —pregunto—. Quiero todos los detalles sangrientos.

Ella sonríe, cansada.

—Más fácil que la última vez.

—Genial.

—Te irá bien.

Escucho a Jules describir el proceso del parto. Tiene fotografías en el teléfono. En algunas de ellas aparece Violet pocos minutos después de nacer, mientras una comadrona la lava y la pesa.

—Kevin estuvo muy bien. Te alegrará tener a Hayden a tu lado —dice con voz de fatiga. Sus palabras están empezando a perder claridad.

Leo ha venido a mirar en la cuna. Me mira.

—¿Cuándo saldrá tu bebé?

—Pronto.

—¿Sigues sangrando?

—No. —Río nerviosamente y le agito el cabello.

—¿Qué quieres decir, querido? —pregunta Jules, mirando a Leo.

—Nada —digo yo, mi corazón palpitando—. Derramé algo en la falda, y Leo pensó que era sangre.

Leo quiere añadir algo. Le interrumpo y le digo que mamá necesita descansar.

—Yo cuidaré de Leo. Tú échate una siesta.

—¿Estás segura?

—Desde luego.

Acompaño a Jules a la cama y se queda dormida al cabo de un momento. Leo se ha ido al salón y se ha puesto a mirar la tele. Me siento a su lado y hago que me mire.

—No sangré.

—Pero yo te vi.

—Derramé algo.

Asiente, más interesado en la tele que en mí.

—Escúchame —le digo, cogiéndolo del antebrazo—. No debes decir mentiras.

Trata de liberarse.

«Lo sabe. Lo sabe.»

Es un niño.

«¿Y si se lo dice a alguien?»

Nadie le creerá.

«¡Estúpida! ¡Estúpida!»

Dejo a Leo y vuelvo al dormitorio, abriendo la puerta con cuidado, asegurándome que Jules esté durmiendo. Caminando de puntillas, cojo un camisón del cajón de la cómoda, me acerco a la pequeña cuna pintada, levanto suavemente a Violet y la tomo en mis brazos. La saco de la habitación, ocultándola de la vista de Leo cuando se vuelve y me mira con reproche. Se vuelve a girar y sigue con la tele.

Me cuelo en el dormitorio de Leo y pongo a Violet en el suelo, entre dos almohadas, y rápidamente vuelvo a hacer la cama, apartando el edredón de Bob Esponja y cogiendo sábanas del armario de la ropa de cama. Voy a la cocina y cojo dos ramos de flores, que dispongo a ambos lados de la cama. El único mueble de la habitación, aparte de la cama, es una cómoda con un espejo biselado basculante encima. Con libros y peluches, apoyo mi teléfono en el espejo y enciendo la cámara, ajustando el ángulo de manera que la cama quede centrada en el encuadre. En la pared, encima de la cama, hay algunos de los dibujos de Leo. Los quito tirando de ellos suavemente, tratando de no rasgar las esquinas.

Una vez satisfecha, me quito la ropa y la barriga ortopédica, y me pongo el camisón por encima de la cabeza. Me mojo el pelo con la botella de agua de Leo, pegándome mechones en la frente y salpicándome la cara antes de coger a Violet, que aún está envuelta en una manta de lana de ganchillo. Sentada a medias en la cama, la sostengo en brazos de manera que solo se ve una parte de su cara. Tiene un olor agradable, a limpio, a nuevo.

Con el temporizador de la cámara del teléfono, me hago varias fotografías, comprobando la composición después de cada una de ellas. Satisfecha, me desabrocho el sujetador y presiono la cara de Violet contra mi pecho, mirando a la cámara con una sonrisa cansada. Esta vez estoy grabando un vídeo.

—Hola a todos, este es Rory. Me encantaría enseñaros su carita, pero ahora tiene bastante hambre. Estoy agotada, pero soy muy feliz.

Violet se ha despertado. Sorbe y abre la boca, buscando mi pezón. La dejo en la cama y paro la grabación antes de volver a ordenar rápidamente la habitación y hacer la cama. Violet está ahora completamente despierta, y llora cada vez con más fuerza. Me quito el camisón y me empiezo a poner la barriga ortopédica. Oigo un sonido que viene del dormitorio principal. Jules está despierta.

—¿Dónde está Violet? —pregunta, con un deje de pánico en la voz.

—Está conmigo —respondo yo, mientras lucho con mi ropa.

Jules está en el pasillo... Ya está en la puerta.

Aparece. Me quedo sin aliento.

—¿Qué estabas haciendo?

—Violet estaba inquieta. No quería que te despertase.

—¿Cuánto tiempo he dormido?

—No mucho. Creo que tiene hambre.

Jules recoge a Violet de la cama y señala mi blusa.

—Tienes los botones medio desabotonados.

—Oh. Qué tonta soy... Un día me olvidaré la cabeza...

—¿Estás bien?

—Sí, sin problema.

Acompaño a Jules a su dormitorio y le apoyo la espalda en unas almohadas. La dejo dando de mamar a su niña y vuelvo a poner los dibujos de Leo en la pared, pero no recuerdo bien el orden. Espero que Jules tampoco se acuerde.

Mientras llevo las flores otra vez a la cocina veo el carné de salud de Violet. El carné de salud personal se le da a todos los recién nacidos, y en él se consignan detalles del nacimiento como el peso, la talla y la circunferencia de la cabeza, y también el nombre de la comadrona y del médico de cabecera. Voy a necesitar un librito como este.

Empiezo a fotografiar las páginas cuando aparece Jules.

—¿Qué haces?

—Nada. Quiero decir, solo estaba curioseando. ¿Cómo está Violet?

—Llena como un cebón.

—¿Una taza de té?

—No.

—¿Y una tostada?

—Mejor dos.

Saco pan del congelador y lo pongo en las ranuras de la tostadora.

—No tengo ninguna foto de Violet —le digo—. ¿Puedo tener una de las tuyas?

—Claro.

Jules pone la clave de su teléfono y me lo pasa. Hago pasar las imágenes y encuentro la que quiero. En ella aparece la comadrona pesando a Violet. Envío la imagen a mi teléfono, que emite un pitido en el bolsillo.

—¿Quieres que haga algo más? —pregunto—. Puedo hacerle la cena a Leo.

—No, me has ayudado mucho. Estaré bien.

—Bueno, me voy abajo a decírselo a Hayden. Tiene que llamarme esta noche.

—¿Dónde está ahora?

—A ocho días de Ciudad del Cabo. Estará en casa dentro de una semana, contando a partir del miércoles.

—Bueno, dile que se dé prisa. No querrá perderse esto.

Meghan

Hoy he llamado por teléfono a una vieja amiga que trabaja para un bufete de abogados en la City. Jocelyn es socia desde este mismo año. No estoy muy segura de lo que quiere decir eso, pero lo celebró con una fiesta en el Savoy Grill, así que supongo que ganará mucho más dinero.

Me devuelve la llamada, gritando para que la oiga por encima del ruido de tráfico.

—Lo siento, Megs, acabo de salir de los juzgados. ¿Ya has tenido el bebé?

—Aún no.

—Quiero ver fotos.

—Y las verás.

Para un taxi con un silbido. Yo sostengo el teléfono lejos de mi oreja.

Jocelyn y yo fuimos juntas a la escuela; éramos inseparables desde los diez años, hicimos todo lo que suelen hacer las chicas de nuestra edad, pasamos de jugar a la rayuela y a saltar la comba a maquillarnos los ojos de negro y acosar a Oasis. Más tarde, su *hobby* pasó a ser la bulimia, mientras que yo me obsesioné con los libros de autoayuda. Ambas lo superamos.

Ha encontrado un taxi y un poco de silencio.

—¿De qué va ese mensaje misterioso?

—Necesito hacerte una consulta legal.

—¿Te has metido en algún lío?

—No, te llamo por una amiga.

—Ajá —dice Jocelyn, eligiendo las palabras con cuidado—. Porque, si es para ti, Megs, tengo que avisarte de que no admitas ni te confieses culpable de nada porque yo no puedo engañar a un tribunal. Al mismo tiempo, tengo el deber de mantener en secreto cualquier cosa que me digas.

—¡Por Dios, que no he matado a nadie!

Se ríe y me doy cuenta de que está bromeando.

—Te voy a contar una situación hipotética.

—Hipotética.

—Eso es.

Esto ha sido una mala idea. Debería colgar.

—¿Puede un tribunal ordenar a una mujer que le haga una prueba de paternidad a su hijo recién nacido?

—Depende de las circunstancias —dice Jocelyn.

—¿Y si está felizmente casada?

—¿Es su marido quien solicita la prueba?

—No.

—¿Quién, entonces?

—Un tercero.

—¿Alguien que cree que podría ser el padre?

—Sí.

—Joder, Megs, ¿qué es lo que has hecho?

—Nada. No es para mí.

¿Por qué sigo hablando?

Jocelyn empieza a pensar en voz alta.

—Yo practico derecho comercial, de manera que no soy experta en este campo. La mayor parte de demandas de paternidad tienen por objeto establecer la responsabilidad económica o moral. La madre quiere dinero, o el padre quiere derechos de visita. Si tanto el marido como la mujer aceptan que son los padres, dudo de que ningún tribunal ordene una prueba de paternidad.

—¿Y si el marido no sabe que hay un interrogante sobre la paternidad?

—Se le tendría que informar.

—¿Aunque ponga en peligro el matrimonio?

—La mujer lo puso en peligro en el momento en que se acostó con otro.

—¿Y si ella «sabe» que el niño es de su marido?

—Entonces… ¿lo que dices es que la acusación de este tercero carece por completo de base?

—Sí.

—¿No hubo lío?

Dudo.

—No.

—¿Y por qué iba el tercero a hacer eso?

—No lo sé; rencor, celos, crueldad.

—¿Te están haciendo chantaje?

—Esto no va sobre mí.

—Claro, por supuesto. Bueno, mi consejo para tu amiga sería que se sincerase con su marido.

—¿No hay otra manera? ¿Una orden de alejamiento, por ejemplo?

—La verdad es que no.

Puedo oír la respiración de Jocelyn en el teléfono.

—¿Estás bien, Megs?

—Lo estoy. Olvida que he llamado.

Cuelgo e inspiro profundamente; me muerdo el labio inferior para evitar gritar. Estoy atrapada. Mi error del pasado está creciendo dentro de mí, pulsando como una bomba de tiempo que explotará a menos que pueda detener a Simon.

No ayuda mucho que Jack esté siendo tan atento conmigo. El viernes me trajo flores (calas, mis favoritas) y se quedó en casa todo el fin de semana.

El lunes por la mañana escribí una entrada en el blog:

Reflexiones

Mi domingo fue de lo más ordinario. Con eso no quiero decir que fuese aburrido, pero fue normal. Me desperté con el sonido de dos personitas hablando y riendo, después de meterse cada uno en la cama del otro para leer. Jugaron felices durante casi una hora, y me dejaron dormir al lado de *Ave César*.

Domingo por la mañana significa BBC Radio 2, café de filtro, huevos con beicon y los periódicos, por supuesto. A continuación vinieron las clases de natación (a las que prefiero llamar «no ahogarse con control») y almuerzo en el pub, antes de un largo paseo junto al río, un baño, unos mimos y un DVD (¡*Frozen* otra vez!).

El domingo es noche de curry, y la casa aún huele a pollo *korma*, por muchas ventanas que abra. *César* se bebió media botella de vino. Yo me quedé dormida viendo un drama costumbrista de la BBC. Y a medianoche estaba planchando uniformes de la escuela porque olvidé hacerlo antes.

Fue un domingo normal, salvo que *César* dijo que me quería, más de una vez. Una esposa más desconfiada habría sospechado de tanto cariño desatado, pero yo no soy escéptica.

Los hombres son curiosos en lo que se refiere a entender a las mujeres. *César* cree que mi escenario romántico ideal es un hotel de cinco estrellas, un masaje, champán, una buena cena, sexo fantástico y quedarme dormida después de una hora en la que repite sin cesar lo maravillosa que soy. La verdad es que me conformaría con un domingo como el ayer: dormir hasta tarde, desayuno cocinado, un día con los niños, sexo patoso y un montón de abrazos y halagos voluntarios.

La vida no puede ser mucho mejor que eso.

Agatha

En Euston cruzo el cavernoso vestíbulo de la estación y hago cola para comprar un billete para Leeds. Llevo mi mejor vestido premamá con zapatos negros de tacón bajo y un bolso de charol en el hombro. Cuando hago mi solicitud, me confundo a propósito. Vuelven a imprimir los billetes. Quiero que la gente me vea. Quiero que se acuerden de mí.

Mi tren llega a tiempo. Tirando de mi maleta por el andén, le pido a un mozo que me ayude a subir las escaleras y a poner la maleta en el espacio para equipajes. Encuentro mi asiento. Tengo a un hombre de negocios sentado a mi lado, tecleando en el ordenador portátil. Me disculpo por ocupar tanto lugar, utilizando el plural mayestático mientras señalo mi barriga de embarazada.

—¿Para cuándo lo espera?

—Salgo de cuentas enseguida, por eso voy a casa.

—¿Casa?

—Leeds. —Observo que lleva una alianza—. ¿Tiene niños?

—Dos niñas, de seis y cuatro años.

—Es una persona afortunada.

—Sí que lo soy.

Está buscando mi alianza. Como no la ve, no hace más preguntas. Cuando el revisor pasa para comprobar mi billete, me hago un lío para buscarlo, me pongo nerviosa y me deshago en disculpas.

—Tómese el tiempo que necesite —dice él—. Puedo volver después.

Busco en mi bolso y en los bolsillos de mi abrigo, suspirando de alivio cuando encuentro el billete.

El hombre de negocios respira tranquilo. El revisor quita importancia al retraso. Los dos se acordarán de mí.

El tren traquetea mientras atraviesa las Midlands hacia el norte de Inglaterra, pasando por campos labrados y prados con rodillos de heno envueltos en plástico. Las perlas de aguanieve dejan un rastro inclinado en las ventanas empañadas. Mi estómago hace ruido. Debería haber comprado algo de comer antes de salir de Euston.

Al llegar a Leeds, arrastro la maleta hasta la fila de taxis y le doy al chófer una dirección de Holbeck. Toma New Station Street, Wellington y Whitehall Road, pasando junto a almacenes y patios de maniobras que, en la penumbra, parecen abandonados.

El taxi me deja junto a la escuela primaria de Ingram Road, iluminada por las luces interiores. Las ventanas están cubiertas de adornos navideños, y pequeñas cabezas con los hombros encorvados miran hacia delante en las clases. Suena una campana y los niños salen por las puertas como una estampida, llenando los pasillos de risas y gritando despedidas.

Yo crecí a cinco calles de aquí. Venía cada día andando a la escuela, desde los siete hasta los doce años, esquivando grietas y jugando a la rayuela en el camino. La intersección donde murió Elijah está tres manzanas más allá, pero tomo una ruta distinta porque no quiero recordar el accidente. Lo que hago es acelerar el paso, chapoteando en los charcos mientras tiro de la maleta.

En Colenso Grove, todas las casas de ladrillo rojo parecen idénticas, con antenas parabólicas a juego en la pared frontal. Las puertas delanteras están pintadas de colores distintos (azul, rojo, amarillo o verde), lo que podría ser una señal de expresión propia o de anarquía suburbana.

Al llegar a la casa de mi madre, saco la llave de emergencia de debajo de un ladrillo suelto en el lateral de los escalones. Entro, abro las ventanas y quito las sábanas que cubren los muebles. Las camas no tienen ropa de cama, y los armarios están llenos con la ropa de mi madre. Nunca he vivido en esta casa, y solo he venido de visita una vez, pero mi madre parece ocupar todas las habitaciones. No tiene fotografías de mi infancia sobre la repisa de la chimenea, ni en las paredes; nada que muestre que yo formase parte de algo.

Miro el reloj. La empresa de transportes me dijo las cuatro en punto; ya ha pasado esa hora. Me cambio, me pongo ropa de trabajo y empiezo a limpiar la casa, quitando el polvo y fregando el suelo.

El camión llega poco después de las cinco, cuando el cielo está empezando a adquirir un tono de oscuridad invernal. Es la última entrega del conductor, que lleva barba. Entra una caja de gran tamaño que contiene la piscina de parto, una bomba para hincharla, una lona, manguera, adaptadores de grifo, una lámina para cubrir el suelo, bomba de agua sumergible y termómetro.

«¿Voy a tener un niño o a trocear un cadáver?»

El kit para parto acuático es alquilado, porque no le veía el sentido a gastar dinero en uno nuevo. Me pregunto cuántos bebés habrán nacido en la piscina, y cómo la desinfectan después.

El conductor ha vuelto a la camioneta. Esta vez vuelve con empapadores superabsorbentes, compresas, bálsamo de labios, aceite de lavanda, toallitas e infusiones de hojas de frambuesa.

—¿Necesita ayuda para montar la piscina? —pregunta.

—No, ya me las apañaré.

Mira a un lado y a otro buscando a mi marido.

—Mi madre llegará pronto —le explico—. Está en el trabajo.

Se lleva la mano a la frente, a modo de despedida informal, y se apresura hacia la camioneta. Yo echo un vistazo a todo el papeleo que ha venido con la entrega. Hay un certificado de maternidad que deben firmar una comadrona o un médico autorizados, con un espacio para el nombre de la paciente y detalles del nacimiento.

Este es uno de los huecos de mi plan. Puedo falsificar una firma y un número de inscripción, pero no resistirían una comprobación de los registros o una llamada telefónica. Cada día nacen dos mil niños en Gran Bretaña; un nuevo bebé cada cuarenta segundos, viendo la luz, respirando, berreando. Seguro que de vez en cuando se pierden o se extravían registros. Los padres olvidan. Los niños mueren. Sus nacimientos no quedan nunca registrados. Mi bebé será pasado por alto. El tiempo lo ocultará.

Me dirijo al jardín de atrás y enciendo el incinerador, poniendo troncos cada vez mayores hasta que el calor me hace retroceder. Quemo mi barriga ortopédica, mirando cómo la silicona burbujea y se derrite, soltando volutas de humo negro y espeso que hacen que la noche parezca más oscura.

La investigación es la clave de una buena planificación. He usado la inteligencia y he estudiado mis opciones hasta que he confiado en poder cubrir la mayor parte de contingencias, aparte de lo imprevisto y lo imprevisible. Quizá no tenga éxito, pero voy a limitar al máximo el riesgo. Pase lo que pase, no quiero hacer daño a Meg, pero me reservo el derecho de usar cualquier medio.

En el dormitorio de mi madre, abro la maleta. En ella tengo un mono de hombre, botas de trabajo y una gorra de béisbol; también varias pelucas que he comprado durante los últimos meses en eBay y en una tienda de uniformes. Pongo todo esto en un carro de la compra cubierto con tela de cuadros escoceses, con dos ruedas y con un asa en forma de U para tirar de él.

Después de comprobarlo todo dos veces, repaso la planificación, memorizándola. Finalmente, me pongo bajo la ducha para librarme del hollín, el sudor y los nervios antes de tumbarme en un colchón desnudo y envolverme en una manta, a la espera de que el sueño se lleve lejos mis pensamientos.

Meghan

Reconozco a la mujer que está en el umbral de la puerta, pero tardo un momento en situarla. Es la agente inmobiliaria que nos vendió la casa. La he visto algunas veces desde entonces, conduciendo un descapotable BMW por Barnes, con sus grandes gafas de sol y pañuelos de seda.

Me dedica una sonrisa bien entrenada, con dientes y sin encías, mientras me entrega su tarjeta de visita y me llama «señora Shaughnessy». Su piel parece emanar una nube de perfume (olor de albaricoques demasiado maduros y de lima).

Miro la tarjeta. Rhea Bowden.

—Siento molestarla. Estaba por el barrio y se me ha ocurrido hacerle una visita.

Lleva el pelo despeinado de una forma cara e innegablemente *sexy*, que recuerda a una antigua *miss*, diez años después de su mejor momento. ¿Un pensamiento cruel? Probablemente.

—Quería comprobar si están totalmente contentos con la casa.

—¿Es una especie de servicio postventa?

Sonríe de nuevo.

—Eso es. Normalmente me pongo en contacto con los clientes un año después de que se trasladen. Ayuda a mantener los canales abiertos.

—¿Los canales?

—Es una buena práctica comercial. Los precios de las propiedades han estado subiendo. Probablemente no hayan pensado en vender, pero si quisieran una valoración, yo se la podría dar.

—No tenemos pensado vender.

—Perfecto. Entonces, ¿están contentos?

—Sí.

—¿Cómo está Jack? Quiero decir, su marido. Intenté llamarlo antes para decir que pasaría a verles.

—Está en el trabajo.

—¿Y él también está contento con la casa?

—Los dos lo estamos.

—Genial. —Vacila y mira más allá del vestíbulo, como si quisiera que la invitase a entrar—. Bueno, si alguna vez les pasa por la cabeza vender, espero que piensen en nuestra agencia.

—De acuerdo.

—Muy bien, pues. Perfecto.

La miro alejarse despreocupadamente por el camino y forcejear con el pestillo de la puerta. Maldiciendo, se mira la uña y se chupa el dedo. Me pregunto por qué ha venido. Quizá no sea nada, pero Rhea Bowden es el tipo de mujer que dispara mi instinto de protección. Abandono la idea al instante, porque no tengo derecho a sospechar de Jack; y menos después de lo que yo he hecho.

Arrugo la tarjeta de visita, la tiro a la basura y sigo haciendo la maleta para el hospital. Ya la he hecho tres veces, porque no dejo de cambiar de opinión.

Agatha

Me despierto temblando, envuelta en una manta. La calefacción central no se ha puesto en marcha y veo mi aliento al exhalar. Me visto rápidamente con varias capas de ropa y bajo a la cocina, poniendo las manos sobre el chorro de vapor de la tetera mientras hierve.

No hay nada para comer en los armarios, así que me preparo un té negro con extra de azúcar y rodeo la taza con las manos, absorbiendo el calor. Mi cuerpo se siente ligero, ahora que no llevo la prótesis, pero echo de menos la sensación de seguridad y de valor que me daba, como si fuera una persona con un propósito.

Salgo de la casa, me pongo la capucha de la chaqueta y voy andando hasta la parada de autobús más cercana. Dos ancianas de rostros arrugados están esperando el autobús y quejándose del frío. El tráfico pasa por delante y se para en la rotonda, como falto de confianza. Al otro lado de la calle veo a un niño cogido de la mano de su madre; noto un dolor dentro de mí.

Tomo el 49 hacia Bramley, me bajo en Kirkstall Bridge Inn y cruzo el río Aire y las vías del tren. Cuatrocientos metros más allá, bajo por unos escalones que llevan al camino de ronda junto al Leeds, hacia el canal de Bradford.

Ahora el monstruo está totalmente despierto, canturreando suavemente, notando hacia dónde voy, diciéndome dónde debo salir del camino y cuándo debo permanecer oculta. Al llegar a una esclusa de tres niveles, cruzo al otro lado del canal a través de campos con hierba de color verde intenso. Paso junto a un hombre que está tirando un palo a sus dos perros. El mayor de los dos gana siempre la carrera, pero al pequeño no parece importarle. Un granjero está arando con un tractor rojo, moviendo la tierra y trazando líneas regulares.

La segunda esclusa está ya en lo más profundo del bosque, que huele a humedad y a secretos antiguos. La granja en ruinas está cubierta casi por completo de enredaderas, aparte de la chimenea de ladrillo, oscurecida por el musgo y los líquenes. Ya estoy cerca.

Llego al claro. Las pirámides de piedras destacan sobre la alfombra de hojas muertas. Las coronas de flores están secas y quebradizas. Debería haber traído flores nuevas. Me aflojo la chaqueta y me agacho junto a cada montón, tocando las piedras con la yema de los dedos, diciéndole a cada bebé que no le he olvidado. Chloe, Lizzie y Emily.

Lloro por igual a los tres: el que murió, el que no nació, el que entregué. Lizzie fue mi segunda niña. Tenía dieciocho años cuando me la llevé del exterior de una casa de apuestas en Bradford. El padre entró un momento a hacer una apuesta para un caballo que corría en la carrera de las 15.30 en Doncaster. El caballo se llamaba *Baby Lizzie*, y él lo consideró un buen presagio, así que apostó diez libras a ganador. Conozco esos datos por las noticias, que lo condenaron en los días posteriores. Los columnistas se preguntaban qué clase de padre deja a su bebé a la puerta de una casa de apuestas. Es el mismo tipo de padre que deja a un niño de cinco años solo en casa, o encerrado en un coche al sol, o que se juega todo su sueldo en máquinas tragaperras, o que deja al niño dormir con un pañal sucio mientras fuma crac o se inyecta droga. Ese tipo de personas, según el *Daily Mail*, no merecen ser padres.

Lizzie era minúscula, solo tenía unas semanas, con ojeras oscuras en los ojos, como si hubiese nacido prematuramente o «le faltase un hervor», como solía decir mi madre. Tenía una expresión de enfado en la carita, piel rojiza y piernas y brazos delgados como un chimpancé.

Quería a Lizzie, pero no se acostumbró al biberón. No chupaba con la fuerza suficiente. Hice agujeros más grandes en las tetinas, pero entonces tragaba demasiado y lo expulsaba todo de nuevo. Al menos era silenciosa. Cuando lloraba, lo hacía flojito.

La dejaba dormir en mi cama. Me tumbaba con la mejilla pegada a su cabecita, sintiendo las fontanelas, donde las uniones de su cráneo estaban aún en formación. Me desperté la tercera noche y estaba ardiendo de fiebre. Le quité el sudor con una toalla mojada y le di paracetamol y recé a la virgen María, madre de Jesús, preguntándole qué podía hacer.

Durante la noche, la fiebre remitió. Yo me quedé dormida. Estaba exhausta.

Cuando me desperté, el sol entraba por la ventana, pintando dibujos en la alfombra. Sentí a Lizzie a mi lado. Estaba pálida. Tranquila. Fría. Grité, lloré, la mecí en mis brazos y le dije que lo sentía. Fue culpa mía.

Puse el cuerpo de Lizzie en una gruesa bolsa de supermercado de algodón y tomé el autobús que va de Bradford a Leeds. Cavé su tumba con las manos desnudas, porque había olvidado traer herramientas. Recogí las piedras e hice el pequeño túmulo. Alargo la mano y lo toco, prestando atención al silencio de este lugar sagrado, donde el agua cae y la hierba crece, donde las estaciones pasan y mis niños duermen.

—Mi nuevo bebé llega dentro de dos días —susurro—. Esta vez me voy a esforzar mucho más.

Meghan

Llega un mensaje de correo electrónico a mi bandeja de entrada, con un sonido de campanilla. Miro el asunto: «Un hombrecito».

Hay dos fotografías adjuntas, y un archivo multimedia. En una de las imágenes se ve a Agatha sentada en la cama, sosteniendo a su bebé, agotada pero feliz. En la segunda se ve a una comadrona limpiando y pesando al recién nacido, cuyos ojos están apenas abiertos.

Hago clic en el archivo multimedia y aparece Agatha en la pantalla. Está sentada en la cama, dando de mamar: «Hola a todos, este es Rory. Me encantaría enseñaros su carita, pero ahora mismo tiene hambre. Estoy agotada, pero muy muy feliz».

Escribo una respuesta:

> Enhorabuena. Es precioso. Quiero todos los detalles. ¿Cómo fue el parto? ¿Llegó Hayden a tiempo? Llámame en cuanto puedas.

Agatha

Pienso en llamar a Meg enseguida, pero es difícil escuchar nada por encima de los ruidos de diarrea que hace la máquina de café. Todas las mesas de la cafetería están ocupadas por estudiantes encorvados sobre ordenadores portátiles o enviando mensajes con los teléfonos. He elegido este lugar por el wifi gratuito y el anonimato que ofrece.

Hasta ahora he enviado correos y fotografías contando la maravillosa noticia a viejas amistades de la escuela y a antiguos compañeros de trabajo, algunos de los cuales hace años que no veo. A los que viven en Londres les cuento que he tenido al niño en el norte del país. A los que viven en el norte les digo que he parido en Londres. Pocos son los que se conocen entre sí o se mueven en los mismos círculos, y por eso el engaño puede funcionar. La única excepción es Jules, en caso de que reconozca la fotografía de Violet con la comadrona.

A mi bandeja van llegando correos de respuesta. Enhorabuena. Felicidades. Hay uno de Abigail, del supermercado, y uno de Claire, mi antigua jefa en la agencia de trabajo temporal. Pienso en la posibilidad de enviarle un mensaje a Nicky, pero se preguntaría cómo me las he arreglado para quedarme embarazada después de tantos abortos.

Salgo del café y camino por Albion Street Mall. Giro a la izquierda por Headrow y sigo andando hasta llegar a la Biblioteca Central de Leeds, un edificio antiguo e imponente hecho de piedra de Yorkshire, con ventanas de arco y un vestíbulo de mármol. Entro y consulto los mensajes en el teléfono móvil. Durante las últimas cuarenta y ocho horas lo he mantenido en silencio; no quería que me distrajesen. Miro el registro de llamadas perdidas. Hayden llegó a Londres ayer por la mañana. Me lo imagino corriendo por el aeropuerto con su bolsa de lona colgada del hombro. Sus padres fueron a recogerlo. Insistió en ir directamente a mi casa, llamando al timbre, preguntándose dónde podía estar.

Escucho sus mensajes. «¿Dónde estás? —pregunta—. Estoy en el piso, pero nadie contesta al timbre. Tu amiga del piso de arriba dice que ya te has ido a Leeds. Puedo tomar un tren. Llámame.»

El segundo mensaje es más enérgico: «¿Te encuentras bien? Nos estamos preocupando. Mamá y papá están llamando a los hospitales de Leeds, pero les dije que tú ibas a parir en casa. Por favor, llámame en cuanto recibas este mensaje».

El siguiente es más desesperado: «No sé qué hacer, Aggy. Mamá está fuera de sí y quiere llamar a la policía. Si no sé nada más de ti, tomaré un tren a Leeds para estar cerca».

Es agradable oír su voz, incluso cuando suena frenético y frustrado. Sabía que un niño marcaría la diferencia. Ahora está enamorado de mí. Me perdonará por esto porque quiere ser padre.

Le envío un mensaje de texto y le digo que no es necesario llamar a la policía ni preocuparse por mí:

> Ya he tenido al bebé (un pequeño de nombre Rory) y pronto volveré a casa. Te lo explicaré todo cuando te vea. Ahora mismo, lo que necesito es descansar. Déjame dormir, por favor.

A mediodía tomo un autobús de línea de la National Express de Leeds a la estación de autobuses Victoria en Londres, pagando en efectivo y sonriendo a la cámara de circuito cerrado que hay encima de la cabeza del conductor.

Ya no estoy embarazada, voy tirando del carro de la compra con tela de cuadros escoceses y llevo un capazo de bebé con un asa de plástico curva que se pliega. Pongo una manta sobre el capazo y lo pongo en el asiento junto al mío, levantando la manta de vez en cuando para susurrar palabras tranquilizadoras.

—¿Niño o niña? —pregunta la mujer que está sentada enfrente.

—Niño.

—¿Puedo echarle una mirada?

—Está durmiendo.

—Prometo no despertarlo.

—Preferiría que no— añado.

Frunce el ceño y se encoge de hombros.

En la estación de autobuses Victoria tomo el metro de la línea District hacia Acton Town y pago por una habitación en un hotel barato con un cartel intermitente en el escaparate que dice HABITACIONES. La recepcionista del establecimiento se limpia con la mano la ceniza de cigarrillo que le ha caído en el regazo y se pone de puntillas para mirar por encima del ajado mostrador de madera.

—¿Hay alguien ahí? —pregunta, haciendo un gesto hacia el capazo cubierto.

—Sí. —Sonrío—. ¿Tengo que pagar extra por él?

—No a menos que necesite cama propia.

—No, aquí estará bien.

Me pide el carné de conducir. Le digo que no tengo.

—¿Y pasaporte?

—Tampoco.

—Necesito un documento de identificación.

—Pagaré en efectivo.

Duda y vuelve a mirar el capazo.

—¿Está intentando ocultarse de alguien?

—De mi novio.

—¿Le ha pegado?

—Demasiadas veces.

Mi habitación está en el segundo piso. En el pasillo hay juguetes y bicicletas, y un cartel que dice NO SE PERMITE COCINAR. De todos modos, noto el olor: cardamomo, canela, pimentón y clavo.

Abro la puerta y compruebo la ventana y la salida de incendios. Hay una hoja de información que dice que no hay nadie en la recepción entre las siete de la tarde y las seis de la mañana. Los huéspedes pueden usar la llave de su habitación para abrir la puerta de la calle. Eso quiere decir que puedo entrar y salir sin llamar la atención.

He estado dos noches fuera de Londres, suficiente para establecer una coartada y preparar la mitad de mi historia. Hayden y mis amigos pensarán que he tenido un niño. Han visto fotografías y un vídeo. Antes, cuando me he llevado un bebé ha sido siempre una decisión improvisada, y por eso fracasaba. Esta vez he fingido un embarazo y un nacimiento. No puedo aparecer sin un bebé. O lo consigo, o me muero de vergüenza.

A las siete salgo del hotel por la puerta principal y me dirijo hacia Gunnersbury Park, donde tomo un taxi privado en la North Circular. El conductor me deja en la Promenade de Chiswick, en la orilla norte del Támesis. Inhalando el aire de la ciudad, cruzo el puente de Barnes por la pasarela para peatones, bajo una media luna que titila en el agua. Al llegar a Cleveland Gardens, me quedo en el otro lado de la calle hasta que veo el coche de Meg aparcado frente a la casa.

No me quedo mucho tiempo allí. Siguiendo un camino ya conocido, me dirijo a las vías del tren, pasando por encima de la valla caída y moviéndome con cautela sobre las piedras de granito y cuarzo, con el oído atento a los trenes. En la parte de atrás de la casa de Meg y Jack, encuentro el ya familiar claro y el árbol caído. Subiéndome al tronco, aparto las ramas y miro hacia el jardín.

La casa está a oscuras, salvo por una luz encima de los fogones, y otra en el piso de arriba, en el dormitorio de Lucy. Noto una opresión en el pecho; es miedo. ¿Y si Meg se ha puesto de parto? ¿Y si ya ha dado a luz? Una sombra se mueve detrás de la cortina. Alguien está poniendo a dormir a Lucy, leyéndole un cuento o trayéndole un vaso de agua. Podría ser Meg o Jack.

Me subo al muro de ladrillos, paso las piernas por encima y me descuelgo por el otro lado. Me suelto, caigo en el jardín y me agacho inmediatamente, tratando de no mostrar mi silueta. Mirando hacia la cocina, veo un cazo borboteando en los fogones. Hay platos en la pica. Dibujos hechos con pintura de dedos en el frigorífico.

Moviéndome como un cangrejo, me mantengo junto a la

valla hasta llegar a la esquina de la casa, donde pego la espalda a la pared. Un perro ladra. Otro responde. Aquí estoy al descubierto, a la vista de las ventanas de la casa vecina. Si alguien mirase afuera en este momento, me vería. Me prometí que no correría riesgos como este. Seguiría con el plan y solo improvisaría si algo fuese mal.

Mirando hacia el lateral de la casa puedo ver el salón, que está vacío. Un ordenador portátil parpadea en la mesita baja. Es el de Meg. ¿Se lo llevaría al hospital?

Oigo voces detrás de mí; vienen de la casa de al lado. Alguien enciende una luz, que proyecta mi sombra en la pared. Me agacho, me aproximo con rapidez a la valla y tiro algo pesado que cae como a cámara lenta. Alargo la mano e intento cogerlo. No lo consigo. La bañera para pájaros se estrella contra el borde de piedra del parterre, provocando un ruido de explosión que reverbera como si fuese un disparo.

Una puerta se abre. Los vecinos han salido al jardín a investigar.

—Podría haber sido un detonador de vía para el tren —dice un hombre—. Deben de estar trabajando en la línea.

—¿A estas horas de la noche? —responde una mujer.

Agachada junto al muro, apoyo la espalda contra los ladrillos húmedos, tratando de ocultarme en las sombras. Se abre una ventana encima de mi cabeza. Aparece la cabeza de Meg.

—¿Qué ha pasado, Bryan? —pregunta.

—Ni idea —responde él.

Meg se inclina más hacia fuera, mirando en mi dirección.

—Ya sé qué ha pasado. La bañera para pájaros se ha caído.

Bryan mira por encima de la pared medianera. Sus dedos me tocan el cabello.

—Debe de haber sido un gato callejero… y de los grandes. ¿Quieres que te eche una mano para recogerla? —pregunta mientras pasa las piernas por encima de la valla.

Me agacho. Su pie me pasa rozando la cabeza.

—Jack lo hará mañana —dice Meg.

—No es problema.

—En serio, Bryan, no te preocupes. Gracias de todos modos.

Bryan hace una breve pausa. Sus piernas, cubiertas con

pantalones, están colgando a ambos lados de mi cabeza. Uno de sus talones me toca la oreja.

Cambia el peso de lado. Balancea las piernas y se aleja. Vuelve a saltar a su propio jardín.

—¿Cuándo vas al hospital? —pregunta la mujer.

—Mañana temprano —responde Meg.

—Buena suerte.

Vuelven a entrar. Meg cierra la ventana y corre las cortinas. Mi corazón parece que se ha detenido. Entonces vuelve a latir, al tiempo que hago una profunda inspiración. Me viene una arcada, y maldigo por mi estupidez.

Recupero el aliento, me retiro cruzando el jardín y encojo los hombros para entrar por la pequeña puerta de la casita de juegos, donde me siento en un taburete de tamaño infantil, con las rodillas contra el pecho. Saco el móvil y llamo al número de Meg. La veo aparecer en la cocina, buscando el teléfono. Responde.

—¿Hola?

—Suenas cansada, ¿no?

—¿Agatha?

—Sí.

—Estaba arriba, poniendo a los niños a dormir.

—Espero que no hayas corrido.

—Estoy bien. ¿Tú dónde estás? ¿Por qué susurras?

—El bebé está dormido.

Estoy observando a Meg a través de las puertas deslizantes de cristal. Se inclina contra la isleta de la cocina, arqueando la espalda, sintiendo el peso de su embarazo.

—Enhorabuena —dice.

—Gracias.

—¿Cómo es el recién llegado?

—Precioso.

—¿No tiene problemas para comer?

—Para nada.

Me da la espalda mientras pone en marcha la tetera eléctrica y abre una caja de bolsitas de té. Meg quiere conocer los detalles esenciales de mi parto en casa. Le cuento lo que Jules me dijo sobre el nacimiento de Violet y me invento el resto.

—Me encanta el nombre «Rory». ¿Llegó a tiempo Hayden?

—No, ha llegado a Heathrow esta mañana.

—Qué lástima. ¿Va a ir a Leeds?

—No. Mi madre no tiene sitio para él, y yo volveré a Londres dentro de un par de días.

El pico de la tetera lanza volutas de vapor. Meg llena un tazón de agua hirviendo, agita una bolsita de té, la pone dentro y añade leche. Se lleva el tazón hacia las puertas de cristal y mira al jardín. Durante una fracción de segundo me parece que me ha visto, pero está mirando su propio reflejo.

—Me has ganado por dos días. Yo ingreso en el hospital mañana.

—¿Estás nerviosa? —pregunto.

—Un poco.

Pasa un tren traqueteando cerca del extremo del jardín. Tapo el auricular, pero demasiado tarde.

—¿Estás cerca de una vía de tren? —pregunta Meg.

—Sí.

—Suena como si estuvieras aquí fuera.

—No, estoy en Leeds.

La veo bostezar.

—Pareces cansada —comento.

Se ríe.

—¿Me estás espiando?

—Quiero decir que suenas como si lo estuvieras.

—Estoy agotada.

—Vete a la cama y descansa un poco. Buena suerte mañana.

Meghan

A mi pequeño:

Llevo despierta desde las 4.30 de la mañana. Aún tardarás unas horas en llegar, pero he pensado escribirte una carta y contarte lo que puedes esperar de la vida.

He estado constantemente preocupada por ti durante las últimas cuarenta semanas, pero sé por las ecografías que eres fuerte y sano. Han pasado muchas cosas en ese tiempo, y hemos tenido nuestros más y nuestros menos, pero quiero que sepas que vas a formar parte de una familia fantástica.

Tu padre es un hombre al que quiero, admiro, adoro y necesito. Es la roca en la que me apoyo, y también lo será para ti. Tienes una hermana maravillosa que un día va a salvar el mundo, y un hermano que odia ver dolor y sufrimiento. Solo tienes abuelos por un lado, pero son muy activos y te querrán más de lo que creas que se pueda querer a una persona. Y, para colmo, tienes una tía superguay que se llama Grace y que querrá llevarte por el mal camino, pero está bien, porque la vida tiene que ser una aventura.

Ahora debería contarte algo sobre mí, la mujer que te ha llevado dentro los últimos nueve meses. En primer lugar, se me da mal hacer cosas con las manos; así que, si estás buscando una madre que sepa decorar pasteles, hacer disfraces de Halloween o cortar canapés con formas divertidas, no has tenido suerte.

No sé cantar ni bailar, y soy fatal en deportes. No tengo coordinación. Ese es el dominio de tu padre. Tampoco soy una mujer guay; más bien todo lo contrario. Aprendí a tocar el oboe y era la portera de mi equipo de *lacrosse*.

Conozco a muchas madres que hacen listas de lo que quieren para sus hijos, o de cómo esperan que vayan las cosas, pero yo no soy persona de listas. Como pronto descubrirás, me baso mucho en conjeturas, pero por fortuna soy muy buena conjeturando.

Esto es lo que te puedo prometer:

Voy a decir algunas cosas que no quiero decir, voy a levantar la voz cuando no debería hacerlo, y voy a decir «no» cuando debería decir «sí», pero te doy mi palabra de que, cuando cometa un error, me disculparé.

Te prometo que estaré allí cuando quieras y me necesites, y, a veces, cuando no, pero es mi trabajo. Lo que es más importante: te prometo que te querré incondicionalmente, por siempre jamás, aunque votes por los conservadores o seas fan del Manchester United, o te olvides de llamarme por mi cumpleaños.

Cuídate, mi pequeño. Nos vemos pronto, ¿vale?

Te quiere,

MAMÁ

P. S. Si te mueves un poquito para allá y dejas de darme patadas en los riñones, te compro un perrito.

A las seis estoy en la ducha, lavándome por última vez mi barriga de embarazada. Lucy, aún en pijama, se sienta en la cama mientras me visto, se interesa por el bebé y me pregunta si me va a doler.

Mis padres llegan a las siete en punto, y Jack y yo nos despedimos, lo que significa besos, abrazos, más besos y más abrazos, hasta que le digo a todo el mundo que voy a tener un bebé, no voy a emigrar a Australia.

Jack me lleva en coche al hospital. Yo no dejo de repasar cosas en la cabeza, pensando que debería haber hecho una lista. ¿Dos niños? Sí. ¿Casa? Sí. ¿Comidas? Sí.

—Deberíamos haber actualizado nuestros testamentos —comento en voz alta al recordarlo.

—No seas morbosa —responde él.

—Si sucede algo…

—No te preocupes: me volveré a casar.

—No es eso lo que quería decir.

Se ríe de mí.

No soy capaz de describir cómo me siento. Es como una

falsa sensación de calma. En el hospital, relleno los diversos formularios y me cambio; me pongo medias de compresión y una bata abierta por la espalda; sin duda, la indumentaria menos favorecedora de la historia.

Mientras me llevan por el pasillo en silla de ruedas, Jack me coge de la mano. Él lleva una bata de médico azul y una máscara quirúrgica con gorro a juego. Solo le veo los ojos.

—Vamos a tener otro bebé —dice mientras me aprieta los dedos.

—Sí...

El doctor Phillips camina delante de nosotros, silbando feliz. Es una persona alegre por las mañanas; supongo que es mejor que un obstetra malhumorado o falto de cafeína.

El quirófano es luminoso y blanco, y está lleno de tecnología. En una pizarra blanca está enumerado cada miembro del equipo médico. El anestesiólogo me pregunta si quiero que ponga música. Jack sugiere *Bugui bugui* y empieza a canturrear: «Con la mano dentro, con la mano fuera, con la mano dentro y la hacemos girar...».

—Está bromeando —digo yo.

El anestesiólogo se ríe nerviosamente y empieza a administrar los fármacos.

—No hace falta que te quedes —le digo a Jack.

—No pienso ir a ninguna parte.

—Pero no soportas ver sangre.

—He visto nacer a todos mis hijos, y este no va a ser una excepción.

Agatha

Con una peluca negra y un chaquetón sin forma, cruzo el vestíbulo del hospital tirando de mi carro de la compra de cuadros escoceses. Delante de mí, una gran familia cargada de flores y globos hinchados con helio ha llamado al ascensor. Se abren las puertas. Me deslizo en el interior. Un globo rosa me rebota en la cara. Tiene pintado el mensaje: «¡ES UNA NIÑA!».

La sala de maternidad está en la cuarta planta. Yo elijo la quinta: Administración. La familia se baja y yo subo sola, sabiendo que la mayor parte del personal de Administración habrá terminado su jornada laboral.

Las puertas se abren y yo salgo, sin buscar las cámaras de seguridad. Las luces parpadean sobre mi cabeza, activadas por sensores. Un teléfono suena en una oficina vacía. Giro a la izquierda en el pasillo y encuentro el lavabo de mujeres. De un bolsillo con cremallera del carro de la compra saco un cartel de NO FUNCIONA y lo apoyo en el suelo alfombrado.

Después de comprobar que los cubículos están vacíos, echo el pestillo de la puerta y me empiezo a cambiar. El personal de apoyo de maternidad lleva pantalones azul oscuro y blusas de estilo marinero ribeteadas de blanco en las mangas y en el cuello. Mis pantalones son extralargos para ocultar las suelas de plataforma de cinco centímetros que me harán parecer más alta y delgada. Me inclino hacia el espejo, levanto el párpado superior y me pongo unas lentes de contacto que cambian el color de mi iris de azul a marrón. Luego me ajusto la peluca, dejando que el largo flequillo me tape el ojo derecho y rompa la simetría de la cara; esto dificultará que mis rasgos sean identificados por el *software* de reconocimiento facial.

Abro la cremallera de una pequeña bolsa de maquillaje y utilizo un lápiz de ojos para hacer más gruesas mis cejas, así como un lápiz de labios para afinar los labios, y añado un lunar en la parte inferior de la mejilla izquierda. Por último, me pongo unas gafas oscuras de montura ancha que me hacen entrecerrar ligeramente los ojos. Me yergo y me examino en el espejo; es asombroso lo distinta que parezco. La antigua Agatha ya no existe.

El monstruo no está convencido.

«Esto no va a funcionar.»

Sí, ya verás.

«Deberías haber robado una tarjeta de identificación.»

¿Cómo?

«Podrías haber seguido a una enfermera a casa y haberle robado el bolso.»

No soy ninguna ladrona.

En el compartimento delantero del carro de la compra llevo un cuchillo de quince centímetros en una funda de cuero. Pensé en dejarlo, pero me asusta lo que pueda pasar si se me acaban las opciones. Me sujeto el cuchillo a la pantorrilla y bajo el dobladillo de los pantalones, asegurándome de que no se ve.

Estoy a punto. He hecho todo lo posible para prepararme, pero ahora voy a necesitar un poco de suerte. Dicen que la fortuna favorece a los valientes. ¿Y a los desesperados?

Salgo del lavabo de mujeres, sigo por el pasillo hasta las escaleras y bajo los escalones de hormigón, que hacen resonar mis pasos. Al salir al pasillo que está frente a la sala de maternidad echo un vistazo al reloj. Las horas de visita son de seis a ocho. La gente está empezando a irse, haciendo cola en los ascensores, facilitándome el pasar desapercibida.

Una pared de cristal me separa de la sala de maternidad. La puerta debe abrirse desde la recepción de dentro. Llega un ascensor, del que sale una mujer embarazada. Va en silla de ruedas; la empuja su marido.

—¿Puedo echarle una mano? —pregunto.

—He llamado antes —dice la mujer, arqueando la espalda de dolor—. Me dijeron que entrase directamente.

—Muy bien. Perfecto. ¿Cómo se llama?

—Sophie Bruen.

Su marido habla.

—Tengo el coche en doble fila.

—Vaya a encargarse de eso. Yo cuidaré de Sophie.

Desaparece en el ascensor. Yo llamo al timbre de recepción. La enfermera de turno está ocupada hablando por teléfono. Levanta la mirada, ve mi uniforme y automáticamente desbloquea la puerta. Entro a Sophie hacia la zona de espera.

—Espere aquí a su marido. Voy a informar de que han llegado.

Me alejo caminando por el pasillo; recuerdo el plano de mi anterior visita. Hay diez salas de parto a mi izquierda, y dos salas de atención posnatal a mi derecha. Hace dos horas llamé al hospital y pregunté si Meghan Shaughnessy podía recibir visitas. El personal confirmó que había dado a luz por la mañana y me dio el nombre de la sala de maternidad donde estaba.

Doblo una esquina, rodeo un carro de limpieza y echo una ojeada a la sala. Hay algunas camas que están ocultas por cortinas, creando cubículos. Uno de ellos está abierto. Hay una mujer hablando con su marido. Su bebé está durmiendo en una pequeña cuna junto a la cama. Les sonrío y entro, moviéndome entre las camas separadas.

Casi de inmediato, oigo la voz de Jack. Está cerca, detrás de la cortina de al lado, hablando con alguien por teléfono.

—Es el niño más guapo que hayas visto nunca... Justo ahora está durmiendo... Lo conocerás mañana... No, aún no habla, es solo un bebé.

El cubículo de al lado no está ocupado. Me deslizo dentro y cierro las cortinas, encerrándome en él.

Jack termina la llamada con besos y cariños.

—¿Cómo están? —pregunta Meg.

—Nerviosos.

—Los echo de menos.

—No ha pasado ni un día. Aprovecha para descansar, dormir, leer...

—¿Y tú, qué vas a hacer? —pregunta ella.

—Celebrarlo.

—He sufrido una cirugía importante, te he dado otro hijo, ¿y tú te vas de fiesta?

—Desde luego.

Meg trata de regañarlo, pero no parece seria. Suena el teléfono. Es su hermana, Grace.

Alguien abre la cortina y doy un respingo, sobresaltada, el corazón palpitando. Un hombre busca a su mujer. Se disculpa. Finjo que estoy alisando las sábanas de la cama. Cierro otra vez las cortinas y dejo que mi respiración se calme.

Meg quiere levantarse y ducharse.

—Vas a tener que ayudarme —le dice a Jack.

Los muelles de la cama chirrían. Ella gime suavemente. Las cortinas se mueven cuando pasa a mi lado. Espero unos momentos para apartar la tela. Jack rodea la cintura de Meg con el brazo mientras ella arrastra los pies hacia el baño.

—¿Seguro que puedes hacerlo? —pregunta él.

—No pasa nada. Hay un asiento en la ducha.

—¿Quieres que entre contigo?

—No creo que nos permitan ducharnos juntos.

—Yo estoy dispuesto si tú lo estás.

Ella sonríe con cansancio y lo besa en la mejilla. Aprovecho la oportunidad para apartar las cortinas y acercarme a su cama. Durante un momento pienso que la cuna podría estar vacía, porque la manta y la sábana son del mismo color. El bebé está envuelto, hecho un ovillo. Una carita redonda con las manos bajo la barbilla.

Lo cojo y salgo, cerrando las cortinas, y me dirijo hacia el pasillo. Todo a mi alrededor parece haberse ralentizado, mientras que yo me he acelerado. Soy más rápida, más inteligente y más capaz que toda esta gente cansina.

—Perdone, ¿qué está haciendo? —pregunta una voz.

Jack ha vuelto a buscar algo.

—¿Haciendo? —pregunto; noto la piel tensándose en mi cara.

—Ese es nuestro bebé.

—Claro que lo es —respondo, y consigo acompañarlo con una sonrisa—. Usted debe de ser Jack.

—Sí.

—Y este pequeñajo ha nacido esta mañana. Es precioso. ¿Dónde está su mujer?

—Está tomando una ducha.

—Perfecto. Bueno, tenemos que hacerle un análisis de sangre a su pequeño. Será un momento.

Jack mira hacia el baño.

—Puede venir conmigo, si quiere —añado.

—Meg va a necesitar mi ayuda.

—De acuerdo. No tardaré mucho.

Me doy la vuelta y me alejo andando, con el estómago agarrotado y la tripa medio suelta. Esta es la única oportunidad que tengo. Ya no puedo echarme atrás. Hago una pausa al llegar al área de recepción, consciente de la puerta de seguridad de cristal. El botón está debajo del mostrador. La silla de ruedas que empujé antes está vacía. Pongo al bebé en ella y la llevo hacia las puertas. La enfermera que está en recepción abre el mecanismo de bloqueo de la puerta, que se desliza y se abre. Le doy las gracias con la mano y entro con la silla en un ascensor vacío. Pulso un botón para subir. Las puertas se cierran. Recuerdo que tengo que respirar. Antes de salir en el quinto piso, pulso todos los botones, enviando la silla de ruedas vacía a todos los pisos.

Me pongo a Rory bajo el brazo como si fuese un montón de ropa y caminó hacia el baño de mujeres, pasando por encima del cartel de NO FUNCIONA. Una vez dentro, lo dejo con cuidado en el lavamanos y empiezo a cambiarme el uniforme de enfermera y los zapatos de plataforma por unas botas de trabajo y un mono de hombre sin forma con el logotipo cosido de una empresa de fontanería. Me quito el maquillaje y aplico otra capa; utilizo polvo marrón para crear bolsas oscuras bajo los ojos y arrugas en la frente y en las comisuras de los labios. Sustituyo la peluca por una gorra de béisbol con una coleta canosa cosida en la parte de atrás. Escondo mi cabello dentro de la gorra, la bajo sobre los ojos y me pongo un pendiente de bola de plata en la oreja izquierda. El toque final es una mancha de grasa en el dorso de las manos y otra en el cuello. Cuando me miro en el espejo, veo a un obrero con arrugas que no se escapó de los años setenta.

Rory sigue durmiendo. Se despertará cuando tenga hambre; espero que tarde. Casi todos los recién nacidos duermen dieciséis horas al día, así que estoy de suerte.

Vacío el carro de la compra del todo y lo pongo en él suavemente; aún está bien envuelto en la mantita. He cortado un trozo de plástico a medida para formar una partición a mitad del carro, dejándole espacio para respirar. Encima pongo el uniforme de enfermera, la peluca, los zapatos de plataforma y las gafas.

Oigo el tictac de un reloj dentro de la cabeza. Estoy tardando demasiado. Harán sonar la alarma y cerrarán el hospital.

El monstruo dentro de mí me da instrucciones a gritos.

«¡Deprisa!»

No tengas miedo.

«¡Ya vienen!»

Aún no. Despliego una cubierta para lluvia; es de plástico de color negro. La pongo sobre el carro de la compra de cuadros escoceses, cambiándolo así de color.

Ya estoy lista. Abro la puerta y echo un vistazo por el pasillo.

—¿Has podido arreglarlo? —pregunta una voz.

Trato de mantener la calma. Hay una limpiadora de pie junto a una puerta, abrazando una papelera. Es polaca. Corpulenta.

—La obstrucción está resuelta —respondo, con la voz más áspera de la que soy capaz y sin mirarla a los ojos.

—No te olvides del cartel —dice.

Recojo el triángulo que dice NO FUNCIONA y me lo llevo mientras tiro del carro de la compra hacia los ascensores principales, con los pies más separados de lo normal y la mirada baja. Cuando practiqué la forma de andar masculina, pensé en la posibilidad de cojear, pero una discapacidad llama la atención.

No puedo arriesgarme a pasar por el vestíbulo, y las escaleras interiores tendrán salidas de incendios y, posiblemente, cámaras. En mi visita anterior descubrí un montacargas en el lado este del edificio, con el cartel SOLO PERSONAL. Lleva a un muelle de carga en la planta baja. Pulso el botón y lo miro subir lentamente desde el sótano. 1… 2… 3… 4…

«¡Vamos! ¡Vamos!»

Cuando estoy a punto de entrar, la alarma se dispara como una explosión. Mi corazón da un brinco. La estridente campana resuena por los pasillos y por el hueco del ascensor. No me queda otra opción que continuar. Bajando, contando hacia atrás con el mismo ritmo lento: 4... 3... 2... 1...

No tengo ni idea de lo que me espera. ¿Policías armados? ¿Guardias de seguridad? ¿Un padre furioso? El ascensor se detiene bruscamente. Las puertas se abren. Salgo a un pasillo oscuro con suelo de hormigón y tuberías que recorren el techo. La alarma sigue sonando, pero aquí abajo el ruido es apagado. A medida que avanzo tirando del carro de la compra, las luces se encienden a mi paso. Hago demasiado ruido al caminar. Las ruedas del carro también hacen demasiado ruido.

Al doblar la siguiente esquina veo un cartel de «Salida» encima de una pesada puerta de incendios con barra de apertura. Apoyo mi peso contra la puerta y la abro con el hombro. Bajo la cabeza. Me preparo para lo que me espera. Fuera, la alarma suena más fuerte.

—Un momento, compañero —dice una voz.

De pie en el muelle de carga hay un guardia de seguridad con una chaqueta de alta visibilidad; está hablando por una radio que lleva sujeta al hombro. Tendrá treinta y pico años. Oriental, con barba mal afeitada.

Tiene la mano levantada, indicándome que espere. Agradecida por las sombras, le pregunto qué pasa. No responde. Aún está hablando por la radio. Pillo unas cuantas palabras: «Bebé. Enfermera». Cojo un paquete de cigarrillos del bolsillo del pecho, saco uno con los dientes y le doy unos golpes en el dorso de la mano. Lo dejo colgando en la comisura de los labios, me palpo los bolsillos y saco un encendedor; lo enciendo con el pulgar y cierro los ojos para protegerme del humo. Me agacho y finjo que me ato los cordones de mis botas de trabajo; desenvaino el cuchillo y lo sostengo contra la parte interior del antebrazo.

El monstruo susurra:

«¡Córtale el cuello y corre!»

No.

«No podrá gritar.»

Aún no.

Me yergo de nuevo y me apoyo con indiferencia en una columna de hormigón, con el brazo derecho detrás de mí. Tengo el cuchillo en el puño, con la hoja hacia abajo. El guardia se vuelve hacia mí.

—¿Qué está haciendo aquí?

—Lavabo atascado en el quinto piso.

—No es de mantenimiento del hospital.

—Contratista privado. Trabajamos fuera de la jornada laboral.

Mira el carro de la compra.

—Es una caja de herramientas curiosa.

—Tengo dolores de espalda —respondo.

Agarra el asa del carro, la inclina y la hace rodar adelante y atrás, como sintiendo el peso.

—¿Ha visto a una enfermera llevando a un bebé?

—No. ¿Por qué?

Suelta el carro de la compra. La radio cobra vida, crepitando. Él responde. Yo espero. Una gota de sudor rueda frente abajo y se me mete en el ojo. Escuece. Trato de quitarla parpadeando. El guardia me echa una última mirada y se despide con la mano.

Atravieso el muelle de carga tirando del carro de la compra y subo por la rampa para vehículos, con el cuchillo pegado a mi estómago. Fuera, la calle está llena de peatones: gente que va a cenar, gente que se va de fiesta y gente que vuelve a casa del trabajo. Paso entre ellos serpenteando, alejándome del hospital.

«¡Corre!»

Actúa con normalidad.

«Están justo detrás de ti.»

No te des la vuelta.

Suena la campana de una iglesia. Alguien para un taxi de un grito. Paso por encima de un dibujo de tiza emborronado en la acera y junto a un pub con ventanales de cristal grabado. En la esquina siguiente me paro y me arriesgo a mirar atrás, hacia las luces del hospital. No ha cambiado nada. Guardo el cuchillo en el bolsillo y sigo andando. Un coche de policía pasa a toda velocidad a mi lado... Luego otro... Y otro.

La estación de Gloucester Road está ahí delante mismo. Paso el billete para abrir la barrera y bajo las escaleras con el carro de la compra. El andén está casi vacío. Acaba de irse un tren. El siguiente pasa dentro de cuatro minutos. Cuatro largos minutos.

Me quedo mirando el tablero electrónico mientras la gente parece moverse al ralentí a mi alrededor, girando la cabeza, parpadeando, hablando. Recuerdo haber visto un programa de televisión acerca de una enfermedad neurológica en la que el cerebro altera la percepción del tiempo, de manera que los sucesos parecen hacerse más lentos o bien pasar como una exhalación. Es lo que siento ahora, como si Dios hubiera tirado del freno de mano y el planeta estuviese desacelerando.

Paso la mano por debajo de la cubierta para lluvia, abro la cremallera del carro de la compra y palpo con los dedos hasta que noto la manta. Doblo la muñeca y meto la mano más adentro hasta tocar la cabeza de Rory. Tibia. Suave. Durmiendo. Me aseguro de que no le haya caído nada en la cara. Tiene suficiente aire.

La ráfaga de viento cálido indica que se acerca un tren. Llega el sonido y, enseguida, los vagones. Frena. Chirría. Se detiene. Me siento, con el carro de la compra entre las rodillas. Las puertas se cierran y empezamos a movernos. El tren entra en el túnel, pero de repente se estremece y se para. Las luces se apagan y se encienden. Mi corazón hace lo mismo.

Suena una voz por la megafonía: «Debido a una avería en el sistema de señales de Manor House, el servicio de la línea Piccadilly hacia el este tiene un retraso aproximado de once minutos. Transportes de Londres se disculpa por las molestias».

Las luces parpadean de nuevo y el tren arranca con una sacudida, cogiendo velocidad poco a poco, como si fuese el ruido el que lo impulsa y no el riel eléctrico. En cada parada miro cómo los vagones se llenan y se vacían con rostros, razas y combinaciones siempre cambiantes: polacos, alemanes, pakistaníes, senegaleses, bangladesíes, rusos, chinos, galeses, escoceses, irlandeses, ingleses. Es raro que Londres me ponga sensible, pero me encanta ser uno de los baldosines de este mosaico étnico.

En Piccadilly Circus, una pandilla de chicas adolescentes invade el vagón, dando grititos de risa y tambaleándose sobre zapatos ridículos. Una de ellas choca contra el carro.

—Ve con cuidado —le digo.

Frunce el labio superior. Hace una mueca y mira a sus amigas, que se ríen. Me inclino y pongo la oreja contra la parte de arriba del carro de la compra; oigo un débil llanto apagado. Rory se ha despertado, pero el ruido del tren lo mantendrá oculto.

En la estación de King's Cross, cientos de personas toman las escaleras mecánicas y se entrecruzan en el vestíbulo. Me deslizo en un cuarto para cambiar bebés; cierro la puerta con el pestillo y lo compruebo dos veces. Abro el carro de la compra y tomo a Rory en mis brazos, meciéndolo suavemente, apoyando la mejilla en su frente y susurrándole que lo quiero.

Lo dejo en la mesa cambiadora y me mira mientras me desvisto, cambiando el mono y la gorra de béisbol por mi propia ropa. Me deshago del disfraz, metiéndolo en la papelera debajo de los pañales sucios.

Me paso una bufanda sobre el hombro derecho, cojo los extremos y los ato para formar un nudo corredizo que puedo tensar o aflojar cuando lo necesite. Me pongo el nudo en el hombro y pongo a Rory en el canguro, ajustándolo para que su cuerpecito quede bien pegado a mí. Corazón con corazón.

Nada de pelucas ni disfraces. Ahora ya somos madre e hijo. Yo soy Agatha y este es mi pequeño, Rory: un nombre irlandés que significa «rey rojo».

Mañana me llevaré a Rory a casa y se lo presentaré a Hayden, que verá que soy una madre perfecta y que también puedo ser una esposa perfecta. Ya tengo a mi familia.

SEGUNDA PARTE

Meghan

Adquirir consciencia es como elevarse de las profundidades de un pozo oscuro, nadando hacia la luz, con los pulmones vacíos, pidiendo aire a voces. De repente, mi cuerpo se arquea, mis ojos se abren e inspiro como si diese un grito al revés.

Una extraña está inclinada sobre mí, con una mano en mi pecho. No es una enfermera. Lleva un uniforme de policía, pantalones oscuros y una camisa azul de manga larga con botones en las muñecas. Dice mi nombre.

Fragmentos de memoria aparecen, como *flashes*, en mi mente; es como si estuviese viendo un videoclip musical con un montaje frenético. Me veo dándome una ducha sentada en una silla de plástico bajo un chorro de agua caliente. Jack me ayuda a vestirme. Volvemos juntos a la cama. Veo una cuna vacía.

—¿Dónde está el bebé?

—Se lo ha llevado una enfermera para un análisis de sangre.

—¿Qué análisis?

—Dijo que era algo rutinario.

Otra enfermera pasa a nuestro lado.

—Se han llevado a nuestro bebé para un análisis de sangre —explico—. ¿Cuándo lo traerán de vuelta?

Me mira con indiferencia.

—¿Quién se lo ha llevado? —pregunto.

Los hombros del uniforme suben y bajan a ambos lados de su cabeza.

—¿Por qué necesitaba un análisis de sangre? ¿Podría preguntarlo?

Pasan los minutos. Llega la enfermera supervisora. Le pregunta a Jack qué aspecto tenía la enfermera. Me pongo nerviosa. Agitada.

—No estaba previsto hacerle ningún análisis de sangre a su bebé —dice la supervisora.

—Pero la enfermera dijo…

—¿Dónde está nuestro bebé? —pregunto, gritando de pánico.

—Estoy segura de que hay una explicación. —Un lunar baila en el labio superior de la enfermera.

—¿Qué explicación?

Algo va mal. Oigo una alarma. Hay gente gritando. Corriendo. Me gustaría poder recordar algo más, pero la mitad de las imágenes y de los fragmentos de diálogo se desvanecen. Creo que me desmayé. Debo de haber chillado. Vino un médico. Era pelirrojo, con pecas en la frente, y me clavó una aguja en el brazo. El mundo se oscureció, se cerró hasta hacerse un único punto blanco, hasta que se apagó la última estrella.

La mujer policía aún sigue junto a mi cama. Es joven, con las mejillas rollizas; parece como si escondiese un chicle en la boca.

—¿Dónde está Jack?

—Su marido no está aquí.

—Quiero ver a Jack.

—Estoy segura de que no tardará en volver.

Me intento levantar. El dolor me deja sin aliento.

—Se supone que no debe moverse —dice.

—Quiero irme a casa.

—Le han hecho cirugía.

La mujer policía se acerca a la puerta y habla con alguien (una enfermera) en el pasillo. Susurran. La agente vuelve a la cama.

—¿Qué le ha dicho?

—Que fuese a buscar al médico.

—¿Quién es usted?

—Soy la agente Hipwell, pero llámeme Annie. ¿Tiene hambre?

—No.

—¿Sed?

—Necesito ir al baño.

—Puedo ayudarla.

Annie aparta la sábana y yo paso las piernas al lado de la cama, probando la firmeza del suelo. Me pone un brazo en la cintura, aguantándome en el corto paseo al cuarto de baño de la habitación. ¿Cuándo me han puesto en una habitación privada? No recuerdo haber venido aquí. ¿Dónde está Jack?

Sentada en el WC, miro los vendajes en mi abdomen y recuerdo el parto. Estaba consciente, pero no sentí nada cuando el doctor Phillips hizo la incisión. Jack estaba a mi lado, con una máscara quirúrgica, comentando el parto como si estuviese comentando el Grand National:

—Nos acercamos a la última vuelta y Meg Shaughnessy tiene tres largos de ventaja; hace que parezca fácil. Se aproxima al final. Ya casi llega, es cuestión de pocos metros. Cinco largos... No, ya son seis. ¡El público ruge, puesto en pie!

Quería matarlo porque me hacía reír.

—Y... es un niño. Hijo de Shaughnessy; un futuro campeón.

Tiro de la cadena y Annie me ayuda a volver a la cama. Vuelven a llamar a la puerta; es la misma enfermera de antes. Ella y Annie vuelven a cuchichear. Hablan de mí. ¿Qué me están ocultando?

Annie vuelve a acercarse a la cama.

—¿Seguro que no tiene hambre?

—Quiero ver a Jack.

—Estamos tratando de encontrarlo.

Mi voz se hace más estridente.

—¿Adónde ha ido? ¿Qué le han hecho?

—Debe mantener la calma, señora Shaughnessy, o la tendrán que sedar. Seguro que prefiere que no lo hagan.

Tiene una voz irritante, empalagosa, como una maestra de parvulario diciéndole a un niño que está haciendo quedar mal a la clase.

—Se sentirá mejor después de una taza de té.

—No quiero té. Quiero a Jack.

Annie levanta las manos y dice que preguntará. Me deja sola en la habitación. Sin hacer caso del dolor, salgo de la habitación y busco mi ropa, abriendo los armarios y los cajones. Encuentro una bata y unas zapatillas. ¿Dónde está mi teléfono?

Abriendo la puerta poco a poco, echo un vistazo a izquierda y derecha a lo largo del pasillo, tratando de orientarme. Tengo que hacerme con un teléfono. Jack sabrá qué hacer. Me dirijo hacia la izquierda, arrastrando los pies hacia la doble puerta. Aparece una enfermera. Cambio de dirección y paso junto a una sala de maternidad. Reconozco el lugar.

De algún lugar cercano llega el sonido del llanto de un bebé. Mi corazón da un vuelco. ¡Lo han encontrado! Sigo el sonido y abro una cortina. Una mujer sostiene a un recién nacido.

—¡Es mi bebé! —grito.

La mujer abre los ojos como platos, aterrorizada.

—¡Devuélvemelo! ¡Es mío!

Lo abraza con más fuerza. Yo intento arrebatárselo de los brazos. Las enfermeras llegan a toda prisa. La agente las acompaña, con el rostro ruborizado de rabia o de bochorno.

—Suéltelo, señora Shaughnessy —dice una de las enfermeras—. No es su bebé.

Estoy sollozando apoyada en su hombro.

—No es mi bebé —digo yo, repitiendo las palabras mientras los recuerdos se fusionan y me acuerdo de lo que pasó.

Mi bebé ha desaparecido. Lo han robado. Se lo han llevado. ¿Por qué? ¿Quién puede hacer una cosa así? ¿Y si lo han dejado tirado en alguna parte? ¿Y si lo han puesto en el umbral de una puerta, o dentro de un contenedor? Podría estar cubierto por una capa de hojas, o encerrado en el maletero de un coche. La gente podría pasar a su lado y no verlo. Podría ser que no lo oyesen llorar.

No es raro que se lleven a un niño. Y a veces se pierden, o se caen en piscinas, o se meten en el coche de un extraño, o entran paseando en un bosque. Pero los bebés no desaparecen. Los bebés no siguen a un gatito, ni se quedan dormidos en el cobertizo de un jardín, ni se despistan en un centro comercial.

Los bebés no pueden hacerle señales a un coche para que se pare, ni siguen indicaciones de carteles, ni llaman a puertas, ni llaman por teléfono a casa, ni piden ayuda a desconocidos. Los bebés no pueden decirle a nadie que se han perdido, ni encontrar el camino a casa como los perros.

¿Dónde está Jack? Debería estar aquí. Me oigo a mí misma llamándolo por su nombre, a gritos.

Unas manos fuertes me sostienen para que no me mueva. La aguja hipodérmica me pincha la piel, mi mente resbala y cae en un vacío químico.

Lucho contra la aguja. Duermo. Sueño.

Agatha

Rory ha pasado una buena noche. Ha dormido a mi lado en la cama de matrimonio. Yo me he despertado cada media hora y le he puesto la mano en el pecho, para comprobar, para asegurarme. No me siento culpable, ni avergonzada. El amor ha vencido al arrepentimiento. La conciencia de mí misma se ha borrado. Rory es lo único que importa. Podría quedarme tumbada a su lado el resto de mi vida, mirando su preciosa carita, poniendo el índice dentro de su puño, rozando los labios en su frente, escuchando los latidos de su corazón.

Le susurro: «Tú eres mi quinto bebé. A la quinta va la vencida. Cinco es mi número favorito».

Ha salido el sol. Estoy acunando a Rory en mis brazos, mirando el espejo, imaginándome a mí misma en los ojos de otras personas. La forma de su cabeza es curiosa; un poco aplastada en uno de los lados, como la de un alienígena muy mono, pero normalmente eso desaparece al cabo de unos días.

Sosteniendo el teléfono con una mano, tomo fotografías, *selfies*, sonriendo como si el rostro se me fuera a romper de felicidad. Envío las imágenes por correo electrónico a Jules, a Hayden, al señor Patel, a mi casera y a todos mis amigos. Les cuento cosas de los días desde su nacimiento, construyendo una historia, estableciendo una línea temporal en la mente y en los recuerdos de las personas.

Cuando llegué anoche, la recepción estaba vacía. Había dos chicas adolescentes hablando en las escaleras, que no prestaron mucha atención a una mujer que llevaba un bebé en un canguro. Las rodeé y abrí la puerta de mi piso. Después de ducharme y cambiarme, di de comer a Rory y puse las noticias de la BBC.

No se hacía mención alguna de la desaparición de un bebé. Aún era demasiado pronto.

Esta mañana, la cosa ha cambiado. En la pantalla se ve a un reportero de pie junto al hospital, hablando hacia la cámara. Subo el volumen.

—En estos momentos no se conocen muchos datos, pero la policía ha confirmado que una mujer que se hacía pasar por enfermera secuestró anoche a un recién nacido en el hospital Churchill, en el centro de Londres. El bebé solo tenía diez horas de vida cuando una mujer con uniforme de enfermera, tras decir que el bebé necesitaba un análisis de sangre, se lo llevó de una de las salas de maternidad. El padre del bebé dio la alarma, y el hospital Churchill fue cerrado, pero la mujer ya se había ido.

Las imágenes cambian de los coches de policía aparcados en la calle a los agentes entrando en el hospital.

—No se ha informado del nombre de la familia, pero la policía conmina a la persona que ha secuestrado al bebé a que lo entregue a la propia policía o a los servicios médicos. Algunas fuentes sugieren que el recién nacido podría necesitar atención médica.

—Mentira —le digo a Rory—. Estás perfectamente, ¿a que sí? Se preocupan por nada.

Dejo la tele encendida de fondo y caliento el biberón en el lavabo lleno de agua caliente. A Rory no parece gustarle la leche en polvo; o a lo mejor es que no chupa con suficiente fuerza. Cuando chupa de mi dedo meñique, parece que pilla la idea, pero aparta la cara del biberón después de chupar una o dos veces. Lo intento durante casi media hora, hasta que se duerme. «Más tarde ya tendrá hambre», me digo.

Miro los mensajes de mi teléfono. La mayoría son de Hayden. Lo llamé anoche y le dije que hoy estaría en casa. Me disculpé por no haber podido ponerme en contacto antes; le dije que mi móvil se había quedado sin batería y que no tenía cargador. Ahora le envío otro mensaje diciendo que estoy en el tren y que debería llegar a casa a mediodía, más o menos. Él intenta llamarme de inmediato, pero yo no respondo; dejo que la llamada vaya al buzón de voz.

—Te puedo recoger en la estación —dice—. Estoy en tu piso. Tu amiga Jules me ha dejado entrar. Espero que no te importe. Tengo muchas ganas de veros.

Sonrío por dentro. La paternidad ya lo ha transformado. Quiere ver a su hijo. Me quiere ver a mí.

Hace frío esta mañana. Visto a Rory con ropa de abrigo y me aseguro de cubrir su cabecita con un gorro de lana. Mientras le cambio el pañal, abre los ojos por completo. Agita los brazos y las piernas en el aire, como si le asustase estar desnudo.

La recepcionista ha vuelto al mostrador de recepción. Esta vez pongo el portabebés sobre el mostrador y dejo que vea a Rory. No parece demasiado interesada. Hago un comentario sobre el tiempo y digo que él se asombrará cuando salga.

—¿Quién?

—Rory.

—Ah.

—Solo tiene tres días —digo yo.

—Es muy joven para viajar, ¿no?

—Nos vamos a casa.

—¿Y su novio?

—Lo he perdonado.

Le pido que llame a un taxi privado y espero dentro, con la calefacción, hasta que veo el coche aparcar fuera. El conductor tiene que ayudarme a fijar el portabebés en el asiento trasero. Debería haber practicado. Mi torpeza hace que parezca una primeriza.

—¿Adónde vamos, querida? —pregunta, con un acento del East End que suena más bien afectado, como si no fuera de nacimiento. Es parlanchín y alegre. La conversación salta del tiempo a las multitudes navideñas, y luego a sus propios hijos, que son tres: de seis, ocho y once años—. Los prefiero cuando son bebés, porque no pueden responderte —dice él, mirándome por el retrovisor—. Tu pequeño parece un recién llegado.

—Pues sí.

—¿No deberías estar aún en el hospital?

—En realidad, no.

Me pregunta por qué me alojaba en un hotel.

—Es de mis padres —respondo.

—Qué suerte.

Ahora cree que soy rica.

—Quiero decir que lo administran; el propietario es un tipo ruso.

—Los rusos lo están comprando todo —dice él—. Los oligarcas. —Hace que «oligarca» suene como «Petrarca».

En la rotonda de Hammersmith tomamos Fulham Palace Road. Mi teléfono móvil empieza a sonar. Otra vez Hayden.

—¿Dónde estás?

—Casi en casa. Estoy en un taxi.

—Te espero abajo.

El conductor echa de nuevo un vistazo por el retrovisor.

—¿Has oído la noticia del bebé que se han llevado del hospital?

—No.

—Sí, fue anoche. Alguien secuestró a un pequeño delante de sus narices.

—¿No saben quién fue?

—Una mujer disfrazada de enfermera.

—Es terrible. Esa pobre madre… ¿Tiene más niños?

—En las noticias no lo han dicho. —Nuestros ojos se encuentran en el retrovisor—. No era mi intención disgustarte, querida.

Me doy cuenta de que estoy llorando. Me seco las mejillas y me disculpo.

—Lo siento, deben de ser las hormonas. Me pasé todo el embarazo llorando.

—Yo también soy un blando —comenta él—. Desde que tengo familia, soy incapaz de leer noticias sobre niños secuestrados o maltratados. Me ponen un nudo en la garganta, todas las veces. Si alguien le hiciera daño a uno de los míos, lo mataba. Ni policía, ni jueces, ni hostias. No encontrarían nunca el cuerpo, ¿me entiendes?

Yo no expreso mi acuerdo ni mi desacuerdo. Él se va animando.

—Por eso necesitamos la pena de muerte en este país. No para todos: para pedófilos y terroristas.

Giramos hacia mi calle. Veo a Hayden esperando en la escalera de entrada. Apenas he salido del coche cuando me levanta en brazos.

—Con cuidado —le digo, estremeciéndome—. Acabo de tener un bebé.

—Lo siento, lo olvidé, soy un estúpido.

No sabe dónde poner las manos. Lo intenta con los bolsillos. Delanteros. Traseros. Luego mira dentro del coche. Al ver a Rory, abre la boca, maravillado.

—Saluda a tu pequeño —le digo.

Hayden alarga la mano y le toca la mejilla a Rory. Su mano es más grande que la cabeza de Rory.

—No se va a romper.

—Pero es tan pequeño…

—Todos los bebés lo son. —Me rio—. Puedes llevarlo dentro.

Saca a Rory del coche mientras le pago al conductor y le deseo feliz Navidad. Me cuelgo el bolso del hombro y sigo a Hayden escaleras arriba. Lleva el portabebés con las dos manos, como si portase un jarrón de la dinastía Ming. Ya en el piso, me quito el abrigo de un movimiento de hombros y veo las flores: dos inmensos ramos en ambos extremos de la repisa de la chimenea.

—Llegaron hace una hora —dice Hayden, que no puede quedarse quieto—. Uno es de mis padres, el otro es de Jules.

—¿Dónde está Jules? —pregunto—. Pensé que estaría aquí.

—Se ha ido a Glasgow con Kevin, a ver a sus padres.

—¿Cuándo volverá?

—Tardará unas semanas. Intentó llamarte.

—Ya lo sé, lo siento. Mi móvil se quedó sin batería. No tenía el cargador.

—¿Y no podías utilizar otro teléfono?

—No tenía ni tu número ni el de Jules. Me quedé sin batería, como te he dicho.

El portabebés de Rory está en la mesita baja. Hayden está mirándole.

—¿Por qué huiste de esa manera?

—No hui. Tuve la premonición de que iba a tener el bebé antes de tiempo. Por eso fui hacia el norte. No quería que me pillase sola.

—Pero yo quería estar durante el parto —dice él; suena dolido—. Por eso vine hasta aquí.

—Ya lo sé, pero estaba asustada.

—¿Asustada?

—No era solo el pensamiento de tener un hijo, sino el hecho de que tú estuvieses presente. Pensé que no querrías volver a tocarme si me veías durante todo el proceso del parto. Fue bastante asqueroso. Yo, sentada en una piscinita, gritando como una condenada.

Me rodea con los brazos y yo me apoyo en su pecho, sintiendo su fuerza, aspirando su olor.

—Sé que parece una estupidez, pero no te he visto desde finales de marzo. Solo hemos hablado unas cuantas veces por el teléfono vía satélite. Tenía miedo de que pudieras haber cambiado de opinión si me veías así, a cuatro patas, empujando para que saliera el bebé.

—No es probable —dice, besándome en los labios.

Precioso.

Rory suelta un gritito como un maullido, como quejándose de que no lo dejemos participar.

—¿Tiene hambre? —pregunta Hayden.

—No, es que se acaba de despertar. ¿Te gustaría sostenerlo en brazos?

—Podría caerse.

—No, no pasará.

Suelto el cinturón de Rory y lo levanto para sacarlo del portabebés. Hayden se sienta en el borde del sofá, con los dos pies en el suelo y la espalda recta.

—Cuando lo cojas, tienes que sostenerle la cabeza. Ahora mismo, su cuello no es lo bastante fuerte para sostenerla, pero ya se hará más fuerte. Ahora déjalo descansar en el hueco de tu brazo, con la mano en el culete. ¿Lo ves? No es difícil.

Hayden parece rígido e incómodo, pero sonríe como si estuviese en el circo.

—Puedes respirar —le digo.

—Lo siento. Estoy un poco nervioso. Quizá lo deberías coger tú.

—Estás empezando a conocerlo.

—Ya lo cogeré luego —me pasa a Rory, y luego se frota las palmas de las manos en los vaqueros.

—¿Te gusta el nombre? —pregunto.

Asiente.

—¿Cómo lo sabías?

—Tu padre me lo dijo. Me contó que Rory era el segundo nombre de tu abuelo, de tu padre y luego tuyo.

—Y ahora tenemos otro Rory.

—¿Te gusta?

—Es genial.

Meghan

—Meghan… Meghan… ¿Estás despierta?

La voz se acerca lentamente, llenándome la cabeza. Intento abrir los ojos, pero parece como si estuviesen pegados con cola. Lucho contra el atontamiento de las drogas e intento agarrarme a la realidad y convertirla en sólida. Las imágenes se funden. Voces. Luz. Tengo los ojos húmedos. He estado llorando en sueños.

Una agente de policía distinta está sentada junto a mi cama. Está inclinada hacia delante, como si yo hubiese dicho algo que no hubiera acabado de pillar. Abro la boca, pero mis labios están secos. Vuelvo a intentarlo.

—¿Mi bebé?

Me da un vaso con tapa y una pajita. Agua. Lo vacío del todo.

Mi voz ya funciona.

—¿Ha habido alguna noticia?

—Aún no —dice la agente.

—¿Quién es usted?

—Soy la agente Soussa. Llámeme Lisa-Jayne.

Sus ojos son verdes y el pelo rubio con un mechón que le cae sobre la frente todo el rato, aunque ella lo aparta detrás de la oreja izquierda.

—¿Por qué está aquí? —pregunto.

—Soy agente de coordinación familiar.

—¿Qué?

—Tengo la misión de cuidarla.

—Quiero hablar con su jefe.

—El inspector jefe MacAteer aún no está en el hospital.

Me intento sentar. Lisa-Jayne me pone una almohada detrás de la espalda. Todavía llevo una bata del hospital y siento la presión de los puntos, que están cubiertos con gasa de algodón y esparadrapo.

—Mi teléfono móvil... ¿Dónde está?

—Lo he tenido yo todo el tiempo —dice Lisa-Jayne—. Hemos estado vigilando los mensajes que recibía.

—¿Por qué?

—Por si recibe alguna llamada del secuestrador.

—¿Es eso lo que ha pasado? ¿Alguien lo ha secuestrado? ¿Piden un rescate? No somos ricos.

—Hemos de tener en cuenta todas las posibilidades.

Se saca mi teléfono del bolsillo y me lo entrega. Lo sostengo en las manos, sintiendo el calor que queda de su cuerpo. Hay docenas de llamadas perdidas, sobre todo de mis padres, de Grace y otros amigos, pero nada de Jack. Llamo a su número y lo dejo sonar. La llamada va al buzón de voz.

—¿Dónde estás? —La voz se me quiebra—. Te necesito.

No se me ocurre nada más que decir. Cuelgo y me quedo mirando el teléfono. ¿Dónde podría estar? ¿Por qué no está aquí? Quiero que me rodee con sus brazos. Quiero oírlo decir que todo saldrá bien.

—¿Quién se ha llevado a mi bebé? —susurro.

—No lo sabemos —responde Lisa-Jayne, que se sienta junto a la cama.

—Iba vestida de enfermera.

—Creemos que no trabajaba aquí.

—Pero el uniforme...

—Podría haberlo robado.

Alguien llama con suavidad. Lisa-Jayne se acerca a la puerta y contesta, sin abrirla del todo. Se gira.

—Sus padres están aquí. ¿Quiere verlos?

—¿Puede esperar unos minutos? Necesito mi cepillo de pelo y un espejo.

Lisa-Jayne los va a buscar al baño contiguo. Inclino el espejo para mirar distintas partes de mi rostro, pero no lo veo entero. Tengo ojeras, como si hubiese visto demasiado o dormido demasiado poco. Me cepillo el pelo para darle un aspecto más o menos ordenado; me pellizco las mejillas, con la esperanza de darles algo de color.

Hacen pasar a mis padres; se puede leer toda la historia en sus ojos. Mi madre dice mi nombre con un gritito y se sienta apresuradamente en la cama, abrazándome con fuerza, como a un niño con dolor de oídos. Puedo ver a mi padre de pie detrás de ella; no dice nada; parece desamparado. Tiene más de sesenta años y siempre se ha sentido orgulloso de su familia, de haber sido su proveedor y de haberla mantenido a salvo. Esto lo ha alterado profundamente. Esto no estaba previsto.

Dejo a mi madre y lo abrazo de la misma forma, dejando que me envuelva por completo en sus brazos, apoyando el rostro contra su pecho, que huele a Old Spice y a Imperial Leather. Las lágrimas vienen de mi infancia. Sollozo y tiemblo. Él me acaricia la cabeza y susurra mi nombre. Ahora le toca a mi madre sentirse excluida.

—¿Dónde están los niños? —pregunto mientras me seco los ojos.

—Grace los está cuidando —dice mi madre.

—¿Qué les habéis contado?

—Nada. Lucy no deja de preguntar.

—¿Habéis visto a Jack?

—No.

—No responde al teléfono.

—Creo que está ayudando en la búsqueda —dice mi padre.

Como respondiendo a una señal, se oye un alboroto en el pasillo. Jack aparece. Lleva la misma ropa que ayer, o quizás anteayer. Despeinado. Sin afeitar. Agotado. Cae de rodillas junto a la cama y reposa la cabeza en mi regazo.

—¡Lo siento! ¡Lo siento! —dice, con voz lastimera.

Tiene los ojos inyectados en sangre y apesta a sudor, suciedad y miedo.

—¿Dónde has estado? —pregunto.

—Conduciendo. Andando. Pensaba que... Quería... Esperaba.... —Se para y vuelve a empezar, pero no puede terminar—. He estado buscando por todas partes, pero en cuanto empiezas te das cuenta de cuántas calles, cuántas casas, hay en Londres...

Le acaricio el pelo sucio.

—Deberías dormir un poco.

—Tengo que encontrarlo.

—Déjalo para la policía.

—Es culpa mía. Debería haber mirado su identificación. Tendría que haberla acompañado. —Se estremece—. Lo siento mucho. No sabía… Pensé que… Ella dijo…, dijo que podía ir con ella… Debería haber ido.

—No es culpa tuya —le digo, de forma inexpresiva, pero por dentro estoy gritando: «Le entregaste nuestro bebé a una extraña. Podía ser una abusadora, o un monstruo. No querías otro niño, así que le diste a nuestro bebé».

Estoy dividida entre dos sentimientos: no sé si consolarlo o castigarlo, si perdonarlo o culparlo. Quiero hacer de víctima, pero es como si Jack se hubiese apropiado de ese papel. Todo el mundo lo siente por él: mi madre, mi padre, la mujer policía… En mi cabeza, yo le grito: «Por Dios, Jack, tú no eres el personaje principal aquí». Me trago la ira, le acaricio la cabeza y le digo que vaya a casa y duerma un poco.

—La policía quiere hablar con nosotros —dice.

Lisa-Jayne lo corrige.

—A usted ya lo han entrevistado, señor Shaughnessy. Quieren hablar con su esposa a solas.

—¿Por qué?

—Es el procedimiento habitual.

—¿Habitual? Esto no tiene nada de habitual. Quiero saber lo que está haciendo la policía.

Me vuelvo hacia mis padres y les pido que se lleven a Jack a casa. A él le digo que hablaremos más tarde, pero sigue protestando mientras lo acompañan afuera.

Dos inspectores de policía están esperando para verme. Alguien busca un par de sillas y las coloca una a cada lado de mi cama. Parece más un interrogatorio en la cama que una entrevista. El policía al mando me entrega su tarjeta de visita. La examino con atención, para darme tiempo a ordenar mis pensamientos.

El inspector jefe Brendan MacAteer tiene los ojos azules, cejas de color pálido y un rostro tan anguloso que parece como si la piel se hubiera tensado sobre los huesos. Tiene pecas de tono apagado, pero seguro que cada verano aparecen en todo su esplendor en la nariz y las mejillas. Me pregunto cuánto se reirían de él de niño por eso, qué motes le pondrían.

El otro inspector tiene exceso de peso y la cabeza cuadrada, con ojos demasiado pequeños para su cráneo. No me entero bien de su nombre, pero apenas habla; prefiere tomar notas e intercambiar miradas con MacAteer de forma ocasional. Los inspectores se sientan con el torso inclinado hacia delante. Los únicos sonidos son el crujido de las sillas y el roce de la ropa.

En primer lugar, me tranquilizan diciendo que se está haciendo todo lo posible para encontrar a mi bebé. Cuando habla, el inspector jefe MacAteer apenas mueve los labios, pero al mismo tiempo me clava la mirada con una intensidad extraña; parece que me estuviese articulando, como si yo fuera un rompecabezas.

Desplegando un mapa del hospital, señala la sala de maternidad y los diversos pasillos, escaleras y ascensores.

—La falsa enfermera salió de la sala de reanimación por estas puertas, llevando una silla de ruedas. Tomó un ascensor al quinto piso. Una empleada de limpieza del hospital vio a una enfermera que coincide con la descripción de la secuestradora alrededor de las ocho de la tarde. Llevaba algo bajo el brazo derecho. La limpiadora no vio bien el rostro de la mujer, pero esperamos poder hablar con un fontanero que estaba trabajando en ese piso.

Saca una fotografía en color con mucho grano, obtenida por una cámara de vigilancia. En ella aparece la mujer en un ángulo oblicuo, ligeramente por detrás y por encima de ella.

—Hemos mejorado las imágenes, pero ninguna de las grabaciones nos ha proporcionado una imagen clara de su cara. Los técnicos siguen trabajando para ver si pueden hacer más mejoras. ¿La reconoce?

—No. ¿Y el *software* de reconocimiento facial?

—Solo funciona con una buena imagen; además, si esta mujer no ha sido arrestada nunca, no estará en nuestra base de datos. Mientras, su marido y la limpiadora colaborarán con un experto de la policía. Esperamos poder obtener un buen retrato de ahí. De momento, hemos emitido una descripción de ella: blanca, entre treinta y cuarenta y cinco años, entre uno setenta y uno ochenta, tez pálida, constitución media y pelo oscuro. Aún no hemos podido identificar a nadie con esta descripción que haya salido del hospital; eso significa, posiblemente, que podría tener otros disfraces.

—¿Podría estar aún aquí? —pregunto.

—No es probable. La alarma sonó al cabo de diez minutos, y el hospital quedó cerrado. Los guardias de seguridad detuvieron a todo el que salía. El personal hizo una búsqueda habitación por habitación. La policía cortó el tráfico en el exterior y entrevistó a las personas que pasaban por la calle.

MacAteer se inclina hacia delante, apoyando las manos en las rodillas.

—También es posible que tuviera un cómplice, lo que podría explicar cómo pudo evadir la seguridad. Ahora mismo nos estamos centrando en identificar a todas las personas que entraron o salieron del hospital en las horas anteriores al secuestro, o inmediatamente después.

—Llevaba un uniforme de enfermera.

—Eso sugiere un alto grado de planificación, más que una acción aleatoria realizada sobre la marcha.

—¿Y eso es bueno?

—Lo más probable es que signifique que realmente quería un bebé y que cuidará bien de él. También puede significar que va a ser más complicado encontrarla, porque hará desaparecer su rastro.

Durante los veinte minutos siguientes me lo hacen repasar todo: el parto, los momentos posteriores, la ducha, volver de la ducha y encontrar la cuna vacía.

—¿Ha hablado con su marido sobre esa noche? —pregunta el inspector jefe.

—Sí. ¿Por qué?

—¿Le contó adónde fue cuando salió del hospital?

Dudo por un momento.

—¿Dijo que estaba buscando a la enfermera?

MacAteer echa una mirada a su colega y, sin voz, algo parece pasar de uno a otro.

—¿Han pensado en un nombre para el bebé? —pregunta.

—Aún no lo hemos decidido.

—Esto será un dato importante. El público estará muy interesado, y será de ayuda que tengamos un nombre. Hace que los medios de comunicación puedan personalizar la historia, centrarse en un bebé real, en lugar de en uno sin nombre.

—¿Quieren que le pongamos nombre al bebé ahora?

—Siempre pueden cambiarlo más tarde, si se les ocurre uno nuevo.

Comprendo su razonamiento, pero no me parece bien darle nombre a un bebé al que no puedo sostener en mis brazos.

—Habíamos pensado en llamarlo Benjamin. Ben, abreviado.

—Es bonito —dice Lisa-Jayne, que ha estado sentada en el rincón.

—Entonces, el bebé Ben —apunta MacAteer—. A los medios les va a gustar. ¿Tienen fotografías?

—Jack le hizo unas cuantas.

—Con su permiso, me gustaría publicar una fotografía inmediatamente, y no publicar las demás.

Miro las imágenes que tengo en el teléfono y elegimos una en la que Ben aparece envuelto en una manta de algodón, la carita encogida y los ojos semiabiertos, luchando contra la inesperada claridad. Yo también aparezco en la fotografía. La cesárea hizo que el parto fuese menos fatigoso, y me quedaba energía para sonreír.

—También vamos a necesitar un comentario suyo.

—No quiero hablar con nadie.

—Lo comprendo. Haré que un agente de enlace con la prensa escriba un borrador por usted.

MacAteer se pone de pie.

—¿Es eso todo? —pregunto.

Sonríe, tratando de tranquilizarme.

—Este tipo de casos se suele resolver con cierta rapidez. Un bebé recién nacido no pasa desapercibido. Alguien se pondrá en contacto con nosotros; un amigo, un familiar o un vecino. Tengo confianza en ello.

—No quiero quedarme en el hospital.

—Los médicos insisten en que debería quedarse.

—No voy a tomar más tranquilizantes.

—La ayudarán a descansar.

—Afectarán a mi leche. Quiero poder alimentar a Ben cuando lo encuentren.

—Hable con su médico. La decisión es de él.

Agatha

Rory se despierta a las cinco, con una luz espectral, resoplando y gorgoteando. La lluvia golpea la ventana, proyectando sombras en su cara y en las sábanas. Dejo a Hayden durmiendo, caliento un biberón y me siento con Rory en el sofá, acariciándole la mejilla y mirándolo a los ojos. Me gusta esta hora del día, cuando tengo a Rory para mí sola.

Tengo todo lo que siempre he querido, aquí y ahora, bajo este techo; y, sin embargo, paso de la euforia a la angustia, como si estuviese viviendo dos vidas a la vez, una al lado de la otra.

Hasta ahora, Hayden no ha cuestionado mis razones para no darle el pecho a Rory delante de él. Le hablé de grietas en el pezón y mastitis, y le dije que no tenía suficiente leche para Rory, así que una comadrona me había sugerido que complementara el pecho con leche en polvo.

—Aún me estoy extrayendo leche —le dije a Hayden, mostrándole el sacaleches—. No le digas a tu madre que tengo problemas.

—¿Por qué no?

—Me siento culpable.

—No le va a importar.

—Otras madres se ponen raras con ese tipo de cosas. Criticonas.

Me mira con timidez.

—Puede que se me haya escapado. Me preguntó cómo iban las cosas.

—¿Y se lo dijiste?

—Le dije que le dabas biberón.

—Ahora pensará que soy una madre terrible.

—Seguro que no.

Hayden está alucinado con Rory. Es asombroso cómo los hombres se convierten sin problemas en payasos cuando están con bebés, les hacen pedorretas en la tripita, ponen muecas y se inventan nuevas palabras, ansiosos por obtener alguna reacción.

Ahora está más confiado, sabe cómo sostener correctamente a Rory y le he enseñado a preparar biberones y a probar la temperatura de la leche agitándolo y dejándolo gotear sobre la parte interior de la muñeca. Además, ha estado especialmente atento conmigo, preparándome té o haciendo recados.

—Aún no has cambiado ni un solo pañal —le dije ayer.

—Cambiaré el próximo —respondió.

Más tarde lo llamé:

—Es tu turno, marinero.

—Me refería al próximo bebé —dijo con una risa, y sentí que reventaba de felicidad.

Estamos haciendo montones de fotografías: Rory con Hayden, Rory conmigo, Rory con los señores Cole, Hayden y yo con Rory. Las mejores las enmarcaré y las pondré en la repisa de la chimenea.

Rory se toma casi todo el biberón y lo pongo en mi hombro para que eructe. Hayden sale del dormitorio rascándose el ombligo. Me gusta que se haya afeitado la barba. Es más agradable besarlo y se ve la fuerza de su mandíbula.

Los ojos se le iluminan cuando ve a Rory.

—Eh, mira esto —dice, inclinándose hacia Rory y sacándole la lengua.

Al cabo de un segundo Rory saca la lengua, imitándolo.

—Se lo he enseñado yo. Este niño es un genio.

Enciende el televisor. Todos los boletines empiezan con la noticia de la desaparición del «bebé Ben». Los reporteros de televisión conectan en directo desde el exterior del hospital Churchill, entrevistando a pacientes, a personas que pasan por allí y a miembros del personal del hospital, que dicen que no tienen permiso para hacer ninguna declaración.

—Pobre gente, deben de estar muertos de miedo —dice Hayden, que está de pie detrás de mí, masajeándome los hombros.

Murmullo un asentimiento.

En la pantalla, un inspector de policía está haciendo una petición de ayuda.

—El jueves 7 de diciembre, sobre las siete de la tarde, una mujer entró en la sala Singleton del hospital Churchill, en el centro de Londres. Haciéndose pasar por enfermera, se llevó a Ben Shaughnessy, que había nacido horas antes. La descripción de la mujer es la siguiente: entre treinta y cuarenta y cinco años, entre uno setenta y uno ochenta de altura, constitución media, ojos marrones, tez pálida y pelo oscuro, que podría ser una peluca.

Cambia el escenario y veo una imagen borrosa de mí misma caminando por un pasillo, cabizbaja. Un segundo fragmento me muestra esperando el ascensor. La imagen ha sido mejorada, pero la calidad es tan mala que mi cara casi parece pixelada.

—¿La conocen? —pregunta el inspector—. ¿Podría ser una amiga o una vecina? ¿Conocen a alguien que haya vuelto inesperadamente a casa con un bebé? Si pueden ayudar, pónganse en contacto con nosotros. Toda la información se tratará con la más estricta confidencialidad.

El inspector hace una pausa y coge una hoja de papel.

—El señor y la señora Shaughnessy me han pedido que agradezca los numerosos mensajes de apoyo recibidos. Quieren añadir este comentario: «Ben no tenía más que diez horas cuando se lo llevaron. Solo lo pudimos abrazar un rato, pero su pérdida nos ha roto el corazón. Por favor, devuélvanlo. Llévenlo a una iglesia, o a un colegio, o déjenlo en una comisaría. Entréguenlo a alguna autoridad. Por favor, se lo suplico, devuélvannoslo».

Aparece una foto en la pantalla, con Meg apoyada en un montón de almohadas, sosteniendo a un bebé contra su pecho. La deben de haber sacado justo después del nacimiento.

—La conozco —susurro.

Hayden titubea.

—¿Cómo?

—La madre; asiste a mi clase de yoga. Fui a su casa hace unas semanas. Me regaló ropa de bebé que tenía de más.

Hayden rodea el sofá y se sienta.

—¿Cómo es?

—Tiene otros dos niños, Lucy y Lachlan. Solía verla cuando trabajaba en el supermercado.

—¿Por qué no lo has dicho antes?

—Al principio no dijeron su nombre. —Cojo mi móvil y paso los correos electrónicos hasta que encuentro uno de Meg—. Aquí está. Le envié una foto de Rory y respondió.

—¿Eso cuándo fue?

—Antes de que ella entrase en el hospital.

—Deberías enviarle otro mensaje —dice Hayden.

—¿Y qué le voy a decir?

—No lo sé. Dile que rezas por ella.

—Eso es cruel, ¿no crees? Lo único que hará será recordarle que mi bebé está sano y salvo, y que el suyo no está.

Hayden piensa en ello.

—Quizá tengas razón.

—Tiene otros dos niños —digo yo—. Estará ocupada con ellos. Y seguro que demanda al hospital y les pide millones.

—No creo que esa sea la cuestión, ¿no? —dice Hayden.

Apoyo la cabeza en su hombro y entrelazo mis dedos con los suyos, acariciando el dorso de su mano con el pulgar.

—Tienes razón. Esperaré hasta que vuelva a casa y la llamaré.

Meghan

Han pasado cuarenta y ocho horas; el periodo crítico. Si en dos días no se encuentra a una persona desaparecida, o no se resuelve un crimen, o no se acusa a un sospechoso, las probabilidades de éxito empiezan a disminuir. Lo he leído en alguna parte, o tal vez lo haya visto en la tele.

Ben lleva más tiempo desaparecido. Annie y Lisa-Jayne, mis agentes de coordinación con la policía, se sientan conmigo por turnos. Están «defendiéndome», manteniendo a los periodistas alejados, contestando mi teléfono, leyendo mensajes y dando su aprobación a las visitas.

El hospital me ha trasladado a otra habitación, alejada del ala de maternidad, para no alterar a las otras mujeres que están pariendo. Soy como un cadáver al que hay que sacar rápidamente de la escena de un accidente, o un error que tiene que ser silenciado.

Finjo estar dormida mientras escucho el chirrido de los zapatos de las enfermeras, el traqueteo de un carro en el pasillo, el sonido de los teléfonos, el zumbido del intercomunicador. Mi imaginación proyecta imágenes en mis párpados cerrados. No dejo de ver a Ben mamando de otra persona. O lo veo abandonado en la montaña, como Edipo, o en un río, como el niño Moisés.

Otras veces imagino que me puedo comunicar con él telepáticamente. No porque compartamos el mismo ADN, sino porque lo he llevado nueve meses dentro. Hemos compartido sangre y nutrientes. Hemos escuchado mutuamente nuestros corazones. Él ha oído mi voz. No se puede romper esa clase de vínculo cortando un cordón umbilical o quitándole un bebé a su madre.

En cada cambio de turno, hago la misma pregunta:

—¿Ha habido alguna noticia?

—Es una buena noticia que no haya noticias —responde Annie.

—¿Cómo va a ser eso verdad?

—Significa que quien sea que se haya llevado a tu bebé no ha tenido un ataque de pánico y lo ha dejado tirado por ahí. Se lo ha llevado a casa. Lo mantendrá a salvo. Cuidará de él.

Pienso en Madeleine McCann, la pequeña que desapareció en Portugal y a la que nunca encontraron. ¿Y si nos sucede lo mismo? ¿Y si no encuentran nunca a Ben? ¿Nos vamos a pasar el resto de nuestras vidas esperando que llamen a la puerta o que suene el teléfono para decirnos si está vivo o muerto?

Annie no deja de recordarme que los bebés son muy resistentes. Lo mismo me dicen los médicos. Uno de ellos me contó ayer una historia de un bebé que sobrevivió enterrado en los escombros de un terremoto durante diez días. Yo le quería decir: «¿Por qué me habla de terremotos? ¿Qué tiene que ver eso?».

Se espera que Annie y Lisa-Jayne obtengan de mí el máximo de datos posible. En la práctica, lo que quiere decir es que no dejan de preguntarme lo mismo una y otra vez hasta que me harto. ¿Tengo enemigos? ¿Observé si había alguien esperando por los pasillos del hospital?

Mientras, al otro lado de estos muros, Ben se ha convertido en algo más que un nombre. Ahora es una marca, un producto para vender periódicos e incrementar las cifras de audiencia. La aliteración funciona bien en los titulares:

EL BEBÉ BEN: LA PESADILLA DE CUALQUIER MADRE

EL BEBÉ BEN: LO HAN VISTO TRES VECES MÁS

CAMIONETA BLANCA DETENIDA EN BÚSQUEDA DEL BEBÉ BEN

BEBÉ BEN: ¿CÓMO DESAPARECIÓ?

Jack comparte mi incertidumbre, pero ambos fingimos lo contrario. Se sienta junto a mi cama…, o vamos a la cafetería de abajo. Se siente frustrado por la falta de progresos; pregunta constantemente por qué la policía no está echando puertas abajo y anotando nombres. Quiere ver pósteres en todos los escaparates y oírlos gritar el nombre de Ben desde los tejados.

Yo intento no culparlo; lo intento con fuerza. Lucho contra la idea, sé que es errónea e irracional, pero no lo puedo evitar. Le entregó nuestro bebé a una extraña. Vio cómo alguien se llevaba a Ben.

Annie está sentada a una mesa cercana para darnos un poco de privacidad. Está vigilando que no venga alguno de los reporteros que podría haberse colado en el hospital en busca de una entrevista o unas fotos. Están acampados en el exterior, docenas de ellos; me envían cartas y notas mediante enfermeras y celadores; nos ofrecen dinero por una exclusiva. A una de las personas de limpieza la pillaron tratando de entrar en mi habitación con una cámara desechable escondida en el bolsillo.

Jack y yo estamos sentados a una mesa de la cafetería, sin decir nada. Él ha abierto un sobre de azúcar y ha derramado el contenido en la mesa de plástico, haciendo montoncitos con el dedo índice. Me gustaría poder consolarlo. Me gustaría que él pudiera consolarme.

Dos hombres con traje oscuro, camisa blanca y corbata de seda se acercan a nosotros.

—Soy Patrick Carmody —dice el más joven de los dos—, director de Servicios Hospitalarios.

—Thomas Glenelg —se presenta el otro mientras le entrega a Jack su tarjeta de visita.

—No tengo palabras para expresar lo mucho que sentimos lo que ha sucedido —dice el señor Carmody—. Personalmente, estoy impactado por que alguien haya podido llevarse a un recién nacido de este hospital, a pesar de nuestro sistema de seguridad de última generación. Por favor, acepten mis disculpas.

Ninguno de nosotros responde.

El señor Carmody echa un vistazo al otro hombre y prosigue.

—El Hospital Churchill está cooperando todo lo posible con la policía; les ha dado acceso a nuestras cámaras, personal y registros. Si creen que necesitan algo más, por favor, háganoslo saber.

—Podría dimitir —dice Jack, inexpresivo.

El señor Carmody se ríe nerviosamente antes de recuperar la compostura.

—Aparte de ayudar a la policía, estamos revisando nuestra seguridad. La junta del hospital ha reaccionado con rapidez; ha aprobado el uso de brazaletes de identidad y de sensores de movimiento para impedir que suceda algo así.

—«Algo así» —dice Jack, imitando el acento de Carmody—. Me parece que ya es un poco tarde para eso, ¿no le parece? «Algo así» ya ha sucedido, ya lo creo que ha sucedido. A nosotros.

El administrador lo vuelve a intentar.

—Comprendo que esté alterado, señor Shaughnessy. Tiene todo el derecho a estarlo. En el Churchill nos enorgullecemos de nuestro historial. Miles de bebés han nacido aquí, y nunca antes había sucedido nada parecido. Tenemos protocolos de seguridad muy sólidos, pero no hay ningún sistema infalible.

—Se equivoca —replica Jack, interrumpiéndolo—. Un hospital-maternidad debería ser completamente infalible, de manera que nadie en absoluto pudiese salir de él con el bebé de otra persona.

Finalmente, el otro hombre habla:

—El Churchill no es su enemigo, señor Shaughnessy.

Jack echa una ojeada a la tarjeta de visita que le han dado.

—Usted es abogado.

—Mi bufete representa al hospital.

—Tiene miedo de que los demandemos.

—Ese no es el motivo de que…

—Le preocupa cuánto dinero les puede costar esto.

—Queremos expresar nuestro pesar y nuestra solidaridad —dice el señor Carmody.

Jack señala al abogado.

—¿Le dijo de antemano lo que debía decir?

—No creo que esto sea útil…

Jack se pone de pie empujando su silla hacia atrás:

—¡Largo de aquí!

—Por favor, no levante la voz —dice el abogado.

—¿Quiere que me calle? —pregunta Jack mientras hace todo lo contrario—. Se han llevado a nuestro bebé del hospital, se lo ha llevado alguien que llevaba uno de sus uniformes de enfermera, ha pasado junto a sus guardias, sus cámaras de seguridad, ¿y pretenden que me calle? ¡A la mierda!

Por un momento, creo que Jack le va a dar un puñetazo. En vez de eso, tira la tarjeta de visita al suelo.

—No vuelvan a acercarse a nosotros. De ahora en adelante, hablen con nuestro abogado.

El inspector jefe MacAteer ha venido a verme otra vez. Estoy fuera de la cama y puedo moverme sin dolor, y el médico dice que mañana me podré ir a casa. Estamos hablando en la sala social para pacientes, en la que hay un televisor, varios sofás y unas cuantas máquinas expendedoras que venden tentempiés y refrescos.

MacAteer cuenta unas monedas y me compra una lata de limonada, que hace ruido al caer en la bandeja metálica.

—Lo siento, no tengo vaso.

—No pasa nada.

Nos sentamos. Yo bebo y el inspector habla.

—Hemos estado revisando la grabación de las cámaras de circuito cerrado y creemos que hemos averiguado cómo entró y salió la secuestradora del hospital. —Abre la solapa de un sobre, del que saca una fotografía en la que aparece una mujer con un abrigo amplio atravesando el vestíbulo con un carro de la compra—. Sabemos que esta mujer entró en el hospital con un carro de la compra; el carro tenía cuadros escoceses. Creemos que se disfrazó de enfermera y secuestró a su hijo, pero no hemos descubierto cómo hizo para sacar a Ben del Churchill a escondidas.

MacAteer saca una segunda fotografía. En esta se ve a un hombre con una larga cola de caballo gris, con mono y una gorra de béisbol, tirando de un carro de la compra de color oscuro.

—Antes le hablé de un fontanero al que vieron trabajando en la quinta planta más o menos a la hora en que se llevaron a Ben, ¿verdad?

Asiento.

—No hemos conseguido encontrarlo, ni saber por qué podía estar en el hospital esa noche.

—¿Me está diciendo que la mujer tenía un cómplice?

—No. —MacAteer pone una fotografía junto a la otra—. Según las grabaciones de las cámaras de seguridad, tenemos una mujer secuestradora que no ha salido del hospital y a un fontanero no identificado que no ha llegado a él. Es un claro indicio de que se trata de la misma persona, con disfraces distintos.

Vuelvo a mirar las imágenes. A primera vista (bueno, a cualquier vista) parecen dos personas completamente distintas.

—Hay que fijarse en los detalles —dice MacAteer—. Hemos encontrado restos de maquillaje en el lavamanos de un lavabo de la quinta planta y una lente de contacto en el suelo.

—Pero ¿dónde está Ben?

—Creemos que lo metieron en el carro de la compra.

Me llevo la mano a la boca.

—Se ahogará.

—No, hay suficiente aire.

MacAteer me enseña otra fotografía tomada por una cámara de circuito cerrado en el muelle de carga del hospital. En ella se ve al fontanero alejándose de la cámara y dirigiéndose hacia la calle, tirando del carro de la compra de color oscuro.

—Hemos mejorado la imagen, pero no podemos hacer más.

—No se le reconoce.

—Sí, pero ahora que sabemos lo del segundo disfraz, podemos buscar imágenes más claras en cámaras de la zona y volver a entrevistar a los testigos. Mientras, usted sí puede hacer algo por mí. Quiero organizar una conferencia de prensa con usted y con Jack. Necesitamos que hagan una nueva petición.

—¿Qué dice Jack?

—Él está de acuerdo.

Asiento con la cabeza.

—Antes me gustaría que hablara con un psicólogo que ya ha trabajado con la policía. Le he pedido que trace un perfil psicológico para que tengamos una idea más clara de a quién nos enfrentamos.

—¿Un perfil?

—Puede ayudarnos a entender qué puede estar pasando por la cabeza de esa mujer, o cómo reaccionará a la cobertura mediática. Se llama Cyrus Haven. Sin duda, es el mejor.

Agatha

—Salgamos —dice Hayden.

—¿Adónde?

—Llevemos a Rory de paseo.

—Pero fuera hace frío.

—El aire fresco le vendrá bien. Venga, vamos. Me está dando claustrofobia aquí.

—Eres marinero.

—Ya me entiendes.

Pongo a Rory en el cochecito y lo abrigo con una manta antes de salir a pasear por New King's Road hacia Parsons Green. Hayden pide una pinta de cerveza en el White Horse y nos sentamos fuera, disfrutando del débil sol del invierno.

Hayden ve a una persona conocida y me presenta como su prometida. Siento calor y un cosquilleo por dentro, como si me hubiese tomado un vodka doble con zumo de arándanos, a pesar de que no he bebido ni una gota.

Alguien ha dejado en la mesa un ejemplar de *Metro*, el periódico gratuito. Hayden lo abre delante de su vaso. El bebé Ben llena las cuatro primeras páginas, y los periódicos compiten para ver quién puede despertar más interés. El *Daily Express* ofrecía una recompensa de cincuenta mil libras, y el *Daily Mirror* lo superó con cien mil, hasta que vino el *Sun* y los tumbó a los dos con doscientos cincuenta mil libras.

—Malgastan el dinero —dice Hayden.

—¿Por qué lo dices?

—Hace mucho que el bebé Ben ya no está.

—¿Crees que está muerto?

—Yo no he dicho eso.

—Entonces, ¿qué?

—Yo creo que lo secuestraron por encargo. Una pareja rica, o un jeque árabe, querían un bebé, así que lo hicieron secuestrar.

—Si fuera así, ¿por qué no comprarlo?

—No se puede comprar un bebé así como así —dice Hayden con tono de burla y voz de experto—. Apuesto a que quien fuera que se llevó a Ben ya lo ha sacado del país en secreto; probablemente, ha sobornado a alguien de inmigración, o se lo ha llevado en un avión privado. —Vuelve a mirar el *Metro*, silbando al ver la recompensa—. No nos iría mal esa cantidad de dinero.

—No nos va mal.

—Podríamos comprarnos una casa.

—Mi piso ya es lo bastante grande.

—No durante mucho tiempo. —Me pellizca el trasero—. ¿Y los otros bebés?

Me río.

—De uno en uno, marinero.

Al otro lado de la calle en Parsons Green, hay madres o niñeras sentadas en los bancos del parque, mirando a los bebés gatear y dar los primeros pasos, y a los niños conducir sus patinetes por los caminos de asfalto. Varias de las mujeres llevan sudaderas a juego. Las miro con más atención. En cada una de ellas se ve la foto de un bebé, bajo las palabras: «¿Dónde está el bebé Ben?». En la espalda, el nombre del patrocinador: *The Daily Mail.*

—¿Te has dado cuenta de cómo nos mira la gente?

Hayden deja el vaso en la mesa.

—¿A qué te refieres?

—Miran a Rory y noto que piensan, bueno… Se preguntan si lo hemos secuestrado.

—Pero no es cierto.

—Ya lo sé, pero mira a esa madre de allí, la que está junto al árbol. ¿Quién puede decir si ese es su bebé? Podría ser el bebé Ben.

—Ya te lo he dicho, al bebé Ben ya hace tiempo que se lo han llevado; a estas alturas, está fuera del país.

—¿Y si no lo está?

—Piensa un poco. Lo secuestraron hace... ¿Qué? ¿Tres días? Si estuviese aún en el país, alguien se habría dado cuenta. No puedes llevarte a casa a un bebé que no es tuyo. Los vecinos lo oirían llorar, o verían a la mujer comprando pañales. No es fácil ocultar un bebé. —Alarga el brazo y cubre el pecho de Rory con su mano—. Pero tenemos que vigilar bien a nuestro pequeño, no sea que alguien intente secuestrarlo.

—¿Crees que es posible?

—Estoy bromeando. —Se acaba la bebida y eructa—. Una más para el camino.

Se va hacia la barra. Yo alargo el brazo hacia el cochecito y acaricio a Rory en la mejilla. Cada día que pasa, estoy más segura de su lugar en el mundo. Ha arraigado en mi corazón, se ha hecho un sitio junto a mí. Ahora soy su madre. Alarga la mano. Quiere que lo toque.

Estoy segura de que Hayden siente lo mismo. Algunos hombres se sienten incómodos con los bebés porque creen que una mujer solo tiene una cantidad finita de amor para dar; pero no tiene nada que ver con dividir, o con restar, o con arreglárselas con menos. Nuestros corazones crecen. Tenemos el doble de amor, o más.

Hayden ha vuelto, con una pinta en la mano. Charlamos; me pregunta dónde nací y dónde me crie, y me dice que le cuente cosas sobre mi madre. Debería sentirme halagada por su interés, pero no quiero que empiece a husmear por los rincones de mi vida. Al mismo tiempo, tampoco deseo parecer evasiva o reservada. Tengo que decir algo, así que menciono que Elijah resultó muerto de camino a la escuela. Hayden quiere conocer todos los detalles. ¿Vi cómo sucedía? ¿Me culpo por lo que pasó?

—¿Por qué iba a culparme? —replico de malas maneras—. No fue culpa mía.

—Vale, vale —dice Hayden, levantando las manos—. ¡Dios! Solo estaba charlando.

Me disculpo, pero él se queda callado. Le pregunto si siempre quiso unirse a la Navy.

—¡No, qué dices! Fue por una promesa.

—¿Cómo?

—Tenía un amigo llamado Michael Murray; un día nos hicimos un corte en el pulgar derecho, mezclamos la sangre y prometimos que, cuando fuéramos mayores, nos enrolaríamos en la Navy.

—Como hermanos de sangre.

—Eso es.

—¿Él lo hizo?

—Claro que no. Vende aspiradoras para su viejo.

—Pero tú mantuviste tu promesa.

—Se podría decir que no tuve más remedio.

—¿Por qué?

—A los dieciséis años tuve unos cuantos problemas con la policía y acabé siendo juzgado. Mi abogado les dijo a los magistrados que esperaba unirme a la Royal Navy. Una condena criminal hubiese dificultado las cosas. Los magistrados me dejaron ir con una amonestación. Después de aquello, me sentí obligado a hacerlo.

—¿De qué te acusaron?

—De un delito de daños.

—¿Y qué dañaste?

—Le pegué fuego al coche de un profesor. Era un gilipollas.

—Me dejas de piedra.

Hayden me mira con timidez.

—Seguro que tú hiciste alguna barbaridad cuando eras una cría.

—Nunca.

—Me juego algo a que sí, y a que lo mantienes en secreto. Me voy a poner en contacto con tu madre para averiguar exactamente cómo eras.

Esa afirmación activa una especie de sacudida y siento que el monstruo se empieza a agitar en mi interior, abriéndose paso entre mis órganos.

—Te he puesto nerviosa —dice Hayden—. ¿Qué he dicho?

—Nada, no importa.

—¿Han sido las preguntas? Quiero saberlo.

—Tengo que dar de comer a Rory.

—Podrías darle de mamar.

—Aún tengo los pechos irritados.

Me abrocho el abrigo, suelto el freno del cochecito y lo empujo entre las mesas hacia la acera. Hayden termina con prisas su pinta y me alcanza corriendo. Caminamos en silencio.

—Deberías hacerte con una de esas sudaderas —dice.

—¿Qué?

—Las del bebé Ben. Entonces, nadie te miraría.

Meghan

El psicólogo es más joven de lo que pensaba, treinta y pico, y viste una camisa de algodón de manga larga, abrochada hasta arriba, y vaqueros anchos. Es alto y esbelto, con pómulos prominentes y unas pestañas por las que muchas mujeres matarían; parece un estudiante universitario tratando de ahorrarse un corte de pelo.

Cyrus Haven me estrecha la mano, sosteniéndola un segundo más de lo que es cómodo mientras parece estudiarme. He oído decir que los ojos son el único rasgo facial de una persona que no envejece. Son igual de brillantes el primer día que el último. Los ojos del doctor son azul pálido, con pupilas más negras que el carbón.

—¿Puedo sentarme aquí? —pregunta.

—Es la única silla —respondo yo.

Se ríe, en un gesto de aceptación. Me pregunto si él también está nervioso.

Estamos en mi habitación privada del hospital, con las cortinas abiertas a un día gris en Londres. Mi maleta está abierta sobre la cama, a medio llenar. Jack me va a llevar a casa dentro de unas horas.

Cyrus saca un bloc de notas amarillo de un macuto que lleva colgado del hombro. Busca un bolígrafo, abriendo un montón de bolsillos hasta que encuentra uno y lo muestra con una expresión triunfal. Trata de escribir alguna cosa en el papel, pero el bolígrafo no funciona. Lo agita varias veces y vuelve a probar. Nada.

—Puedo pedirle uno a la enfermera.

—No, no importa —contesta mientras guarda el bloc.

Saca un pañuelo blanco plegado, lo agita para desplegarlo y empieza a limpiar sus gafas de montura metálica. Me pregunto si todo este número es parte de una actuación. Finge ser olvidadizo y ensimismado para que yo baje las defensas.

El silencio crece.

—¿Quiere una taza de té? —pregunto.

—No, gracias.

Cyrus se pone las gafas y ajusta su posición. Es guapo, de una forma desaliñada, obviamente inglesa; me recuerda a uno de mis tutores de la universidad. Él tenía la edad de Cyrus y yo era mucho más joven; pero, igual que a muchos estudiantes (chicos y chicas), me gustaba. Por algún motivo, el tutor parecía prestarme más atención que a los demás. Yo me sentía halagada. Incluso tenía fantasías sobre él, porque era inteligente y triunfador, con un pelo oscuro imposible de dominar y un pequeño hoyuelo en la barbilla que me habría gustado tocar con la lengua para averiguar lo profundo que era.

Un día me invitó a su oficina. Yo acepté. Pensé que quizás iba a intentar ligar conmigo, una idea que me aterrorizaba y me excitaba. Pero lo que hizo fue darme una copia sin encuadernar de su última novela, y me preguntó si la podía leer, porque tenía «buen ojo».

—¿Buen ojo? —pregunté.

—Se te dan bien la gramática y la ortografía.

El recuerdo hace que me muera de vergüenza.

Cyrus me ha estado observando.

—¿Duerme bien?

—Me dan pastillas.

—¿Come bien?

—Ha hablado con las enfermeras.

—Están preocupadas por usted.

Ve una fotografía enmarcada de Lucy y Lachlan en la maleta abierta y me pregunta sus nombres. Al cabo de media hora me doy cuenta de que aún estoy hablando. De manera imperceptible, me ha llevado a mantener una conversación unilateral, en la que ha obtenido información sobre dónde nací, dónde fui a la escuela, y datos sobre mis padres, mi hermana y Jack. Al cabo de poco le hablo sobre la compra de la casa en Barnes y acerca del nuevo embarazo. No hago mención de las discusiones, ni de las dudas, ni de la aventura de una noche con Simon.

Su suave voz navega por la conversación, llevándola en distintas direcciones o explorando nuevos aspectos. No recuerdo la última vez que le dije tantas cosas a un hombre como este, a un extraño.

Al cabo de un rato llegamos al presente. Cyrus conoce los detalles generales del secuestro y ha visto la grabación de la cámara de seguridad, pero quiere que yo le vuelva a contar la historia. Me explica la naturaleza de las entrevistas cognitivas, y cómo pueden ayudar a que las personas recuerden más detalles de lo sucedido.

—No hay presión. Relájese y cierre los ojos. Cuénteme cómo fue el parto. Imagine que es directora de cine y está tratando de reproducir el momento, y les dice a las personas dónde tienen que estar y qué tienen que decir.

Hago lo que me dice y describo la cesárea. Le cuento cómo me hizo reír Jack.

—Durante mucho tiempo, él no quería un tercer hijo, pero una sola mirada a Ben le bastó para derretirse.

A las once, le conté a Cyrus, ya habíamos vuelto a la sala compartida. Dormí durante unas horas, almorcé y volví a dormir. Jack llamó a mis padres y a Grace para contarles la buena noticia. Mis padres vinieron a verme durante las horas de visita. Grace estaba cuidando de Lucy y Lachlan.

—Cuando fue a la ducha, ¿se fijó en si había alguien en la sala?

—No.

—Imagine la escena.

—Jack me ayudó a llegar al baño. Me rodeó con el brazo. Caminamos entre las camas.

—¿Oyó alguna voz?

—La mujer de la cama de al lado hablaba con su marido.

—¿Alguien más?

—Una enfermera.

—¿Dónde?

—Junto a una de las camas. No le vi la cara. Estaba estirando las sábanas.

—¿Cómo era su pelo?

—Oscuro. Largo.

—¿Cómo iba peinada?

—Con coleta.

—Mire más allá de ella, ¿qué ve?

—Una cortina.

—¿Abierta o cerrada?

—Medio abierta.

—¿Qué más?

—Una mujer. Creo que acababa de tener el bebé. Su familia había venido a visitarla, le habían traído flores y globos. Podría ser que fuesen italianos. Ruidosos.

—¿Alguno de ellos estaba mirando a la enfermera de la cama vacía?

Me concentro; trato de pensar.

—¡La abuela! Estaba mirando hacia mí. Se disculpó por el ruido. —Mis ojos se abren de golpe—. Debió de ver a la enfermera.

—Quizá —dice Cyrus—. Vale la pena hablar con ella.

—¿Podría recordar más detalles si me hipnotizase? —pregunto.

—Es posible que no haya nada más.

En el mismo instante me acuerdo de Simon y, de repente, cambio de opinión. Cyrus parece darse cuenta de ello, pero no dice nada. Odio la forma en que utiliza el silencio como una palanca y un punto de apoyo, para obligarme a hablar.

—¿Está casado? —le pregunto para cambiar de tema.

—No —contesta, con una sonrisa triste.

—¿A qué ha venido esa cara?

—Creo que no soy de los que se casan.

—¿Quiere decir que…?

—No soy homosexual, si se refiere a eso. Vivo con mi novia. Es abogada.

—Pero ¿cree que no se casará con ella?

—Mis padres no hacían muy buena propaganda del matrimonio.

—¿Divorciados?

—Murieron.

—Lo siento.

—Fue hace mucho tiempo.

Cyrus se levanta y se acerca a la ventana; se queda mirando el cielo como si algo hubiese estado agitando sus recuerdos.

—¿Por qué se llevó a Ben esa mujer? —pregunto.

Pasa el dedo por el cristal.

—Las razones pueden ser muchas. Los pedófilos suelen fijarse mucho en la edad y, normalmente, no quieren bebés. Lo más probable es que sea una mujer que no puede quedarse embarazada, o que haya abortado, o que haya perdido un hijo. Es posible que esté tratando de salvar un matrimonio o de impedir que una relación se desmorone. Un bebé es su solución, algo para tapar las grietas e impedir que un hombre la deje.

—Muchas mujeres sufren abortos.

—Así es. Y la mayor parte de ellas aprenden a vivir con su sufrimiento. A veces, las personas así tienen un historial de negligencia por parte de sus padres. Podría ser un hogar roto, o abusos. Es posible que le haya faltado amor y esté buscando un bebé que la quiera sin condiciones.

—Suena como si se compadeciese de ella.

—La comprendo. Es vulnerable y ha sufrido.

—¿Le hará daño a Ben?

—No, a menos que se sienta acorralada.

—Y ahora, ¿qué?

—He trazado un perfil y una estrategia para los medios de comunicación.

—¿Estrategia? ¿A qué se refiere?

—Sea quien sea quien se ha llevado a Ben estará mirando las noticias y leyendo los periódicos. Estará atenta. Eso significa que nos podemos comunicar. Podemos enviarle mensajes. Podemos hacer que se tranquilice.

—¿Cómo?

—No tratándola como a una criminal, ni degradándola, ni haciendo que se sienta asustada.

—¿Y cómo nos ayudará eso a recuperar a Ben?

—Le mostramos su dolor. Si ha perdido un hijo, sabe qué es lo que usted está sintiendo. Podemos sacar provecho de ello.

Cyrus recoge el macuto y se lo cuelga del hombro. Mira

alrededor de la silla, como si buscase algo que se le ha caído, y luego parece dudar de si darme la mano o no.

—Trate de mantenerse positiva —dice, sin rastro de condescendencia.

Me gustaría decirle lo mismo, pero no sé por qué. Entonces caigo en la cuenta de que Cyrus me recuerda al Hombre de Hojalata de *El mago de Oz*. No es que esté averiado: es que le falta aceite. Algo ha pasado en su vida que le pesa como una losa y que hace que se mueva con chirridos y crujidos. Quizás sea el destino de las personas que se pasan la vida sumergiéndose en la mente de otros; escuchando sus peores miedos, poniendo al descubierto sus defectos y descubriendo sus motivaciones. Quizá las personas así se oxiden, o se queden encalladas, obsesionadas por los numerosos fantasmas que bloquean sus mecanismos.

Agatha

Estoy aprendiendo a cocinar. Hasta ahora, hacer huevos pasados por agua o calentar judías cocidas eran el límite de mis capacidades culinarias, pero quiero mostrarle a Hayden que puedo ser una buena esposa y cuidar de él. Esta noche tenemos pollo Kiev con judías verdes y zanahorias caramelizadas.

—¿Y las patatas fritas? —pregunta él.

—En la receta no hay patatas fritas.

—Me gustan las patatas fritas.

—No todo tiene por qué llevar patatas.

Da vueltas al pollo Kiev con el tenedor; pero, después de probar un bocado, se lo termina y pide repetir.

Después de limpiar la cocina, nos acurrucamos en el sofá, zapeando entre los canales de la tele. Rory está dormido, pero se despertará antes de la medianoche.

—¿No deberías estar sacándote leche? —pregunta Hayden mientras me acaricia el cabello.

—¿Desde cuándo te has convertido en vigilante de esas cosas? —respondo yo, pinchándole en las costillas con un dedo.

—¿Puedo mirarte mientras lo haces?

—Me da vergüenza.

—¿Por qué?

—Me hace sentir como una vaca con una ordeñadora automática.

—Quiero verlo.

—En otro momento.

Cojo el mando a distancia, quito el sonido y me pongo sobre Hayden, una pierna a cada lado de sus muslos, besándolo en los labios y moviendo las caderas en círculos hasta que siento su erección. Lo llevo al dormitorio mientras susurro que tendremos que tener cuidado de no hacer ruido. Rory está dormido en su cuna.

—¿Y si nos ve? —pregunta Hayden.

—Es un bebé. —Lo beso de nuevo y meto la mano dentro de sus vaqueros—. Me encanta cuando te pones firmes.

Hacemos el amor por primera vez desde que se embarcó. Él se apoya en sus brazos, sin querer dejar caer su peso sobre mí.

—¿Seguro que podemos hacerlo? —pregunta.

—No pasa nada.

—No quiero hacerte daño.

—No lo harás.

Es mucho más suave que la primera vez, cuando nos conocimos. En esos tiempos era un toro en celo, y me empujaba contra el colchón como si quisiera castigarme por las malas acciones de otras mujeres; chicas que no quisieron acostarse con él, o que lo dejaron, o que estaban fuera de su alcance.

—¿No deberíamos utilizar un preservativo?

—*Chisssst*, calla.

Se empieza a mover, mostrando urgencia y tratando de contenerse al mismo tiempo, pero yo adelanto las caderas con cada empujón hasta que siento que se rinde. Se estremece y suspira; me besa el lóbulo de la oreja y susurra «Te quiero». Mi corazón crece hasta llenar todos los rincones de mi cuerpo, sin dejar sitio para el monstruo o para las dudas de las que se alimenta.

Me quedo dormida, con los brazos de Hayden rodeándome. Completamente feliz.

Sé que la maternidad es difícil, pero me encanta esta nueva tarea. No me importa despertarme a las cuatro de la mañana para dar de comer a Rory, ni que se ponga a mear como una manguera mientras le cambio el pañal. Me da igual que llore con frecuencia o que vomite en mi ropa. Ninguna tarea es demasiado pesada. Ayer puse tres lavadoras. Plegué ropa, planché, pasé el aspirador, esterilicé y preparé biberones. Entre una cosa y otra, me encerré en el cuarto de baño y fingí que utilizaba el sacaleches.

La paternidad ha cambiado a Hayden. Es más blando y más cariñoso. Hace tareas de la casa y se ofrece a hacer la compra, y a menudo se lleva a Rory en un canguro sujeto al pecho. No hay nada más sensual que un hombre con un bebé. No los feminiza ni los hace débiles: hace que parezcan buenos proveedores y modelos de comportamiento, hace que parezca que no van a desaparecer.

La Navy le ha dado un permiso de paternidad de dos semanas con todo el sueldo. Después se tomará unas vacaciones, así que estaremos juntos hasta mediados de enero, cuando volverá a embarcarse en Portsmouth.

Me gustaría que se quedase más tiempo. Una parte de mí quiere quedarse para siempre con esta sensación (la novedad, la excitación), mientras que otra tiene miedo de exponerse demasiado, de confiarse. No estoy acostumbrada a que las personas se queden conmigo. Normalmente me preparo para la decepción, espero el rechazo o asumo lo peor.

Cuando estoy con los padres de Hayden, aún voy con pies de plomo. Sé que le caigo bien al señor Cole, y la señora Cole está encantada con su papel de abuela, siempre alrededor de Rory, aprovechando cualquier excusa para tomarlo en brazos y exhibirlo. Ya está planificando un bautizo para la primavera, durante el siguiente permiso de Hayden. Quiere invitar a tíos, tías y primos. Nunca he tenido una familia grande, que se junte en Navidad o para los cumpleaños. A veces me siento como si hubiese entrado en una película de Disney o en una de esas comedias familiares donde lo peor que puede pasar es que alguien queme el pavo o ponga licor en el ponche.

El domingo vamos a comer a casa del señor y la señora Cole: un rosbif de verdad, con todo lo que lo acompaña. Pudding de Yorkshire. Rábano picante. Patatas hervidas. Jugo de carne. La hermana de Hayden, Nigella, ha venido desde Norfolk; ha dejado a su marido allí, pero se ha traído un extraño antagonismo hacia mí. Cada vez que digo alguna cosa sobre el embarazo o el parto, hace un ruido con la nariz, como si estuviese en desacuerdo, pero no dice nada.

Cuando trato de charlar con ella sobre bebés, ella hace un comentario sarcástico sobre que los nuevos padres son aburridos porque no saben hablar de nada que no sean sus hijos. En la cocina, le susurro a Hayden:

—¿Qué le pasa?

—No es culpa tuya —contesta en voz baja—. Ha estado intentando tener un hijo y ha abortado dos veces.

—¿Por qué no me lo habías dicho?

—Se supone que nadie lo sabe. Mi madre me lo acaba de contar.

—¿Y tu padre?

—No tiene ni idea, así que no digas nada.

Durante la comida, la señora Cole le pregunta a Hayden cuándo me va a convertir en «una mujer honrada».

—Agatha es honrada.

—Quiero decir que cuándo te vas a casar con ella. Un bebé necesita un nombre de verdad.

—Ya tiene un nombre —dice Hayden.

—No a los ojos de Dios —dice la señora Cole—. La gente puede pensar que es…

No termina la frase.

—A la gente ya le dan igual esas cosas —dice Hayden, incómodo.

Interrumpo:

—Si nos casamos demasiado pronto, la gente va a pensar que es solo por Rory. Si esperamos, les demostramos que nos queremos de verdad. —Aprieto con fuerza la mano de Hayden.

Nigella hace un ruido de arcada, como si fuera a vomitar. Siento que se me eriza el pelo del cuello.

Una vez despejada la mesa, nos instalamos en el salón. Hayden enciende la tele para mirar el fútbol. En las noticias hay otra historia sobre el bebé Ben.

—Oh, no os lo había dicho —dice Hayden—. Agatha conoce a Meg Shaughnessy.

La señora Cole está sirviendo té.

—¿Quién?

—La madre del bebé Ben.

Toda la familia me mira.

—Hicimos yoga juntas cuando estaba embarazada —explico yo.

—Y fuiste a su casa —añade Hayden.

—¿Cómo es? —pregunta el señor Cole.

—Es muy agradable.

—Su marido es mono —dice Nigella, rascando el esmalte de sus uñas.

—Tienen dos niños, Lucy y Lachlan. De seis y cuatro años, creo.

—Pobre mujer... —dice la señora Cole—. ¿Es bonita su casa?

—¿Y eso qué importará? —dice el señor Cole con un resoplido.

Esto la hace erguirse.

—Bueno, como él sale por la tele, supongo que tendrán una casa bonita.

—Muy bonita. Con cuatro dormitorios. Está en Barnes, no muy lejos del río. Cerca de donde yo trabajaba.

—¿Dónde trabajabas? —pregunta Nigella.

—En un supermercado.

—¡Un supermercado! —dice, como si hablase de una leprosería.

En la tele se muestran imágenes de las cámaras de circuito cerrado del hospital. Una figura granulada con uniforme de enfermera se aleja andando de la cámara, gira y entra en un ascensor. La imagen se congela y se muestra una imagen ampliada.

—Se parece a ti, Agatha —dice Nigella.

—¿A mí?

—Sí.

—No se parece en nada a ella —dice Hayden, a la defensiva.

El señor Cole se acerca a la pantalla, inclinándose en el sillón.

—Se parece un poco.

Siento que el pecho se me encoge, pero consigo reír.

—Tiene razón.

—Tú tienes el pelo más corto —dice Hayden.

—Podría estar llevando una peluca —contesto yo.

—Tu cara tiene la misma forma —comenta Nigella.

—No la he tenido siempre así de redonda. Con el embarazo me he hinchado.

—No estás hinchada —dice Hayden.

—No, pero no me vendría mal perder unos cuantos kilos.

Me doy cuenta de que Nigella sonríe con suficiencia desde el otro sofá.

En la tele aparece una foto de Meg y Jack saliendo del hospital.

—¿Y quién creéis que se llevó al bebé Ben? —pregunta el señor Cole.

—Probablemente fue alguien que no puede tener un bebé propio —respondo yo; Nigella se pone rígida—. A veces, cuando una mujer aborta o no se puede quedar embarazada, pierde los papeles.

—Creo que deberíamos cambiar de tema —dice la señora Cole.

—No me refiero a todas las mujeres, solo a algunas. Se amargan y se ponen celosas. Me dan lástima.

Nigella se disculpa y sale de la habitación, cubriéndose la boca con la mano.

—¿Se encuentra bien? —pregunto—. ¿He dicho algo que la haya alterado?

Meghan

Docenas de reporteros se acumulan en el exterior de la casa, bloqueando la acera y ocupando lugares de aparcamiento con las camionetas de las emisoras y los camiones con antenas de conexión por satélite. Nuestro contenedor de basura rebosa de vasos de café y envoltorios de comida rápida.

Jack tiene que aparcar en la otra esquina y echamos una carrera para huir de las cámaras de televisión, los *flashes* y los micrófonos con brazo. Lisa-Jayne trata de abrir por la fuerza un camino en la melé, gritándoles a los reporteros que se aparten.

—El señor y la señora Shaughnessy no van a hacer declaraciones. Si no se van, haré que los arresten. No lo voy a repetir.

Me meten grabadoras delante de la cara. Me gritan preguntas. Alguien me toca el brazo; yo lo retiro como si me hubiera quemado. Una reportera me pone una carta en la mano. Sin pensar, la cojo.

—Podemos ofrecerles más —dice alguien.

—No le haga caso —responde un tercero.

Lisa-Jayne pide refuerzos desde la radio que lleva en el hombro. Nos acercamos a la puerta de delante. Jack me rodea con el brazo. Siento que le gustaría darle un golpe a alguien, o gritarle «¡Basta ya!», o llamarle enfermo, o bastardo, pero trabaja en la tele y sabe cómo funcionan los medios de comunicación.

Llegamos a la puerta y a un lugar protegido, nuestro vestíbulo. Alguien mete una última carta por el buzón y el ruido se calma. Lisa-Jayne me promete que no volverá a suceder. Jack resopla, asqueado, y se va al jardín trasero.

Yo subo al piso de arriba y deshago mi equipaje del hospital. Entre los camisones y pijamas, descubro la ropa de bebé que se suponía que Ben iba a llevar cuando volviésemos a casa. Pongo las pequeñas prendas en la cama, tratando de imaginarme a mi Ben conmigo, mirando cómo deshago el equipaje. Han pasado cuatro días, pero siento como si fuesen cuatro años. Lucy y Lachlan están con mis padres. Los echo de menos... Sus vocecitas, su desorden, sus discusiones y sus abrazos. Deambulo de habitación en habitación. Todas ellas me resultan familiares, y sin embargo, no son como eran antes. Son más oscuras y más frías, y no tienen color.

En la habitación del bebé, recién pintada, paso los dedos por los dibujos de personajes de canciones infantiles y hago girar el móvil que hay encima de la cuna, mirando los animales africanos pintados a mano dar vueltas en el aire.

La mecedora de la esquina es un regalo de mis padres, de cuando nació Lucy. La manta favorita de Lachlan está lavada y planchada sobre el asiento de madera brillante. Se la dio al nuevo bebé cuando le dije que él ya era demasiado mayor para esas cosas. Cojo la raída manta y me la pongo contra la mejilla, recordando cómo Lachlan se la llevaba a todas partes. Al cabo de un momento, sin saber cómo, estoy de rodillas en el suelo, con la cara hundida en la manta y sollozando como una niña.

Lisa-Jayne grita por el hueco de la escalera.

—He preparado una taza de té.

—Bajo ahora mismo —contesto mientras me limpio las mejillas.

Me lavo la cara en el cuarto de baño. En el espejo encima del lavabo veo a una extraña con los ojos enrojecidos y el cabello lacio. Trato de hallar señales físicas de mi pérdida; otra arruga en la frente, o cicatrices en la piel, o un miembro de menos. Perder un bebé es algo tan fundamental, tan terrible, que forzosamente tiene que dejar una prueba tangible. Noto un agujero en mi interior.

En el espejo veo el borde de la bañera, en el que hay alineado un desfile de animales, como si esperasen la llegada de Noé. Vacas. Patos. Ovejas. Caballos. En el desagüe hay uno de los camiones de Lachlan. El estante de encima está abarrotado: champú para bebés, baño de espuma, bombas de baño y más juguetes.

Alguien da un golpe suave en la puerta. Lisa-Jayne.

—¿Se encuentra bien?

—Sí.

Está escuchando con la oreja en la puerta. La oigo respirar. Al cabo de un rato se va y me vuelve a dejar sola. Sentada en el borde de la bañera, intento contar los minutos desde que se llevaron a Ben. ¿Cuánto tiempo pasé con él? ¿Cuánto tiempo llevo sin él? ¿Sería capaz de reconocer su llanto, o su olor? ¿Lo reconocería a él? No me acuerdo del color de sus ojos, ni del tamaño de sus pies, ni de la longitud de sus pestañas.

Cuando bajo, Jack ya no está.

—Ha dicho que tenía algo que hacer —comenta Lisa-Jayne, que se ha puesto una horquilla en su cabello largo y rubio y lo lleva peinado hacia atrás, como una gimnasta—. ¿Va todo bien entre ustedes dos?

—No nos va mal.

La verdad es que, cuando Jack no está, yo no estoy tan nerviosa. Apenas hemos hablado en los últimos días, y no soy capaz de mirarlo a la cara sin ver mi propio miedo reflejado en sus ojos.

Lisa-Jayne se va a quedar para asegurarse de que los reporteros o los extraños que llamen a mi puerta no me molesten. Dormirá en la habitación de Lachlan. El inspector jefe MacAteer sugirió que nos alojásemos en un hotel, lejos de los medios de comunicación, pero yo quiero estar en mi casa, tumbada despierta en mi propia cama. Es ridículo, ya lo sé, pero me imagino a Ben llamándome, o encontrando el camino a casa por sí solo, y por eso tengo que estar aquí, por si acaso.

Abro el portátil y empiezo a leer las docenas de correos de la bandeja de entrada. Hay mensajes de apoyo y compasión, personas que dicen que rezan por mí o que me desean lo mejor. Reconozco muchos de los nombres. Son maestros de la escuela de Lucy y del jardín de infancia de Lachlan; madres de mi grupo de madres y viejos amigos de la universidad y de cuando estaba en la revista.

Leo algunos de ellos. Nadie parece saber qué escribir. El nombre de Agatha está en la lista.

> Hola, Meg:
>
> He oído las noticias. Me he quedado de piedra. Horrorizada. No puedo creer que haya sucedido una cosa así. Me siento culpable de mi propia felicidad porque sé lo difícil que debe de estar siendo esto para ti. Si hay algo que pueda hacer, si necesitas un hombro para llorar, o un rostro amigo…
>
> Pienso en ti,
>
> Agatha xx

Casi de inmediato envió un segundo mensaje.

> Meg, soy yo de nuevo. Solo quería decirte que estoy segura de que Ben se encuentra bien. Quien fuera que se lo llevase lo estará cuidando. Todo saldrá bien.
>
> xx

Me gustaría ser comprensiva con todos estos mensajes de apoyo, las oraciones ofrecidas y la compasión sincera, pero la verdad es que los encuentro irritantes y egoístas, como si los autores se sintieran mejor consigo mismos por haberse puesto en contacto conmigo. Sé que no es justo. ¿Qué habría hecho yo en su situación? Lo mismo.

Miro mi blog para mamás. Uno de los periódicos publicó que yo escribía un blog, y citó algunas de las publicaciones. Ahora, mis seguidores saben que «Cleopatra» es Meghan Shaughnessy y que Jack es «Ave César». La noticia ha desencadenado centenares de comentarios; la mayoría de ellos expresan solidaridad o estupor.

¿Quiénes son estas personas? Ni siquiera me conocen. Han leído unas cuantas entradas del blog sobre los puntos flacos de mi familia y ahora sienten que me conocen. Pero, en vez de hacerme sentir reconfortada o animada, eso me pone furiosa. No tienen derecho a reclamar la propiedad sobre ninguna parte de mis sentimientos ni de mis tribulaciones.

Una mujer de Norfolk afirma que vio a Ben en un sueño y que está viviendo con una familia de gitanos en Dorset. Otra mujer, una adivina llamada Carla, dice que, si le envío una muestra de la sangre placentaria de Ben, celebrará una sesión de espiritismo para encontrarlo. Un hombre llamado Peter, de Brighton, me escribe sobre una visión. Ben está en alguna parte cerca del agua, al lado de un viejo granero. En su visión también había cerdos, un Citroën y un camión cisterna de leche.

Empiezo a borrar sus mensajes, pero me detengo. No creo en la percepción extrasensorial, ni en las cartas de tarot, ni en ninguna clase de fenómeno psíquico, pero me resisto a cerrar la puerta a cualquier posible pista.

Se oye el timbre de la puerta. Lisa-Jayne va a abrir. Habla con alguien y le dice que se vaya. Lo más probable es que sea un reportero. Al cabo de unos momentos aparece en la puerta del dormitorio.

—Alguien llamado Simon insiste en hablar con usted. Dice que es amigo suyo.

Siento una sensación de pánico en el estómago.

—No quiero verle.

—De acuerdo.

Cuando está a medio bajar las escaleras, cambio de idea. Quiero saber por qué está aquí y qué es lo que tiene planeado. La llamo.

—Déjelo pasar. Bajaré dentro de un momento.

Me cepillo el pelo y me pongo gotas en los ojos para eliminar el enrojecimiento. No sé por qué eso es importante, pero me niego a derrumbarme o mostrar debilidad delante de Simon.

Está en el salón, de pie frente a la ventana, mirando a través de las cortinas a los reporteros que esperan fuera. Lleva una chaqueta de lino arrugada y unos vaqueros ajustados, y en su barba de dos días aparecen los primeros rastros de gris, pero aún no parece acomplejado por ello.

—¿Qué quieres? —le pregunto, sin ocultar la frialdad en mi voz.

—Estaba preocupado por ti. —Echa un vistazo hacia la ventana—. Lo de afuera es un circo.

—¿Y tú eres uno de los animales?

—No me desprecies así, Megs.

—Entonces, ¿no estás trabajando?

—No. —Pasa el dedo por la repisa de la chimenea—. ¿Dónde está Jack?

—Ha salido.

—No tenías por qué hacerle pasar por esto.

—¿Cómo?

—Jack no merece sufrir de esta manera. Ninguno de nosotros lo merece.

Mi mirada de desconcierto parece confirmar sus sospechas.

—Eres muy buena, Meg. Una verdadera actriz.

—¿Qué quieres decir?

—Podrías acabar con esto, todo este circo, ahora mismo. Basta con que le digas a la policía lo que has hecho con el bebé.

Me lo quedo mirando, incrédula; me doy cuenta de que tengo la boca abierta porque se me ha secado la lengua.

—Recuerdo lo que me dijiste la última vez que hablamos —dice él, cogiendo una foto enmarcada de Lucy y Lachlan—. Juraste por la vida de tu bebé que nunca lo vería. Que nunca lo tomaría en mis brazos.

—¿Crees que soy yo la que ha hecho esto?

—Convénceme de lo contrario.

Estoy tan furiosa que se me nubla la vista.

—Crees que he organizado el secuestro de mi propio bebé.

—Te podrían detener por hacer perder el tiempo a la policía —dice Simon—. Los Servicios de Atención a la Familia se llevarán a Lucy y Lachlan. Lo perderás todo.

—Simon, Simon, Simon —digo yo, suspirando y moviendo la cabeza—. Dime cómo me las he podido arreglar para secuestrar a mi propio bebé de un hospital justo después una cesárea.

—A lo mejor te has puesto de acuerdo con tu hermana. Grace me vino a ver, por cierto. Amenazó con declarar que era traficante de drogas.

—Eso está mal, y lo siento, pero si crees que he sido yo la que ha hecho esto, es que estás chalado.

—¿En serio? A lo mejor has contratado a alguien, le has pagado para que se llevase al bebé y lo tuviera a salvo.

—¿En serio? ¿Y a quién he contratado?

Se encoge de hombros, como si eso no tuviese importancia.

—Crees que he pagado a alguien para que se disfrazara de enfermera y se llevara a Ben. ¿Durante cuánto tiempo se supone que van a buscarlo? ¿Una semana, un mes, un año? No seas estúpido.

La determinación de Simon está fallando.

—No puedes hacer que me vaya con solo desearlo, Meg, y no puedes ocultar a tu bebé para siempre.

—¡Lárgate!

—No me dejas otra opción. Voy a hablar con la policía sobre mis dudas.

—Se reirán de ti.

—Jack no se va a reír.

Le cruzo la cara de una bofetada. Es la segunda vez que lo hago. Está claro que la cara de Simon merece ser abofeteada. Querría volverlo a hacer. Me gustaría arañarle los ojos. Quiero eliminar esa mirada petulante de su rostro.

—¡Lárgate! ¡Fuera!

Lisa-Jayne se ha acercado a la puerta, atraída por las voces.

—¿Va todo bien?

—¡Quiero que se vaya de mi casa! —grito.

—Ya me iba —dice Simon, apartando a Lisa-Jayne de un empujón.

Pasa hacia el vestíbulo y sale; yo cierro la puerta con llave tras él y echó la cadena de seguridad. Luego me siento en el banco de la cocina. Lisa-Jayne va a buscarme un vaso de agua. Me tiemblan las manos. El agua se derrama. Ella espera una explicación.

—Quiero a ese hombre lejos de mí… y de mi familia.

—¿Por qué?

—Esta…, está tratando de hacerme chantaje.

—¿Qué? ¿Cómo?

—No importa.

—¿De qué manera quiere chantajearte?

—Olvídelo. Pero que no se me acerque.

Agatha

Rory ha pasado mala noche, llorando y gimoteando. No tenía hambre, ni estaba mojado, ni tenía fiebre, pero de todos modos tengo la sensación de que debería de comer más a menudo. Esta mañana lo pesé en la balanza de baño. Sé que no es muy precisa, pero lo volveré a hacer mañana y al día siguiente hasta que averigüe si está engordando o no.

Tengo un aspecto terrible. Tengo bolsas debajo de los ojos y mi cara parece abotargada sin motivo alguno. Odio que me pase esto. Ayer apenas comí nada. No me hinché de bombones ni de galletas de chocolate. En días así, me miro en el espejo y veo a mi verdadera yo: una criatura monstruosa que encaja en una atracción de feria. En lugar de una piel suave, veo cicatrices, heridas y canales grabados en la piel o que abultan en ella.

Hayden tampoco durmió, y eso lo pone de mal humor. Se queja cuando hiervo demasiado tiempo los huevos duros y le quemo las tostadas. Luego critica mi forma de planchar su camisa.

Sabía que la luna de miel no podía durar. Ya se está cansando de mí. Cuando se agote la novedad, se dará cuenta de que podría tener algo mejor. Empezaremos a pelearnos por pequeñeces y yo empezaré a probar los límites de su amor porque dudo que sea lo bastante fuerte. Exigiré más de él, una prueba de amor diaria, y eso lo alejará de mí.

¿Por qué lo hago? Yo misma soy mi peor enemiga. Cada vez que me arriesgo a ser feliz, encuentro la manera de joderlo todo porque, en el fondo, el monstruo se retuerce y se desliza y roe mi confianza y me recuerda mis fracasos pasados, mis otros bebés, los cuerpos en el claro del bosque; en el fondo sé que no merezco que me quieran.

Mi teléfono suena. No reconozco el número.

—¿Hola?

—¿Agatha?

—Sí.

—Soy Nicky.

Me cuesta un instante unir el nombre con la voz. Hace tres años que no hablo con mi exmarido. Todas las Navidades envía una carta a un grupo de personas en la que cuenta sus últimas noticias. Por eso sé que se casó con una divorciada de Newcastle y se convirtió en padrastro de dos chicos.

—Nicky, qué sorpresa. ¿Cómo estás?

—Estoy bien. ¿Y tú?

—También. —En mi cabeza suena una alarma. ¿Por qué me llama ahora?

Los dos hacemos una pausa y empezamos a hablar al mismo tiempo.

—Tú primero —digo yo.

—Estoy en Londres para una conferencia y ayer me topé con Sara Derry. ¿Te acuerdas de ella? Trabajaba en tu agencia de trabajo temporal.

—Claro que la recuerdo.

¿Adónde quiere ir con todo esto?

—Estábamos charlando y de pronto dejó caer un bombazo: me dijo que habías tenido un bebé. Enhorabuena.

—Gracias.

—Un niño. Me quedé alucinado. Quiero decir que pensé que debía de equivocarse.

—¿Equivocarse?

Vacila y cambia de dirección.

—Es genial. Debes de estar muy feliz.

—Sí.

Otra larga pausa, aún más incómoda que la anterior.

—¿Puedo invitarte a comer? —pregunta.

—Estoy muy liada ahora mismo.

—Claro. ¿Y un café? Puedo pasarme por tu casa. Me encantaría ver al bebé.

No quiero que venga. Hayden no sabe nada de Nicky. No sabe que he estado casada, que me he divorciado y que pasé años tratando de tener familia.

Oigo un ruido detrás de mí. Hayden está de pie en la puerta de la cocina. Me pregunta con el gesto, sin decir nada: «¿Quién es?».

—Nadie —le susurro.

Nicky sigue hablando.

—Me gustaría que me contases cómo te las has arreglado para quedarte embarazada después de tantos intentos. ¿Recuerdas al último especialista en fertilidad? Dijo que no podías concebir un hijo.

—Se equivocó.

—Eso es obvio.

No me cree.

—Ahora estoy libre. Podría pasarme por allí. Tengo tu dirección.

—Me he mudado.

—¿En serio? Tu madre me ha dicho que vivías en el mismo sitio.

El corazón me da un vuelco.

—¿Cuándo has hablado con mi madre?

—En agosto, para su cumpleaños. ¿Sigues en Fulham?

—No. Sí.

Hayden me está mirando.

—He cambiado de opinión. Quedemos en alguna parte.

—Genial. Tengo una reunión en South Kensington. Podemos vernos después. ¿Te va bien? —Nicky menciona un lugar y acordamos la hora—. Y no dejes de traer a Rory. Quiero conocer a ese bebé milagro.

—¿Cómo sabes su nombre?

—Me lo dijo Sara, claro. —Se ríe.

Cuelgo el teléfono rápido. Hayden está de pie a mi lado.

—¿Quién era?

—Un viejo amigo.

—¿Un novio?

—En realidad, no.

—¿Y eso qué quiere decir?

—Es un amigo de la familia, una especie de tío. Hace años que no lo veo.

—Y has quedado con él.

—Para tomar un café.

—¿Puedo venir?

—Te aburrirás. ¿Por qué no te llevas a Rory a casa de tu madre? Seguro que le gusta.

El restaurante es uno de esos lugares en South Kensington que son como un agujero en la pared, y que desafían las leyes de la física al ser más grandes por dentro que por fuera. Hay una barra en una de las paredes y una serie de reservados al otro lado. Más allá, el restaurante se abre en un gran comedor coronado por un altillo. De día se sirven cafés y tés con leche. De noche se convierte en un bar de tapas.

Nicky no ha cambiado demasiado. Tiene el cabello un poco más gris en las sienes y ha engordado algunos kilos. El peso de más le hace parecer más femenino, porque se ha asentado en sus caderas.

—No has traído al bebé —dice, con voz de decepción.

—No. Anoche no durmió bien.

—Qué lástima.

Nicky toma mi abrigo y lo cuelga; luego llama a un camarero para que nos tome nota. Es raro, sentarme delante de mi exmarido después de todo este tiempo; volver a oír su voz, que suena vívidamente familiar, pero también ajena porque pertenece a una vida pasada. A diferencia de Hayden, que es callado y voluble, Nicky es alegre y expresivo, y va siempre con el corazón en la mano.

No estamos lejos del museo Victoria and Albert, y hay autocares de turistas aparcados fuera, a lo largo de la calle. También hay trabajadores colgando las luces de Navidad, trenzándolas en cables tendidos entre árboles o entre farolas. Al anochecer, los cables desaparecerán en la oscuridad y las luces le darán a todo un aire festivo y brillante.

—Y entonces…, ¿cómo lo hiciste? —pregunta Nicky, sin bajar la mirada.

—¿Hacer qué?

—Quedarte embarazada.

—Sucedió y ya está.

—¿En serio?

Me mira con una intensidad en los ojos que parece como si llevase maquillaje.

—Si tanto quieres saberlo, utilicé un donante —respondo con tono de enfado, y me disculpo—. Lo siento, no quiero que la gente lo sepa.

—¿Por qué no?

Me encojo de hombros.

—Es más sencillo.

—Tu madre no mencionó que estuvieses embarazada.

—No se lo dije hasta el tercer trimestre. No quería darle falsas esperanzas; sobre todo, después de lo que pasó la última vez.

Los ojos de Nicky se nublan de tristeza y tarda un momento en recuperar la compostura. Nuestros cafés han llegado.

—¿Estás con alguien? —pregunta.

—Comprometida.

—Me alegro por ti.

Le hablo de Hayden, destacando lo de la Navy, haciéndolo sonar como si estuviese destinado a ser capitán de fragata o vicealmirante.

—Vamos a casarnos en verano. Iremos de luna de miel a Tahití.

—¿Tahití? ¡Vaya! ¿Así que él es el padre biológico?

—Así es —respondo.

Nicky pliega y despliega su pañuelo.

—Esa historia del niño robado... Qué asunto más horrible.

—No lo he estado siguiendo demasiado.

—Es difícil de evitar —dice, levantando las cejas.

—Últimamente he estado muy ocupada. —Me río, sin mirarlo a los ojos.

—Claro, por supuesto.

Nicky empieza a hablar de cuando pasó junto a nuestra antigua casa en Highgate.

—Creo que han puesto una buhardilla —dice—. Nosotros siempre hablábamos de hacer eso... cuando tuviéramos niños.

—Me mira como pidiendo disculpas, como si quisiera no haberlo dicho—. ¿Alguna vez te preguntas qué habría pasado si nuestra Chloe hubiese vivido? Este año habría cumplido cuatro años.

No le respondo.

—Yo me lo pregunto continuamente —dice él—. Cuando veo una niña por la calle, o en el parque, me imagino que podría ser nuestra Chloe, viva y sana, criada por otra persona.

—Si pensase eso, me volvería loca.

—Tienes razón. Los dos nos volvimos un poco chiflados, ¿verdad? Recuerdo que tú hablabas de robar un bebé. Ya sé que bromeabas, pero decías que debíamos buscar una pareja que ya tuviera hijos y quitarles un bebé.

—Estaba de luto.

—Desde luego.

Consigo aguantarle la mirada a Nicky, aunque lo que quiero hacer es apartarla. Dentro de mí, el monstruo se mueve.

«¡Lo sabe! ¡Lo sabe!»

—¿Y dónde tuviste al bebé? —pregunta Nicky.

—En Londres.

—Vaya, Sara dijo que fue en Leeds.

—Quiero decir que parí en Leeds, pero después volví directamente a Londres. Hayden acaba de llegar de Ciudad del Cabo en avión. Ha estado luchando contra los piratas en el océano Índico.

Nicky inclina la cabeza.

—Estuve en Leeds hace unas semanas. Llamé a la puerta de tu madre. Tenía aspecto de cerrado. Una vecina me dijo que se había ido a pasar el invierno a España.

—Volvió para el parto.

—¿Y luego se volvió a España?

—Sí.

«¡Lo sabe! ¡Lo sabe!»

Echo un vistazo al reloj. No llevo. Echo un vistazo a mi teléfono.

—Tengo que irme, de verdad. Tengo que dar de comer a Rory.

—Claro, por supuesto. —Nicky se levanta y me sostiene el abrigo mientras deslizo los brazos en las mangas.

—Me ha encantado volver a verte, Aggy. Cuida del bebé.

—Lo haré.

En la acera, nos separamos. Camino una docena de pasos y miro atrás. Nicky aún me está observando.

«¡Lo sabe! ¡Lo sabe!»

Me devuelve el saludo antes de cruzar la calle para dirigirse a la estación de metro más próxima. Cuando se ha alejado lo suficiente, me vuelvo y lo sigo, manteniendo la cabeza baja y esquivando a los peatones. Nicky es lo bastante alto como para destacar en una multitud.

«¡Lo sabe! ¡Lo sabe!»

No dirá nada.

«Se lo dirá a la policía.»

No tiene pruebas.

«No importa.»

La estación de South Kensington está siempre animada. Hay numerosos pasillos y corredores que llevan a distintos andenes. Sin perder de vista a Nicky, me levanto la capucha del abrigo, ocultando mi rostro a las cámaras. En un momento dado, Nicky hace una pausa para dar dinero a un músico callejero que toca el violín. Yo me detengo bruscamente y doy la vuelta, caminando contra el flujo de gente. Al cabo de unos segundos, vuelvo a girarme y a seguirlo.

Ha llegado al andén dirección este de las líneas District y Circle, repleto de turistas que han salido de los museos. Murmurando disculpas, aparto hombros y serpenteo entre los cuerpos, siguiendo a Nicky hasta el extremo del andén.

Echo un vistazo al panel de información. El próximo tren pasa dentro de un minuto. Nicky está mirando el teléfono.

«Está llamando a la policía.»

Podría estar leyendo correos.

«O enviando un mensaje.»

No es nada.

«Está celoso porque no pudiste darle un hijo.»

Nicky me quiere.

«¡Lo sabe! ¡Lo sabe!»

El tren se acerca, marcando un ritmo en los raíles. Veo imágenes en un *flash* sobre mis párpados cerrados. Veo a la policía llegando al piso. Los veo llevándose a mi bebé. Yo peleo, rogándoles que me lo devuelvan, que me lo dejen sostener.

Nicky se ha desplazado hacia delante; está de pie más cerca del borde del andén. Yo estoy justo detrás de él, lo bastante cerca para verle el vello en la nuca y la caspa en los hombros. La gente empuja a nuestro alrededor.

«¡Lo sabe! ¡Lo sabe!»

¿Qué puede hacer?

«Se lo puede decir a la policía.»

No.

El viento levanta el cabello de la frente de Nicky al aparecer el tren, avanzando rápido hacia nosotros. El vagón de delante está a doce metros, nueve metros, seis metros... Alcanzo a ver al conductor detrás del parabrisas. Un hombre de aspecto aburrido.

«¡Lo sabe! ¡Lo sabe!»

¿Qué puedo hacer?

«¡Detenlo!»

¿Cómo?

Mis manos se posan en la espalda de Nicky. Empieza a volver la cabeza, pero yo empujo más fuerte, sintiendo su peso. Por un momento siento un poco de mareo; luego ahogo una risa mientras él se inclina hacia delante, luchando por conservar el equilibrio, agitando los brazos en pequeños círculos. Durante un instante parece desafiar la gravedad, pero luego cae, desapareciendo bajo el tren con un ruido sordo, un sonido que se repite con cada rueda que pasa.

Una mujer grita. Luego otra. Me uno a ellas. La gente grita mientras los vagones pasan por delante de nosotros, cada vez más lento, hasta detenerse. Los pasajeros están de pie dentro del tren, esperando a bajarse, sin darse cuenta de lo que ha pasado debajo de ellos. Una niña rechoncha de cinco o seis años me está mirando. Lleva una muñeca apoyada en el brazo y tira de la manga de su madre.

Su madre le tapa los ojos, le dice que no mire.

—¿Qué le ha pasado al señor? —pregunta la niña.

—*Chissst.*

—¿Adónde ha ido?

La niña se quita la mano de su madre de la cara y me lanza una mirada acusadora. No puedo mirarla a los ojos. Me doy la vuelta y me escabullo entre la multitud. La gente está empujando hacia delante, para poder mirar más de cerca. Otros quieren huir. Los empujo y los dejo atrás, serpenteando por entre un bosque de hombros, con la cabeza baja, escuchando sus conversaciones.

—¿Alguien ha saltado?

—Se ha desmayado.

—¡Mierda! Vamos a llegar tarde, ¿verdad?

Parece que ha pasado un siglo hasta que llego a la salida, a las escaleras. Me tiemblan las manos. Tengo la mente paralizada. Tengo que pensar con claridad. Si salgo de la estación, va a parecer sospechoso. Debería tomar un tren. Elegir un andén distinto. Irme de aquí. Cubrir mi rastro.

El monstruo dentro de mí se ha callado, pero sé lo que está pensando.

«¡Lo sabía! ¡Lo sabía! ¡Lo sabía!»

Meghan

Lucy y Lachlan salen corriendo de la puerta principal, hacen carreras por el camino y se lanzan a mis brazos extendidos. Los *flashes* se disparan y las cámaras de televisión captan el momento. Nuestra reunión familiar privada se ha convertido en carnaza para el gran público, y se emitirá y reemitirá por todos los canales de noticias. Somos las estrellas de nuestro propio reality show: *Los Shaughnessy*.

Jack los sigue por el camino, con sus dos maletas idénticas. Los fotógrafos nos gritan instrucciones para que posemos, pero yo envío a los niños adentro y cerramos la puerta.

Vuelvo a abrazar a los niños, esta vez como es debido. Lucy habla a toda velocidad, tratando de contarme todo lo que tiene por decir antes de que Lachlan tenga tiempo para construir una sola frase.

—Creo que tengo piojos. Me pica la cabeza. La abuela me dio un champú especial, pero me escuecen los ojos y tenía que llevar acondicionador en la cabeza tres horas. Lloré cuando me peinó, pero no encontró ningún piojo. ¿Por qué me pica la cabeza?

—Tengo hambre —dice Lachlan.

—Voy a preparar algo de comer —le contesto.

Lucy se acurruca en el regazo de Jack. Lachlan viene conmigo.

—¿Has tenido al bebé? —pregunta Lucy.

—Sí, un niño.

Lucy frunce el ceño.

—Yo quería una niña.

—Pero ya sabías que iba a ser un niño.

—Sí, pero pensaba que a lo mejor te habías equivocado o habías cambiado de idea, como cuando pedimos esa lámpara en IKEA y elegimos una equivocada y decidimos que la equivocada era más bonita que la buena y no la devolvimos.

—Los bebés no son como lámparas de IKEA —le digo.

—¿Y dónde está? —pregunta Lachlan—. ¿Podemos verlo?

—Aún no.

—¿Por qué?

Miro a Jack. Ya hemos hablado de cómo vamos a enfocar esto.

—Ben se ha perdido —explico.

—Lo sabía —dice Lucy, con tono triunfal—. Oí hablar al abuelo y la abuela. Decían que alguien se lo había llevado.

—Así es —dice Jack—. Pero lo vamos a recuperar.

Lachlan frunce el ceño.

—¿Por qué se lo han llevado?

—Debían de querer un bebé —responde Lucy, haciendo que suene perfectamente lógico.

—Pero no puedes robar uno y ya está —dice Lachlan, mirándome para que lo confirme.

—La policía está buscándolo. Por eso hay tanta gente fuera, delante de la casa. Son periodistas.

Lachlan abre unos ojos como platos y se cubre la boca con la mano.

—¿Y si se lo ha llevado el Ladrón de Niños?

—No es el Ladrón de Niños —dice Jack.

Desde que Lachlan vio *Chitty Chitty Bang Bang* le tiene terror al Ladrón de Niños, un villano que atrae a los niños ofreciéndoles dulces.

Hay muchas más preguntas sobre la policía y los periodistas de fuera. Me doy cuenta de que a Lachlan le cuesta más comprender.

—¿Eso quiere decir que se ha ido para siempre?

—No.

—Y entonces…, ¿dónde está?

—Está con otra familia.

—Como cuando te quedas a dormir en casa de alguien —dice Lucy.

—No, no es eso. —Se me rompe el corazón—. Ben tiene una nueva casa y otra persona lo está cuidando.

—Pero ¿por qué? —pregunta Lachlan.

No sé cómo responderle.

—¿No nos echará de menos? —pregunta Lucy.

Jack viene al rescate.

—La persona que se llevó a Ben está triste. Tan triste que pensó que un bebé la haría feliz, aunque fuese el bebé de otra persona.

—¿Por qué no tiene un bebé suyo? —pregunta Lachlan.

—No lo sabemos —dice Jack—. Pero vamos a recuperar a Ben.

—¿Cuándo?

—Pronto.

—¿Mañana?

—Quizá no mañana.

—¡Hora de comer! —anuncio yo con una palmada—. ¿Quién quiere patatas al horno?

—¡*Yoooo!* —contestan a coro.

Jack se lleva a Lucy a cuestas a la cocina; ya no suele hacerlo mucho, porque se ha hecho muy grande. Yo llevo a Lachlan, oliéndole el cabello, aspirando profundamente hasta llenarme los pulmones, recordándome que estos dos están a salvo y me pertenecen.

Es extraño que Jack esté en casa durante el día. Su jefe le ha dado un permiso indefinido, pero Jack no sabe qué hacer con el tiempo. Yo puedo llenar cada una de las horas del día con tareas domésticas (cocinar, limpiar, coser botones); mientras, Jack se pasea por la casa, mira por la ventana, comprueba si tiene algún correo electrónico y vuelve a mirar por la ventana.

Normalmente, jugaría al tenis o saldría a correr, pero todo lo que hacemos es captado, grabado y transmitido. Los periodistas que hay fuera llaman a la puerta de los vecinos, preguntan si pueden usar sus baños o piden declaraciones. Al mismo tiempo, los fotógrafos y los cámaras han montado escaleras para poder sacar imágenes por encima del seto hacia el mirador y la puerta principal. Nuestra casa es el telón de fondo de actualizaciones horarias, que los periodistas ofrecen incansablemente, mientras que las brillantes luces atraviesan las cortinas de delante y proyectan sombras en las paredes.

Estamos atrapados aquí. Somos como ratas en una jaula, o peces dorados en una pecera. Anoche, Jack y yo nos tumbamos en la cama como dos extraños, mirando al techo. En un momento dado, su rodilla me tocó el muslo y yo me aparté unos centímetros. Él emitió un ronquido suave y eso aún me molestó más.

Al final, me dormí. Ben se me apareció en sueños. Lo oí llorar y me vino leche a los pechos y me pregunté cómo mi corazón podía seguir latiendo por su cuenta cuando yo me sentía tan rota y mutilada. Cada cuatro horas me ha venido leche y la he puesto en el congelador; mi reserva va creciendo y espero que la necesite.

Me despierto con el ruido de los periodistas riendo fuera. Bromeando. Jack me ha contado que saben sacar humor de las historias más negras, porque eso los vacuna contra la tragedia y los ayuda a superar el aburrimiento. Bromean sobre Julian Assange, Chelsea Manning, Boris Johnson y Donald Trump. Nada está prohibido y nunca es «demasiado pronto».

La tele es una banda sonora constante, y yo sigo todos los boletines de noticias, escuchando el desfile infinito de expertos en cuidados del bebé, médicos, negociadores de secuestros y padres acongojados a los que se les pide que comenten sobre la investigación y sobre cómo debemos de sentirnos Jack y yo. También les piden comentarios a nuestros amigos, y les tienden emboscadas cuando salen del coche o de su casa. Sorprendidos por las cámaras, hablan de compasivos lugares comunes que no añaden nada nuevo y solo sirven para llenar tiempo de emisión.

Lo han visto docenas de veces, sin confirmación, por todo el país. Las nuevas madres se quejan de que personas extrañas las paran en la calle, miran dentro de los cochecitos y les hacen preguntas mientras las miran con suspicacia.

A veces aparece algún dato nuevo. Se encuentra una manta de hospital en un lavabo de la estación de King's Cross. El carro de la compra con estampado de cuadros escoceses apareció en un tren que llegó a Edimburgo. Una limpiadora se lo llevó a casa, creyendo que alguien lo había dejado abandonado, pero luego lo oyó mencionar en las noticias y se lo entregó a la policía.

—Así que Ben está en Escocia —le dije a Annie.

—No lo sabemos.

—Pero ¿y el carro de la compra?

—Es posible que alguien lo olvidase en el tren. Hay siete paradas entre King's Cross y Edimburgo.

—Entonces, podría estar en cualquier parte.

—Estamos comprobando las imágenes de las cámaras de seguridad y los billetes comprados en esas estaciones.

Intento mantenerme positiva, modulando mi voz para que suene grave y razonable cuando hablo con la policía, pero por dentro estoy gritando: «¡Encontradlo de una vez, por Dios!».

Mientras, no dejan de llegar postales y cartas. Hoy ha venido dos veces el cartero, y ha dejado tres sacas cada vez. Annie ha sugerido leerlo todo antes por si alguno de los mensajes es del secuestrador, pero yo creo que lo que trata de hacer es protegernos de los troles. En Internet ya han aparecido teorías conspiratorias. Alguien ha sugerido que el secuestro es un fraude para elevar el perfil público de Jack. Otros dicen que detrás del secuestro hay un sindicato del crimen organizado que trafica con niños blancos para mercaderes de esclavos en Oriente Medio. No debería leer a los chalados; ya tengo material de sobra con mi propia imaginación.

Annie sugiere que nos quedemos en casa de mis padres.

—¿Dice que el secuestrador podría intentar ponerse en contacto con nosotros?

—Podríamos hacer que las llamadas a este número se transfiriesen.

—¿Y si intentan traer a Ben a casa?

Annie no responde, pero yo sé que opina que me estoy aferrando a un clavo ardiendo. Me da igual. Tengo permiso para ser irracional y optimista hasta la locura. Lo que me niego a hacer es perder la esperanza.

Hoy, Lucy ha ido a la escuela, pero Lachlan se queda en casa porque necesito la distracción que me ofrece. Ninguno de ellos ha vuelto a hablar del bebé Ben desde ayer. No creo que sea porque les resulte indiferente, o porque no les importe. Esa es la diferencia entre niños y adultos: ellos no dedican demasiada energía a estar tristes.

Tengo el portátil abierto sobre el banco de la cocina, y he estado buscando por Internet otras historias sobre niños perdidos. Cuando desapareció Madeleine McCann, el circo estuvo activo durante meses y años. Jack se pone furioso cuando menciono estas cosas. «No es lo mismo —dice—. Nosotros vamos a encontrar a Ben.»

Ahora mismo está arriba, sentado en su estudio sin ventilación, mirando fútbol o jugando al solitario en el ordenador. O quizá también esté buscando por Internet, tratando de encontrar consuelo, o una palabra tranquilizadora, o una clave.

—El doctor Haven quiere venir —dice Annie, cubriendo el micrófono del móvil con la mano—. Ha terminado el perfil psicológico.

—¿Cuándo?

—Puede estar aquí en quince minutos.

—De acuerdo —digo yo, desesperada por recibir alguna noticia.

Lo que siento no es aburrimiento, sino más bien impotencia. Quiero hacer algo útil o positivo que pueda marcar una diferencia.

Annie se está cepillando el pelo y poniéndose pintalabios en el espejo del recibidor. Me pregunto si tiene algo que ver con Cyrus Haven.

—¿Lo conoce mucho? —pregunto.

—¿A quién?

—Al doctor Haven.

—No mucho, no.

—Ah. Pensé que a lo mejor eran amigos.

Annie se ruboriza un poco; voy por el buen camino. O bien Cyrus le gusta en secreto, o bien ha habido alguna relación en el pasado.

—¿Cómo lo conoció? —pregunto.

—Entrevista a los agentes que han estado implicados en un tiroteo o han sido heridos en acto de servicio.

—¿Y eso le ha sucedido a usted?

Asiente.

—Se supone que no debo hablar de ello.

Su renuencia excita aún más mi curiosidad.

—Es un hombre muy interesante, el doctor Haven. Sabe escuchar. Supongo que es lo que se puede esperar. Aunque también me parece una persona muy triste.

—Es comprensible —dice Annie.

—¿Por qué?

—Después de lo que sufrió...

—¿Qué le pasó?

—No creo que deba hablar de ello.

Abro el portátil, voy a la página de Google y escribo el nombre «Cyrus Haven».

—No encontrará nada —dice Annie.

—¿Por qué no?

Pasa la lengua por el interior de la mejilla.

—Yo no he dicho nada, ¿vale?

Asiento.

—Busque el nombre Elias Haven-Sykes.

La pantalla se llena con docenas de enlaces con llamativos titulares:

CARNICERÍA FAMILIAR

EL HIJO MENOR DESCUBRE MASACRE DE FAMILIA

HAVEN-SYKES INTERNADO EN HOSPITAL MENTAL

Abro alguno de los enlaces y leo en silencio:

Elias Haven-Sykes, de dieciocho años de edad, utilizó un machete para asesinar a sus padres y a sus dos hermanas menores en Mánchester, allá por el año 1995. Sobrevivió un miembro de la familia, Cyrus Haven-Sykes, de trece años de edad, que volvía a casa de un entrenamiento de fútbol y descubrió a su hermano mirando la tele con los pies apoyados en el cuerpo de su padre. Su madre yacía muerta en el suelo de la cocina. Sus hermanas habían tratado de atrincherarse en un dormitorio, pero las habían sacado arrastrando de debajo de sus camas y las habían acuchillado.

Annie me ha estado mirando mientras leía.

—¿Por qué? —susurro.

—Elias tenía un diagnóstico de esquizofrenia. Llevaba entrando y saliendo de hospitales psiquiátricos desde los dieciséis años.

—¿Dónde está ahora?

—Por lo que yo sé, en Rampton. Máxima seguridad.

—¿Cyrus habla de él alguna vez?

—No.

Cierro el ordenador; no quiero seguir leyendo. Ahora me viene a la cabeza el caso, pero no recordaba el nombre de los implicados. Se me aparece una imagen específica; la fotografía de un chico adolescente con un traje negro, de pie, rodeado por los ataúdes de su familia. En el pie de foto lo llamaban «el chico más solo del mundo».

Cyrus llega a mediodía. Es tan ordinario y poco atractivo que los periodistas lo ignoran hasta el último momento, cuando ya está cerca de la puerta principal. Uno de ellos lo llama por su nombre. Enseguida, los otros salen con prisas de sus coches y furgonetas, pero la puerta ya se ha cerrado y Cyrus se está quitando la chaqueta de cuero. Annie la cuelga. Sus manos se tocan; se cruzan una mirada.

Yo preparo té, pero Cyrus no se lo bebe. Parece disfrutar del ritual del té, pero no del sabor.

—¿Dónde está Jack? —pregunta.

—Arriba.

—¿Cómo està?

¿Qué quiere que le diga? Jack está luchando con la situación y yo no puedo ayudarle; de hecho, no sé si quiero hacerlo. Sé que no es justo ni racional culpar a Jack, pero ¿es que acaso la vida es justa? Todo esto no lo digo en voz alta, pero percibo que Cyrus lo oye de todos modos.

Como si lo hubiese llamado, Jack aparece en la cocina. Se

sienta y acepta una taza de té; se queda mirando el líquido marrón lechoso como si estuviese intentando recordar cómo se llama.

Cyrus saca una hoja de papel del macuto. La pone sobre la mesa y la centra con los codos. Utiliza el índice para subirse las gafas en la nariz.

—Esto es lo que le he dicho a la policía. Deben buscar a una mujer de entre treinta y pico y poco más de cuarenta años, que se siente cómoda en un hospital, integrándose, interactuando con los pacientes y visitantes sin atraer la atención y sin desalentarse. También está familiarizada con la distribución del Churchill (las escaleras, ascensores y cámaras), lo que sugiere que ha trabajado en el hospital o lo ha visitado anteriormente. La policía está comprobando historiales laborales y grabaciones de vídeo antiguas.

Cyrus baja el dedo por la página.

—Es una experta mentirosa, cosa que podría sonar obvia, pero no es fácil mentir cuando uno se juega tanto. La mayoría de las personas mostrarían tensión de forma evidente: se ruborizarían, tartamudearían o sudarían, pero esta mujer actuó con frialdad bajo presión. Creo que puede tener un alto cociente intelectual, aunque puede que su nivel de formación no lo refleje.

—¿A qué se refiere? —pregunta Jack, que está doblando una servilleta de papel en cuadrados cada vez más pequeños.

—Una inteligencia superior no siempre se traduce en éxito académico. Puede que no haya tenido la oportunidad o la aplicación necesaria para pasar de la escuela secundaria. Pero es muy hábil, eso está claro. Solo hay que ver la planificación: los distintos disfraces, el comportamiento verbal y no verbal, así como las interacciones con personas como usted.

—O sea, que estamos delante de un genio del crimen —dice Jack con sarcasmo.

Cyrus no reacciona al comentario.

—No un genio del crimen, sino una mujer lista que no parecía perdida, nerviosa o asustada. Una persona que ha estado planeando esto durante meses.

—Está imaginando excusas para el hospital, dándoles una vía de salida.

Intervengo.

—Eso no es lo que Cyrus está diciendo.

—Le está llamando genio.

—Le estoy dando un perfil psicológico —dice Cyrus—. Yo no imagino excusas para nadie. Lo que hago es tratar de comprender a las personas. Normalmente, cuando miro la escena de un crimen, veo las limitaciones del autor. Casi siempre fracasan porque son incapaces de planificar. Se concentran en el crimen, pero no en su estrategia de huida. Se impacientan y dejan de pensar antes de averiguar qué es lo que sucede a continuación. En este caso, la mujer lo planificó todo con meticulosidad: cómo hacerse con un bebé y cómo escapar. No improvisó ni dijo: «Bueno, si llego hasta ahí, ya me las apañaré». Tenía un disfraz de más. Tenía el carro de la compra. Debió de oír cómo se disparaba la alarma. Sabía que la estaban buscando. El hospital era un laberinto. Estaban cerrando las salidas, pero no tuvo miedo, ni corrió, ni atrajo la atención. La policía tardó días en descubrir cómo sacó a Ben del hospital.

Hace una pausa y espera que Jack responda o haga algún comentario. Al ver que no lo hace, continúa.

—Es probable que la autora esté casada o en una relación, pero no una relación estable. Este es uno de los motivos por los que quiere un bebé: para consolidar una relación, para hacer que un hombre que ella teme que se vaya, se quede con ella.

»Está dispuesta a correr riesgos. En cada paso del secuestro, la posibilidad de que la descubriesen aumentaba; pero ella siguió adelante: cambiándose de ropa, recorriendo el pasillo, penetrando en el corazón del hospital. En cualquier momento, un miembro del personal podía haber puesto en duda sus credenciales o dado la voz de alarma. Creo que actuó sola, pero que había preparado un lugar para el bebé y que había inventado una historia creíble.

—¿Una historia como cuál? —pregunto.

—Lo más probable es que fingiese un embarazo, y convenciese a sus amigos y familiares de que cualquier día saldría de cuentas.

—¿Y qué hizo? ¿Se metió un cojín debajo del vestido? —dice Jack.

—Creo que habría sido algo más sofisticada —dice Cyrus—. Por Internet se pueden comprar barrigas de embarazo ortopédicas. También hay páginas que venden pruebas de embarazo y ecografías falsas.

—¿Y por qué no tiene un bebé propio? —pregunta Jack.

—Quizá no pueda. La fecundación *in vitro* es cara, y la probabilidad de éxito es de una entre cuatro. La adopción también puede ser difícil, en función de su edad y de su entorno. En mi trabajo me he cruzado con mujeres sin hijos que han considerado la posibilidad de robar un bebé. Algunas tenían problemas en sus relaciones, otras estaban perturbadas o eran estériles, o buscaban amor de una forma tan desesperada que un hijo se había convertido en su santo grial.

—¿Le hará daño a Ben? —pregunto.

—En circunstancias normales, no.

—¿Cuáles son las otras circunstancias?

—Si está asustada, o si se siente acorralada, o si se obsesiona con que no la descubran, puede que tenga un ataque de pánico. Sin embargo, si le enviamos los mensajes adecuados, si hacemos que mantenga la calma, querrá a Ben y lo mantendrá a salvo.

—¿De verdad cree que presta atención? —pregunta Jack—. ¿Qué pruebas tiene? La policía la trata como a una víctima, no como a una criminal. Se supone que todo el mundo tiene que sentirlo por ella. ¿Y nosotros… qué?

—Tiene razón —intervengo yo—. Tratarla como a una víctima no ha funcionado.

—No es ni una criminal ni una víctima —dice Cyrus—. No en su cabeza. A estas alturas está convencida de que Ben es su bebé y que nosotros somos los que queremos quitárselo. Nosotros somos los criminales.

—Eso es ridículo. —La voz me tiembla—. Es nuestro bebé.

—Desde luego que lo es —dice Cyrus—. Y lo recuperaremos. —Se quita las gafas y se frota el puente de la nariz—. En Gran Bretaña han secuestrado a más de sesenta bebés en los últimos treinta años, y todos menos cuatro han sido recuperados sanos y salvos. Ya sé que no es más que un dato numérico, pero espero que sirva para tranquilizarlos.

La respuesta es negativa: el efecto es el contrario. Ser una excepción estadística no es algo que tranquilice. Es como tener una enfermedad rara y ser víctima de una desgracia extravagante; no dejas de preguntarte: «¿Por qué yo? ¿Por qué no otra persona?».

Cyrus vuelve a mirar el papel de la mesa.

—Después de estudiar el secuestro, sobre todo el hecho del plan minucioso y la ejecución segura, estoy empezando a sospechar que es posible que esta mujer haya hecho algo así anteriormente.

—¿Robar un bebé? —pregunta Jack.

—Un ensayo o un primer intento fracasado.

—¿Cuándo? ¿Dónde?

—Le he pedido al inspector jefe MacAteer que repase los archivos de secuestros anteriores, y los de niños desaparecidos y de fallos de seguridad en hospitales y escuelas.

Miro a Jack y me pregunto si está captando lo mismo que yo.

—Hay algo más —dice Cyrus, eligiendo con cuidado sus palabras—. Creo que debemos tener en cuenta la posibilidad de que Ben fuese elegido expresamente.

—¿Elegido? ¿Qué quiere decir? —pregunto.

—Aquella noche había dieciocho bebés en el ala de maternidad. Esta mujer pasó al lado de, al menos, seis madres con recién nacidos. ¿Por qué no se llevó a uno de ellos?

La idea me hace estrujarme el cerebro.

—Entonces... ¿cree que...?

—Estoy tratando de buscar una explicación a las incoherencias.

—¿Por qué iba a elegir a Ben? —pregunta Jack.

—Quizá vio llegar al hospital a Meg, o puede que le haya reconocido a usted de la tele; o quizá la haya identificado antes. ¿Ha observado si alguien le seguía en las semanas anteriores al parto? ¿Un coche desconocido..., llamadas de teléfono?

Niego con la cabeza, pero no tan segura como antes.

—¿Qué otras personas sabían cuándo y dónde iba a tener a su hijo?

Trato de pensar. Mi grupo de madres, el peluquero, la instructora de yoga, las niñas de la clase, la maestra de Lucy, el personal del jardín de infancia de Lachlan… Mi médico lo sabía, claro… Mi madre…

—¿Y tu blog? —pregunta Jack.

Cyrus levanta los ojos del papel.

—¿Qué blog?

—Escribo un blog para mamás —explico—. Supongo que es un *hobby*.

—¿Sobre qué escribe?

Me encojo de hombros.

—Sobre mi vida, mis hijos, Jack… Pero nunca uso nuestros nombres.

—Tiene seis mil seguidores —dice Jack, tratando de ayudar.

—¿Ha mencionado dónde iba a tener el bebé?

Noto una sacudida en el corazón.

—Puede que haya mencionado…

—¿Dijo la fecha?

Asiento.

—¿Mencionó el hospital?

—Es posible.

—¿Ha intercambiado correos con alguna de estas mujeres?

—Comentan mis publicaciones o me envían mensajes.

—¿Y usted responde?

—No siempre.

Ya sé lo que está pensando: algunas de estas lectoras estarán embarazadas, o tendrán niños jóvenes, o quizás hayan perdido un bebé.

—¿Recibe correo amenazante… o de troles? —pregunta.

—Bueno, sí, a veces, pero es raro. Apenas sucede. Nunca he publicado dónde vivo, ni he mencionado nombres de calles o escuelas. —Sé que suena como si hablase a la defensiva.

—¿Cómo es que recibimos tantas cosas gratis? —pregunta Jack.

—Las empresas saben quién escribe estos blogs —explico—. Y mis amigas también lo saben.

Me estoy metiendo en un agujero, pero aquí no se trata de protegerme a mí. Intento pensar. ¿Es posible que alguien me haya estado acechando? Me exprimo el cerebro. Hace unas semanas, un BMW me siguió cuando me pasé un semáforo que se iba a poner rojo, en Hammersmith. ¿Y esa mujer rarita que merodea por el estanque cuando voy con Lachlan a dar de comer a los patos? Está siempre rascándose los brazos y hablando sola. Cuando empiezo, ya no puedo parar. Hay un mendigo que duerme a la entrada de la iglesia. A veces llama a la puerta de la gente para preguntar si puede hacerles alguna chapuza. Y un hombre en la biblioteca que trata de mirar debajo de las faldas de las mujeres cuando se sientan en un puf para leer cuentos a sus hijos.

—¿Alguien se ha interesado especialmente por su embarazo? —pregunta Cyrus.

—No lo creo. Conozco a un montón de mujeres embarazadas. He estado asistiendo a clases de yoga prenatal en el gimnasio, y mi blog recibe muchos comentarios de mujeres que acaban de ser madres.

—¿Alguna de ellas destaca? Una que sea especialmente apasionada, o que haya hecho muchas preguntas personales.

—En realidad, no.

Jack interrumpe.

—¿Y la que tenía su marido en la Navy?

—Agatha —contesto—. No es especialmente apasionada.

—¿Quién es Agatha? —pregunta Cyrus.

—Está en mi clase de yoga.

—¿Cuánto hace que la conoce?

—Un mes o así. Trabaja por aquí.

—¿Y está embarazada?

—Tuvo a su bebé antes que yo.

Cyrus está tomando notas.

—¿Tiene la dirección de Agatha?

—Tengo su número de teléfono y una dirección de correo electrónico.

Oigo una conmoción en el exterior. Gritos. Una escaramuza. Annie abre la puerta. Los reporteros están asediando al inspector jefe MacAteer, que sale de un coche de policía. Protegido por el conductor y otro policía, se abre paso por la melé de periodistas, sin hacer caso a sus preguntas.

Salgo a su encuentro en el recibidor, que está abarrotado. MacAteer mira hacia Cyrus e inclina la cabeza; no se dan la mano.

Se dirige a mí.

—Han dejado un bebé recién nacido en una iglesia de Little Drayton, Shropshire. Es un niño, pero no sabemos si es Ben —dice.

Retrocedo, me tambaleo y me sostengo en la pared.

—Lo han llevado al hospital más cercano. Quiero dejar claro que no sabemos si está relacionado con este caso, pero pensé que debía ser yo quien la informase de esto, no la chusma de ahí fuera.

Se me atraviesa una pregunta en la garganta. Jack habla:

—¿Qué es lo que se sabe?

—Según los informes iniciales, parece que el bebé podría tener tan solo unas horas. Los médicos lo están examinando.

—¡Es Ben! —exclamo—. ¡Es él!

—No lo sabemos —dice MacAteer—. Es posible que tengamos que hacer una prueba de ADN.

—Por favor, déjenme verlo. Podría darle de comer. Aún tengo leche.

MacAteer intercambia una mirada con Cyrus. Creen que me estoy comportando de forma irracional. Empiezo a discutir; Cyrus me corta.

—Por favor, señora Shaughnessy. Meghan. No lo haga más difícil de lo que es.

MacAteer saca un pequeño tubo de ensayo de plástico.

—Necesitamos una muestra de ADN. Un frotis de la mucosa bucal, muy simple.

—Por supuesto —dice Jack, alargando el brazo para coger el tubo.

—No, tengo que ser yo —suelto yo abruptamente, consciente de los peligros del ADN y de los pecados que podría poner al descubierto.

—Madre o padre, no importa —dice MacAteer.

Le quito el tubo a Jack y me paso el bastoncillo de algodón por la parte interior de la mejilla antes de meterlo en el tubo. MacAteer lo tapa y se lo mete en el bolsillo interior.

—Los informaré en cuanto tengamos noticias —dice—. Mientras, la agente Hipwell se quedará aquí para encargarse de los medios de comunicación. Le recomiendo no hacer ninguna declaración pública hasta que no sepamos más.

Los inspectores salen de la casa, lo que provoca un nuevo aluvión de preguntas. Annie y Cyrus se quedan. Cyrus pregunta si Jack o yo hemos estado alguna vez en Little Drayton, o si conocemos a alguien que viva allí. Ambos negamos con la cabeza.

Jack enciende la tele. Vemos a una reportera junto al hospital de Stoke, luchando contra el viento para mantener el cabello en su lugar:

—El bebé, que pesa algo más de tres kilos, fue hallado en una caja de cartón junto a la puerta principal de la iglesia. La ambulancia lo llevó al Hospital Universitario Real de Stoke, donde un portavoz ha hecho un breve comunicado hace media hora en el que se dice que el niño sufría deshidratación, pero que su estado general es bueno.

»El descubrimiento ha generado especulaciones sobre si el bebé podría ser Ben Shaughnessy, que fue secuestrado de un hospital de Londres hace siete días. La policía se niega a hacer comentarios, pero no hace mucho que el inspector a cargo de la investigación ha visitado a los padres del bebé Ben, Jack y Meghan Shaughnessy, en su casa de Londres.

Las imágenes cambian para mostrar una imagen del inspector jefe MacAteer y sus colegas entrando en nuestra casa. Todo esto sucedió hace menos de veinte minutos y ya está en las noticias.

—Es Ben —murmuro.

—No lo sabemos —dice Jack.

—¿Quién podría ser, si no?

—Hay bebés abandonados continuamente.

Niego con la cabeza.

—Continuamente, no.

Agatha

Suena el interfono. Estoy soñando con la fiesta del primer cumpleaños de Rory. Los invitados llegan, con regalos y globos. Le he hecho un pastel con forma de osito de peluche y he preparado varias bandejas con canapés de salchicha y minibocadillos. El interfono vuelve a sonar y la escena se disuelve en mi cabeza.

Oigo voces. Hayden está hablando con alguien en el interfono. Los recibe en las escaleras; dos agentes de policía. Yo lo observo todo a través de una rendija en la puerta del dormitorio.

—Sentimos molestarlos —dice el inspector—. Querríamos ver a Agatha Fyfle.

—Está durmiendo —dice Hayden.

—Estoy despierta —grito desde el dormitorio—. Un momento, por favor.

Junto a la puerta, atenta a lo que se dice, me aliso el vestido y me arreglo el cabello, al tiempo que me digo que debo respirar normalmente y mantener la calma. ¿Han venido por Nicky o por el bebé? ¿Importa?

«Has ido demasiado lejos.»

Fue un accidente.

«Tú le mataste.»

¡No!

«Tú le empujaste.»

Yo quería a Nicky.

Los agentes de policía están sentados en los extremos del sofá; uno lleva uniforme; el otro, un feo traje azul gastado en los codos, que brillan. Se ponen educadamente de pie. El agente uniformado tiene casi treinta años, con el pelo corto y un rostro redondo que oculta una futura doble barbilla. El otro policía es veinte años mayor, con nariz de bebedor y el cabello ralo. Me ofrezco a prepararles té o café. Rechazan cortésmente la oferta. Me siento en el sillón. Hayden se sienta en el brazo.

—¿Puedo llamarla Agatha? —pregunta el mayor.

Asiento.

—No sé si se habrá enterado de la noticia —dice—. Hubo un incidente en la estación de metro de South Kensington anteayer. Un hombre se cayó al tren.

—¡Qué espanto!

—Creemos que podría conocer a la víctima —dice el inspector—. Nicholas David Fyfle.

Suelto un grito de alarma, tapándome la boca.

—Debe de tratarse de un error.

—¿Por qué lo dice?

—Vi a Nicky ayer mismo… O quizá fuera anteayer… No, ayer. Tomamos café juntos.

—¿Dónde fue?

—En un restaurante cerca del museo Victoria & Albert.

Los dos policías intercambian una mirada. El inspector habla.

—¿Es cierto que estuvo usted casada con el señor Fyfle?

—No lo es. Es su tío —dice Hayden.

Lo tomo de la mano y me dirijo al inspector.

—Nos divorciamos hace tres años.

Hayden aparta la mano de un tirón.

—No me habías dicho que habías estado casada. —Hace que suene como una acusación.

—No estuvimos mucho tiempo juntos —explico.

—Pero dijiste que era tu tío.

Hayden está sacando las cosas de quicio, avergonzándome delante de unos extraños. Ya sabía que sería de los celosos, y por eso no se lo había dicho.

Los dos policías se miran, incómodos; no quieren verse atrapados en una pelea doméstica. El mayor se aclara la garganta.

—Cuando tomó café con el señor Fyfle, ¿cómo le pareció que estaba?

—Normal. Bien. Estaba en Londres por una conferencia. —Me soné con un pañuelo de papel y sorbí los mocos.

—¿Cómo describiría su estado de ánimo?

—No sé si entiendo la pregunta.

—¿Le pareció que estaba alterado o deprimido por algo?

—¿Deprimido? No, no lo creo. Habló sobre su mujer y sus hijastros. Creo que los echaba de menos.

—¿Se lo dijo?

—No. Quiero decir que no dijo nada muy íntimo.

—¿Mencionó si tenía algún problema conyugal?

—No exactamente.

—¿Y qué dijo, pues?

—Dijo que no estaba cumpliendo «las expectativas». —Marco las comillas con los dedos.

—¿Las expectativas de quién?

—Supuse que se refería a su mujer.

—¿Problemas de dinero?

—Es escritor —digo, como si eso lo explicase todo.

El policía de uniforme habla.

—Entonces, ¿su divorcio fue amistoso?

—Totalmente.

—¿Y conservó el apellido de él?

—Sí.

—¿Y por qué?

—En realidad, no lo sé. Me dio pereza todo el papeleo; cambiar mi permiso de conducir, el pasaporte, las tarjetas de crédito…

Hayden está andando arriba y abajo junto a la ventana, fingiendo que está mirando afuera, pero sus ojos se mueven de un lado a otro.

—¿Dónde se despidieron? —pregunta el inspector.

Yo trato de recordar.

—En la calle, al lado de la cafetería.

—¿Y esa fue la última vez que vio al señor Fyfle?

Vacilo; no quiero que me pillen en una mentira. Vuelvo a reproducir la escena en mi mente. Tenía la cara oculta. Si las cámaras hubiesen captado mi imagen, no me estarían haciendo estas preguntas.

—Pensé que quizá volviese a ver a Nicky en la estación, pero se había adelantado.

—¿Qué estaba haciendo en la estación?

—Iba a tomar el metro hacia Earl's Court. Nicky dijo que iba a Victoria.

—¿Lo vio en el andén?

—No. Yo tomé la línea Piccadilly.

—¿Por qué no fueron juntos hasta la estación? —pregunta el inspector.

—No me di cuenta hasta después de que Nicky se fuera.

Hayden interrumpe:

—Y entonces, ¿el tipo saltó o lo empujaron?

—¿Por qué piensa usted que lo empujaron? —pregunta el inspector de más edad, girando todo su cuerpo para examinar a Hayden, que se pone nervioso al sentirse escrutado.

—Por nada —dice—. Pero es que hacen muchas preguntas. Si el tipo se tiró, ¿por qué iban a hacerlas?

Me estremezco y miro a los policías con gesto de disculpa.
 El inspector me devuelve la mirada.

—Hemos hablado con diversos testigos que sugieren que el señor Fyfle podría haber sido empujado desde atrás. Las imágenes de las cámaras de seguridad indican también un posible contacto, que podría haber sido accidental.

—¿Quién fue? —pregunta Hayden.

—No hemos podido identificar a la persona. Creemos que él o ella llevaba un chaquetón largo con capucha. —El inspector inclina la cabeza—. ¿Tiene usted un abrigo así, señora Fyfle?

—Señorita —digo, corrigiéndole.

—Señorita Fyfle.

—¡Yo no empujé a Nicky!

—Le he preguntado si tiene un chaquetón con capucha.

—¿Qué aspecto tenía?

—Negro, o quizás azul marino, con un cuello ancho que se convierte en capucha.

Miro hacia Hayden, que está esperando que yo diga algo.

—Solía tener una chaqueta así, pero la doné.

—¿Cuándo fue eso? —pregunta el policía de uniforme.

Hago una pausa, como tratando de recordar.

—Ya hace semanas. Lo metí en uno de esos contenedores de ropa para beneficencia.

Veo el reflejo de Hayden en el cristal. Me está mirando a mí.

—Bueno —dice el inspector, secándose las manos en los pantalones—, creo que eso es todo. Si recuerda algo más…

—Me pondré en contacto con ustedes —respondo.

Ya casi están en la puerta. El inspector se gira.

—Por cierto, ¿fue el señor Fyfle quien se puso en contacto con usted, o fue usted quien lo llamó?

—Él me llamó.

—¿Cuánto tiempo hacía que no habían hablado?

—Años.

—¿Y por qué llamó?

—Se había enterado de lo del bebé.

—¿Qué bebé?

—Tuve un niño hace diez días. —Señalo las tarjetas en la repisa de la chimenea, algunas de amigos, otras enviadas por mí misma.

—Enhorabuena.

—Gracias —contesto—. Nicky y yo no pudimos tener niños. Lo intentamos. Creo que fue por eso por lo que acabamos rompiendo; por la tensión y la decepción.

—Entiendo —dice el inspector, pero no me gusta su tono de voz. No sé si realmente entiende, ni hasta qué punto sabe, ni si me cree.

—Adiós, señor Cole —dice, dirigiéndose a Hayden, que no responde.

Me quedo en el descansillo y los veo bajar las escaleras, preparándome para lo que se me viene encima.

Hayden camina detrás del sofá, a un lado, al otro, tirándose de la oreja, que es algo que hace cuando piensa. Me siento y voy siguiéndolo con la cabeza para no perder el contacto visual.

—¿Por qué mentiste? Dijiste que era un viejo amigo; tu tío, de hecho.

—Pensé que te pondrías celoso.

—¿Yo? ¿Por qué?

—A veces, los hombres tienen reacciones raras a este tipo de cosas.

—¿Ah, sí? ¿Y eso quién te lo ha dicho? ¿Tus otros maridos?

—Solo fue uno. Por favor, no te pongas así.

—¿Por qué os divorciasteis?

—No pudimos tener hijos. Nicky tenía un número de espermatozoides bajo. Lo intentamos todo, pero no funcionó. De eso fue de lo que hablamos durante el café.

—¿Sabe Jules que estuviste casada?

—¡No! Sí. Puede que se lo haya dicho.

—Así pues, ¿lo sabe todo el mundo, menos yo?

—No, no todo el mundo.

—¿Qué otras cosas no me has contado?

—Nada.

—¿Y lo del abrigo? Les has dicho a los polis que lo donaste, cuando está ahora mismo colgando en tu armario ropero.

—No me refería a ese.

—¿Cómo?

—Es otro abrigo.

—Tiene el mismo aspecto.

—Me gusta ese estilo. El viejo estaba desgastado en los codos y le faltaban dos botones.

—¿Cuándo te has comprado un abrigo nuevo? Apenas has salido de casa.

—Lo compré por Internet.

Hayden me quiere creer, pero veo que le está costando. Odia los secretos y no le gustan las sorpresas. Al mismo tiempo, le ha gustado ser padre y jugar a la familia feliz. Lo leo en sus ojos y lo escucho en su voz cuando habla de Rory.

Lo rodeo con mis brazos y lo estrecho contra mí, apoyando la cabeza en su espalda. Se da la vuelta y nos besamos. Abro los ojos y descubro que me está mirando. El monstruo se desliza por entre mis órganos y se enrosca en mi corazón, presionando cada vez más, poco a poco.

«¡Estúpida! ¡Estúpida! ¡Estúpida!»

Meghan

El bebé no es Ben. Según el hospital, apenas tenía seis horas cuando lo abandonaron. La madre, de dieciséis años, dio a luz en su dormitorio; lo metió en su mochila del colegio y lo dejó en los escalones de la iglesia. La madre y el niño no deseado ya están juntos de nuevo. Qué conmovedor.

Mi primera reacción fue de negación. Dije que la madre mentía y exigí que le hiciesen una prueba de ADN. Irónico. En el mismo instante, noté un temblor en los hombros y supe que estaba siendo irracional. Es el hijo de otra persona, pero eso no hace que sea justo. Ella no quiere tener un bebé. No se lo merece.

Annie nos dio la noticia. Me quedé sin fuerzas y me metí como pude en la cama, con una caja de pañuelos de papel. Jack entró más tarde y se sentó a mi lado. Sabía que quería hablar, pero fingí estar dormida. Puede llamárseme cobarde, pero sé cómo acabaría cualquier discusión. Yo acusaría a Jack de no querer a Ben de entrada, de haber sugerido que abortase, de querer que sucediera algo así. Y él me miraría con cara de cría de foca a punto de ser apaleada y me suplicaría que le perdone, y yo lo haría porque sé que no es culpa suya, pero será un perdón falso, pues no me saldrá del corazón.

Y, cuanto más dura todo, peor se hace. Al principio, el apoyo y la buena voluntad de las personas me abrumaban, pero ahora ya no me bastan. Mi vida se ha detenido. El planeta ya no gira conmigo. No hago más que pensar en las palabras de Annie, diciendo que es una buena noticia que no haya noticias, pero ¿es verdad? Ya no lo sé. Mientras, espero que suceda un milagro, al tiempo que temo que Dios me castigue por ser infiel a Jack o por no creer en su deidad. En el tema de la religión, soy una de esas personas que dudan y piden pruebas, que en un momento estoy maravillada y al siguiente horrorizada por la belleza y la crueldad que los creyentes reivindican en nombre de su Dios.

Intento rezar, pero me cuesta recordar las oraciones de mi época de catequesis. La única oración que recuerdo es de las reuniones semanales, cuando nos poníamos de pie en grupos en la clase y prometíamos que nos amaríamos los unos a los otros, diciendo que «igual que muchas manos construyen una casa, muchos corazones forman una escuela». Cierro los ojos y hago memoria de mis propias palabras. Escucho. Espero una respuesta.

Nada.

Dios está comunicando.

Esta tarde tenemos la conferencia de prensa. El inspector jefe MacAteer nos ha pedido que lleguemos pronto para ensayar lo que vamos a decir. Salimos de casa justo después de las dos. Llevo maquillaje por primera vez desde hace tiempo, y me he puesto una falda premamá con el botón superior desabrochado, oculto debajo de un suéter.

La comisaría de policía es más cutre de lo que esperaba. Aparte de los ordenadores y las impresoras, no tiene mucho aspecto de alta tecnología, última generación o CSI. La sala de coordinación es ruidosa y está abarrotada de cosas, con muebles funcionales que debieron de estar de moda en los noventa. Hay inspectores de paisano contestando teléfonos y tecleando. ¿De qué sirve esto para encontrar a Ben? Quiero preguntarlo. Deberían estar llamando a puertas y sacudiendo las ramas de los árboles.

Cyrus Haven ya está sentado a la mesa de la sala de conferencias, vestido con sus habituales vaqueros anchos y una camisa abotonada hasta arriba. Me relajo de inmediato. No sé por qué, pero él hace que sienta que podré superar esto.

MacAteer saca un chicle del bolsillo, lo desenvuelve, lo

dobla, se lo mete en la boca y masca ruidosamente, chupando el sabor.

—Le he pedido al doctor Haven que cambiemos de estrategia.

—¿Por qué necesitamos una nueva estrategia? —pregunta Jack, que parece ansioso por provocar una discusión.

MacAteer replica:

—Porque la que tenemos ahora no ha funcionado.

—Las circunstancias han cambiado —añade Cyrus, con una voz que inspira calma—. Cuando se llevaron a Ben, adoptamos la estrategia de apelar directamente a la mujer que se lo llevó. Queríamos mostrarle la dimensión de la angustia que había causado, y animarla a que devolviese al bebé voluntariamente. Ahora ya hemos ido más allá. Cuanto más tiempo haya tenido a Ben, más fuerte será el lazo entre ellos. Si a estas alturas no hemos llegado a ella, debe de haber sucedido una de dos cosas: o bien ya no escucha, o bien ha decidido no responder.

—Lo que está diciendo es que le da igual.

—Lo que estoy diciendo es que usted no figura en sus cálculos. Lo único que le importa es Ben.

Me siento enferma.

—Por eso quiero cambiar el foco de nuestro mensaje. En lugar de apelar directamente a la secuestradora, hablamos a los que la rodean; amigos, familia y vecinos. Les damos razones por las que hacer preguntas. Los ayudamos a ver que quienquiera que tenga a Ben está desorientado y ha perdido la percepción de lo que está bien y lo que está mal. Y, si realmente quieren ayudar a esta persona, deben ponerse en contacto con nosotros.

—¿Cree que alguien la delatará? —dice Jack.

—Lo hará si le damos los motivos adecuados.

—¿Por qué no lo han hecho ya? —pregunto.

—Puede que estén asustados, o confusos, o quizá no quieran implicarse. Podemos cambiar esa actitud si adoptamos un tono muy suave y evitamos la confrontación. Debemos ayudar a que el público entienda que, quienquiera que se llevase a Ben, no se le considera un criminal al que atrapar y castigar, sino una víctima. Algo espantoso ha sucedido que la ha impulsado a tomar decisiones terribles. Quizás haya perdido un bebé, o se le haya negado tener uno. Ha sufrido lo indecible, y por eso tenemos que mostrarle nuestra piedad y comprensión. Debemos instar a otros a que hagan lo mismo e intervengan, en nuestro nombre y en el de ella.

Jack gruñe.

—Así que no basta con que hayamos perdido un niño; ¿es ella la que merece apoyo?

—Si la encontramos, encontramos a Ben —dice MacAteer, que parece que se está cansando de la prepotencia de Jack.

Cyrus prosigue.

—Ahora mismo, son los medios de comunicación los que controlan el mensaje; cada día encuentran alguien nuevo a quien entrevistar e informan de rumores, no de hechos. Son ellos los que configuran el plan, no nosotros. Tenemos que hacer que eso cambie. A partir de ahora, hablaremos con una sola voz y estableceremos objetivos claramente definidos. Y el primer paso será que haya una sola persona asociada con el mensaje.

—De acuerdo, yo lo haré —dice MacAteer.

—No, usted no —dice Cyrus—. Usted es de la policía, y representa al miembro punitivo de esta ecuación.

—¿Quién, entonces?

Cyrus me mira a mí.

—No, no, yo no —digo, y niego con la cabeza, no porque sea tímida, sino porque tengo miedo—. ¿Y si cometo un error? Podría empujarla a que hiciera algo.

—Le he escrito un guion. No tiene más que leerlo en voz alta.

—¿No podría hacerlo Jack? Está acostumbrado a estar delante de una cámara.

—Es más potente si viene de usted.

Jack me toca el brazo.

—Puedes hacerlo. Yo te ayudaré.

Los *flashes* se disparan y los obturadores hacen clic; las luces de las cámaras disparan su blancura contra mi rostro abatido. Me siento como si estuviera en un ensayo de un programa de televisión, no en una conferencia de prensa. Las cámaras de televisión están dispuestas en semicírculo alrededor de la parte frontal de un escenario con una mesa larga y sillas. Los fotógrafos de prensa están en ambos lados, gritando nuestros nombres para que nos volvamos a un lado y al otro.

Parpadeo ante las luces, los ojos llorosos, bajando la cabeza para no tropezar al subir las escaleras. Jack está a mi lado, pero tengo una extraña sensación de vacío, como si estuviera sola, una sensación de que me falta alguien que está justo a mi lado. Querría alargar la mano y tomar la suya, pero hay algo que me detiene.

MacAteer saca una silla y me la ofrece. Me siento, me coloco el vestido bajo los muslos y me coloco erguida, con las rodillas juntas, mirando hacia delante mientras los *flashes* crean manchas blancas detrás de mis párpados.

Cuando el ruido amaina, es mi turno. Intento recordar lo que me ha dicho Jack: que mire directamente a las cámaras y que me olvide de cuántas personas me están viendo. Mis primeras palabras son trémulas, pero se hacen más seguras a medida que sigo hablando.

—Han sido nueve días muy emotivos, y nos han desbordado los mensajes de apoyo, las cartas de solidaridad y las oraciones que nos han ofrecido tantas y tantas personas. —Hago una pausa mientras busco la página—. Parece como si todo el país hubiese adoptado a Ben, como si perteneciese a todos nosotros, y eso resulta extremadamente gratificante.

»Después de decir esto, hoy voy a hablar de una manera muy personal, porque no creo que nadie pueda siquiera imaginar lo que Ben significa para nosotros. Somos una familia fuerte, pero en este momento no estamos enteros. Tenemos en casa a un niño y a una niña que aún no han conocido a su hermano. Están desconsolados, y no podemos darles una explicación de lo que ha sucedido. Ni siquiera soy capaz de dármela a mí misma.

»Sé que debe de haber alguien ahí fuera que sabe dónde está Ben. Quizá no te hayas dado cuenta, o no tengas la completa seguridad, o tengas miedo. Quizá sospechas de alguien a quien quieres, y por eso te cuesta tanto dar el paso. Comprendo la lealtad y el amor. Conozco la fuerza de la familia. —Me prometí que no lloraría, pero siento las lágrimas acechar en el borde de los párpados. Me armo de valor, recordando las palabras del doctor Haven: «Quizá la secuestradora haya dejado de prestar atención, pero sus amigos y su familia te estarán escuchando»—. Me los estoy imaginando ahora mismo.

»Si sospecháis alguna cosa, no estáis ayudando a nadie si os calláis. Dad la cara. Llamad. Dejad un mensaje. Como mínimo, hacednos saber que Ben está a salvo. Dadnos una señal de que no le pasa nada.

Las últimas palabras se me atraviesan en la garganta y suenan como un susurro. Jack me rodea con el brazo. Yo apoyo la cabeza en su cuello y me disuelvo en el abrazo.

Los reporteros empiezan a gritar preguntas. Uno de ellos grita más que los demás.

—¿Por qué no están haciendo pruebas de ADN a todos los bebés nacidos en aquellos días?

MacAteer ha tomado el micrófono.

—En Gran Bretaña nacen cada día más de dos mil niños. No podíamos forzar a los padres a darnos muestras de ADN. Y, aunque pudiésemos, el coste ascendería a millones de libras.

Otra persona grita:

—¿Se ha confirmado alguno de los supuestos «avistamientos»?

—Estamos siguiendo cientos de pistas.

Otra levanta la mano.

—¿Por qué no han divulgado más imágenes de las cámaras de seguridad del hospital?

—Las imágenes son de tan mala calidad que creemos que solo serviría para entorpecer la investigación y dificultar aún más nuestra tarea.

—¿Dificultarla de qué forma?

—La única persona que es probable que reconozca a la

secuestradora en las imágenes es la propia secuestradora. En lugar de ayudar a las personas a identificarla, las imágenes podrían asustarla y ponerla nerviosa. Quienquiera que se llevase a Ben Shaughnessy necesita ayuda y asistencia. Nosotros podemos ofrecérsela. Podemos darle tratamiento y orientación.

Agatha

—Apaga la tele.

Hayden me mira, sorprendido.

—¿No te interesa?

—No.

—¿Por qué no?

—Me pone muy triste.

Es cierto, pero no puedo explicárselo. Sé lo que significa perder un bebé. He sentido lo que siente Meg, pero ella tiene a

Jack, a Lachlan y a Lucy. Debería pensar en ellos.

Hayden silencia el sonido, coge la guía de programación de TV y empieza a hojearla.

—Y tú ¿quién crees que se lo llevó? —pregunta.

—¿A quién?

—Al bebé Ben.

Me encojo de hombros, con ganas de cambiar de tema.

—He cambiado de idea —dice Hayden.

—¿Qué quieres decir?

—Pensaba que era algún ricachón que quería un bebé, pero ahora creo que debe de ser alguna chalada, lo más seguro.

—¿Qué es lo que te hace pensar que está chalada?

—Es razonable. Tú misma lo dijiste: probablemente no podía tener un hijo propio, o había perdido un bebé, y eso la ha chiflado un poco.

—Muchas mujeres pierden bebés.

—Ya sabes a qué me refiero. —Apoya los pies en la mesa de café, algo que no soporto—. Dicen que necesita ayuda, pero si alguien se llevase a nuestro Rory, la mataría. La rastrearía, lo recuperaría y me la cargaría con mis propias manos.

—La estrangularías.

—Sí. Estoy entrenado para ello; ya sabes, combate cuerpo a cuerpo. —Muestra las manos—. Esto son dos armas letales.

—¿Matarías a una mujer indefensa?

—Lo haría si se llevase a nuestro bebé. —Se rasca la entrepierna y mira con atención una costra que tiene en el codo—. No se va a salir con la suya.

—¿Por qué no?

—Alguien la va a denunciar. Es razonable. Llega a casa con un bebé al que no puede dar de mamar o que despierta a los vecinos con sus llantos. ¿Qué pasará si el bebé se pone enfermo, o si necesita una vacuna? ¿Qué pasará cuando empiece a ir a la escuela?

—Faltan años para eso.

Mueve la mano, como quitándole importancia.

—¿Y cuando necesite un número de la Seguridad Social o un certificado de nacimiento, o un permiso de conducir, o si solicita un pasaporte?

—Para entonces la gente ya se habrá olvidado.

—Parece como si quisieras que se saliese con la suya.

—No. Solo digo que podría ser.

Hayden hace un ruido de mofa, y yo me pregunto si habla así para provocarme o porque sospecha. El monstruo se desenrosca lentamente, deslizándose por entre mis intestinos, haciendo que me sienta como si tuviese papilla en mi interior.

«¡Lo sabe! ¡Lo sabe!»

—¡Chissssst!

«¡Lo sabe! ¡Lo sabe!»

—¿A quién estás haciendo callar? —pregunta Hayden.

—A nadie.

Empiezo a preparar un biberón para Rory. Hayden me mira medir cada cucharada de leche en polvo y volcarla en botellas de agua hervida.

—Pensaba que aún tenías leche.

—Esto es solo por si acaso.

—¿Por qué no lo dejas mamar?

—Aún tengo los pezones irritados.

—¿Cuándo se curarán?

—No lo sé.

—Esa mujer que se llevó al bebé… ¿Qué debe de estar haciendo? —pregunta.

—¿A qué te refieres?

—¿Cómo le dará de comer al bebé Ben?

—Con leche en polvo, supongo.

«¡Lo sabe! ¡Lo sabe!»

—¿Cómo crees que se ha salido con la suya?

—No lo sé.

—Quizás haya fingido un embarazo; ha convencido a todos de que iba a tener un bebé —dice Hayden.

—Parece demasiado complicado fingirlo durante nueve meses, ¿no crees?

Se hurga la roña de las uñas.

—Creo que por eso vino la policía.

—¿Qué quieres decir?

—Esos dos polis; pensé que debían de estar interrogando a todas las mujeres que hayan tenido un bebé en las últimas dos semanas.

—Yo tuve a Rory antes de que se llevasen a Ben.

—Tienes razón —responde Hayden, pero suena a evasiva.

Enciende un cigarrillo y abre la ventana del salón, arrodillándose en el suelo para echar el humo afuera. Aún lo huelo. Me gustaría decirle que se fuera abajo, pero no le digo nada. En vez de eso, me pregunto si la policía me estará vigilando. No he inscrito el nacimiento de Rory, pero por ley tengo un mes para hacerlo. No necesita un certificado de nacimiento, así que puedo aplazarlo más tiempo sin que nadie se entere.

—Deberías llamar a esa mujer —dice Hayden, apagando el cigarrillo en el alféizar de la ventana.

—¿A quién?

—A la madre del bebé Ben; deberías enterarte de cómo está.

—No quiero molestarla.

—Pero es tu amiga. —Su rostro se ilumina—. ¡Joder!

—¿Qué?

Se pone de pie.

—¡Deberíamos llamar a los periódicos!

—¿Por qué?

—Les podrías vender tu historia.

—No tengo ninguna historia.

—Claro que la tienes. Han secuestrado al bebé de tu mejor amiga. Les encantará; una madre hablando de otra, su amiga. La angustia. Podría valer una fortuna; al menos diez mil, quizá más.

—No es mi mejor amiga.

—Pero ellos no lo saben.

—¡No!

No me escucha.

—Podrías hacer entrevistas en la tele. ¿Cómo se llama ese programa…?

—No voy a ir a la tele. Meg no es tan amiga mía.

—Pero tú dijiste que…

—Hacíamos yoga juntas.

—Has estado en su casa.

—Una vez.

—¿Has hablado con ella desde que sucedió?

—No. Le envié un mensaje diciéndole que rezaba por su bebé. Pensé en enviarle una postal, pero no sé si es muy oportuno.

Hayden se deja caer en el sofá, enfadado porque no le doy la razón.

—El dinero no nos vendría mal.

—Ya estamos bien.

Se pasa los siguientes quince minutos de mal humor. Al final dice:

—Seguro que ellos están sacando dinero de esto. Habrán demandado al hospital y vendido su historia al mejor postor. ¿Te lo imaginas? La pareja perfecta, una estrella de la tele, su mujer buenorra y un niño secuestrado. Le estarán sacando toda la pasta que pueden.

—No son tan perfectos.

—Y eso, ¿qué quiere decir?

—Nada. Olvídalo.

Meghan

Jack salió de casa hace horas sin darme ninguna razón. Lo vi desde la ventana del piso de arriba mientras dejaba atrás a los reporteros, ignorando sus preguntas, y se metía en el coche. Ayer hizo lo mismo, y no volvió a casa hasta después de que me fuera a la cama.

—¿Qué estabas haciendo? —le he preguntado esta mañana.

—Pasear —ha respondido, haciendo que mi pregunta pareciese una tontería.

Ya sé que está bajo presión. A cada día que pasa parece más aturdido, como un oso polar que lleva demasiado tiempo en cautividad y se balancea a un lado y al otro. No deja de preguntar por qué la policía no ha encontrado a Ben. Sabe que yo no puedo darle ninguna respuesta, pero lo pregunta de todos modos porque siempre es mejor que el silencio que hay entre nosotros.

Ya no tenemos a un policía en la casa a todas horas, pero Lisa-Jayne o Annie pasan a visitarnos cada día y nos tienen informados. Ya han pasado dos días desde la conferencia de prensa y la respuesta pública ha inundado la línea directa de la policía con miles de llamadas, incluidos docenas de nuevos avistamientos, ninguno de los cuales se ha confirmado. Entre la avalancha de información nueva se encuentran los que te hacen perder el tiempo, los troles, los psíquicos, los videntes y los teóricos de la conspiración.

Hoy he cerrado mi blog, por lo tóxicos que eran algunos de los mensajes.

Mientras, paso por la rutina de la madre: hago cenas,

preparo camas para que los niños se vayan a dormir, beso frentes y canto nanas. Espero que alguien esté haciendo lo mismo por Ben.

Cyrus dice que, probablemente, la mujer que se lo llevó no tiene hijos, o ha perdido un bebé, o está tratando de conservar una relación. He conocido matrimonios así. Estoy bastante segura de que dos de mis mejores amigas tuvieron hijos para obligar a sus novios (que estaban en el borde de la ruptura) a comprometerse. ¿Acaso es tan malo? Sus matrimonios han durado. Tienen más niños, e hipotecas, y toda la parafernalia. Si tuviese el valor de preguntárselo, seguro que ninguna de estas mujeres me diría que se arrepiente de lo que hizo para «cerrar el trato».

La policía llama a las nueve. Un sargento de la comisaría de policía de Fulham me dice que han arrestado a Jack por agresión y por intentar llevarse al bebé de una mujer.

—¡Dios mío! ¿Está bien la mujer?

—Sí, está bien —dice el sargento—, pero nos está presionando para que presentemos denuncia. Le expliqué la situación, pero no la pude disuadir.

—¿Dónde está Jack?

—Lo tenemos detenido en una de las celdas.

—¿Voy a tener que pagar una fianza?

—No será necesario, pero alguien tendrá que venir a recogerlo.

—¿No puede meterlo en un taxi?

—Preferiría que alguien viniese a recogerlo.

Cuelgo y me pregunto si debería llamar a mis padres, pero no quiero que se enteren de esto. Despierto a Lachlan y a Lucy, y hago que se pongan batas y zapatillas.

—¿Adónde vamos? —pregunta Lucy.

—A buscar a papá.

—¿Dónde está?

—Ha estado hablando con la policía.

La temperatura ha caído, y hace demasiado frío para que los reporteros y fotógrafos estén de pie afuera. La mayoría de ellos están sentados en los coches, poniendo de vez en cuando el motor en marcha para mantener el calor. Me muevo con rapidez y, antes de que los medios puedan reaccionar, tengo a los niños sentados en sus asientos con el cinturón puesto.

—¿Hay alguna noticia? —grita uno de ellos mientras abro la puerta del conductor.

—No hay noticias.

—¿Cree que el bebé Ben sigue vivo?

Me estremezco y me giro.

—¿No le parece que decir eso es horrible?

Está esperando una respuesta. Me deslizo en el asiento del conductor y cierro la puerta, buscando las llaves a tientas. Más reporteros gritan preguntas. Los ignoro y desaparco, casi arrollando a un cámara, que da un salto para apartarse.

—¿Por qué ha preguntado si Ben estaba vivo? —pregunta Lucy.

—No ha dicho eso.

—¿Podría ser que Ben estuviera muerto?

—No.

—¿Quién está muerto? —pregunta Lachlan.

—Nadie.

Pongo una grabación de cuentos y abro un poco la ventana, para que el aire frío me ayude a mantener la concentración. Se supone que no debo conducir tan pronto después de una cesárea. ¡Maldito Jack!

El sargento de la comisaría es larguirucho y con los hombros caídos, con el cabello como una fregona. Nos deja esperando en su oficina, lejos de ojos curiosos, mientras trae a Jack de la celda.

La policía ha conseguido reconstruir sus movimientos. Empezó en el Kings Arms de Fulham Road, bebiendo pintas y chupitos de whisky. De allá pasó al Duke, en el Green, y al White Horse. En algún momento terminó en el Trafalgar de King's Road, donde el propietario se negó a servirle después de que maltratase a un camarero. A menos de una manzana, Jack se enfrentó a una mujer que estaba paseando a su perro y empujando un cochecito de bebé. La mujer pidió ayuda a gritos. Dos hombres vinieron a ayudarla. Jack quiso darle un puñetazo a uno, pero lograron reducirlo y tirarlo al suelo. Después de llamar a la policía, los transeúntes le dijeron a la mujer que no podía irse hasta que corroborase la historia, lo cual la alteró aún más.

—¿Dónde está la mujer ahora? —le pregunto al sargento.

—La hemos enviado a casa.

—Quiero disculparme.

—Creo que será mejor que la deje en paz.

Jack entra arrastrando los pies, escoltado por dos guardias. Le faltan botones de la camisa y tiene un arañazo en la frente que está sangrando. No sé de qué es la mancha en los pantalones; espero que no sea orina. Hace un gesto hacia su cartera y su teléfono móvil, pero no parece reconocernos.

De camino al coche, Lucy y Lachlan están callados. Ninguno de ellos le da la mano a Jack, como si percibiesen que está herido. Yo querría decir algo. Me gustaría reprenderlo por su miserable ensimismamiento y su mierda de autocompasión de macho. Al mismo tiempo, me lo imagino paseando por las calles, perdido en su propia locura.

Conducimos hasta casa en silencio. Jack se mete la camisa por dentro del pantalón y se peina antes de enfrentarnos al pelotón de fusilamiento en forma de cámaras que nos esperan al llegar. Una vez dentro, sube al piso de arriba y oigo correr el agua de la ducha. Mientras, meto a los niños en la cama y me preparo una taza de chocolate caliente. Me la llevo al salón y me siento sobre mis piernas en el sofá, calentando las manos en la taza.

Oigo crujir la escalera. Jack me busca en la cocina y en el cuarto de lavar. Finalmente me encuentra, sentada en la oscuridad.

—¿Qué haces?

—Pensar.

Se sienta en el suelo y apoya la cabeza en mi muslo. Muevo la mano y la dejo flotando sobre su cabeza, pero me resulta imposible bajarla y acariciarle el pelo.

—Tienes que perdonarme, Megs —murmura.

—No hay nada que perdonar.

Se sienta erguido.

—Para, por favor. Me rompes el corazón. Mírame.

No puedo.

—Sé que me culpas.

—No te culpo.

—Sí me culpas —dice, con un sollozo apagado—. Crees que yo no quería otro bebé. Y crees que esto ha sido culpa mía, pero eso no es justo.

—Lo sé.

—Yo también le echo de menos.

—Sí.

Alargo la mano y le aparto el flequillo, pasando los dedos por el cabello húmedo. Su cuerpo se estremece.

—Ya sé que no es justo, pero no sé a quién más echarle la culpa.

—No puedo vivir así, Megs. No puedes seguir alejándome.

—Lo siento.

—Quiero que volvamos a ser como éramos.

—Yo también.

Jack tiene los ojos brillantes.

—No dejo de preguntarme qué hemos hecho para merecer esto.

—Nadie «merece» esto.

—Es culpa mía —dice—. Hay algo que aleja a las personas de mí. Hasta Simon ha dejado de hablarme.

Todos mis músculos se tensan.

—¿Cuándo has visto a Simon?

—Hoy he pasado por su casa. Me ha acusado de regodearme en el sentimiento de lástima por mí mismo. Yo le he dicho que no tenía ni idea de lo que era ser padre y que tu hijo desapareciese.

—¿Y qué ha dicho él?

—Me ha dicho que no decía más que idioteces y que sabía exactamente cómo era ese sentimiento. Me ha dicho que, si prestase más atención a cómo iban las cosas en mi casa, esto no habría pasado. Le pregunté qué quería decir con eso y él me dijo: «Pregúntaselo a Megs».

—¿A mí?

—Sí.

—No sé de qué habla.

—¿Ha pasado alguna cosa? Quiero decir que tú y Simon os llevabais bien, pero ahora no quieres que venga por aquí. ¿Es que ha dicho o hecho algo? ¿Te ha tocado?

—Ya hemos pasado por esto.

—Porque si…

—No me ha tocado.

Jack suspira y presiona el corte que tiene en la frente con la yema de los dedos.

—Siento lo de hoy.

—Deberías irte a la cama.

—No puedo dormir.

—Tómate una de mis pastillas.

Me besa en la mejilla y le oigo subir las escaleras. Al cabo de veinte minutos, le sigo y lo encuentro roncando suavemente en la cama. Compruebo que Lucy y Lachlan estén también dormidos y me pongo un jersey abrigado y unas deportivas.

Preparada para el frío, abro las puertas acristaladas y cruzo el jardín de detrás a la luz de una linterna. El rocío reluce delante de mí. Al llegar a la caseta del jardín, trepo por el enrejado, paso las piernas al otro lado del muro y me dejo caer sobre una pila de hojas muertas y restos de césped.

Se supone que no debo escalar ni levantar objetos pesados hasta que los puntos se hayan curado. La linterna proyecta sombras en un árbol caído y observo un pequeño claro en el que se ven señales de que ha habido personas antes que yo. Hay latas de refresco vacías y envoltorios de chocolatinas. Quizá sea un nido de amor para adolescentes, incómodo pero bien oculto.

Echo un vistazo a la casa a oscuras. Cualquiera que se sentase en el tronco podría mirar más allá del jardín y ver nuestra cocina y comedor, y sombras en las cortinas del piso de arriba.

Me doy la vuelta y avanzo con dificultad por un camino con hierbas altas y zarzamoras hasta llegar a las vías del tren, donde giro hacia el este en dirección a la estación de Barnes. En el paso a nivel más próximo, me incorporo al sendero mientras oigo el traqueteo de los trenes en la distancia.

En South Circular, paro un taxi y le indico la dirección de Simon al conductor. Durante el viaje, casi le pido dos veces que dé la vuelta para regresar. Estoy furiosa, y eso no es un buen principio.

Hemos llegado. Las luces están encendidas. Llamo al timbre de la puerta y oigo pasos acercarse. Abre la puerta Gina, la novia de Simon. No esperaba…

—¡Megs! ¿Qué haces aquí?

—Tengo que hablar con Simon.

—Por supuesto. Pasa. Tienes las manos heladas.

Coge mi abrigo y llama a Simon de un grito por la escalera. En la casa hace calor, y huele a curry.

—¿Quieres una copa de vino? —pregunta Gina—. La botella está abierta. ¿O una taza de té?

—No.

—¿Has comido?

—Estoy bien.

—Siento mucho lo de…, todo. Quería llamarte, pero pensé que estarías abrumada de llamadas y mensajes.

—Necesito hablar con Simon, de verdad.

—Oh, sí, claro. —Vuelve a llamarlo de un grito.

Simon aparece en las escaleras, vestido con vaqueros anchos y sudadera.

—Mira quién ha venido —dice Gina.

—Necesito hablar con él a solas.

La sonrisa de Gina se esfuma.

—Pues claro, yo… iré al piso de arriba. —Intercambia una mirada con Simon al pasar por su lado.

Desde el recibidor, miro la escalera y me cercioro de que Gina ya no esté. Simon me sigue hacia la cocina.

—¿Qué le has dicho a Jack? —pregunto.

—Nada.

—Sabe que sucedió algo entre nosotros.

—No sabe ni una mierda.

—Te dije que nos dejases en paz.

Simon se pone igual de furioso que yo.

—¿Por eso has enviado a la policía a que me haga preguntas?

—¿Cómo?

—Dos inspectores vinieron a verme. Querían saber dónde estaba cuando se llevaron a Ben. Me preguntaron por mi relación contigo. Mencionaron la palabra «chantaje».

—¿Les contaste algo?

—No. ¿Qué les dijiste tú sobre mí?

—Nada.

—¡Mentira!

—Estaba furiosa. Se me escapó algo. Les dije que olvidasen lo que había dicho.

—Está claro que no pillaron tus instrucciones —contesta él, con sarcasmo—. Gracias a ti, soy un sospechoso. Conocen mis antecedentes de posesión y tráfico de drogas. Gina ha empezado a hacer preguntas. Si algo de esto llega a la emisora, perderé mi trabajo.

—Fue un error. Lo siento.

—Vaya, ya me siento mucho mejor.

—Prometiste que no le dirías nada a Jack.

—Eso fue antes de que me soltaras los perros. Ahora, cualquier cosa es posible.

—No puedes hacer eso.

—¿Por qué no? Yo no te importo nada. Creo que Jack merece saber con quién se ha casado.

—No, por favor. Haré la prueba de ADN en cuanto encontremos a Ben. —Nada más pronunciar las palabras, deseo no haberlo hecho, pero ya es demasiado tarde.

Simon ladea la cabeza y me mira, no muy convencido.

—¿Y si es mío?

—Se lo diré a Jack. Pero si la prueba demuestra que no eres el padre, quiero que nos dejes en paz de una vez por todas. ¿De acuerdo?

Simon asiente. La tensión se ha relajado. Su voz se suaviza.

—Siento haberte acusado de organizar el secuestro.

No quiero perdonarlo. Quiero estar en casa, en la cama, con Jack.

Simon se me acerca.

—¿Hay alguna noticia?

—No.

—¿Puedo hacer alguna cosa?

—No.

Me tiembla el cuerpo. Simon me rodea con los brazos y, por un instante, me apoyo en él, aceptando su abrazo, disfrutando del contacto físico. Lo empujo. Me odio. Le odio.

—Recuerda lo que he dicho.

Agatha

Rory ha pasado mala noche. Ha estado horas llorando a gritos y no ha querido comer. Lo he intentado todo: mecerlo, reírme, consolarlo y darle golpecitos en la espalda. Lo he llevado en el canguro, lo he apretado contra mi corazón y lo he paseado escaleras arriba y escaleras abajo. He probado con ruido blanco: el lavavajillas, la lavadora, agua corriente, videoclips y la radio. Finalmente, se ha dormido a las tres de la mañana, acurrucado contra mi pecho en el sofá.

Esta mañana lo he vuelto a pesar, subiendo y bajando de la báscula de baño y calculando la diferencia entre mi peso con él y mi peso sin él. Por lo que puedo ver, no está creciendo. En Internet lo llaman «retraso en el desarrollo».

Hasta ahora, he probado tres tipos distintos de leche en polvo para bebés, pero Rory no toma más de treinta mililitros en una sesión, y a veces los vomita. Tiene que empezar a crecer pronto. No puede ser como los otros. Todos mis queridos bebés han muerto jóvenes. Me digo a mí misma que hay una especie de pureza en el hecho, porque solo los muy jóvenes son del todo inocentes. Mis bebés no han tenido tiempo de crecer y hacerse adultos, de decepcionarse o de decepcionar a otros. Siempre brillarán con fuerza y serán eternamente buenos.

Emily fue la última. La perdí hace tres años. Nicky y yo estábamos separados, pero aún no nos habíamos divorciado. Me fui a Brighton durante una semana, esperando encontrar compañía entre las multitudes de veraneantes, pero no obtuve consuelo alguno. Una sensación de soledad me seguía a todas partes, como una nube o un olor.

La última noche que estuve allí (un sábado), los pubs estaban llenos de juerguistas borrachos escuchando música chumba-chumba, y los fumadores salían a las aceras. Compré una lata de refresco y me senté en un banco del muelle, observando a las parejas sobarse en las sombras o chapotear con los pies en el agua. Había sido un día de calor y todo el mundo parecía estar esperando que el termómetro descendiese.

Pensé en la posibilidad de tomar el último tren de vuelta a Londres en vez de pasar otra noche en mi hotel barato. Una joven madre pasó a mi lado, empujando un carrito. No sé lo que hizo que la siguiese a casa. No tenía pensado llevarme a su bebé. Solo quería mirar.

La mujer vivía en un piso con terraza en una calle tranquila, con una callejuela en la parte de atrás y un garaje posterior con un cartel que decía DEJEN LIBRE EL ACCESO. Una pequeña escalera en espiral subía hasta la puerta trasera. Esperé y observé hasta que se apagaron las luces.

Un visillo se movió en una ventana que estaba abierta para dejar entrar la brisa. Alargué el brazo, solté el seguro y levanté la ventana lo bastante para poder colarme dentro. El bebé, una niña, estaba durmiendo en un moisés. Parecía tener unos tres meses. Encima de su cabeza parpadeaba un aparato de vigilancia para bebés. Lo apagué, y la luz roja también se apagó.

La tomé en brazos, la metí en una funda de almohada y me la llevé por la ventana, como un ladrón que robase la plata de una casa de campo. Cuando se enteraron de que Emily no estaba, yo ya me había marchado a Londres. Nicky se había ido de la casa y teníamos pensado venderla; pero, mientras, la tenía para mí sola.

Emily vivió doce días. Fue culpa mía. Se durmió mientras le daba de comer y la puse en la cuna, tumbada sobre la espalda, cuando debería haberla tenido derecha en mi hombro. Si la hubiese hecho eructar como es debido, no habría vomitado y no habría aspirado leche en los pulmones.

Me desperté a las cinco y la vi. No respiraba. Tenía la piel azul. El vómito se le había secado en la mejilla y en la parte de atrás de la cabeza. Lavé su cuerpecito, lo envolví en una sábana y lo llevé a mi lugar especial. La puse a descansar junto a Chloe y Lizzie, las que nunca crecieron, inocentes e intactas por siempre. Libres.

Aún es pronto cuando pongo a Rory en el carrito y lo paseo por la calle, esperando que el aire fresco le dé hambre. Tomo un autobús hacia Hammersmith y otro que va por Kensington High Street hasta la estación de metro.

Tengo que esperar hasta las nueve y media para que una joven bibliotecaria abra las puertas de la biblioteca central de Kensington. A esa hora, la cola consta sobre todo de personas sin techo en busca de un lugar cálido en el que pasar unas horas.

—Si se queda dormida, la echo —dice la bibliotecaria—. Esto es una biblioteca, no un refugio.

Sentada frente a un ordenador, creo un nombre de usuario y una contraseña antes de lanzar una búsqueda. Rory me mira desde el cochecito. De vez en cuando, hago una pausa, le acaricio la frente y le explico lo que estoy haciendo.

Hago una búsqueda de «leche materna» y encuentro un montón de anuncios clasificados:

MADRE SANA DISPUESTA A VENDER LECHE EXTRA
LO ANTES POSIBLE.
LECHE MATERNA EN VENTA,
CANTIDADES SOBRANTES
(SIN DROGAS NI ALCOHOL).
LECHE MATERNA DE ALTA CALIDAD
EN LONDRES, DISTRITO SW1;
¡DIETA ÚNICAMENTE ECOLÓGICA!

Al mismo tiempo, se muestran advertencias del Gobierno sobre los peligros de obtener leche materna por Internet; dicen que podría estar contaminada o tener enfermedades. Me pregunto si pedirán identificación. ¿Les importaría?

Pienso en enviar un correo electrónico, pero quizá la policía esté controlando los sitios como este, buscándome. No puedo correr el riesgo.

Borro la búsqueda, limpio el historial del navegador y voy con Rory a la farmacia que hay al otro lado de la calle, donde miro tratamientos para cólicos y marcas de leche para bebé que aún no he probado.

Cuando llego a casa, Hayden me está esperando. Rory se ha dormido.

—He dejado el carrito abajo —le comento a Hayden mientras pongo a Rory en la cuna—. He comprado algunas cosas para cenar. ¿Puedes llevar las compras a la cocina?

Hayden no se ha movido. Huelo a humo de cigarrillo. Me prometió que no fumaría.

Empiezo a guardar la compra, poniendo aparte los productos que van en el frigorífico. Abriendo armarios. Hayden me está mirando desde la puerta. Algo va mal.

—Ha llamado tu madre.

No respondo.

—¿Cuándo volvió a España?

—No estoy segura —contesto, mientras sigo guardando cosas.

Hayden coge una lata de tomates y parece sopesarla en la mano.

—Cuando le hablé de Rory, se quedó de piedra. ¿Sabes lo que dijo?

No respondo.

—Dijo: «¿Quién es Rory». Y yo le dije: «Tu nieto». Y se puso a reír como si fuese una broma. «Pero si estuviste en el parto», dije yo. Y se volvió a reír.

Sigo sin decir nada. Hayden deja la lata de tomates de un golpe en la encimera; suena como un disparo en la pequeña cocina. La vuelve a coger. Oigo que Rory empieza a llorar.

—Lo puedo explicar.

—Vale.

—Primero dime lo que le has dicho.

—Le he hablado de Rory. Le he dicho que lo tuviste en Leeds, un parto en casa. ¿Es verdad algo de eso?

—Sí.

—¿Quién estaba contigo?

—Una comadrona. —Lleno el hervidor eléctrico—. ¿Quieres una taza de té?

—¡Al carajo el té! ¿Por qué me has mentido?

—No me llevo bien con mi madre. Sabía que intentaría controlarlo todo. Me infravalora. Me da órdenes. Se las arregla para envenenar cualquier cosa de mi vida que vale la pena.

—¿Por qué fuiste a Leeds? Podrías haberte quedado en Londres para tener el bebé. Yo habría podido estar presente.

—Me asusté.

—¿De qué te asustaste?

—Nunca te había dicho esto, pero Nicky y yo perdimos un bebé. Yo estaba embarazada de cinco meses. Murió dentro de mí. Estaba aterrorizada de que pudiera volver a suceder. Por eso no quería que estuvieses presente. No quería que nadie estuviera conmigo; ni amigos ni familia.

Hayden no sabe cómo reaccionar. Veo que quiere creerme, pero su fe ha quedado tocada. Me pregunta por el aborto. Quiere conocer los detalles; quién, dónde, qué y por qué. Me descubro contándole la verdad.

—Sé lo que le hizo a Nicky la pérdida del bebé. Por eso nos divorciamos. El matrimonio no pudo sobreponerse a la pena. —Rory sigue llorando, cada vez más alterado—. Por eso Nicky se puso en contacto conmigo. Se enteró de que iba a tener un bebé. Se alegró por mí, pero también se quedó un poco triste.

—¿Por eso se tiró al tren? —pregunta Hayden.

—No lo sé. Puede.

Me muevo hacia el dormitorio para consolar a Rory. Hayden me sujeta la muñeca y la retuerce; duele.

—¿Por qué le mentiste a tu madre?

—No le mentí. Simplemente, no se lo dije. No es asunto suyo.

—¿Por qué la odias tanto?

—No lo entenderías.

—Prueba.

—Está loca. Es manipuladora. Astuta. Tiene la cabeza llena de un millar de lugares comunes; cada vez que abre la boca, es como si todos quisieran escaparse al mismo tiempo... Seguro que dijo que me quería.

Hayden asiente.

—¿Dijo que le había roto el corazón?

—Sí.

—¿Estaba borracha?

—Sonaba como si estuviese sobria.

—Se le da muy bien disimularlo.

Separo los dedos de Hayden de mi muñeca, uno a uno. Aún no ha terminado.

—¿Sobre qué más has mentido?

—Sobre nada.

—Le has mentido a Jules, me has mentido a mí, le has mentido a mi familia... No está bien. Has hecho que me sienta como un idiota.

—Lo siento —le digo, apoyando la cabeza en su pecho.

Me empuja, alejándome, manteniéndome a distancia.

—Tu madre no sabía nada de mí.

—Porque no hablo con ella.

Hayden no responde. Lo rodeo y voy a buscar a Rory en el dormitorio, meciéndolo en mis brazos hasta que deja de llorar.

Hayden no se ha rendido.

—Quiero saber el nombre de la comadrona, la que te ayudó a dar a luz.

—¿Por qué?

—Quiero hablar con ella.

—¿Y qué te va a decir?

—La verdad.

—Te estoy diciendo la verdad. ¿Por qué iba a mentir sobre ella?

—Llámala.

«¡Lo sabe! ¡Lo sabe!»

Cojo el bolso, saco el móvil y busco en la lista de contactos. Hayden espera.

—No lo encuentro.

—¿No tienes su número de teléfono?

—Lo tengo. Estoy tratando de pensar... Mi teléfono estaba descargado, ¿recuerdas? Tengo su número escrito en algún lado.

—¿Y el papeleo? Debe de haber algo.

—Claro que sí, montones de papeles —contesto, cada vez más agitada—. No recuerdo dónde los puse.

«¡Lo sabe! ¡Lo sabe!»

—Así que no tienes ni número de teléfono ni papeles. ¡Y una mierda! —dice, agarrando la chaqueta.

—¿Adónde vas?

—Me llevo a Rory de paseo.

—¡No! —digo yo, con un tono demasiado apremiante—. Quiero decir, ¿adónde?

—A lo mejor vamos al zoo. Nunca ha estado en el zoo.

—¿Puedo venir?

—¡No!

—¿Por qué?

—No quiero verte durante un rato.

Preparo un biberón para Rory y ayudo a Hayden a ponerlo a punto para salir. Aún estoy buscando excusas para que no se vayan. Le digo que estoy enamorada de él, desesperadamente, y que nunca he visto un padre tan maravilloso como él y que no podría salir adelante sin su ayuda. Le digo que me casaría con él al día siguiente en la Oficina del Registro de Fulham y que iría con él a cualquier lugar del mundo, con la única condición de que estuviéramos juntos.

Hayden no dice nada. No escucha las promesas ni las trivialidades. Ya no me quiere.

—No se lo digas a nadie —le suplico.

—¿Qué es lo que no tengo que decir?

—Quiero decir que no les cuentes a tus padres lo de mi madre. No creo que lo entiendan.

—Tienes razón —replica él—. Ni siquiera yo lo entiendo: me cuentas mentiras y no haces nada que nos sirva de ayuda.

—¿Qué quieres decir?

—Podrías haber vendido tu historia a los periódicos; quiero decir, lo de que conoces a la madre del bebé Ben. Podríamos haber ganado algo de dinero.

—No quiero hablar con los periodistas.

—La señora Shaughnessy sí que está hablando lo suyo. Está siempre en las noticias, llorando para las cámaras. Estoy harto de oír su voz.

—No digas eso.

—¿Por qué?

—No la conoces.

—Conozco a la gente de su clase: peinado perfecto, dientes perfectos, matrimonio perfecto, y la historia lacrimógena perfecta. Me pone enfermo.

Antes, Hayden tenía lástima de Meg, pero ahora la está atacando porque está enfadado conmigo, o porque me está poniendo a prueba. Tengo que demostrarle que puedo ser honesta. Tengo que volver a ganarme su confianza.

—No son perfectos —susurro.

—Eso ya lo has dicho, pero ¿qué quieres decir?

—Jack Shaughnessy tuvo una aventura.

—Y tú ¿cómo lo sabes?

—Lo vi con otra mujer. Estaba comprando condones en el supermercado. Ella había aparcado fuera. Él se metió en su coche. Se besaron.

—¿Quién era ella?

—Una agente inmobiliaria. Les vendió su casa.

Hayden silba entre dientes. «¡Será guarro el tío!»

No debería habérselo dicho. Debería haber tenido la boca cerrada.

—No se lo digas a nadie, por favor. Hace semanas que terminó...

Hayden no contesta. Baja las escaleras con Rory y lo mete en el carrito, inclinándolo hacia atrás para bajar cada escalón hasta la calle.

Los observo desde la ventana de delante, apoyando la frente en el cristal, siguiéndolos hasta que llegan a la esquina y desaparecen. Tengo ganas de ir tras ellos. Quiero traer a Rory de vuelta.

Sé que Hayden me quiere creer porque ama a nuestro pequeño, pero le estoy dando demasiados motivos para dudar. No me ha acusado de fingir el embarazo y secuestrar un bebé, pero ¿se le ha pasado por la cabeza? No. Él no me cree lo bastante inteligente para hacer una cosa así.

Sin embargo, a partir de ahora, me va a vigilar más de cerca y a comprobar todo lo que he dicho y hecho. Aunque falsifique el papeleo del nacimiento, no puedo hacer aparecer una comadrona como si fuese un truco de magia.

¿Por qué no me habrá dejado mi madre en paz?

Meghan

La policía llega antes de las seis de la mañana, en una caravana de coches que bloquea la calle. Se abren las puertas y los agentes pasan al lado de los reporteros y cámaras. Jack, aún en pijama, responde al timbre. El inspector jefe MacAteer le entrega una orden de registro.

—¿Quién es? —pregunto por el hueco de la escalera.

Los agentes pasan junto a Jack. Van vestidos con monos y llevan guantes de látex.

—Tenemos autorización para registrar esta propiedad —comunica MacAteer, con un tono que ya no es paternal ni amable—. Les permitiré quedarse mientras no interfieran. Agentes de la policía los acompañarán mientras se visten. Les sugiero que a continuación se reúnan en la cocina.

—¿Y los niños?

—Ellos también.

Jack no deja de preguntar qué sucede. ¿Tienen información? ¿Por qué están aquí? Me mira, con la esperanza de obtener una explicación. Yo niego con la cabeza. Lisa-Jayne me acompaña al dormitorio y me mira mientras me visto. Voy hacia el baño. Ella me sigue.

—¿No puedo ir sola?

Niega con la cabeza.

—¿Por qué está aquí?

No responde.

Nos pasamos las dos horas siguientes sentados en la cocina mientras la policía busca por todas partes, desde la buhardilla hasta el armario bajo la escalera. Nos requisan los ordenadores y los iPads. Nos dicen que nos los devolverán después de copiar los discos duros. Nuestras pertenencias son recogidas, abiertas y examinadas; nuestros libros, inspeccionados hoja por hoja; los muebles, movidos; las alfombras, recogidas para dejar al descubierto el suelo desnudo. Me pregunto qué imaginan que pueden encontrar. ¿Habitaciones ocultas? ¿Escondrijos secretos? Esto es una locura.

Ignoran nuestras preguntas. Los agentes son corteses, pero inflexibles en cuanto a la no interferencia. Ya no utilizan nuestros nombres de pila.

Jack está furioso.

—¿Qué es lo que hemos hecho? ¿Cuál es la justificación? Están tratando de desviar la atención. No pueden encontrar a Ben, así que ahora nos van a echar la culpa a nosotros.

—Eso es ridículo. ¿Por qué iban a pensar una cosa así?

—Yo qué sé; pero mira lo que están haciendo.

Se enfrenta a MacAteer, exigiendo una explicación, negándose a que le tomen el pelo. El inspector jefe se desabrocha un botón de la americana y se mete la mano en el bolsillo.

—Hemos recibido información.

—¿Qué información?

—Alguien ha llamado a la línea directa.

—¿Quién? ¿Qué han dicho?

—La noche en que Ben desapareció, usted salió del hospital antes de que llegase la policía.

—Estaba buscando a Ben.

—Estuvo ausente durante casi dos horas.

—Sabía qué aspecto tenía la enfermera. Pensé que podía estar cerca... Todo esto ya se lo he dicho.

—¿Volvió aquí?

—¿Cómo? ¡No!

—Alguien le vio llevarse algo de la casa aquella noche.

—Eso es ridículo. Quien se lo dijese estaba mintiendo.

—Al dejar la escena, puso en peligro la investigación. No podía darnos una descripción detallada. Podría haber habido fibras en su ropa. Rastros de ADN.

—No se me ocurrió.

—¿Adónde fue?

—Ya se lo he dicho.

Estoy mirando a Jack, como si fuese parte del interrogatorio; de pronto, quiero las mismas respuestas. Jack me mira, suplicándome con los ojos. Ya no está furioso. La emoción que veo es otra: miedo.

—¿Necesitamos un abogado? —pregunta.

—Eso depende únicamente de usted, señor Shaughnessy.

El inspector jefe MacAteer me mira.

—Quisiera hablar con usted en privado.

Quiero decirle que Jack y yo no tenemos secretos el uno con el otro, pero eso no es verdad… No desde que me acosté con Simon. No después de esto.

Dejo a Jack con los niños y sigo al policía al salón. Él cierra la puerta. Noto señales del registro. Los agentes han tratado de volver a ponerlo todo en su lugar, pero no es lo mismo. Las fotografías de la repisa de la chimenea están desordenadas, y los DVD están mezclados. Es como un robo en el que lo único que se hubieran llevado fuese mi paz interior.

MacAteer se mueve hacia el sofá. Yo opto por quedarme de pie. La habitación parece demasiado pequeña para los dos.

—Voy a hacerle unas preguntas. Me gustaría que las respondiese con sinceridad.

—¿Es que alguna vez no he dicho la verdad? —pregunto, tratando de sonar irritada.

—Su esposo, ¿quería este bebé?

Vacilo un momento; demasiado.

—No me trate como a un idiota, señora Shaughnessy. Tengo a hombres y mujeres trabajando en este caso veinticuatro horas al día. Miles de horas extras. Recursos. Experiencia. Conteste la pregunta.

—Al principio no estaba muy contento, pero se le pasó.

—¿Alguna vez les ha hecho daño a usted o a los niños?

—Nunca.

—A su hija la llevaron al hospital a los dos años con un corte encima del ojo.

—Tropezó con las piernas de Jack y se golpeó la cabeza contra el alféizar de la ventana.

—¿Mira pornografía por Internet?

—No. Nunca. Quiero decir…, creo que no.

—Vamos a inspeccionar su ordenador. También el de usted.

—No tengo nada que ocultar.

Mientras estoy pronunciando esas palabras, me doy cuenta de lo manidas que suenan; es como una línea de diálogo en una película mala. Una gran actriz podría decir una cosa así, pero yo no soy una gran actriz, y aún soy peor mintiendo.

MacAteer está llegando al *quid* de la cuestión.

—Hace dos días salió de la casa a las diez de la noche.

—Salí a dar un paseo.

—¿Por qué?

—Necesitaba estar a solas un rato.

—¿Adónde fue?

—A ninguna parte en especial.

—¿Cómo salió de la casa?

Vacilo; me pregunto cuánta información tiene.

—Escalé la valla trasera y caminé a lo largo de una vía de tren.

—¿Se arrastró por la maleza?

—No me arrastré.

—Hace poco que ha tenido un bebé. Se supone que debería estar descansando. Y, sin embargo, salió a escondidas de la casa, escaló una pared y caminó ilegalmente junto a una vía de tren.

—No lo hice a escondidas. Habría salido por la puerta principal; pero, por si no lo había notado, fuera hay reporteros.

MacAteer no se está creyendo nada.

—Cuando volvió a casa del hospital, tuvo un visitante, Simon Kidd. ¿Quién es?

—Un viejo amigo de la familia. Fue el padrino de nuestra boda y es también padrino de Lucy. Trabaja con Jack.

—Usted estaba alterada después.

—No fue nada.

—Le dijo a la agente Lisa-Jayne Soussa que Simon Kidd la estaba intentando chantajear.

—Fue un malentendido.

MacAteer me mira con una sonrisa feroz, con los labios apretados.

—Señora Shaughnessy, ¿algún tercero que afirme tener

a su bebé se ha puesto en contacto con usted o con alguien cercano a usted?

—No.

—Porque, si se hubieran puesto en contacto con usted y usted estuviera pensando en pagar un rescate a un chantajeador, estaría quebrantando la ley.

—Lo entiendo. Le prometo que nadie se ha puesto en contacto con nosotros. —Me invade una extraña sensación de alivio. Me voy a salir con la mía.

MacAteer recoge su sombrero y se dirige a la puerta. Tiene una mano en el pomo.

—Solo una cosa más. ¿Ben es hijo de su marido?

—¿Perdón?

—¿Es de Jack?

Se produce un momento de pausa, un vacío en el tiempo que puede durar lo que dura un latido del corazón, pero que parece mucho más largo.

—Cómo se atreve a sugerir… Quiero a mi marido. —Mi enfado suena forzado y absurdamente formal—. Esa afirmación es indignante.

MacAteer asiente, pero no se disculpa. Se pone el sombrero en la cabeza e inclina ligeramente el ala como minúsculo gesto de despedida.

—Cuídese, señora Shaughnessy. El valor de un secreto depende de las personas a las que se intenta ocultar. Quizás usted crea que es muy valioso. Puede que yo crea que no vale nada. Y alguien tiene que pagarlo, siempre.

Agatha

Siempre supe que existía el riesgo de que mi madre se enterase de lo de Rory. Esperaba que hubiesen pasado meses y que la gente ya se hubiese olvidado de los detalles de su nacimiento y estuviese perfectamente asentado en mi vida.

Ahora no deja de llamar por teléfono y de dejar mensajes, preguntando cuándo puede venir a conocer a su nieto. He ignorado todas las llamadas y las he dejado llegar al buzón de voz, pero ya no puedo darle más largas.

Marco su número y oigo el tono de llamada.

Coge el teléfono.

—¿Agatha? He estado esperando que me llamases.

Su voz suena frágil y temblorosa; no la recordaba así. Quizá sea una afectación para tratar de ganarse mi simpatía.

—Un bebé —dice, emocionada—. Cuando Jayden me lo dijo no podía creerlo.

—Hayden —la corrijo.

—Sí, eso, Hayden, lo siento.

—Estamos comprometidos.

—Eso es fantástico. Me alegro por ti. ¿Cómo está Rory?

—Está bien.

—¿Se porta bien?

—Sí.

—¿Le das el pecho? Dicen que es lo mejor. Ya sé que yo no lo hice contigo, pero en esa época no sabíamos tanto sobre la alimentación con leche materna.

—Y tú querías mantener la figura, ¿no? —susurro.

—¿Cómo dices, cariño?

—Nada. ¿Por qué me has llamado?

—Una madre no necesita una razón para llamar a su hija.

—¿Cómo has conseguido mi número?

—He llamado a la agencia de trabajo temporal donde solías trabajar.

—Y, bueno, ¿qué quieres?

—Quiero ir a visitarte… para ver a mi nieto.

—No.

—Por favor, Aggy, no seas cruel. Sé que he cometido errores. Sé que no siempre he estado ahí cuando me has necesitado, pero ya te he dicho que lo siento, y todo eso sucedió hace mucho tiempo.

—¿Por qué me llamaste ayer?

—¿Cómo?

—Hablaste con Hayden. Debías de tener un motivo para llamarme.

—Lo tenía. Era por lo de Nicky. Salió en los periódicos. Me los traen desde Londres. Una noticia, unos pocos párrafos, diciendo que cayó bajo un tren. Lo sabías, ¿no? Me refiero a lo de Nicky.

—Sí.

—No estaba segura. Creen que podría ser un suicidio.

Se hace una pausa.

—Siempre me cayó bien Nicky —dice.

—Apenas le conocías.

—Solía llamarme cada semana cuando estabais casados.

—¡Embustera!

—¡Es verdad! Te lo prometo. Incluso después de vuestro divorcio, me enviaba postales por Navidad y me llamaba por mi cumpleaños, que es más de lo que tú has hecho nunca.

—Él no te conocía como yo.

Hace caso omiso del comentario.

—Pobre Nicky. Un hombre tan agradable. Debe de haber sido horrible para su pobre esposa.

No respondo.

—Tú y Nicky hacíais una buena pareja. Es una lástima que no pudierais tener hijos. Sé que lo intentasteis.

Otro silencio; esta vez, dolorosamente largo.

—¿Cómo te las arreglaste para quedarte embarazada? —pregunta.

—De la forma habitual.

—Nicky siempre decía... Quiero decir... Yo pensaba... —No termina su afirmación. Las pausas la hacen tartamudear.

—Bueno, si no hay nada más... —digo, preparándome para colgar.

—Pero no me lo has dicho.

—¿El qué?

—Cuándo puedo ir a conocer a Rory.

—Nunca.

—Por favor, Aggy —dice, con voz temblorosa—. No tengo a nadie más. Quiero ser abuela. Quiero cambiar.

—Es demasiado tarde.

—No seas cruel.

Oigo sus sollozos y sus hipidos; intento colgar, pero el teléfono sigue en mi mano.

—¿Cuándo vuelves a Leeds? —pregunto.

—A finales de marzo.

—A lo mejor puedes verlo entonces.

Meghan

La policía ha vuelto. Esta vez están rastreando los árboles y arbustos detrás del muro del jardín, junto a la vía del tren, porque les conté lo del escondite que descubrí cuando me escabullí para visitar a Simon.

Al principio, el inspector jefe MacAteer desechó la idea de que alguien estuviese observando la casa, pero Cyrus Haven le convenció de que se lo tomase en serio. Ahora, técnicos forenses con monos blancos están clavando estacas en la tierra húmeda para marcar una cuadrícula.

Oigo venir a Jack antes de que llegue a la cocina. Desde que la policía registró la casa y requisó su ordenador, ha dejado de hablar. Al principio se quejaba de su incompetencia, acusándolos de tratar de desviar la atención y de «cubrirse las espaldas». Al mismo tiempo, está tratando de averiguar cuál de nuestros vecinos llamó a la policía y afirmó haberle visto llevándose algo de la casa la noche en que se llevaron a Ben. Sus sospechas se han centrado en los Pringles, que viven a dos puertas y tienen un hijo adolescente al que arrestaron por vandalismo el año pasado, después de que Jack lo pillase dañando coches en la calle.

Estoy de pie en las puertas acristaladas, mirando a los técnicos trabajar más allá del jardín. Jack aparece junto a mi hombro.

—¿Te ha hecho la policía preguntas sobre Simon?

—Sí.

—¿Por qué crees que quieren saber tanto sobre él? No creo que sea un sospechoso, ¿verdad?

—No lo sé.

Jack hace una pausa y se muerde el interior de la mejilla.

—La otra noche, cuando me arrestaron, fuiste a ver a Simon.

No es una pregunta.

—Sí.

—¿Por qué?

—Estaba preocupada por ti.

—¿Por mí?

—Te acababan de arrestar. Abordaste a una pobre mujer. Estabas borracho. Pensé que se te había ido la cabeza.

—¿Por qué visitar a Simon?

—Me dijiste que tú lo habías ido a ver aquel mismo día y que se había referido a mí.

Jack se presiona el pulgar contra la muñeca, como si estuviera tomándose el pulso. Lo levanta y mira la forma blanca con forma de pulgar que se pone rosa lentamente. Siento que está cavilando otra pregunta.

—¿Por qué escalaste el muro de atrás?

—Por los reporteros.

—Podrías haber llamado a Simon.

—Quería verlo cara a cara.

Jack mira hacia el jardín, más allá de mí. Algunos de los técnicos están de cuatro patas, rascando, tomando muestras, desempolvando, metiendo envoltorios de comida y latas de bebida en bolsas de plástico.

—Al menos les has dado algo que hacer —dice.

Suena el timbre de la puerta. Respondo. Nuestro sacerdote local, el padre George, ha venido a visitarnos. Desde el secuestro, ha pasado por casa cada pocos días; se sienta en el salón, bebe té y me ofrece su apoyo y un hombro en el que llorar. No he utilizado el hombro, pero agradezco los sentimientos.

Jack se excusa y pone pies en polvorosa, dejando que sea yo quien gestione nuestro bienestar espiritual. El padre George tiene sesenta años y pico, y una de esas voces profundas y sonoras que se suelen oír en las grabaciones de autoayuda o en la radio de madrugada. Sus visitas están empezando a irritarme, porque me trata como si tuviera la edad de Lucy y hubiese perdido una mascota, y no a mi bebé. Al mismo tiempo, me siento culpable cada vez que lo veo.

Cuando decidimos enviar a Lucy a la Escuela Primaria Católica de Saint Osmund, sabíamos que no sería fácil. Solía haber noventa solicitudes para solo treinta puestos en el primer curso. Parte de la solicitud era una declaración del cura de la parroquia en la que decía que Lucy había sido bautizada y que asistíamos a la iglesia regularmente. Durante seis meses, fuimos a misa cada domingo, todos nosotros, y nos aseguramos de decirle hola al padre George cuando saludaba a la gente en la puerta. Durante un tiempo, esta incursión en la religiosidad, lo sobrenatural, la trascendencia, rezar, rogar, dar gracias, nos pareció algo exótico. Por supuesto, una vez que el padre George firmó el formulario y aceptaron a Lucy, nuestra asistencia semanal a la misa empezó a disminuir.

Me disculpé con el padre George por haberlo utilizado.

—No me utilizasteis. —Se rio.

—Lo engañamos.

—Como la mayoría de los padres.

—¿No es frustrante?

Sonrió con ironía.

—Son buenas personas con vidas ajetreadas. Estoy seguro de que, algún día, volverán al rebaño. Igual que tú.

El padre George y el consejo parroquial han organizado una vigilia a la luz de las velas para mañana por la noche; yo he insistido en que se trate de un acto para todas las religiones. No he confirmado mi asistencia, pero sé que me esperan. Como si me leyese el pensamiento, el padre George se estira desde el sofá y toma mis manos entre las suyas.

—Queremos que sepáis que no estáis solos. Todos estamos rezando. Me atrevería a decir que el país entero lo está haciendo.

—No todos —respondo, los ojos inyectados de ira—. La persona que se llevó a Ben no está rezando para que vuelva sano y salvo.

Sonríe serenamente, impávido ante mi hostilidad, cosa que me hace querer gritarle: «¿Qué clase de Dios hace una cosa así? ¿Qué clase de Dios crea un mundo con tanta miseria, injusticia y dolor?».

No digo nada. El padre George abre su Biblia.

—¿Te gustaría rezar conmigo ahora?

—No se me da muy bien rezar.

—Puedo empezar yo.

Me quedo sentada en silencio mientras él hace la señal de la cruz y mantiene una conversación unilateral con Dios, pidiéndole de mi parte fuerza, guía y amor.

—Ayuda a Meghan a no culparse a sí misma o a los que la rodean —dice—. Y ayúdala a no abandonar nunca la esperanza. Tú sabes lo que es perder un hijo. Tú enviaste a Jesús a la Tierra y él pagó el precio máximo por nuestros pecados. Por favor, ayuda a Meghan a sobreponerse a esta prueba con tu amor y tu guía, ayúdala a curar su corazón.

Cuando el padre George se va, me doy cuenta de que ha dejado su Biblia sobre la mesa de café. Hay páginas marcadas con cintas rojas. Abro uno de los pasajes y leo unas cuantas líneas sobre Dios sanando a los quebrantados de corazón y vendando sus heridas, pero no veo nada sobre encontrar a niños desaparecidos.

San Antonio es el patrón de las cosas perdidas. ¿Se incluirán los niños? Probablemente. Hay un santo para casi todo: marineros, escolares, novias y prostitutas. Hasta hay un patrón de los traficantes de drogas, Jesús Malverde. Lo vi una vez en un episodio de *Breaking bad*.

Agatha

Esta noche, Rory ha vomitado las dos veces que ha comido. He tenido que cambiar las sábanas dos veces y ponerle ropa limpia. Esta mañana lo he vuelto a pesar y no ha habido cambios con respecto a la semana pasada. Sé que las básculas de baño no son muy precisas, pero no necesito que ninguna máquina me diga que está enfermizo y en apuros.

No hay sonrisas mientras suelta gas, ni suspiros felices; y, sin embargo, cuando me mira con sus enormes ojos, parece decir: «Por favor, mamá, no te rindas. Me pondré bueno».

Ahora está dormido, tumbado en la cama junto a Hayden.

Enciendo la tele sin sonido y veo, por un momento, la imagen de un reportero de pie junto a una vía de tren. La cámara se desplaza a la izquierda y hace un *zoom* entre los árboles para mostrar una casa que me resulta familiar. Luego retrocede para mostrar hombres y mujeres con monos blancos buscando entre las hierbas y los arbustos junto a los raíles.

Pulso el botón del volumen.

—Equipos de forenses han estado inspeccionando el jardín trasero y los alrededores desde esta mañana, llevándose muestras y midiendo pisadas. La policía no ha dicho exactamente qué están buscando, pero más allá de esos árboles y de ese muro se encuentra la casa de Jack y Meghan Shaughnessy, los padres del bebé Ben.

Reconozco mi árbol caído... Mi claro... Mi escondite. ¿Qué puedo haber dejado allí? Había unas cuantas latas de refrescos y envoltorios de chocolatinas. Tuve que mear unas cuantas veces, cuando no podía aguantar más. No tienen archivadas mis huellas dactilares ni mi ADN.

«Te vieron.»

No me vio nadie.

«¿Y los vecinos?»

Tuve cuidado.

«Rastrearán tu teléfono.»

Cientos de teléfonos pasan por aquí a diario.

Apago la tele y me digo a mí misma que tengo que tranquilizarme. Debo mantener la calma y cuidar de Rory. Para estar sano y fuerte, necesita toda mi atención.

Mantenerme ocupada me ayuda. Hay que sacar dos bolsas de basura. Hayden debería haberlo hecho anoche. Las llevo al piso de abajo, bajo los escalones y giro hacia los contenedores. Dos personas salen de un coche. Una de ellas es una mujer, embutida en unos pantalones de cintura alta y una chaqueta azul marino a juego. El hombre es más joven, pero finge que es curtido y experimentado.

—¿Se llama Agatha? —pregunta la mujer en un tono neutro, ni amistoso ni hostil.

Asiento, tomando conciencia de la puerta que hay detrás de mí.

—Somos de la policía, y estamos investigando la desaparición de Ben Shaughnessy.

Oigo una voz dentro de mi cabeza, una voz que me dice que suelte la basura, corra y cierre la puerta con llave.

—Nos gustaría hablar con usted.

«¿Tienen una orden judicial?»

—¿Sobre qué?

—Usted conoce a Meghan Shaughnessy, ¿no es así?

—Somos amigas.

«Pide la orden judicial.»

Me obligo a moverme, llevo las bolsas a los contenedores y las meto en ellos. Me limpio las manos en los vaqueros.

—¿Han encontrado al bebé Ben? —pregunto.

—Aún no.

—Pobre Meg —comento, apartándome un mechón de pelo de los ojos—. Debe de estar destrozada. Le envié un mensaje, pero es difícil saber qué decir.

—Usted también acaba de tener un bebé —dice el hombre.

—Así es.

—Hace frío aquí fuera. ¿Le importaría que entrásemos?

—No querría despertar al bebé.

—Seremos muy silenciosos.

Los acompaño arriba. He dejado la puerta abierta.

—¿Quieren una taza de café? Solo tengo café soluble.

—No hace falta —dice la policía mientras me da su tarjeta. La examino un momento, ganando tiempo, leyendo su nombre en voz alta—. Subinspectora Alison McGuire.

—Y este es el agente Paulson —dice ella, estudiando las tarjetas de felicitación que hay en la repisa de la chimenea—. Ha tenido un niño.

—Sí.

—¿Cómo se llama?

—Rory.

La mujer tiene cejas gruesas y la piel de un tono oliváceo, y es probable que fuera atractiva si se dejase el cabello suelto y sonriese más. Se sienta. Hayden elige ese momento para aparecer. Solo lleva unos bóxers, y se rasca la mata de pelos oscuros debajo del ombligo. Parpadea al ver a los policías, pero no actúa como si estuviese sorprendido. Cruza hacia la cocina, abre el grifo, llena un gran vaso de agua y se lo bebe tan rápido que unas gotas caen sobre su pecho. Se seca la boca.

—Estamos investigando la desaparición del bebé Ben —explica el agente Paulson.

Hayden se sienta en el borde de mi sillón. Tiene gotas de agua en los pelos del pecho.

—A lo mejor podría vestirse un poco —dice la subinspectora.

—Que yo sepa, esta es mi casa —responde Hayden.

Ella asiente, como aceptando sus reglas de base.

—Su esposa nos ha estado hablando de su bebé.

—No estamos casados.

—De acuerdo.

A Hayden no parece gustarle que sea mujer.

—Estamos comprometidos —intervengo.

—¿Es usted el padre de Rory?

—Sí —responde Hayden.

El agente Paulson ha sacado un bloc de notas. Tiene el lápiz preparado.

—¿Cuándo nació su bebé? —pregunta.

—Hace casi tres semanas. —Le doy la fecha exacta.

—¿Dónde lo tuvo?

—En Leeds. Es de donde yo soy; mi madre vive allí.

Estoy dando demasiada información de forma voluntaria. Debería esperar a que me preguntasen.

La subinspectora McGuire juega con un hilo suelto en el puño de la chaqueta. Un hombre lo arrancaría, o lo cortaría con los dientes. Una mujer esperará a tener unas tijeras.

—He estado bastante por el norte —dice ella—. ¿Qué hospital eligió?

—Tuve al bebé en casa. Quería que el entorno fuese familiar.

Una pregunta trampa, y la he esquivado con facilidad, pero ahora no sabe exactamente qué decir.

Hayden me ha puesto la mano en el hombro, como para darme su apoyo.

—¿Estuvo usted presente en el parto? —le pregunta a él.

—No, por poco —explica Hayden—. Estoy con la Royal Navy. Vine en avión desde Johannesburgo. Llegué un día tarde.

—Me puse de parto pronto —aclaro yo.

—Entonces, ¿quién estuvo con usted durante el parto?

—Una comadrona —digo yo, tratando de sonar tranquila.

—Y tu madre —añade Hayden, mintiendo por mí.

«¿Por qué crees que lo hace?»

—Le envié fotografías por correo electrónico a Meghan. Estaba muy feliz por mí. Ahora me siento culpable.

—¿Culpable?

—Después de lo que ha pasado. Allí estaba yo, de celebración y sintiéndome tan feliz, y dos días más tarde secuestran al bebé de Meg.

—Pero tú no podías saberlo —dice Hayden.

—Ya, pero, aun así...

—¿Tiene fotografías del parto? —pregunta el agente Paulson.

—Desde luego. —Cojo el teléfono y busco entre las imágenes hasta que encuentro las que tomé arriba, en el dormitorio de Leo—. No hice muchas. A mi madre no se le da bien lo de la fotografía.

Le doy el teléfono. Él se lo pasa a su compañera.

—¿Cuánto tiempo hace que conoce a la señora Shaughnessy? —pregunta la subinspectora McGuire.

—No mucho. Íbamos juntas a yoga. Solía verla cuando trabajaba en el supermercado, en Barnes. Me dio alguna ropa de bebé.

De nuevo, estoy hablando demasiado. La policía echa un vistazo a su alrededor, como observando los muebles, que son cutres y baratos.

—¿Cuándo fue la última vez que la vio?

—Hace unas semanas, antes de irme a Leeds.

—¿Sabía que iba a tener el bebé el 7 de diciembre?

—Sí, ella misma me lo dijo.

—¿Conoce a su esposo, Jack?

—No. Lo he visto en la tele. Es periodista deportivo.

«¡Deja de hablar, Agatha!»

La subinspectora McGuire me devuelve el teléfono.

—Cuando iba a clases de yoga, ¿vio si alguien se paseaba por allí, o hacía preguntas? ¿Alguien que tuviese un interés especial en el embarazo de la señora Shaughnessy?

—¿Un interés especial?

—Más de lo habitual.

Pienso en ello. Comienzo una frase. Me paro. Meneo la cabeza.

—¿En qué piensa? —pregunta el agente Paulson.

—Probablemente, no sea nada.

—Deje que seamos nosotros los que decidamos eso.

—Bueno, había una mujer… Meg y yo estábamos tomando café en Barnes. Cuando yo me iba, se acercó a mí y me preguntó dónde iba a tener mi bebé.

—¿Habló con la señora Shaughnessy?

—No estoy segura.

—¿Qué aspecto tenía esta mujer?

—De mi altura, pelo oscuro, robusta, pero no gorda —digo, haciendo una pausa para concentrarme—. Parecía que acabase de ir a la peluquería, quizás a una de las peluquerías locales.

—¿Cómo sabe eso?

—Se nota cuando te han cortado el pelo y lo han secado con secador.

—¿Qué edad tenía?

—Treinta y pico o cuarenta y pocos.

—¿Estaba embarazada?

—No a primera vista. Supongo que llevaba ropa ancha.

El lápiz rasca al escribir sobre el papel.

—¿Qué importancia tiene que estuviera o no embarazada? —pregunto.

—Creemos que quien se llevó a Ben pudo haber fingido un embarazo para ocultar el crimen.

—¿En serio?

—No parece muy convencida.

—¿Es eso posible? ¿Y las ecografías, y las pruebas médicas? Alguien lo descubriría.

La subinspectora McGuire quiere volver a hablar de la mujer.

—¿Había visto a esa mujer antes?

—No.

Abre una carpeta y saca un retrato robot del hospital.

—¿Podría ser esta?

—Es difícil decirlo.

La siguiente imagen es una foto sacada de las cámaras de seguridad del hospital. Me enseñan una fotografía de mí misma, pero como morena con el pelo largo. La imagen es granulada y muestra la parte de arriba de mi cabeza. Hay una segunda imagen tomada desde atrás. «El uniforme me hacía parecer enorme.»

—Podría ser ella. No estoy segura.

Se oye un chillido en el interfono para bebés, que está sobre el banco de la cocina. Rory está despierto. Gruñe y grita más fuerte que antes.

—Tiene hambre —digo mientras me levanto. Me subo los pechos con la mano—. Aún no puedo entender cómo lo hace; un gritito y mi leche empieza a fluir.

Hayden ha ido a buscar a Rory. Sale del dormitorio sosteniéndolo entre los pliegues de una manta. Rory está despierto del todo, observando a los policías, ninguno de los cuales tiene un aspecto demasiado paternal o maternal.

—Pueden quedarse, si quieren, pero me voy a sacar las tetas.

El agente más joven tiene aspecto de querer estar en otra parte. Los acompaño a la puerta.

—Si ven a Megs, díganle…, díganle… que pienso en ella. Y si puedo ser de ayuda en algo…

Espero en el descansillo, mirándolos mientras se van, escuchando al monstruo.

«¿Y si buscan un documento del nacimiento de Rory? ¿Y si llaman a tu madre? ¿Y si buscan a la comadrona?»

Hayden está sentado en el sofá, meciendo a Rory en sus brazos.

—No eran muy amables.

—Se han portado bien.

—No me gustan los polis.

—¿Por qué?

Se encoge de hombros.

—Muchos de ellos tienen un poco de complejo de Hitler, ya sabes. Disfrutan diciéndoles a las personas lo que tienen que hacer.

Me gustaría preguntarle por qué ha mentido por mí, pero me da miedo lo que pueda responder. Espero que siga de mi lado. Nadie puede fingir un embarazo tan bien como lo hice yo. La policía debería preguntárselo a Meghan. Ella se lo dirá. Ella no dudará de mí.

Meghan

Lachlan y Lucy están bañados y vestidos con su mejor ropa, cabello limpio y cepillado, zapatos brillantes. Tienen instrucciones de mantenerse limpios mientras yo me arreglo. No hago más que cambiar de idea sobre lo de ir a la vigilia a la luz de las velas, pero Jack dice que debemos dar las gracias a las personas y reconocer su apoyo.

No tengo nada que ponerme. No quiero vestirme con ropa premamá y no quepo en la mayoría de mis vestidos de antes del embarazo, aparte de uno ajustado de lana que me marca bultos por todas partes.

Jack se está cepillando los zapatos en el descansillo. Le tengo dicho que no lo haga porque puede ensuciar la alfombra de betún, pero nunca me hace caso. Me miro en el espejo de un lado y del otro. No me gusta nada de mí, pero me da igual: lo único que quiero es que esto acabe de una vez.

En el piso de abajo, me pongo el abrigo y llamo a los otros. Lachlan corre por el recibidor. Los pantalones le quedan cortos. Juraría que hace solo unos días que los he alargado. Me gustaría poder ponerle un ladrillo en la cabeza para que dejase de crecer.

Lucy está guapa, con su vestido de cuadros escoceses, leotardos rojos y zapatos negros de charol. Hace frío, así que lleva un par de guantes rojos a juego.

—¿Estás lista? —pregunta Jack.

—Supongo que sí.

—Podemos hacerlo.

Trato de sonreírle.

Las luces de seguridad se encienden cuando salimos de la

casa y llegamos a la puerta de delante. Dos policías nos están esperando para escoltarnos hasta Saint Osmund, que está a unos ochocientos metros de aquí. Se han ofrecido a llevarnos en coche, pero vamos a caminar en una especie de procesión de velas, y las personas se irán uniendo a nosotros por el camino. A las cámaras de televisión y los fotógrafos los tienen detrás de unas vallas. Las brillantes luces hacen que todas las caras parezcan pálidas y convierten cada respiración en niebla.

Cogiéndome del brazo de Jack, damos la mano a los niños. Aparecen los vecinos, con lámparas, antorchas y trémulas velas protegidas con conos de papel. Asienten a nuestro paso y nos siguen; la procesión serpentea por las estrechas calles, cruzando Barnes Green y a lo largo de Church Road, donde gira a la izquierda hacia Castelnau y se dirige hacia el puente de Hammersmith.

Pronto es evidente que la iglesia no va a ser lo bastante grande. Hay gente de pie en los pasillos, junto a las paredes y en las escaleras exteriores. Nos han reservado lugares en la primera fila. Lucy y Lachlan se sientan entre nosotros, demasiado pequeños para que los pies les lleguen al suelo. Mis padres y Grace están a mi lado. El hermano y la cuñada de Jack han venido desde Escocia.

A nuestro alrededor hay madres, amigos, vecinos, compañeros de trabajo, canguros y personas a las que solo conozco de haber saludado, como el carnicero y la mujer coreana que me arregla las uñas. Mi instructora de yoga ha tenido a su bebé y está increíblemente delgada. La directora de la escuela de Lucy guía a las personas hacia los bancos y se asegura de que haya sitio para más. Dos de mis amigas más antiguas de la universidad han venido desde Leicester y Newcastle.

Una mujer con una bonita voz dirige un coro, que suplica a todos que eleven sus corazones a Dios. La mayoría de las personas mueven la boca en silencio, fingiendo que cantan. Después del cántico, el padre George pronuncia un bonito sermón sobre las veces en las que Dios parece estar ausente, y sobre cómo debemos mantener la fe para no dejarnos llevar por el miedo.

Llama a Jack para que diga unas palabras. Mi corazón da un vuelco. No tenía ni idea de que tuviera pensado hacer esto. Jack sube unos escalones hasta el atril, donde hace una pausa y ajusta el micrófono, dándole unos golpecitos con el dedo. Se disculpa.

—Desde que se llevaron a Ben, me he preguntado innumerables veces: «¿Por qué? ¿Por qué él? ¿Por qué nosotros?». No hay respuesta, pero eso no me impide buscarla. En Gran Bretaña, cada tres minutos se denuncia la desaparición de un niño. En toda Europa, la cifra aumenta a un niño cada dos minutos. En América es casi un niño por minuto. Sé que estas cifras parecen alarmantes, pero solo nos enteramos de una pequeña parte de estos casos, porque la mayoría de los niños vuelven a casa o son encontrados rápidamente. Tenemos todo tipo de protecciones: el sistema de Alerta Ámbar; las vallas publicitarias digitales; las organizaciones de rescate de niños; Facebook; Twitter; las campañas de Stranger Danger; las cámaras de seguridad. Y, sin embargo, los niños siguen desapareciendo. Hasta hace dos semanas, pensaba que entendía lo que significaba que desapareciese un niño. Había visto a otros padres en la tele; me había puesto en su lugar. Pero me equivocaba. Perder a un hijo va más allá de la capacidad de comprensión. Es un reto a la biología. Desbarata el sentido común. Viola el orden natural de las cosas.

»Como les pasa a muchas personas, a veces no me doy cuenta de la suerte que tengo al tener una esposa y una familia maravillosas, una buena profesión, grandes amigos y, como se puede ver esta noche, una comunidad muy unida. Con frecuencia me olvido de dar las gracias y doy las cosas por descontado. Pero ya no. A la mujer que quiero sentada aquí, en primera fila: no te puedo dar lo que más quieres, la oportunidad de tener a tu bebé en brazos. He visto tu abnegada dedicación a Lucy y a Lachlan, y sé hasta qué punto sientes la ausencia de Ben, porque no hay ninguna pérdida como la pérdida que siente una madre.

»Durante los últimos quince días, cada vez que me he preguntado una y otra vez cómo puedo sobreponerme a esto, te he mirado a ti. Tu carácter, tu fortaleza y tu determinación han sido una verdadera inspiración para mí. Te quiero, Meghan Shaughnessy. Os quiero, Lucy y Lachlan. Y Ben, estés donde estés: también te quiero a ti.

En ese momento me derrumbo entre sollozos. El resto de la vigilia transcurre como una exhalación. Me veo de pie, moviéndome entre la multitud. Dando las gracias. Estrechando manos.

Veo a Agatha. Ese debe de ser su prometido, Hayden. Lleva a su bebé en un canguro contra el pecho.

—No sabía si debía traerlo —dice Agatha, sin saber si abrazarme o estrecharme la mano. La beso en las mejillas—. Pensé que podría resultar insensible.

—No, está bien.

—Este es Hayden.

—Me alegro de conocerte.

Él asiente y parece incómodo, como si la tristeza pudiera resultar contagiosa.

Me acerco y miro a su bebé, que tiene la cara medio oculta en los pliegues de la camisa de Hayden.

—Es precioso —digo, con un esfuerzo para pronunciar las palabras.

—Siento lo de Ben —dice Hayden—. Espero que lo encuentren.

No respondo. Me veo desplazada hacia delante.

Me vuelvo a Agatha.

—Cuídalo.

No me entiende.

—A tu bebé —explico—. No lo dejes solo nunca.

Agatha

Hay reporteros, fotógrafos y cámaras por todas partes. ¿Es que no hay noticias más importantes de las que informar? ¿Y las guerras, los ataques terroristas, los yihadistas locales o los refugiados que se ahogan? A estas alturas, la atención pública debería de haberse desplazado a otra parte. Algo más nuevo, más actual, debería haber tomado el control de los titulares.

Los periodistas se mezclan con la multitud, haciendo las mismas preguntas: «¿Cómo se siente? ¿Conmocionado? ¿Asustado?».

¿Qué esperan que diga la gente? Las preguntas tópicas obtienen respuestas tópicas. Alguien dice: «Por aquí no había pasado nunca nada parecido». Otra persona pregunta: «¿Hacia dónde va el mundo?». Y una tercera añade: «Es algo que te hace plantearte las cosas».

Me dan ganas de ponerme a gritar: «¿Plantearte qué? ¿Plantearte si llegarás a casa a tiempo para ver *Dancing with the stars*?».

¿Por qué no acepta la gente que Ben ya no está? El que importa es Rory. Sería una crueldad devolverlo. Los intereses del niño están siempre en primer lugar; eso es lo que siempre tienen en cuenta los jueces en los casos de custodia de hijos. Rory tiene una madre. Una familia. Ben ya no existe.

Meg estaba bien hasta que oyó las palabras de Jack; ahora, el rímel se le ha corrido por las mejillas y sus ojos parecen los de un oso panda. Parece que Lucy y Lachlan lo llevan bien. En situaciones como esta, la gente suele olvidarse de los hermanos. Es como lo que me pasó a mí cuando murió Elijah. Se olvidaron de mí. Sin amor. Sin importancia. Eso es lo que quiero decirle a Megs: «Quiere a tus otros hijos. Céntrate en ellos».

La gente hace grupos en el exterior de la iglesia, abrazándose y dándose pañuelos de papel. Personas que no conozco le tocan la cabeza a Rory y sonríen, como si eso les diese garantías de que la vida sigue. El sacerdote traza un pequeño signo de la cruz en la frente de Rory y lo bendice.

Me doy la vuelta y casi choco con Megs. Mira a Rory y siento una punzada de miedo.

¿Y si es capaz de distinguirlo? Algunos animales pueden oler a sus propias crías o reconocer su llanto. No sé si Megs pasó suficiente tiempo con Rory para saber estas cosas, pero lo llevó nueve meses en la barriga.

—Es precioso —dice Meg.

—No estaba segura de traerlo —respondo, tartamudeando.

—Por supuesto que sí. ¿Se porta bien?

—Todos se portan bien —respondo, antes de darme cuenta

de lo mal que suena—. Lo siento, no debí decirlo.

Me abraza y mira a Hayden.

—Me alegro de conocerte por fin.

—Lo mismo digo.

—¿Pudiste llegar a tiempo para el parto?

—No, por poco.

—Bueno, estás aquí ahora.

—Estoy seguro de que acabarán por encontrar a tu pequeño —dice Hayden.

—Gracias.

Un policía que mantiene a los periodistas alejados se lleva a Megs.

—Vámonos —dice Hayden, que parece compartir mi incomodidad.

Una fotógrafa se interpone entre nosotras. Sin preguntar siquiera, se pone a tomar fotos de Rory y Hayden.

—¿Podemos hacerle una foto con usted? —pregunta—. Estamos preparando una historia sobre la vigilia a la luz de las velas. ¿Conocen a la familia Shaughnessy?

—Sí.

—¿Puede sacarlo del canguro? Eso es. Sosténgalo un poco más arriba. Así, junto a la mejilla.

El *flash* sigue disparándose. Alguien me pone una grabadora debajo de la barbilla.

—¿Tiene miedo por su propio bebé? —pregunta un reportero.

—No. ¿Por qué?

—Es espeluznante, ¿no cree? Uno nunca espera que secuestren a un bebé.

—No. Supongo que no.

—¿Tiene algún mensaje para la persona que se llevó al bebé Ben?

—No, en realidad, no. Creo que ya se ha dicho todo lo que se tenía que decir.

Meghan

Las 6.15 de la mañana. El radio-reloj brilla con dígitos rojos. Mi mano se desliza por las sábanas frescas, pero la cama está vacía. Jack se debe de haber despertado temprano y ha decidido levantarse. Anoche, después de la vigilia, hicimos el amor. No me penetró (por los puntos), pero encontramos otras formas de estar próximos, y fue más eficaz que una docena de sesiones de orientación psicológica.

Y, sin embargo, mientras se movía en mi mano y en mis labios, sentí que Jack se agotaba lentamente, como el resorte de un reloj. Acerqué su cara a la mía y vi las lágrimas. Cerró los ojos, apretándolos, tratando de ocultar el llanto mientras se movía más rápido y gemía mi nombre.

Me duermo otra vez. Cuando me despierto por segunda vez, enciendo el móvil. Hay docenas de mensajes: preguntas acerca de una historia en los periódicos. Abro un enlace, pero abajo suena el timbre de la puerta. Oigo la voz de Annie y la del inspector jefe MacAteer. Salto de la cama y me pongo una bata mientras me sujeto el cabello con una goma.

Están en la cocina: Annie, Jack y MacAteer. Lucy y Lachlan están viendo dibujos animados en el salón. Hay periódicos extendidos en el banco de la cocina. Jack los está estudiando, con el rostro pálido y expresión conmocionada.

Me uno a ellos y echo un vistazo a las páginas; veo una foto de Jack y mía. Una segunda imagen muestra una mujer de aspecto glamuroso, con el pelo alborotado, dientes blancos y una blusa escotada. La reconozco: es la agente inmobiliaria que nos vendió la casa.

El titular grita: YO NO HE SECUESTRADO AL BEBÉ BEN.

Y justo debajo: «Pero estoy enamorada de su padre».

Jack trata de cerrar el periódico. Yo pongo la mano sobre ellas, lo aparto de un empujón y leo los primeros párrafos:

> Una agente inmobiliaria de Londres ha negado su implicación en el secuestro del bebé Ben Shaughnessy, pero reconoce haber tenido una aventura con su padre, el conocido presentador de deportes Jack Shaughnessy.
>
> Rhea Bowden afirma que «hacían temblar las paredes» cuando tenían sexo en docenas de propiedades distintas que ella vendía en el sur de Londres. Entre estas casas se incluye la de Barnes que vendió a Jack y a Meghan Shaughnessy el pasado diciembre, tres meses antes del inicio del romance entre ella y Jack.

Jack está tratando de quitarme los dedos de la página. «Por favor, Megs» dice, con la voz teñida de… ¿qué? ¿Culpa? ¿Vergüenza? ¿Arrepentimiento?

Sigo leyendo el *Daily Mirror*:

> Nos encontramos por casualidad una noche de Trivial en un pub local, el Sun Inn, y Jack se ofreció a invitarme a una copa. Compró una botella de champán.
>
> Flirteamos y nos reímos y, para la segunda botella, los dos estábamos bastante borrachos. Acabamos besándonos en un portal y haciendo el amor en mi oficina. Sabía que estaba casado, desde luego, pero no sabía que su mujer estaba embarazada.
>
> Después de aquel día, Jack me llamaba cuando tenía la tarde libre. Nos encontrábamos en mi casa o en una de las casas que yo enseñaba. Sabía que estaba mal, pero, piense lo que piense la gente sobre mí, yo no secuestré al bebé Ben. Quiero a Jack. Nunca haría daño a su familia.

El periódico se rompe cuando Jack me lo arranca de los puños cerrados. Siento las lágrimas en los ojos, pero me niego a llorar. Miro las demás portadas. Todas tienen la misma historia, escrita en titulares con la letra destacada. Me imagino las risitas de todo el país mientras se comen los cereales del desayuno, los chismorreos junto a las fotocopiadoras de las oficinas, o en las vallas de los jardines, o en las cajas de los supermercados. Hemos dejado de ser la pobre familia que ha perdido a un niño. Ahora somos carnaza para las revistas. Somos un culebrón. Jack no se ha limitado a engañarme; me ha humillado. Se ha burlado de nuestro matrimonio y de todas nuestras afirmaciones de ser una familia llena de amor. No nos merecemos la solidaridad de las personas. No nos merecemos que nos devuelvan al bebé Ben.

Subo arriba. Jack trata de seguirme. MacAteer lo para. Tiene que responder a preguntas.

—¿No puede esperar? —le suplica Jack.

—No.

Saco una bolsa del armario y empiezo a llenarla de ropa, de cualquier manera. Me visto. Subo la cremallera de mis botas. Voy abajo, salgo por la puerta de delante, sigo el camino. Las llaves se me caen de la mano. El circo me rodea (cámaras, reporteros) con sus preguntas.

—¿Sabía lo del romance de su marido? —grita alguien.

—¿Va a dejarle? —pregunta otro.

No puedo responder. Bloqueo las puertas del coche y pulso el botón de encendido; al desaparcar rasco el lateral de un coche de policía y le rompo el retrovisor. Me da igual. Me los llevaré a todos por delante. Mientras me dejen en paz, por mí como si me encierran y tiran la llave.

Agatha

Mi pequeño se está muriendo. Hace días que lo sé, pero me he estado diciendo a mí misma que se recuperará y se pondrá fuerte. Es cierto que tiene dificultades, pero todos los bebés pasan por periodos en los que se encuentran mal. Aceptan mal la comida, o tienen fiebre, o lloran sin motivo.

Desde que era una niña, nunca he tenido miedo por mí misma, pero lo tengo por Rory. ¿Y si no lo puedo proteger como debiera? ¿Y si fracaso?

Anoche me dormí al lado de su moisés. Me desperté entumecida y con frío, alargué la mano y le toqué la frente. Su cuerpecito estaba radiando calor. Le sequé el sudor. Le di medicamentos. Esperé hasta que se durmió y entonces me puse a temblar incontrolablemente; estaba volviendo a suceder, lo sabía. Estoy perdiendo a alguien a quien amo. Se está desvaneciendo, desapareciendo gradualmente, gramo a gramo.

Me despierto. Hay claridad fuera. Estoy sola en la cama. Hayden debe de haberse levantado pronto y me ha dejado durmiendo. Voy a la cama de Rory. Su cuerpo está pálido, exangüe; me quedo sin aliento. Aterrorizada, extiendo la mano y le toco el pecho con la yema de los dedos. Los pulmones se llenan. El corazón late. Vive. Apenas.

La fiebre sigue alta. Le doy paracetamol y le enjugo el sudor. Dejo que me agarre el dedo en el puño y trato de respirar por él, inhalando y exhalando.

«Se está muriendo.»

Aún no.

«Necesita un médico.»

No puedo.

Me quito la bata, abro el armario de la ropa y noto que algo ha cambiado. Alguien ha movido mi ropa, la han apartado y han dejado al descubierto los estantes de atrás. En el estante central hay una caja azul metálica con una tapa con bisagra y un candado. Contiene unos pocos recuerdos del pasado, las cosas que vale la pena guardar: un segundo premio de caligrafía, un trofeo de ortografía, mi certificado de nacimiento, un pasaporte caducado, un puñado de fotos de boda y una tira de fotos de fotomatón en la que aparezco con dieciséis años, sentada en el regazo de un chico que me gustaba y cuyo nombre he olvidado.

La caja está mal orientada. Al examinarla más de cerca, observo rasguños en la pintura: alguien ha desatornillado y ha vuelto a montar las bisagras.

Me llevo la caja a la cocina, donde Hayden se está comiendo un bol de cereales.

—¿Has estado revolviendo mis cosas?

—¿Qué cosas?

—Mi caja.

—¿Por qué iba a hacerlo?

—Esa caja es privada.

—¿Por qué?

—Lo es y punto.

—No me gustan los secretos.

—No es secreta, es privada. ¿Es que no confías en mí?

—Mentiste sobre haber estado casada, sobre tu madre, sobre haber dado tu abrigo a beneficencia. Incluso has mentido sobre tu edad. —Señala la caja—. He visto tu certificado de nacimiento. Me dijiste que tenías veintinueve años. Tienes treinta y ocho.

—Las mujeres tienen permitido mentir sobre su edad —respondo yo, con un tono que pretende ser desenfadado.

Hayden me mira con rostro inexpresivo. Ya no me encuentra divertida.

—Llamé al número que me diste de la comadrona. Era una grabación. No estará hasta enero.

—Eso no es culpa mía.

Me siento aliviada, pero no lo muestro. Me llevó un día pensar en ese plan: comprar una tarjeta SIM y grabar un mensaje con una aplicación que enmascara la voz: «Este es el buzón de voz de Belinda Wallace del Servicio de Partos en Casa de Yorkshire. Estoy fuera de la oficina hasta el 7 de enero. Que pases una feliz Navidad y un próspero Año Nuevo».

Hayden aún no ha terminado.

—Así que llamé a tu médico (encontré su número en tu teléfono), pero no sabía que estabas embarazada.

—Dejé de visitarme con él. Jules me ayudó a cambiarme a su médico de cabecera.

—Ah, claro, eso lo explica todo —contesta él, en tono cínico.

Hago como si Hayden estuviera bromeando.

—¿Qué es esto, el Tribunal de la Inquisición?

—Aún no estoy seguro —responde, un poco más suave—. Quiero creerte, Aggy, pero me da miedo qué puedes haber hecho… y a quién has hecho daño.

Descalza sobre las tablas del suelo, empiezo a temblar y noto un sabor a cobre que podría ser sangre. Todos los sonidos quedan amplificados. Oigo el silbido del tráfico en el pavimento mojado y un tren de la línea District llegando a la estación de Putney Bridge.

Echo una ojeada alrededor, en la cocina, y observo la tetera y el cereal de desayuno y el bol con leche sobre la mesa de madera de pino. Se lo tengo que decir. Le tengo que suplicar que me perdone. Los dos queremos a Rory. Ninguno de los dos quiere perderlo. Puede ser nuestro secreto.

Empiezo a hablar, pero mi mente no funciona bien porque apenas he dormido. ¿Y si no está de acuerdo? ¿Y si llama a la policía?

—Estoy preocupada por Rory —digo, finalmente—. No come. Apenas ha comido nada desde ayer.

Hayden no duda. Sus preguntas pueden esperar. Va al dormitorio, donde Rory está tumbado en nuestra cama. El pañal lo fuerza a tener las piernas separadas, y la pérdida de peso se hace más evidente.

Hayden le toca la frente,

—Está ardiendo.

—Pero tócale las manos y los pies: están fríos.

—Despierta, pequeño —le dice, agitándolo suavemente.

Sus ojos parpadean.

Hayden lo coge en brazos. Rory se queda colgando en sus manos, con la cabeza ladeada.

—Está flojo como un muñeco.

—Está cansado, nada más.

—No. Necesita un médico.

—También puedo darle más paracetamol.

—¿Cuánto comió ayer?

—Le doy lo que quiere comer. A veces se queda dormido antes de terminar.

—¿Cómo se llama tu nuevo médico de cabecera?

—Esperemos un poco más.

—No, quiero que llames al médico.

Mi teléfono móvil está en la mesa de la cocina. Busco en la lista de contactos y finjo llamar a un número.

—¿La consulta del doctor Kneeble? —digo, sin hablarle a nadie—. Soy Agatha Fyfle… Sí, eso es. Feliz Navidad a usted también. Tuve a mi hijo hace unas semanas. Tiene fiebre.

Hayden susurra fuerte.

—Dile que es grave.

Cubro el teléfono.

—Estoy hablando con la recepcionista.

—Haces que parezca que no es nada.

Vuelvo a la llamada falsa.

—No come y duerme mal. Sí, ya lo he hecho… Cada cuatro horas… Ya veo. ¿No tienen nada hasta entonces? De acuerdo, tome nota. Se llama Rory Fyfle, no, quiero decir, Rory Cole. Tiene dieciséis días.

—¿Cuándo? —pregunta Hayden después de que cuelgue.

—Mañana.

—¡¿Cómo?!

—Era la primera hora disponible.

—Es demasiado tiempo.

Hayden coge su teléfono.

—¿Qué haces?

—Llamar a mi madre. Ella sabrá qué hacer.

—No. No le pasará nada.

Le agarro el brazo. Él me aparta la mano.

—No me importa lo que hayas hecho, Aggy, pero Rory está enfermo. No vamos a esperar.

Al cabo de diez minutos estamos poniéndole a Rory calcetines, mitones y un gorrito de lana. La señora Cole ha llamado a su médico de cabecera y nos ha conseguido una cita. Conozco los riesgos, pero Hayden se niega a hacer nada de lo que digo. Lleva el carrito abajo y lo empuja delante de mí.

—Vamos, vamos.

—Me estoy dando prisa.

La consulta del médico está en Brent Cross, en la línea Northern. Tenemos que coger tres trenes distintos para llegar allí. Mientras esperamos en el andén, no hago más que vigilar a Rory, esperando ver una chispa de vida, oír un llanto, ver que hace algo con energía, pero parece aletargado, apenas consciente. Trato de darle un sorbo de agua hervida con el biberón, pero le gotea por la barbilla.

Tengo que prepararme. Tengo que estar segura de mí misma. El médico me va a hacer preguntas. Debo tener las respuestas a punto, como si todo fuera normal. Soy una madre con un niño enfermo. Respira. Relájate. Puedes hacerlo.

La señora Cole se desvive por Rory cuando llegamos a la consulta. Todo su comportamiento parece cambiar cuando está con él; se ilumina. Tener un nieto parece darle energía y dinamismo, como si estuviese cumpliendo con su misión en la vida.

La sala de espera parece un anuncio de United Colors of Benetton. Hindúes. Pakistaníes. Africanos. Una mujer etíope tiene un bebé cogido en su colorido vestido. No habla inglés. La envidio. Me gustaría poder fingir que soy extranjera y que no entiendo las preguntas.

Me piden que rellene un formulario con los detalles de mi historial médico.

—¿Dónde nació Rory? —pregunta la recepcionista.

—En Leeds.

—¿Ha traído su registro médico?

—Lo he dejado en casa. Lo siento.

—¿Cuál es el nombre de su persona de atención domiciliaria?

Me invento un nombre.

—¿Tiene su número en el teléfono?

—No, me dio una tarjeta. Está pegada en la nevera. Lo siento, no estoy siendo de mucha ayuda. Me cuesta pensar en este momento.

Consigo ponerme a llorar. La recepcionista me dice que no me preocupe; completaremos el formulario después.

—¿Le está dando el pecho? —pregunta.

—Lo hice durante unos días, pero me costaba.

—Pero ¿aún tiene leche?

—Ah, sí.

—¿Cuánto pesó Rory al nacer?

—Dos kilos ochocientos.

—¿Fue un parto vaginal?

—Sí.

—¿Algún problema?

—No.

Cada nueva mentira parece una vuelta más en una cuerda que rodea mi pecho, cada vez más tensa. El monstruo dentro de mí se retuerce, se revuelve, me insulta, me sisea que salga huyendo.

Vuelvo a mi asiento y espero. Nos llaman al cabo de diez minutos.

—No es necesario que te quedes —le digo a la señora Cole, pero suena a ingratitud—. Quiero decir que, si estás ocupada, no queremos retenerte.

—No estoy ocupada. Y he traído mi labor. —Me muestra un jerseicito medio terminado, enhebrado en las agujas de hacer punto.

El doctor Schur tiene algo más de sesenta años, y una cabellera gris peinada con una onda que parece casi aerodinámica. Está especialmente contento de ver a Hayden.

—Con la cantidad de veces que te di puntos, no creía que fueras a sobrevivir tanto tiempo. —Se ríe—. Poned al pequeño aquí —dice, señalando la mesa de exploración—. Y desvestidlo.

Durante los minutos siguientes, el doctor no dice nada y lleva a cabo los exámenes habituales: ojos, oídos, nariz, corazón y pulmones. Coge cada una de las pequeñas extremidades de

Rory y la dobla adelante y atrás. Le gira las caderas. Mira en su boca. Le toca la cabeza.

—Está muy deshidratado. ¿Ha estado vomitando?

—No. Le he dado agua hervida.

—¿Le da el pecho?

—No siempre. Mi asistente de salud me dijo que le diese el biberón unos cuantos días y pareció que lo aceptaba.

—Pero usted ¿aún tiene leche?

Asiento a medias.

—Tenemos una enfermera aquí que es experta en problemas de lactancia materna, pero me preocupan más su peso y su fiebre persistente.

—Le he estado dando paracetamol.

—¿Durante cuánto tiempo? —pregunta el doctor Schur.

—Desde ayer por la mañana… Cada cuatro horas.

El doctor sigue examinando a Rory, girando sus brazos y sus piernas, observando los codos y la parte de atrás de las rodillas.

—Solo como precaución, quiero que lleven a Rory al hospital —dice.

—¿Por qué? —Mi voz está teñida de pánico.

—Es muy poco probable, pero prefiero curarme en salud.

—¿Qué es lo que es poco probable? —pregunta Hayden.

—La meningitis es una enfermedad muy inusual, sobre todo en bebés de pocas semanas, pero tiene fiebre y una erupción en la parte interior del muslo derecho, que son algunos de los síntomas. Quiero empezar a darle inmediatamente antibióticos de amplio espectro, por si acaso, pero el hospital le podrá hacer las pruebas necesarias. Llamaré para avisar, así no tendrán que esperar.

El doctor Schur se dirige a su escritorio y teclea en el ordenador, canturreando para sí. Abre un armario cerrado con llave del que saca varias cajas de medicamentos, y toma nota de los números de serie. Le administra a Rory la primera dosis.

—Ya pueden vestirlo —le dice a Hayden antes de volverse y mirarme—. Ahora usted, jovencita; ¿qué le parece si la examino?

—¡No! —Doy un paso atrás.

—Quiero asegurarme de que su útero se ha retrotraído hacia la pelvis.

—Estoy bien.

—¿Tiene alguna contracción o dolores posparto?

—No.

Hayden ha dejado de vestir a Rory y me está mirando fijamente.

—Solo tiene que quitarse los pantalones y sentarse en la camilla. No serán más que unos minutos.

«¡Lo sabe! ¡Lo sabe!»

—No quiero que me mire ahí abajo. No es usted... Tengo... Tengo un problema con los médicos hombres. Me pasó una cosa cuando era joven... Solo dejo que me toquen médicos mujeres.

—Puedo hacer que venga la enfermera Hazelwood. Puede examinarla y hablar con usted sobre lactancia materna.

«¡Lo sabe! ¡Lo sabe!»

—No, gracias —respondo mientras me pongo el abrigo—. Nos ha sido de mucha ayuda, pero no quiero que me examinen.

El doctor Schur mira el formulario que rellené antes.

—No nos ha dado el nombre de su asistente de salud.

—Me he olvidado su tarjeta en casa.

—Ni de su médico de cabecera; ¿cómo se llama?

—Me visitaré con él más tarde.

«¡Lo sabe! ¡Lo sabe!»

—¿Dónde tuvo a su bebé?

—En Leeds —digo, con voz irritada—. Se lo he dicho a su recepcionista. Tomó nota de ello.

—¿En qué sitio de Leeds?

Parece como si se me hubiese hinchado la lengua y me bloquease la garganta.

—Está usted alterada, Agatha. Creo que deberíamos calmarnos —dice el médico.

—Estoy tranquila.

—Siéntese. Seguro que podemos aclararlo todo.

—¡No! Me voy. —Cojo a Rory en brazos y empujo a Hayden para pasar.

El doctor Schur se interpone, bloqueando la puerta.

—Tenemos que resolver esto.

—No hay nada que resolver.

Me toca el hombro. El monstruo dentro de mí sale al exterior, suelto, llenándome la garganta.

—¡QUÍTAME TUS PUTAS MANOS DE ENCIMA!

No reconozco la voz. Es como si una persona totalmente distinta, una impostora, hubiese ocupado momentáneamente mi lugar. El doctor Schur retrocede medio paso y yo alcanzo la puerta. Se abre hacia fuera y yo me sigo moviendo, atravesando la sala de espera. La señora Cole se ha levantado.

—¡QUÍTATE DE EN MEDIO, ZORRA, O TE SACO LOS OJOS!

Se tambalea hacia atrás, con la boca abierta de asombro.

Hayden grita que me pare. Me giro y veo al doctor Schur hablando con la recepcionista, que coge el teléfono.

Yo me sigo moviendo. Corro.

«¡Lo saben! ¡Lo saben! ¡Lo saben!»

Meghan

¡Hijo de puta! ¡Cabronazo hijo de puta!

Jack tuvo una aventura. Se llevó a otra mujer a nuestra cama, a muchas camas, o al suelo, o al sofá, o al banco de la cocina. No puedo evitar imaginármelo follándose a Rhea Bowden en todas las casas del sur de Londres con un cartel de SE VENDE fuera. Me pone físicamente enferma.

Cada vez que intento alejar las imágenes, vuelven de nuevo. De todas las mujeres con las que se podía haber acos-

tado, eligió a una agente inmobiliaria gorda, pintada y teñida que parece una de esas maduras que se lían con jovencitos. Es más vieja que yo. ¡Cabronazo hijo de puta!

Me ha estado llamando constantemente, dejando mensajes, que borro sin escucharlos. Les he dicho a mis padres que no contesten. Más tarde, oigo a Jack llamar a la puerta; mi padre le dice «dale un poco de margen». Jack mete el pie en la puerta para que no se cierre y mi padre levanta la voz.

Le odio. Le odio tanto que no quiero volver a verlo ni a hablar con él nunca más. Eso es lo que me digo a mí misma, y es lo que creo. No estoy histérica. Estoy totalmente tranquila. Estoy ensayando lo que voy a decirle cuando le cuente que nuestro matrimonio se ha acabado y que quiero el divorcio. Jack se quedará paralizado. Se desesperará. Me suplicará que le dé otra oportunidad.

Al mismo tiempo, me encuentro entre la ira y el alivio, el amor y el odio (una dicotomía peligrosa), porque yo no soy inocente. Yo me acosté con Simon. Fue un rollo de una noche que siempre estará ahí. Mi infidelidad fueron cinco minutos de pasión alcohólica, un momento de debilidad. Jack ha estado viendo a Rhea Bowden durante meses. Su traición es mayor que la mía, desde luego. Peor.

Los periódicos dicen que la aventura terminó después de que alguien dejase una nota en el limpiaparabrisas del coche de Jack, advirtiéndole de que dejase de ir ligando por ahí. Claramente, una persona que sabía que estaba casado. Podría ser una de mis amigas. Me muero de vergüenza solo de pensarlo. Mis amigas son unas chismosas, incapaces de guardar un secreto, sobre todo uno escandaloso como este. Alguna de ellas se lo habría dicho a las otras, que lo habrían pasado por ahí, hasta que toda la población de Barnes, menos yo, lo supiese.

Cómo deben haber cuchicheado a mis espaldas, señalando y mirándose con sonrisitas conspiratorias. Las amigas de verdad dicen las cosas. Las amigas de verdad te ayudan a enterrar los cadáveres. Las amigas de verdad traen su propia pala y no hacen preguntas.

Quizá me lo merezca, pero no tenía pensado acostarme con Simon ni volverme a quedar embarazada. Jack tomó la decisión consciente de engañarme. Ese estúpido, débil, patético hijo de puta merece estar solo. Esos son los pensamientos que no dejan de dar vueltas en mi cabeza, como si fuese la presidenta de un jurado evaluando las pruebas, tratando de llegar a un veredicto.

Estoy sola en el dormitorio de cuando era niña, que desde entonces se ha redecorado, pero recuerdo los pósteres que cubrían la pared en aquellos tiempos, y dónde estaba situada la cama para poder tumbarme de noche, despierta, mirando los tejados al otro lado de la calle. Tenía un escritorio con un compartimento secreto detrás del segundo cajón en el que solía esconder cigarrillos y mi primer porro, que no me fumé porque me daba demasiado miedo.

Mi mente vaga, años después. Recuerdo quedarme embarazada de Lucy y lo emocionados que estábamos Jack y yo. Las horas que pasábamos hablando de las cosas que íbamos a hacer. La noche antes de que naciese (nació cuando ya hacía diez días que había salido de cuentas) compartimos un curry e hicimos el amor para ver si eso me provocaba el parto.

Después de dar a luz, dormí durante horas. Recuerdo despertarme y ver a Jack sosteniendo a Lucy en brazos, mirando embobado este modelo perfecto de persona que acabábamos de crear. La había llevado a la ventana de mi habitación privada de hospital y señalaba cosas en el exterior. «Eso es un autobús de dos pisos —decía—. Un día te llevaré en autobús. Londres te va a encantar.»

Luego recuerdo cuando murió el padre de Jack. Fuimos a la residencia donde vivía y nos sentamos junto a su cama y miramos como el final se aproximaba con cada estertor. Ese día me di cuenta de que la vida es una serie de despedidas, y que tenía que asegurarme de no malgastar mis días ni agotarlos demasiado pronto.

Hace dos noches, Jack dijo unas palabras en la iglesia que me hicieron llorar. Dijo que me quería y que yo le hacía más fuerte. Debo creer que eso aún es cierto. Estoy furiosa con él. Quiero castigarlo. Quiero pellizcarlo hasta que grite de dolor. Quiero que sepa lo que ha hecho, pero no quiero despedirme. No quiero perderle.

Suena el timbre de la puerta. Mi padre abre y escucho sus pasos en la escalera. Llama suavemente a la puerta con los nudillos.

—La policía está aquí —dice, con preocupación en la voz—. Han estado tratando de llamarte.

El inspector jefe MacAteer está de pie en el pasillo, y a su lado está Cyrus Haven. No se han molestado siquiera en quitarse los abrigos. Mi corazón da un vuelco. MacAteer sugiere que me siente.

—No, díganme.

—Ha sucedido algo. Creemos saber la identidad de la secuestradora.

—¿Es Rhea Bowden?

«¿La han arrestado? Espero que la hayan llevado a comisaría delante de las cámaras. ¿Dónde está Ben?»

—¿Conoce a una mujer llamada Agatha Fyfle? —pregunta MacAteer.

—¿Cómo? Sí.

Empieza a dar explicaciones, pero lo interrumpo.

—No puede ser Agatha. Tuvo a su bebé antes que yo.

Ninguno de ellos responde.

—¿Cómo la conoció? —pregunta el inspector.

—Trabajaba en un supermercado local, el que hay delante de Barnes Green. Íbamos a clases de yoga.

—¿Estaba embarazada?

—Sí.

—¿Fue alguna vez a su casa?

—Una vez. Le di ropa de bebé.

—¿Es posible que fingiese el embarazo? —pregunta Cyrus.

—No. Tuvo a su bebé antes que yo. Vi las fotografías.

—¿Aún las tiene? —pregunta MacAteer.

—Están en mi teléfono.

Busco entre mis correos electrónicos y les enseño las imágenes de Agatha sosteniendo a su bebé. Cyrus las examina con atención.

—Las podría haber tomado en cualquier parte.

—Su parto fue en casa.

—Estas fotos podrían haber sido preparadas —dice el policía.

—¿Cómo? Tiene un bebé en brazos.

—Su vecina de arriba dio a luz hace un mes. Tuvo una niña.

Muevo la cabeza, tratando de pensar con claridad. Agatha vino a mi casa. Las dos quedamos empapadas por la lluvia. Utilizó mi baño, tomó ropa mía prestada. No la vi desvestirse.

MacAteer continúa:

—Esta mañana, Agatha Fyfle visitó a un médico en el norte de Londres. No tenía ninguno de los documentos importantes de su bebé, y fue incapaz de darle al médico ningún dato de su asistente de salud ni de su comadrona.

—Dijo que su madre la acompañó.

—La madre de Agatha lleva en España desde principios de octubre —dice Cyrus—. Hablé con ella hace una hora. La primera noticia que tuvo del bebé de Agatha fue cuando habló con el prometido de su hija, Hayden Cole, hace una semana.

¿Cómo era posible que su madre no lo supiera?

Vuelvo a repasar los detalles. Agatha vino a la vigilia a la luz de las velas. Iba con un bebé. Le toqué la cabeza. Seguro que, si hubiera sido Ben, lo habría sabido. Lo habría reconocido. En el mismo aliento, me escucho a mí misma decir:

—Tienen que arrestarla.

—Tenemos que estar seguros —dice MacAteer.

—Pero, si la arrestan, tendrá que traer al bebé. Pueden hacerle una prueba de ADN.

—No sin una orden judicial. Necesitamos pruebas.

Mi voz se eleva por el miedo.

—Han dicho que lo llevó al médico. ¿Está enfermo?

—Tenía fiebre —dice Cyrus—. El médico le dio antibióticos y recomendó nuevas pruebas. Agatha huyó antes de que pudiera dar la alarma.

—¿Cómo de enfermo? ¿Qué le pasa?

—Existe la remota posibilidad de que tenga meningitis.

Me pongo el puño en la boca y me muerdo los nudillos con fuerza, queriendo sangrar.

—Tenemos vigilado el piso de Agatha —dice MacAteer—. Si vuelve a casa, la interrogaremos.

—¿Y qué pasa si no vuelve?

—Estamos vigilando las estaciones de tren, aeropuertos y terminales de ferri, y nos hemos puesto en contacto con amigos o conocidos que pudieran acogerla en su casa.

—¿Y la casa de su madre en Leeds? —pregunta Cyrus.

—También —responde MacAteer.

—Ben no sobrevivirá en el exterior en una noche como la de hoy —intervengo yo.

—Soy consciente de ello, pero si difundimos el nombre y la fotografía de Agatha, nos arriesgamos a poner a Ben en un peligro aún mayor. Recuerden nuestra estrategia: tenemos que mantenerla tranquila.

¡Al carajo la estrategia! ¡Mi bebé está enfermo!

Cyrus tiene más preguntas que hacerme, quiere detalles sobre lo que Agatha reveló de sí misma. Sé lo que está haciendo: trata de determinar su estado de ánimo. Quiere saber si Agatha es la clase de persona que, bajo presión, se deja vencer por el pánico. No sé si yo soy la persona adecuada a la que preguntar. Yo pensaba que Agatha era amiga mía. Le di ropita de bebé. Nos sentamos en la cocina y hablamos sobre embarazos y bebés, acerca del futuro.

¿Qué clase de monstruo es capaz de llevarse al hijo de otra mujer?

Agatha

Ahora vendrán a por nosotros. Rodearán el piso y echarán abajo la puerta, rompiendo la madera y doblando las bisagras. Subirán como una exhalación a la planta de arriba y revisarán habitación por habitación, buscándonos.

Debería haber sabido que acabaría así. Debería haberme llevado a Rory al otro lado del océano cuando tuve la oportunidad. Empaquetar mis cosas y pasarlo camuflado por la aduana y por Inmigración. Podría haberlo llevado a..., a... ¿A dónde? No tengo dinero, ni contactos, ni experiencia alguna en huidas.

El monstruo me echa la culpa a mí: enumera mis errores, me echa en cara mi estupidez. Soy una inútil. Un ser patético. He fracasado de nuevo. ¿Qué esperaba? Voy a perderlo todo: mi bebé, mi prometido, mi libertad... No tengo derecho a ser feliz. Como la riqueza, o la belleza, es algo que se concede a otros, no a alguien como yo.

¡Necia! ¡Insensata! ¡Estúpida!

Miro hacia abajo, a Rory, dormido en mis brazos, y mi pecho tiembla con los sollozos reprimidos. Las últimas semanas han sido las más felices de mi vida. He vivido mi sueño. Era mi turno, mi oportunidad. Me han amado. He sido una persona completa.

Debería haber sabido que no iba a durar, pero no lloraré. No aquí. No ahora.

El viaje en taxi desde Brent Cross es lento por el tráfico en la North Circular. Estoy casi en Chiswick cuando descubro que solo llevo veinte libras en el bolso. El taxímetro ya ha superado esa cifra.

—¿Puede parar aquí? —le pido al conductor.

—¿Y qué hay de Fulham?

—No. Aquí está bien.

Saco todos los billetes y monedas, contándolos mientras el conductor se impacienta.

—Lo siento muchísimo, pero no tengo suficiente. Me faltan cinco libras. —Le miro, con expresión de esperanza.

—¿Ha estado llorando? —pregunta.

Las palabras se me quedan atascadas en la garganta.

El conductor mira a mi bebé.

—Deme veinte libras y ya está bien. La chatarra, quédesela.

El taxi se aleja. Me arriesgo a mirar mi teléfono. Hayden me ha estado llamando, y ha dejado mensajes de voz y de texto. Quizá debería devolverle las llamadas. Podría decirle la verdad y pedirle ayuda. Él quiere a Rory tanto como yo. Juntos podríamos idear un plan. Huir. Empezar de nuevo en otro lugar.

En el mismo instante recuerdo que la policía puede rastrear los teléfonos móviles. Apago el mío, le quito la tarjeta SIM y la tiro por una alcantarilla. Estoy de pie junto a la rotonda de Chiswick, inhalando gases de escape y observando el paso del tráfico. La estación de Kew Bridge está un poco más abajo, en esta misma calle. Podría coger el tren. ¿Hacia dónde? No puedo volver al piso. No tengo tarjetas de crédito ni de débito. Las dejé en la bolsa con las mudas de Rory, que estaba colgada de la parte de atrás del carrito. No pensé. No tuve tiempo.

Le pongo la mano en la frente a Rory. Se le ha pasado la fiebre y tiene más color en las mejillas. Aún tengo los antibióticos que me dio el médico. Puedo darle otra dosis dentro de unas horas. ¿Cómo le daré de comer? ¿Cómo lo cambiaré de ropa?

En la estación de tren, encuentro una cabina de teléfonos y llamo a Hayden. Contesta a la primera llamada.

—¡Agatha! ¿Dónde estás? Me tienes loco de preocupación.

—¿Estás en el piso?

—Sí.

—La policía, ¿está allí?

—¿Quién? No.

—Mira por la ventana.

—¿Qué sucede? ¿Dónde estás?

—Mira por la ventana —repito, con un tono más urgente.

—Vale, vale. ¿Qué es lo que tengo que buscar?

—¿Ves a alguien?

—No.

De fondo, oigo el zumbido del interfono. «Un momento», dice Hayden.

—¿Son ellos?

No responde, pero le oigo hablar con alguien por el interfono.

—No está aquí. ¿Quién quiere saberlo?

No oigo la respuesta. Ya he colgado.

Echo un vistazo a mi alrededor; estoy segura de que me observan. Intento no establecer contacto ocular con nadie mientras bajo los escalones de la estación hacia el andén. Al final de la escalera hay un agente de seguridad de transportes uniformado, leyendo un periódico gratuito mientras espera el tren. Tiene una bolsa de deporte entre los pies. Levanta la vista del periódico y ve a Rory en mis brazos.

Sigo caminando hasta el extremo del andén y me oculto detrás de una columna de hormigón pintada. Frente a mí, en el andén dirección oeste, un trabajador recoge desperdicios con un palo con garra al final. Está escuchando música con unos auriculares; el cable cuelga detrás de sus rastas. Podría formar parte de un equipo de vigilancia. Paso la vista por el andén. Veo a dos mujeres asiáticas hablando. Ninguna de ellas mira hacia mí. Eso es lo que hacen, ¿no? Me evitan deliberadamente.

Rory se queja. Tiene hambre. Lo único que tengo para darle es agua hervida. ¿Por qué no podían dejarnos en paz? ¿Por que tenían que seguir buscando al bebé Ben? Lo han hecho aparecer como una especie de niño de cuento de hadas, raptado por los lobos o dejado a su suerte en el bosque. Ha estado siempre a salvo, siempre ha sido amado. Si lo hubiesen dejado en paz, todos habríamos sido felices.

He intentado no pensar en la posibilidad de que llegase un momento como este. El fracaso siempre ha estado ahí, pero me niego a mirar por encima de mi hombro. Todo esto ya lo he pasado. Es como si estuviese en la ventana de un edificio en llamas, temiendo la caída tanto como el fuego, sabiendo que no puedo sobrevivir a ninguna de las dos opciones, pero obligada a elegir una de ellas.

El monstruo susurra en mi interior, me dice que he perdido. Es una bestia cruel, decidida a debilitarme y desmoralizarme, a no perdonar ni olvidar nunca. ¿Qué esperaba? Yo mato bebés. Basta con que los toque y se mueren. Chloe. Lizzie. Emily. Elijah. Todos muertos por mi culpa. Ahora perderé a Rory.

Viene el próximo tren. Qué fácil sería tirarse ahora. ¿Qué razón tengo para vivir si me quitan a Rory? No veré colores, ni percibiré el sabor dulce, ni sentiré calor. No seré nadie. Peor que eso.

Los dedos de mis pies están en el borde del andén. Me balanceo adelante y atrás sobre los talones, noto la vibración de los raíles. Siento las turbulencias del aire.

«Eres una cobarde.»

No lo soy.

«¡Entonces, hazlo!»

Las imágenes pasan por mi mente. Mi funeral. ¿Quién iría a él? Nadie, no después de lo que he hecho; a menos que apareciese mi madre, vestida como una viuda española, gimiendo sobre el ataúd, dando golpes en la tapa de madera barnizada con sus puños huesudos.

Mi vida ha sido olvidable, pero puedo enmendarla con mi muerte. Puedo hacer que sea espeluznante y sobrecogedora. Una muerte sobre la que se pueda escribir. Que aparezca en las noticias. El conductor del tren no la olvidará jamás. Meghan y Jack tendrán pesadillas, se despertarán con un sudor frío, con mi nombre en los labios y mi rostro en la mente.

Me balanceo adelante y atrás, inclinándome un poco más cada vez. Qué fácilmente murió Nicky. No tuvo tiempo de arrepentirse de nada. Nada pasó por delante de sus ojos, salvo el tren que lo aplastó. Mi vida podría acabar igual de rápido. Mi dolor. Mis dudas.

«¡Hazlo! ¡Adelante!»

¿Y qué hago con Rory?

«Llévatelo contigo.»

No se lo merece.

«Lo tendrás contigo para siempre.»

Pero ¿de qué forma? Él merece algo más.

El suicidio es el acto de egoísmo definitivo, pero aún lo es más si nos llevamos otra vida con la nuestra. Es como decir: «No puedo enfrentarme a este mundo, así que elijo morir, pero no puedo enfrentarme a la muerte, así que me llevo a otra persona conmigo». Qué cobardía. Qué obsesión con uno mismo. Un grito de ayuda se convierte en un acto perverso. Imperdonable. Razón suficiente para una maldición eterna.

El andén tiembla. La sirena de un tren suena, atronadora. Me aparto, como si el ruido me empujase hacia atrás, apretando a Rory contra mi pecho. El tren frena. Se detiene. Las puertas se abren.

El agente de seguridad de transportes está a mi lado.

—¿Se encuentra bien? —pregunta.

—Estoy bien.

—¿Se ha caído?

—No. Gracias. No es nada.

—Su bebé está llorando.

Señala a Rory, cuya carita es una imagen de sufrimiento, con los rasgos apretados y enrojecidos.

Entro en el tren con él. El agente de transportes se sienta; me observa. Me quedo al lado de las puertas, esperando el pitido que señala que se van a cerrar. En el último momento, vuelvo al andén y las puertas se cierran detrás de mí. El agente se pone de pie. Corre por el vagón que se mueve, tratando de mantenerme a la vista, pero el tren se lo lleva.

Rory se ha callado. Me observa con expectación. Dentro de poco se hará de noche. Necesitamos un lugar donde refugiarnos. Comida. ¡El supermercado! Sé dónde el señor Patel deja las llaves de repuesto. También sé el código de la alarma, a menos que lo hayan cambiado después de que yo me fuera. Cierran a las nueve. Podré conseguir pañales y leche en polvo para bebés. Podemos dormir allí esta noche, si nos vamos antes de las seis de la mañana.

Me siento en el banco metálico y pongo a Rory en mi regazo. «Todo irá bien», susurro, besándolo en la mejilla. «Hoy no ha sido nuestro día, pero siempre tendremos mañana.»

Meghan

Una chica hawaiana de piel oscura con un bikini de cáscaras de coco y una falda de hierba se menea adelante y atrás en el salpicadero. Fue Jack el que puso allí la muñeca; pensaba que era divertida en un sentido *retromachista,* pero ahora me recuerda a Rhea Bowden, meneando las caderas y actuando como una zorrita. La golpeo con el revés de la mano. La chica se dobla y se vuelve, meneándose aún más.

—¿Hay algo de lo que quiera hablar? —pregunta Cyrus, que ha insistido en conducir.

No respondo.

—He visto los periódicos.

—Todo el mundo ha visto los periódicos. Todo el mundo se está riendo de mí.

—Sienten lástima por usted.

—Aún peor.

—Me permite que diga…

—¡No! No quiero hablar de ello.

Circulamos en silencio, cruzando Putney Bridge y girando hacia Lower Richmond Road.

—Voy a decir una sola cosa —añade Cyrus—, y luego me callaré.

Hace una pausa, como esperando que discuta con él. No lo hago.

—He engañado a una persona; fue un rollo de una noche que no significó nada; pero me costó una relación con una mujer que me importaba, y mucho.

—¿No le perdonó?

—No pude compensar el dolor que le causé.

Sus ojos están marcados por el sufrimiento. Prosigue en voz baja:

—No pude hacerle comprender que el rencor hacia mí suponía un castigo para los dos. Puede que no sea justo perdonar a Jack, pero el perdón, por su propia naturaleza, no es justo. Alguien tiene que hacer un sacrificio mayor. Alguien tiene que dar el primer paso.

—¿Me está diciendo que debería ser yo? ¿Por qué es siempre la mujer?

—Le prometo que no es eso lo que digo. He hablado con Jack. Está hundido.

—¡Genial!

—Cree que la ha perdido.

—Aún mejor.

Me abrazo y miro por la ventana.

—¿Aún le quiere? —pregunta Cyrus.

—Esa pregunta no es justa.

—Tiene razón. Debería preguntarle si puede perdonarlo.

—¿Cómo voy a hacer una cosa así?

—Hable con él. Deje que se explique.

No quiero oír los detalles. No me quiero imaginar a Jack y a Rhea Bowden juntos. No puedo soportar la idea de tocarlo, después de lo que ha hecho, de donde ha estado. Quiero cortarle el pene.

Cyrus sigue hablando.

—No es fácil. En primer lugar tiene que mirar hacia atrás, a lo que han compartido, y luego mire hacia delante. Concéntrese en reconstruir, no en repartir culpas.

—¿Es eso lo que le sucedió a usted? —pregunto.

—Casi —responde él, girando hacia nuestra calle—. Yo no lo intenté con suficiente empeño.

Jack sale a nuestro encuentro en el recibidor; no sabe si abrazarme o quedarse donde está. Alarga la mano y coge mi bolsa de viaje. En el último momento vuelvo la cabeza, aprieto mis labios contra los suyos y pongo la mano detrás de su cabeza. Su cuerpo se estremece y se funde con el mío. Sus labios saben a café.

—Lo siento —susurra.

—Lo sé.

—No pasará nunca más.

—Desde luego que no…

Lo beso de nuevo porque no quiero hablar de Rhea Bowden ni pensar en Simon Kidd. El destino de mi matrimonio puede esperar. Toda mi energía se tiene que dirigir a recuperar a Ben. Después ya decidiré si aún quiero a Jack.

Han vuelto a asignar a la agente Soussa como nuestro agente de coordinación familiar. Está en contacto con MacAteer, que ha vuelto a la comisaría para tomar el mando del grupo operativo. Agatha no ha vuelto a su piso de Fulham, y su teléfono móvil dejó de transmitir en Chiswick, en el oeste de Londres, poco antes de las dos de la tarde. Al cabo de veinte minutos utilizó un teléfono público de la estación de Kew Bridge para llamar a su prometido, Hayden Cole, que ha negado saber nada acerca del bebé Ben o del secuestro. Afirma que Agatha le engañó, que fingió el embarazo mientras él estaba embarcado.

Se están investigando los registros de llamadas telefónicas y las cuentas de correo electrónico de Agatha, en busca de pistas sobre hacia dónde podría dirigirse. Mientras, el inspector jefe MacAteer ha decidido no hacer público su nombre ni su fotografía para que no la induzcan a tomar una decisión desesperada. Comprendo la lógica, pero la madre que hay en mí quiere pegar su imagen en todas las farolas y gritar su nombre desde los tejados.

Suena el teléfono. Jack responde y pone a MacAteer en el manos libres. El inspector jefe suena activado, como si las semanas anteriores hubieran sido un calentamiento. Ahora ya ha empezado el partido importante.

—Sabemos que Agatha Fyfle fue a Leeds en tren el 4 de diciembre, pero no hemos hallado pruebas del parto —dice; su voz suena hueca y metálica en el altavoz del teléfono—. A mediodía del 6 de diciembre se subió a un autobús que iba del centro de Leeds a la estación Victoria, en Londres. En las grabaciones de las cámaras de seguridad aparece con un canguro, pero no se ve a ningún bebé. Según su prometido, esa noche no la pasó en su piso de Fulham, lo que significa que puede tener otro sitio adonde ir, la casa de un amigo o un alojamiento, quizás un hostal o un hotel. Eso quiere decir que estaba en Londres antes de que usted fuera al hospital.

—Esa noche me llamó. Dijo que estaba en Leeds.

—Eso fue a las 19.50, por la tarde. Los técnicos han triangulado la señal del móvil de Agatha. La llamada vino de Londres, de algún lugar cercano a usted.

—¿Cómo de cercano? —pregunta Cyrus.

—Según nuestros cálculos, lo más probable es que estuviera en su jardín de atrás.

Algo parece soltarse dentro de mi estómago. Miro por las puertas acristaladas y recuerdo la conversación. Yo estaba en la cocina, preparándome una taza de té. Agatha me habló de su bebé y del parto. Me la imaginé en la casa de su madre, en Leeds, pero en realidad estaba fuera, mirándome a través de los cristales. Las dos oímos el mismo tren.

—¿Por qué nosotros? —pregunto en un susurro.

—No podía tener hijos propios —dice el inspector jefe—. Su madre lo ha confirmado.

—Pero ¿por qué nosotros? —pregunto, esta vez en voz más alta—. Solo hace dos meses que la conocí.

—Creo que, antes, ella la había visto muchas otras veces —dice Cyrus—. Sospecho que Agatha pensó muy cuidadosamente cuál era el bebé que quería. Eso la ayudó a racionalizar lo que planeaba hacer.

—Nada de esto tiene ni una pizca de racional —dice Jack, que mira con desdén cualquier intento de dar a Agatha un motivo o justificación.

—Ella la idolatraba —dice Cyrus—. Usted tenía éxito, dinero, aceptación. Ya tenía dos hijos, un niño y una niña. Desde el prisma de Agatha, su vida era ideal.

«Si supiera la verdad…»

Alguien interrumpe la llamada de MacAteer. Se disculpa y nos hace esperar mientras hablan con él. No podemos oír la otra parte de la conversación.

—¿Está seguro? ¿Cuántos? De acuerdo… Poneos en contacto con los técnicos forenses. Quiero la escena cerrada y sellada.

Vuelve al altavoz, pero oigo algo nuevo en su voz, una seriedad adicional que me asusta.

—Nuestros técnicos han estado rastreando los movimientos de Agatha Fyfle en los días previos al secuestro. Viajó en tren a Leeds el 4 de diciembre y fue a casa de su madre. Al día siguiente, se despertó temprano y fue a las afueras de la ciudad, donde anduvo a lo largo de un canal y se internó en el bosque. Los técnicos han identificado el lugar en el que se paró triangulando señales de su teléfono móvil. Un equipo de la policía llegó a la ubicación, una granja en ruinas en un claro junto a una presa. —El policía duda—. Han descubierto tres montones de piedra en el claro.

Me llevo la mano a la boca y mi mente se derrumba, como un castillo de naipes empujado por una puerta al abrirse.

—Tumbas —murmuro.

—Es demasiado pronto para especular —dice MacAteer—. Los equipos forenses están de camino.

—Ha secuestrado a otros bebés —digo, mirando a Cyrus—. Usted lo predijo.

—No deberíamos precipitarnos con las conclusiones.

Tengo la boca seca.

—¿Va a matar a Ben?

—Pueden ser abortos.

—¿Tres abortos?

—¡Dios! —dice Jack, apoyando la cabeza en la pared.

Mi humor ha sufrido cambios repentinos y extremos, entre la euforia y la desesperación. De pronto, se vuelve a hundir. Tenemos que encontrarla. Tenemos que recuperar a Ben.

Al mismo tiempo, estoy entre dos deseos opuestos. Una parte de mí quiere hacer huir a Agatha y que no tenga dónde ocultarse. Otra parte de mí sabe que necesita encontrar un lugar cálido y seguro para acoger a mi bebé una noche más.

Estoy atrapada entre estos dos pensamientos: animarla a que siga, pero esperar que fracase.

Agatha

En el frío de diciembre, me paso una hora temblando, estrechando a Rory contra mi pecho, manteniéndolo caliente. Agachada entre los contenedores de basura, observo al señor Patel cerrar con llave el supermercado y salir por la puerta de atrás, dando vueltas al llavero en el dedo mientras se dirige hacia su Mercedes por los callejones.

Un gato oscuro sale como una flecha desde detrás de los contenedores, en persecución de algo más pequeño y también oscuro. Casi grito y suelto a Rory, que abre los ojos de golpe. No llora. Buen chico. Le he dado otra dosis de antibióticos, metiéndole la medicina en la garganta para que no la tosa. Tiene hambre, pero no tengo nada que darle, a menos que pueda entrar.

Avanzando por las sombras, llego a la puerta cerrada y retiro un ladrillo suelto en la base de la pared. La llave cuelga de una cadena de plástico, y está ahí para el empleado encargado de abrir por la mañana.

Tanteando en busca de la cerradura, trato de meter la llave en ella a ciegas; una vez dentro, tendré unos veinte segundos para llegar al panel de control e introducir el código para desactivar la alarma.

La llave se desliza en su lugar y gira. La puerta se abre y oigo los primeros pitidos estridentes de prealarma, que suben de volumen a medida que me acerco al panel. Mis manos están tan frías que tecleo un código equivocado. Cancelo el intento y vuelvo a probar. ¿Cuánto tiempo me queda? ¿Diez segundos? ¿Cinco? ¿Y si han cambiado el código?

Estoy a medio teclear la serie de números cuando el sonido explota a mi alrededor y las luces comienzan a encenderse y a apagarse, iluminando todos los pasillos del supermercado. Introduzco el último número. Intro. Silencio. Debo de haber despertado a medio Barnes.

Miro por el pasillo, por las cristaleras, hacia la calle. Pasa un autobús rojo. Una pareja de ancianos que ha salido a pasear al perro echa una ojeada hacia el supermercado y sigue andando.

Rory suelta un sollozo apagado bajo mi abrigo. Entro con él y cierro con llave. La calefacción se ha apagado, pero queda suficiente calor residual en el supermercado como para que me pueda quitar el abrigo. Saco a Rory del canguro y lo mezo adelante y atrás, siseando en su oído para que se calle, diciéndole que no pasa nada. Se queda callado mientras me chupa el dedo meñique.

Los pasillos del supermercado están iluminados por luces de seguridad de baja potencia, que le dan a todo una tonalidad amarillo-verdosa. Cualquiera que pase por fuera me podría ver. Me pongo una bata que ha dejado alguien del personal y me muevo por los pasillos, cogiendo pañales, toallitas húmedas, talco, leche en polvo para bebés y biberones. Hasta que no veo los estantes repletos de patatas fritas, galletas y barras de chocolate no me doy cuenta de que yo también tengo hambre.

Utilizo la tetera del personal para hervir agua, esterilizo dos biberones, preparo leche en polvo y meto uno de los biberones en el congelador, entre los guisantes y las patatas para horno, para enfriarlo. Cada pocos minutos compruebo la temperatura.

Mientras, limpio y cambio a Rory, y compruebo si tiene señales de tener una erupción. El doctor Schur ha dicho que estaba bajo de peso y desnutrido, pero no es culpa mía. Yo he intentado alimentarlo. He hecho todo lo que dicen los libros.

Sentada en sacos de arroz, le doy de comer a Rory, que se termina todo el biberón, chupando aire para llegar a las últimas gotas. Me lo pongo en el hombro para que eructe, rogando que no expulse la leche. No se duerme de inmediato. Me observa preparar otros dos biberones por si tenemos que irnos a toda prisa.

Encuentro un pastel de carne y champiñones en el congelador, y utilizo el microondas que tenemos en el almacén para descongelarlo todo. Lo cocino con un paquete de hortalizas congeladas y me sirvo el festín en un plato de papel, con cubiertos de plástico. Mirando en los estantes, localizo la botella más cara de vino tinto y la abro, brindando por la generosidad del señor Patel.

—Esto es vida, ¿a que sí? —le digo a Rory, que me mira comer—. Sería genial poder quedarse aquí para siempre, ¿verdad?

Sé que es imposible. A las seis de la mañana aparecerá alguien para abrir el supermercado y empezarán las entregas; el pan, la leche, los periódicos. A las seis y media, las puertas se abrirán y los madrugadores irán llegando, haciendo sus compras de camino al trabajo.

—Me apetece algo dulce —le digo a Rory, al que ya le pesan los ojos. Me acerco al arcón congelador y abro la cubierta deslizante, dudando entre las distintas tarrinas de helado de primera calidad—. ¿Será Ben & Jerry's, Häagen-Dazs o Bessant & Drury's? ¿Y por qué no probarlos todos?

Empiezo con tres tarrinas, y pruebo cada una de ellas. Cuando estoy abriendo la cuarta, alguien llama a la puerta. Una pareja joven, menos de veinte años, me señala. Los dos están borrachos y se sostienen el uno al otro.

—Está cerrado —grito.

—Necesitamos cigarrillos —dice el chico, agitando un billete de veinte libras.

—Probad en el pub.

—Nos han echado.

—No es problema mío.

La chica tuerce la expresión.

—Venga, enróllate. Puedes abrir un minuto.

—No puedo. La caja está cerrada.

El chico da un golpe con la mano en las puertas, haciéndolas vibrar. Lo vuelve a hacer y tengo que advertirle que llamaré a la policía.

Retrocede y mira a su alrededor, ve una caja de plástico para botellas de leche, la coge y la tira contra el cristal, pero rebota y le da en la espinilla. Debe de doler, porque está dando saltos. Su amiga patea la puerta.

—Voy a llamar a la policía —le digo, con el teléfono en la mano.

—¡Vacaburra! —replica ella.

La chica se lleva a rastras a su novio, haciendo eses por la calle hacia la parada de autobús, enseñándole el dedo a un coche que pasa, que hace sonar el claxon.

Me pongo otra copa de vino y echo una ojeada a las portadas de las revistas, con mujeres guapas de cuerpos retocados con photoshop y famosos con vidas relucientes que envejecerán mal y se agarrarán a la fama como sea. En una de ellas aparece una mujer en bikini y pareo en una playa de arena blanca, con un mar azul que hace juego con sus ojos. Un niño está jugando a sus pies con un cubo y una pala. Una vez le pregunté a Hayden si me llevaría a Tahití, pero él se rio y me dijo que me marearía. Eso fue antes de Rory.

Quiero irme a casa. Quiero dormir en mi cama. Quiero que me rodeen los brazos de Hayden, y oírle decir que me quiere. Éramos tan felices juntos. Podríamos haber sido una buena pareja, la envidia de otros, como Jack y Meghan. No seríamos una pareja perfecta, ahora me doy cuenta de ello, pero habría valido la pena conservarla. Un matrimonio debe tener niños. Es difícil mantener el matrimonio unido, incluso con niños. Sin ellos, no sé si es posible. Me di cuenta de ello con Nicky, cómo la alegría y la espontaneidad y las risas se esfumaron de nuestro matrimonio cuando le obligaron a hacerse una paja en un vasito mientras a mí me manoseaban, me exploraban y me inseminaban con las piernas en unos estribos y las manos de un extraño tocándome.

Rory está dormido. Le paso el dedo por la mejilla y por los labios separados, sabiendo que nos queda poco tiempo. No tenemos dónde escondernos. No tengo dinero, ni anonimato. No me queda energía.

Enroscada en el suelo, al lado de Rory, con mi abrigo como manta, trato de dormir y de soñar con Tahití; el agua templada, la brisa suave y mi pequeño jugando en la arena. Todo me da miedo: el tráfico en la calle, el crujido del tejado y el silencio. El monstruo ha ganado. Lo sabe. Está devorando mis órganos, disfrutando de su última cena.

Meghan

Atrapada entre la vigilia y los sueños terroríficos, doy vueltas en la cama, abriendo a veces los ojos, esperando que la mañana aparezca por la ventana. Las cortinas siguen oscuras y la ciudad duerme.

En un momento dado, salgo de la cama y camino por la casa en silencio. Jack está durmiendo en una cama demasiado pequeña en la recién decorada habitación del bebé.

—¿Estás despierto? —susurro.

—Ajá —dice Jack; la almohada apaga su voz.

Me siento a su lado. La cama se hunde.

—¿En qué estás pensando?

—En lo mismo que tú.

—¿Crees que está bien?

—Espero que sí.

Las cortinas están abiertas y las ramas proyectan sombras en la pared.

—¿Estás seguro de que podremos superar esto? —pregunto—. A lo mejor no estamos hechos para estar juntos.

—No digas eso.

—¿Por qué te acostaste con Rhea Bowden?

—Porque soy colosalmente estúpido.

—Eso no es una respuesta.

Inspira profundamente. Siento como su pecho se expande y se contrae.

—Me gustaría poder decirte el porqué.

—Puedo convertirlo en una pregunta con varias opciones. ¿Crisis de madurez? ¿Aburrimiento? ¿Me dejaste de querer?

—No, no, eso nunca.

—No es más joven que yo. Ni más guapa. —Mi voz es cada vez más enérgica—. Explícamelo.

—Estaba ahí —susurra.

—¿Cómo?

—Rhea Bowden. Estaba ahí.

—El monte Everest también está ahí. Podrías haberte subido a él.

—No la quiero. Nunca la quise.

—Vaya, así que solo era sexo. —Mi sarcasmo le escuece. Se mueve, incómodo. Noto el olor de su desodorante, la calidez de su cuerpo—. Te estoy dando la oportunidad de que te expliques.

Se vuelve y me mira de frente, apoyando la cabeza en su mano.

—Al principio era emocionante. Inquietante. Diferente. Tú y yo habíamos dejado de hablarnos.

—Hablamos continuamente.

—Hablamos de facturas, de gastos, de niños, pero no hablamos de nosotros. Ya no compartimos nuestros pensamientos íntimos. No hablamos del futuro, ni nos reímos del pasado. Antes creía que la vida nos llevaba a alguna parte, pero no es así, ¿verdad? Esto es lo que hay. Simplemente existimos.

—¿Y Rhea Bowden cambió todo eso?

—No. Pensé que podría hacerlo, pero me estaba engañando. —Jack estira el brazo por encima de la colcha y me toca la mano.

La retiro.

—Cada vez que pienso en ti con esa mujer…

—Pues no lo hagas.

—¿Y cómo hago para dejar esto atrás?

—Empecemos de nuevo. Hagámoslo por Lucy y Lachlan… y por Ben. Se lo debemos.

Me coge la mano. Yo dejo que lo haga.

—Cada una de las palabras que dije en la iglesia era cierta. Realmente pienso que eres una mujer notable. Y, pase lo que pase, tanto si estamos juntos como si no, siempre te querré.

Retiro la colcha y me meto con él en la estrecha cama. Jack me abraza y se acomoda contra mí como si quisiera fundir nuestros cuerpos en uno.

—Esto no significa que te haya perdonado.
—Ya lo sé.
Observo una maleta en el suelo y un montón de ropa de Jack.
—¿Vas a dejarme?
—No sabía si querías que me quedase.
—Pensé que a lo mejor te habrías ido ya.
—No.
—¿Estás seguro?
—Completamente seguro.

Agatha

Me despierto sobresaltada, con miedo de haber dormido hasta demasiado tarde. El reloj del microondas dice que son las 5:14. Toco la frente de Rory. No se agita. La fiebre ha desaparecido. Me levanto trabajosamente, me pongo el abrigo y caliento un biberón en el microondas.

Al tocarle la boca con la tetina, Rory la abre, se pone a succionar automáticamente y se termina todo el biberón. Le vuelvo a cambiar el pañal y cojo unos cuantos más. El reloj dice que son las 5.40. Me quedan otros quince minutos.

El escondrijo secreto del señor Patel es un cajón debajo de la caja registradora. Es donde guarda las tarjetas SIM de los móviles y los billetes de lotería rasca-rasca, así como el fondo de caja. Guarda una llave extra en el armario de limpieza para que la persona que abre por la mañana tenga dinero para poder cobrar.

Abro el cajón, cojo un puñado de tarjetas SIM y el fajo de billetes; las monedas las dejo. Más adentro del cajón, busco con los dedos algo pesado, envuelto en un trapo manchado de aceite. La pistola. La que usa el señor Patel para presumir y que enseña a las empleadas nuevas, con la esperanza de impresionarlas. La pistola que no le gusta utilizar. Mis dedos se cierran en la empuñadura. La saco, la desenvuelvo, la sopeso. Paso unos momentos identificando el seguro y el procedimiento para quitar el cargador. El nudo que siento en el pecho parece aflojarse. Ahora tengo opciones. Ya nadie me va a intimidar ni a meter prisa. Yo seré quien decida cómo acaba todo esto.

Guardo la pistola en el bolso y la tapo con pañales, toallitas y dos biberones con leche en polvo preparada. El reloj marca las 5.55: hora de irse.

«¿Adónde?»

Lejos de aquí.

«Estúpida. Estúpida.»

¡Cállate!

«Podrías haber acabado con esto ayer, si no fueras tan cobarde.»

Tengo un plan.

«¡Tahití! ¿Ese es tu plan? ¡Niña estúpida!»

Pongo a Rory en el canguro y ajusto el nudo, apretándolo contra mi pecho; luego me abrocho el abrigo por encima de él. Salgo por la puerta de atrás, andando por el camino junto a la escuela de Lucy, y corto por el lado de Barnes Common hacia la estación de tren. Le compro un café a un hombre en una camioneta, que lleva mitones y vende magdalenas caseras. El hombre bromea, a pesar de la temprana hora, pero yo no estoy de humor para charlar.

Junto a la entrada de la estación hay paquetes de periódicos gratuitos apilados. Miro la portada y no hay mención ni del bebé Ben ni de mí. Miro las páginas dos y tres. Nada. Esperaba que, a estas alturas, mi imagen estuviese en todos los periódicos: la mujer que secuestró al bebé Ben. En vez de eso, siguen centrados en Rhea Bowden y en su romance con Jack. Pobre Meg. Ya es bastante malo que te engañen como para que, además, se haga público. La culpa es de Hayden. Debe de haber pensado que era muy listo, al vender la historia a los periódicos, pero lo único que ha hecho ha sido poner en peligro un matrimonio.

«Deberías odiarla.»

¿Por qué?

«Ella tiene lo que tú quieres. Te lo está restregando por la cara.»

No es culpa suya.

«¡Jódela! ¡Haz que conozca la sensación!»

¿La sensación de qué?

«La sensación de perder a alguien a quien amas.»

Mientras espero en el andén dirección este, se une a mí un grupo de gente que va al trabajo temprano, exhalando nubes de vaho y golpeando los pies para combatir el frío. El tren, desde una curva distante, aparece entre la bruma y se detiene. Las puertas se abren. Me siento en una esquina tranquila, saco el teléfono e inserto una tarjeta SIM nueva.

Probablemente, Hayden esté dormido, o arrestado, o ambas cosas. Sea lo que sea, estará atento a las llamadas.

Responde con voz de zombi.

—Soy yo.

—¿Aggy?

—Sí.

Hay una larga pausa. Ha tapado el teléfono como si estuviese hablando con alguien. Aparece una voz distinta en la línea.

—Agatha, soy Brendan MacAteer, de la Policía Metropolitana.

—Quiero hablar con Hayden.

—Puedes hablar con él, pero antes tengo que preguntarte si el bebé Ben está contigo y si se encuentra bien.

La pregunta me irrita. ¿Por qué pregunta sobre Ben? Todo es sobre Ben, nunca sobre Rory. Tengo ganas de gritarle: «¡Cómo te atreves a ignorar a mi hijo!».

—Pon a Hayden al teléfono —le digo, con los dientes apretados.

—Escúchame, Agatha. Sé que estás asustada, pero puedo ayudarte. Ninguno de nosotros quiere que nadie salga lastimado.

—Pon a Hayden al teléfono ahora mismo o colgaré. No volveré a llamar. Tienes tres segundos.

—Agatha, por favor, escúchame.

—Dos segundos.

—Quiero ayudarte.

—Uno.

—Ahora se pone Hayden.

Le pasa el teléfono a alguien.

—Soy yo otra vez —dice Hayden.

Oigo a alguien de fondo mencionar la palabra «tren». Me están buscando.

Mi voz titubea.

—Supongo que a estas alturas ya lo sabes todo.

—Ya hace un tiempo.

—Siento que Rory no sea nuestro bebé.

—Eso no importa ahora. ¿Cómo está Rory? ¿Aún tiene fiebre?

—No. Ya está mejor.

—Podría tener meningitis.

—No lo creo. Ya vuelve a comer.

—Eso está bien.

Alguien en segundo plano está diciéndole a Hayden lo que tiene que decir, tratando de hacer que yo siga hablando mientras me localizan.

—Y tú... ¿qué tal estás? —pregunta Hayden.

—Yo estoy bien. —Las lágrimas me nublan la visión y mi nariz ha empezado a moquear—. No quería engañarte. Pensé que, si pasabas tiempo conmigo y con Rory, te enamorarías de nosotros.

—Y tenías razón —contesta Hayden con la voz quebrada—. La primera vez que me dijiste que estabas embarazada, yo no quería ser padre. No estaba preparado. Incluso después de venir a casa para el parto, me dije que no cambiaría de opinión; pero me equivocaba. Desde el momento en que vi a Rory, supe que mi vida ya nunca sería la misma.

—¿Lo dices en serio?

—Ajá. Hay algo que no te he dicho. Iba a ser mi regalo de Navidad. La semana pasada escribí a la Navy y renuncié a mi puesto. Tenía pensado buscar trabajo más cerca de casa. Más cerca de ti y de Rory.

—Lo siento —sollozo, y me siento aún más desgraciada.

Miro por la ventana a las fábricas y los almacenes; me imagino a la policía tratando de encontrarme. ¿Cuánto tiempo tardarán en localizar la llamada? ¿Ya tienen satélites dirigidos hacia mí? Eso sale en todas las películas de espías: cámaras en satélites que pueden ampliar la imagen y ver una matrícula o una cara en una multitud. El tren está llegando a Clapham Junction. No hay policías en el andén.

—¿Les contaste a los periódicos lo de Jack y Rhea Bowden? —pregunto.

—No, lo juro. Debe de haber sido ella misma la que ha contado la historia —dice Hayden. Quiero creerle—. Entrégate, Aggy. Dinos dónde estás. Yo vendré a buscarte.

—No puedo hacerlo.

—Rory no es nuestro.

—Lo sé.

—¿Qué vas a hacer?

—Se lo entregaré a Meghan —digo en un susurro, mientras me limpio la nariz con la manga.

Hayden no responde inmediatamente.

—Sé que la policía está escuchando. Diles que le daré el bebé a Meghan. A nadie más. ¿De acuerdo?

—No creo que lo acepten.

—¿Recuerdas el sitio al que me llevaste en nuestro primer fin de semana? Querías que me enterase de cosas sobre la Navy.

—Sí.

—Pues en ese sitio.

—¿A qué hora?

—Esta mañana. No sé a qué hora. Recuerda lo que he dicho: tiene que ser Meghan. No la policía. Diles que tengo una pistola. Si veo a un poli, le dispararé a Rory.

—No podrías hacerle daño.

—¿Cómo lo sabes? No sería la primera vez que mato a un bebé.

—No digas eso, Aggy. Ven, por favor.

—Esta vez no. —Sofoco un sollozo con el puño—. ¿Hayden?

—Dime.

—Estas últimas semanas, contigo y con Rory, han sido las más felices de mi vida.

—También para mí —dice él.

Y le creo.

Meghan

Al llegar a la comisaría de Chiswick, nos llevan directamente a la oficina de MacAteer, en el segundo piso. A través de unas persianas de láminas veo la sala de coordinación, en la que hay docenas de agentes al teléfono, o examinando horarios de trenes e imágenes de cámaras de seguridad. El huracán de actividad debería darme fuerzas, pero ya estoy más allá de eso.

La voz de MacAteer resuena en la habitación.

—¿Hay tres millones de putas cámaras en esta ciudad y me estáis diciendo que no aparece en ninguna de ellas? —Le da una patada a una silla, que rebota contra una papelera.

Los policías mantienen la cabeza baja, evitando mirarle a los ojos.

El inspector jefe está dando órdenes.

—Decidle al Museo Imperial de la Guerra que queremos acceso completo a su sala de control y a sus cámaras de seguridad. El personal de atención al público será sustituido por agentes de incógnito y se debe mantener a los visitantes alejados del vestíbulo.

—¿Cómo lo haremos sin alertarla? —pregunta uno de los policías.

—Me da igual. Pero hacedlo.

MacAteer camina y habla al mismo tiempo.

—Necesitamos contacto visual con ella lo antes posible, lo que significa poner agentes de paisano en las estaciones de tren y paradas de bus más próximas. Tienen que seguirla a distancia. Nadie, repito, nadie debe acercarse a ella hasta que tengamos los equipos de las fuerzas especiales de la policía en posición. ¿Entendido?

Todo el mundo asiente.

MacAteer ha llegado a la oficina. Estrecha la mano de Jack y me sonríe, tratando de reconfortarme.

—Gracias por venir —dice, como si tuviéramos otra opción—. ¿Qué les han dicho?

—Que Agatha llamó a su prometido —contesta Jack.

—Hemos rastreado la llamada hasta un tren de la línea South West que circulaba entre las estaciones de Wandsworth y Clapham Junction a las 6.24 de la mañana. Cuando interceptamos el tren, ya estaba en la estación de Waterloo. Ella no se encontraba en él.

—¿Y qué sabemos de Ben? —pregunto.

—Creemos que está con ella.

—¿Va a devolverlo?

—Dice que se lo entregará a usted. No dijo a qué hora exactamente, pero creemos que se dirige al Museo Imperial de la Guerra.

—¿Por qué allí? —pregunto.

—Es donde la llevó Hayden Cole en su primera cita. —MacAteer echa un vistazo a un mensaje en su teléfono—. Vamos a poner a una policía vestida con su ropa, alguien con la misma complexión y color de pelo.

—Pero Agatha sabe qué aspecto tengo.

—No pienso ponerla en peligro.

—¿No se pondrá furiosa si es otra persona la que aparece?

—Eso no será un problema.

—¿Cómo puede decirlo con seguridad?

Miro a Jack, con la esperanza de que me apoye. ¡Vamos! Se queda callado.

MacAteer prosigue.

—Creemos que Agatha Fyfle ha pasado la noche en un supermercado en Barnes. Entró después del horario de apertura y desactivó el sistema de alarma. Un empleado denunció que alguien había entrado en el supermercado, cuando llegó a trabajar, a las seis. Había robado pañales, leche en polvo para bebés y comida. El supervisor tenía una pistola en un cajón detrás de la caja registradora. La pistola ha desaparecido; por eso no voy a dejar que se arriesgue a acercarse a esa mujer.

—Agatha no me dispararía.

—Eso no lo sabe.

Empiezo a discutir, pero MacAteer me corta.

—Hace cinco años interrogaron a Agatha acerca del secuestro de un bebé, una niña, en Brighton. A pesar de que nunca se la consideró sospechosa, los agentes la encontraron al revisar los registros de alojamientos de personas que visitaron Brighton ese fin de semana.

—Nunca encontraron al bebé —añado yo; las palabras son como algodón en mi boca.

—¿Cómo lo sabes? —pregunta Jack.

—Oí a la madre cuando la entrevistaban por la radio. Emily. Así se llamaba el bebé.

Siento que la angustia me llena el pecho como un globo. Imagino los montones de piedras junto al canal, cerca de Leeds. ¿Qué es lo que hizo Agatha? ¿Le entró el pánico e hizo desaparecer las pruebas? ¿Qué hará si no me presento?

MacAteer responde a un golpe en la puerta. Hay un coche esperando para llevarlo al Museo Imperial de la Guerra.

—Por favor, déjeme ir con usted —le suplico—. Ben me va a necesitar.

—Es más seguro que se quede aquí —responde él.

—Si no me lleva, tendrá que arrestarme.

El policía mira a Jack, con la esperanza de que le apoye. Pero él levanta las palmas de las manos, como desmarcándose del debate.

—En su lugar, yo no discutiría con mi mujer.

Agatha

En Clapham Junction, tomo un tren para Three Bridges en West Sussex, antes de cambiar de andén y tomar uno que va hacia Londres, a la estación Victoria. La ciudad pasa frente a la ventana: talleres de trenes, sucios muros de ladrillos y aparcamientos con agujeros en el asfalto junto a casas pareadas y bloques de pisos. Una mancha borrosa de color azul, blanco y amarillo pasa a toda velocidad en la dirección opuesta; las ventanas traquetean y la presión del aire cambia.

Desenvuelvo una nueva tarjeta SIM, la inserto en el teléfono y lo enciendo. La pantalla se ilumina. Llamo a otro número. Se oyen clics en la línea. Una mujer responde.

—Me gustaría hablar con Meghan Shaughnessy.

—¿Es usted periodista?

—No.

—¿Es amiga suya?

—Nos conocemos.

—La señora Shaughnessy está ocupada en este momento. Le puedo pasar un mensaje.

—Dígale que soy Agatha.

La mujer del teléfono parece atragantarse con su propia saliva.

—Un momento, por favor —dice, tapando el teléfono.

Puedo oír como dice: «¡Es ella! Localiza la señal. Informa al jefe».

La mujer destapa el micrófono.

—Ahora viene.

—Está mintiendo. Póngala al teléfono o cuelgo.

—Está en el piso de arriba.

—No es verdad.

Tapa el teléfono de nuevo. Oigo voces apagadas. Instrucciones.

—Aquí está —dice la mujer.

Meg está respirando con esfuerzo.

—Soy yo.

—¿Están escuchando?

—No.

—No me mientas.

—Sí. Lo siento. ¿Cómo está Ben?

—Está bien.

—Me habían dicho que estaba enfermo.

—Ya se encuentra mejor.

Hay una pausa. El silencio se hace más pesado para Meg.

—La policía dice que lo vas a entregar.

—Solo a ti.

—¿Puede ser otra persona?

—No.

—Dicen que tienes una pistola.

—No te voy a disparar.

—La policía no lo sabe.

Otro silencio. Inspiro profundamente y empiezo a explicar. Meg me interrumpe.

—Estás en un tren. Podrías dejar a Ben en la taquilla, o entregárselo a un conductor.

—No.

—Pero si lo hicieras…

—No me estás escuchando —la corto con brusquedad.

Se disculpa. Vuelvo a empezar, sin saber exactamente por dónde. Quizá no importe. A lo mejor Meg no entenderá nunca lo que significa ser yo. Ella creció en una familia que la quería, fue a las mejores escuelas y luego a la universidad. Consiguió un empleo de ensueño en una revista femenina, donde pudo flirtear con Jude Law mientras almorzaban juntos. Se casó con un hombre guapo y triunfador, y se quedó embarazada en un abrir y cerrar de ojos. ¿Cómo va a poder entender mi vida? ¿Lo que significa vivir en un túnel abarrotado y claustrofóbico que se hace más pequeño y oscuro a cada año que pasa? No hay luz al final de este túnel; ni paraíso ni reposo. Estoy atrapada en este agujero escuálido y apestoso con un monstruo que se desliza por entre mis tripas y que me dice que no merezco la luz, que no soy una mujer de verdad porque no puedo tener un hijo.

No sé si he dicho todo esto en voz alta, pero me doy cuenta de que aún estoy hablando cuando el tren cruza el Támesis y veo los remolinos del agua alrededor de los pilares del puente de Chelsea, espumeando y burbujeando en la marea que se retira.

Una voz entrecortada suena por la megafonía: «Nos acercamos a la estación Victoria de Londres». El tren frena, haciendo chirriar las ruedas metálicas.

Meg lo habrá oído, y la policía también. Me siento como si estuviera atrapada entre dos mundos, el pasado y el presente. No puedo ver más allá de hoy, porque otras personas, con más suerte que yo, se han apropiado de mi futuro y no me han dejado espacio para moverme.

—Si quieres a tu bebé, tendrás que venir a buscarlo. No se lo voy a dar a nadie más.

Meghan

Cuando la policía llega a la estación Victoria, Agatha se ha perdido en el atestado laberinto de pasarelas, pasillos y salidas que llevan a otras líneas o a la calle. Ahora están examinando las imágenes de docenas de cámaras, esperando descubrir por dónde ha ido. En Victoria se cruzan tres líneas de metro, así como un servicio de autobuses que cada día trae a decenas de miles de personas al West End.

El sonido del vaivén de los limpiaparabrisas se mezcla con el aullido de una sirena. Desde el interior del coche de policía, el ruido suena extrañamente apagado, y tardo un momento en darme cuenta de que somos nosotros el origen del ruido, que hace que se giren las cabezas y que los coches se aparten.

El tráfico a lo largo de Westminster Bridge Road, en las proximidades del Museo Imperial de la Guerra, se extiende casi un kilómetro. Se han unido a nosotros, delante y detrás, escoltas en moto, que nos abren el paso en los cruces y buscan una ruta a través de los atascos.

Lisa-Jayne está al volante, con Cyrus en el asiento del copiloto. Jack y yo estamos sentados detrás. Jack alarga la mano y toma la mía, entrelazando los dedos.

Sigo recordando mi conversación con Agatha, reproduciéndola en mi mente, buscando algún detalle nuevo que pudiera ser de ayuda. Dijo que lo sentía, lo que es una buena señal.

—¿Sonaba racional? —pregunta Jack, como si me leyera el pensamiento.

—No creo que esté loca.

—Por supuesto que lo está: ha fingido un embarazo y ha secuestrado a un bebé.

—Y ha engañado a todo el mundo.

—Las personas listas también pueden estar locas.

Cyrus no hace ningún comentario, pero me da la sensación de que está de acuerdo conmigo. En todas nuestras conversaciones, no ha utilizado nunca palabras como «loca», «desequilibrada» o «delirante» al hablar de la secuestradora de Ben. En la mente de Cyrus, Agatha siempre ha sido una víctima, algo que Jack nunca va a aceptar. Siempre está señalando a psicólogos y psiquiatras por crear la «era de la victimización», en la que todo el mundo encuentra a otro a quien culpar por sus problemas, en lugar de asumir una responsabilidad personal.

—Tenemos que hablar de lo que pasa a continuación —dice Cyrus, volviéndose en su asiento—. El inspector jefe MacAteer no piensa ponerla en peligro (eso podría costarle el puesto), pero puede que Agatha insista en hablar con usted. En tal caso, deberá tener respuestas a punto.

—¿Qué clase de respuestas?

—Quizá quiera ponerla a prueba. Puede que cambie de opinión. Tiene que estar preparada para convencerla.

Asiento.

—En primer lugar, lo más importante: dígale que quiere ver a Ben. Se llama «prueba de vida». Tiene que asegurarse de que lo lleva con ella.

—De acuerdo.

—Es probable que Agatha esté inquieta y asustada. Puede que parezca tranquila, pero que tenga emociones encontradas, en especial en el momento de la entrega. Cuando vea que alguien coge al bebé, lo más probable es que se dé cuenta de que no lo volverá a ver nunca. Es entonces cuando podría cambiar de opinión.

—¿Y qué hago yo?

—Mantenerla tranquila. Interactuar con ella. Escuchar cuando ella le hable. Mostrar que la comprende. Agatha querrá dictar los términos, pero usted puede guiarla.

—¿Cómo?

—Ganándose su confianza —dice Cyrus—. Puede ser útil que se refiera al bebé como Rory, en lugar de Ben, porque para Agatha el bebé es Rory. Lo ha cuidado desde que nació. Entregarlo será difícil.

—¿Le pregunto por la pistola?

—No.

—¿Y si no lo quiere entregar?

—Anímela a hacerlo, pero con suavidad. Pregúntele por el bebé, si duerme o come bien. Dígale que ha hecho un buen trabajo.

Asiento de nuevo.

—La policía tendrá francotiradores apuntando con sus armas a Agatha. Si tienen un tiro claro y ven que se pone nerviosa, puede que decidan abatirla. Usted no puede interferir en esto.

—No quiero que le disparen a nadie.

—Por eso tiene que mantenerla tranquila.

—¿Y si no se lo entrega a la policía? ¿Y si tengo que ser yo?

—Será el inspector jefe MacAteer el que tome la decisión. En algún momento, Ben tiene que ser entregado. Ese es el instante crucial. O Agatha perderá toda su determinación, o se revolverá y luchará.

—¿No le hará daño? —pregunta Jack.

Cyrus niega con la cabeza.

—Pero morirá por él.

El coche de policía para en Lambeth Road. Un agente me abre la puerta y sostiene un paraguas sobre mi cabeza. Hay un helicóptero de la policía inmóvil sobre nosotros, visible entre las ramas desnudas de los árboles. Oigo un megáfono que informa a las personas de que el museo está cerrado y de que se retiren de la zona.

Nos conducen por un camino primero y por un tramo corto de escaleras, entre dos enormes cañones que apuntan al norte, hacia el Támesis. El inspector jefe MacAteer está esperando en el vestíbulo de mármol. Miro más allá, hacia la inmensa sala con aviones de guerra antiguos suspendidos del techo, como si se hubiesen quedado inmóviles en pleno vuelo. Reconozco los cohetes V-1 y V-2, y también un Spitfire, orientado como si fuera a hacer una pasada de ametralladora sobre unos visitantes no deseados. Las salas interconectadas se elevan treinta metros hasta una cúpula flanqueada por escaleras que suben hasta los niveles superiores.

Me llevan a la antesala y luego a una oficina de administración que se ha convertido en la sala de control. Cyrus está hablando con una mujer que tiene un cabello similar al mío y que va vestida con falda, blusa y abrigo. Mide más o menos como yo, y tiene mi misma complexión, pero nadie podría confundirnos nunca.

—No va a engañar a nadie —le digo a MacAteer cuando deja a un grupo de agentes de paisano.

—La oficial tiene entrenamiento como negociadora.

—¿Y si se enfada?

—Sé lo que estoy haciendo.

MacAteer mete la mano en una caja, de la que saca un chaleco antibalas.

—¿Es necesario?

—Todos tienen que llevarlo.

El chaleco es más ligero de lo que esperaba. Me lo pongo encima de la blusa y él asegura las correas y las tensa.

—¿Puede respirar?

Asiento con la cabeza.

—¿No verá Agatha los coches de policía y el helicóptero?

—No puedo correr el riesgo de poner a mi gente en peligro.

—¿Y si huye?

—Estamos cerrando la zona.

Se acerca un hombre. Va vestido con un mono negro, y tan revestido de material antibalas que dudo que pueda balancear los brazos. Por una puerta abierta observo al menos ocho hombres más pertrechados de la misma manera. Se están dispersando; unos van hacia las escaleras, que ascienden en zigzag hacia los niveles altos del museo; otros toman posiciones detrás de las columnas o contra las paredes.

El líder de las fuerzas especiales habla con MacAteer.

—Tengo a un equipo cubriendo la puerta principal desde el guardarropa. Otro está cubriendo el vestíbulo y la sala principal.

—¿Y en el exterior?

—Tenemos agentes armados en el tejado, y otros desplegados por los jardines, vestidos de jardineros y trabajadores municipales. Su posición de disparo predeterminada es la parte superior del torso; pero si lleva al bebé cruzado en el pecho, podemos disparar a la cabeza.

Sin pensar, grito:

—¡Por favor, no le disparen a nadie!

Los hombres se giran.

—Vuelva con su esposo, señora Shaughnessy —dice MacAteer.

—Déjenme hablar con ella —le suplico—. Nadie tiene por qué resultar herido.

—Lo tenemos bajo control.

Le dicen a Lisa-Jayne que me escolte a la oficina de la antesala, donde discuto con Jack. No parece muy preocupado por lo que le pase a Agatha.

Antes de que sucediese nada de esto, antes de que secues-

trasen a Ben y la dura luz de los medios de comunicación iluminara nuestro pequeño rincón de mundo, mi vida había sido cómoda y despreocupada; una progresión clásica de clase media que parecía un sueño, pero que quizá fuera una rutina. Cómo me atrevo a quejarme. Nací en el momento adecuado, en el lugar preciso, en la familia correcta. Conocí a un hombre y construimos una vida juntos. A veces, sin embargo, hasta la más fantástica de las existencias puede cambiar, o dar un giro de ciento ochenta grados, en un abrir y cerrar de ojos. Un momento de indecisión. Una célula cancerosa. Un gen descontrolado. Una curva mal tomada. Un semáforo rojo. Un conductor borracho. Una desgracia cruel.

Cada vez que cierro los ojos, me imagino a Agatha caminando hacia el museo, consciente de que la están observando. Lleva a mi bebé en un canguro contra el pecho. El vestíbulo está vacío. Ve a una mujer que se parece un poco a mí desde lejos, pero pronto se convierte en otra persona. Discuten. Mi sustituta le dice a Agatha que se calme. Agatha me llama por mi nombre. Abraza con fuerza a Ben. Un punto rojo aparece en su mejilla y se mueve nariz arriba hasta su frente.

En una fugaz nube de sangre y vapor, gira sobre sí misma y cae, arrastrada por la gravedad, de cabeza contra el suelo de mármol. Veo la sangre cubrir la carita de Ben. No le oigo llorar.

Mis ojos se abren. El reloj no parece haber avanzado. Estoy sudando debajo del chaleco antibalas. Lisa-Jayne me trae un vaso de agua, pero soy incapaz de tragar.

Los minutos pasan lentamente. Las 11.04... Las 11.05... Las 11.06. ¿Dónde está? Los agentes que están fuera no han visto a Agatha.

MacAteer ha hablado dos veces con el comisario, que quiere saber cuánto tiempo va a durar la operación. Contesta a otra llamada. Solo oigo uno de los lados de la conversación, que contiene un montón de maldiciones y amenazas.

—¿Qué ha pasado? —pregunta Jack cuando la llamada concluye.

—Hayden Cole ha saltado del coche de policía en Fulham Palace Road hace cuarenta y cinco minutos.

Agatha

El vagón está lleno de hombres con traje y mujeres con abrigos oscuros y botas de invierno. Los turnos de día y de noche se mezclan. Rostros frescos y rostros cansados. Personas recién duchadas y personas sudadas. Hay un chico enfrente de mí con una camiseta de la selección inglesa y unos vaqueros con manchas de pintura. Está encorvado, con las rodillas separadas y la cabeza balanceándose a un lado y a otro mientras ronca suavemente.

Miro por la ventana, consciente de que el mundo se ha vuelto soso, monótono, gris y común. Un mundo que prosigue alegremente, haciendo caso omiso de mi drama porque no tengo peso ni importancia. ¿Cómo lo hace la gente? ¿Cómo siguen adelante? ¿Por qué hacen siquiera el esfuerzo?

Tengo a Rory en el regazo, dormido sobre mi brazo izquierdo. Tengo la mano derecha en el bolsillo del abrigo, donde he guardado la pistola. La calefacción del vagón está demasiado alta y estoy sudando, pero no me quiero quitar el abrigo porque no me fío de que la policía vaya a hacer lo que he dicho.

El monstruo está despierto.

«Estúpida, estúpida, estúpida.»

Estoy haciendo lo correcto.

«Te estás rindiendo.»

No soy su madre.

«Eres la única madre que ha conocido.»

No es mío.

«Lo podría ser. Da media vuelta. Corre.»

¿Hacia dónde?

La mayoría de los viajeros se bajan en Canary Wharf y Heron Quays. Cuando cruzamos bajo el Támesis, ya solo quedan turistas. El tren avanza más lento. Se detiene. Me paso el colorido canguro de algodón por el cuello y sostengo a Rory cerca de mi pecho mientras salgo al andén, que está lleno de gente, y tomo la escalera mecánica para salir a la luz del día.

Está lloviendo. No tengo paraguas. Miro hacia arriba y siento un millar de minúsculos pinchazos de gotas de lluvia en las mejillas, mojándome el pelo y las pestañas. Envuelvo a Rory con el abrigo y sigo moviéndome entre las personas, con la cabeza baja y la capucha puesta.

Mientras avanzo por la avenida de árboles, observo que las ramas casi se tocan en el centro de la calle. Al otro lado del patio de gravilla, veo el Museo Marítimo al otro lado de los barrotes de la valla. La fachada de estuco de color crema y rosa, oscurecida por el día, parece más triste que magnífica. Apenas visible a través de las columnas, el perfil del Observatorio Real se dibuja claramente contra el gris. Una vez, Hayden me tomó una fotografía con un pie a cada lado del Meridiano Cero, el punto donde se encuentran el este y el oeste. Me dijo que estaba de pie en el centro del tiempo.

¿Dónde está la policía?, me pregunto. Suponía que me estarían esperando. Quizás estén ocultos. Me imagino a los equipos de fuerzas especiales detrás de las esquinas oscurecidas, a francotiradores en los tejados.

Poco después de las once atravieso la puerta principal, paso junto al mostrador de información y el guardarropa. Hay grupos de escolares haciendo cola, vestidos con chaquetas, sombreros de paja y zapatos brillantes. La profesora que los acompaña es una mujer con expresión severa y amargada que lleva una falda negra acampanada y medias gruesas. Los trata como a presos, no como a estudiantes.

Me detengo y miro alrededor. Nadie parece observarme. Echo una mirada hacia Rory, que se está chupando el dedo pulgar.

—¿Por qué te estoy devolviendo? —susurro—. Ni siquiera están aquí.

Agotada, me siento en uno de los bancos, enciendo el teléfono y llamo al número de Meghan.

Meghan responde, nerviosa.

—¿Dónde estás? —pregunto.

—Esperando.

—Yo también.

Hay una pausa. Me pide que espere. La oigo andar y abrir una puerta. La cierra. Habla en susurros.

—¿Estás en el Museo Imperial de la Guerra?

—No. Estoy en Greenwich..., en el Museo Marítimo Nacional.

Meghan está agitada.

—Pensábamos... Se suponía que tú... Hemos estado esperando...

«¿Por qué iba a enviarlos Hayden al lugar equivocado?»

—Llevo aquí todo el rato —le digo.

—Por favor, por favor, ahora voy —dice Meghan—. No te vayas. ¿Dónde estarás?

—Hay un cuadro que me encanta. Está en la Special Exhibitions Gallery.

En ese momento oigo una voz detrás de mí y corto la llamada.

—Hola, Aggy.

Me giro lentamente, metiendo la mano en el bolsillo para coger la pistola.

—¿Qué estás haciendo aquí?

Los ojos de Hayden brillan de puros nervios. Va vestido con vaqueros, una chaqueta de cuero y una gorra de béisbol con la etiqueta del precio aún puesta. Sin afeitar y con ojeras, parece como si no hubiera dormido. Mira hacia abajo y ve la coronilla de la cabecita de Rory, apenas visible entre los pliegues de mi abrigo.

—¿Cómo está?

—Va mejorando.

—Eso está bien.

—¿Por qué estás aquí?

—¿Y si vamos a dar una vuelta? —pregunta.

—¿Por qué? No comprendo.

—Por favor, Aggy, te lo explicaré fuera. Sal tú primero.

Hago lo que me dice; vuelvo sobre mis pasos por las escaleras, hacia fuera, por la puerta principal, y giro a la izquierda por el camino asfaltado. Echando una ojeada por encima del hombro, lo veo caminar veinte metros detrás de mí, con las manos en los bolsillos y el cuello vuelto hacia arriba.

Lo espero bajo un techo de ramas sin hojas. Hayden se acerca y toma mi cabeza en sus manos. Me estremezco, pensando que quizás esté furioso, pero se inclina hacia mí y me besa dulcemente, dejando sus labios sobre los míos mientras suspira. Me rodea con sus brazos y yo apoyo la cabeza en su pecho.

—¿Qué estás haciendo aquí?

—He venido para ayudarte.

Da un paso atrás, me desabrocha el abrigo, mete la mano dentro y le acaricia la mejilla a Rory con el pulgar. Tiene los dedos fríos. Los ojos de Rory se abren durante un instante y se vuelven a cerrar.

—Le voy a echar de menos —dice Hayden, con la voz temblorosa por la emoción.

—La policía va a presentar cargos contra ti, ¿verdad?

Se encoge de hombros.

—Les diré que no fue culpa tuya.

—No importa.

—Dile a tus padres que lo siento.

—Les diste un nieto. Y a mí, un hijo.

—Y ahora lo voy a devolver.

—Por eso estoy aquí.

—No entiendo.

Mira nerviosamente por encima del hombro, examinando la entrada al parque y las calles circundantes.

—No tenemos mucho tiempo. He enviado a la policía al museo que no era, pero no tardarán mucho en darse cuenta.

Desliza la mano por detrás de mi cuello y afloja el nudo del canguro.

—¿Qué haces?

—Me llevo a Rory.

—¿Y por qué ibas a hacer una cosa así?

—Para que puedas huir.

—¿Huir? ¿Adónde?

—Puedes escapar. —Saca un fajo de billetes del bolsillo—. Aquí hay cinco mil libras. Es todo lo que tengo. —Sostiene el dinero para que lo coja.

—No puedo escapar. Mi cara estará en todas las pantallas de televisión y en todos los periódicos. Los puertos y los aeropuertos estarán vigilados.

—Tengo un compañero de la Navy que está en el mismo barco que yo, pero no llegará a casa hasta mediados de enero. Tengo las llaves de su piso en Portsmouth. Puedes esconderte allí unas cuantas semanas. Yo puedo llevarte comida.

—Unas cuantas semanas no es suficiente.

—Nos dará tiempo para pensar en otro plan.

—Acabarán por encontrarme.

El rostro de Hayden se tuerce.

—Estoy tratando de ayudarte, Aggy. Sé que lo que hiciste está mal, pero vas a devolver a Rory. Se encuentra bien. No mereces que te castiguen por esto.

—Sí que lo merezco.

—No, no. Estabas angustiada. Sola. La policía me contó lo de tu embarazo cuando eras adolescente, y lo de la adopción. No fue culpa tuya.

—He hecho otras cosas.

Hayden levanta la cara a la lluvia y gruñe, como si quisiera gritar de frustración.

—Me llevé al bebé de otra mujer —susurro—. Tú no tuviste la culpa. Yo te engañé. Lo siento. Ahora lo voy a devolver.

—De acuerdo, pero deja que sea yo quien lo haga por ti —suplica.

—Esto no es culpa tuya.

—Te quiero, Aggy. No quería enamorarme, pero no lo he podido evitar. Sé que crees que fue solo por Rory y por convertirme en padre, pero eso es solo una parte. Me he enamorado de ti.

Intento decir algo, pero no me da la oportunidad de hacerlo.

—¿Por qué crees que no dije nada sobre lo de que tu madre no estuvo en el parto…, cuando la policía preguntó? Cuando no pude ponerme en contacto con la comadrona, supe lo que habías hecho. Supe que Rory no era nuestro, pero no quería entregarlo. Me habría gustado que me lo hubieses dicho antes, pero entonces se puso enfermo y ya no teníamos otra opción. Cuando te fuiste de la consulta del doctor Schur, traté de impedir que llamase a la policía. Di la cara por ti. Dije que te había visto dar el pecho, y que teníamos una partida de nacimiento legal. Mentí por ti. Mentí por nosotros. Pero no pude detenerle. —Su voz se quiebra—. Te van a mandar a la cárcel, Aggy. No te lo mereces. Coge el dinero. Escápate. Ve al piso de mi compañero. Dentro de unas semanas, encontraré otro lugar adonde puedas ir.

—No puedo escapar —susurro.

—Claro que puedes. La gente se escapa continuamente. Desaparecen. Yo puedo mantenerte oculta. Vamos a perder a tu pequeño, Aggy, pero no tenemos por qué perdernos el uno al otro.

Hayden hace una pausa, busca las palabras adecuadas. No las encuentra. Lo intenta de nuevo.

—Esto no tiene por qué ser el fin. Devolveremos el bebé. Puedes declararte culpable; decirle al jurado que te obsesionaste, que estabas loca por tener un bebé. El juez tendrá clemencia. Estarás dos años..., máximo tres años en la cárcel, y luego serás libre. Aún somos jóvenes. Podemos casarnos y tener nuestro propio bebé.

Alargo la mano y le toco la mejilla sin afeitar, y lo llamo cariñosamente «tonto».

—No puedo tener hijos.

—Muy bien. De acuerdo. Podemos adoptar uno. No me importa. Rory no es mío, pero lo quiero igual.

—Después de lo que he hecho, nadie me dejará adoptar un niño. Nunca.

Hayden se mece de lado a lado, tira de sus orejas, busca desesperadamente respuestas. Yo soy la causa de su dolor.

—Vete a casa, amor mío. Pronto estarán aquí.

—Pero nadie sabe dónde estás.

—Yo se lo he dicho.

—¿Qué?

—He llamado a Meg y le he dicho que estaban en el lugar equivocado.

Hayden mira de nuevo por encima del hombro, ahora con más urgencia.

—¡Rápido, dame a Rory! Aún podemos conseguirlo.

—No.

Sin hacerme caso, se saca el brazo derecho de la manga de la chaqueta y sostiene a Rory contra su pecho antes de volver a abrochar los botones, ocultando al bebé por completo.

—Creerán que tú estabas implicado —le digo, tratando de detenerlo—. La policía presentará cargos contra ti. Perderás tu puesto en la Royal Navy. Tu carrera... Ya te he hecho suficiente daño.

—Me da igual. Voy a dejar la Navy. Ya nada importa.

—Sí que importa.

Hayden tiene los ojos húmedos.

—Por favor, Aggy, ¿por qué no huyes?

—Este error ha sido mío, no tuyo. No dejaré que lo arriesgues todo por mí.

No me escucha. No entiende lo que he hecho; lo que les pasó a los otros bebés, o lo que le hice a Nicky. Las vidas que he arruinado. Lo cojo del brazo, agarrando la manga vacía de su chaqueta. Se deshace de mí. Vuelvo a estirar el brazo, llamando a Rory.

—¡Devuélvemelo! —grito.

—Deja que te ayude.

—Nadie puede ayudarme.

El monstruo se despereza.

«¡Estúpida, estúpida, estúpida! Se lo está llevando.»

Él nunca haría una cosa así.

«Lo quiere para él solo.»

Él me ama.

«Está mintiendo.»

Mis dedos han encontrado la pistola. La empuño. Mi visión está nublada por las lágrimas, y apenas puedo reconocer mi propia voz, que se eleva de las profundidades de mi pecho, temblando de desengaño y aflicción.

—¡DEVUÉLVEMELO!

Hayden vacila, con la vista fija en la pistola.

—No lo hagas, Aggy.

«¡Dispárale!»

Él me ama.

«Nadie podría amarte, nunca.»

Te equivocas.

Hayden me entrega a Rory sin decir una palabra más. Se da la vuelta y se aleja caminando, frotándose los ojos.

Meghan

La lluvia se ha convertido en aguanieve, que cae en ángulo contra las ventanillas del taxi como si fueran escupitajos impulsados por el viento. Los neumáticos salpican bajo mis pies y una pieza de música clásica (*Invierno*, de *Las cuatro estaciones* de Vivaldi) suena en la radio. Dentro de mí, la tormenta es otra muy distinta. Nos mandaron al lugar equivocado. ¿Lo hizo a propósito Hayden Cole o fue un error?

Estoy sola en el taxi, pero no tardarán mucho en darse cuenta de que no estoy. Enviarán a alguien al baño a buscarme, o Jack dará la alarma. No le he dicho a nadie lo de la llamada telefónica de Agatha. Lo que he hecho ha sido disculparme y quitarme de encima a Lisa-Jayne mientras MacAteer hacía el relevo de sus hombres.

Hayden Cole iba en el asiento trasero de un coche de policía de camino al Museo Imperial de la Guerra cuando le dijo a la policía que tenía ganas de vomitar. Los agentes que lo escoltaban abrieron una de las ventanillas de atrás. Antes de que pudieran reaccionar, Hayden saltó por ella. La policía lo persiguió, pero lo perdió en el cementerio de Fulham Palace Road. No sé por qué huiría Hayden, pero se ha convertido en fugitivo, igual que Agatha.

Ahora mismo, lo único que sé seguro es que mi bebé está en Greenwich. Le he prometido a Agatha que iría sola. Voy a mantener la promesa porque no quiero que nadie salga herido, pero la duda me corroe. ¿Y si me equivoco? ¿Y si Agatha y Hayden lo tenían planeado desde el principio?

El taxi está atravesando el sur de Londres. En el exterior, veo escaparates anodinos y bloques de pisos que, a pesar de las decoraciones navideñas y las luces de colores, no parecen alegres. Antes me encantaba esta ciudad, con sus plataneros, sus catedrales y sus monumentos. Amaba las calles estrechas, las pintorescas tiendas y los magníficos jardines. Eso no ha cambiado, pero podría irme de Londres mañana mismo y no echarlo de menos, siempre que estuviese con mi familia. Son las personas, no los lugares, las que conforman una vida.

Apoyo la cabeza en el cristal.

—¿Te encuentras bien, querida? —pregunta el conductor.

—Sí, gracias.

—Tu cara me es familiar.

—No soy nadie.

El taxi me deja en Romney Road y salto por encima de los charcos para llegar al museo. A pesar de la lluvia, una multitud de turistas está haciendo cola para visitar el *Cutty Sark*. Un grupo de japoneses pasa por mi lado con paraguas iguales, siguiendo a un guía hacia Greenwich Park.

Mi teléfono suena.

—¿Dónde diablos estás? —pregunta Jack.

—He ido a buscar a Ben.

—¿Estás loca? —Habla a gritos con alguien, probablemente MacAteer, que debe de tener la presión sanguínea por las nubes—. ¿Dónde estás? ¡Dímelo!

—No pasa nada. Agatha quiere devolverlo.

—¡Tiene una pistola, por Dios!

—Nadie tiene por qué resultar herido.

—Escúchame, Meg, no lo hagas. Dime dónde estás.

—Te llamaré cuando todo haya acabado.

Cuelgo y apago el teléfono.

La mujer de la taquilla me ofrece un mapa del museo, pero le pido que me indique cómo llegar a la Special Exhibitions Gallery.

—Está en la planta baja inferior —me dice, y se interrumpe—. Usted es esa mujer de la tele, la mujer a la que le robaron el bebé.

—No, no soy yo.

Me tiemblan las rodillas cuando bajo las escaleras y cruzo el suelo de mármol, mirando entre las columnas y las vitrinas con uniformes y objetos navales. Una figura solitaria sentada en un banco en mitad de un enorme salón. Mis zapatos chirrían en el suelo pulido. Agatha levanta la vista y parpadea, apartando las lágrimas. Veo el canguro que lleva cruzado en el pecho, pero no veo a Ben.

—¿Por qué has tardado tanto? —pregunta, mirando detrás de mí, como si esperase ver a la policía.

—Ha habido una confusión.

—Hayden te envió al lugar equivocado.

—¿Por qué?

—Ahora ya no importa.

Siento el peso del silencio, pero no la tristeza, porque solo tengo ojos para el canguro que Agatha lleva cruzado en el pecho. Lo rodea con el brazo y lo aparta a un lado. Veo una carita pálida con enormes ojos que parecen abrirse al sonido de mi voz. Los bebés nos atrapan de esa forma, con una mirada que toma posesión de nuestros corazones, porque estos no tienen defensas contra esa belleza y fragilidad.

Ben emite un débil sonido y, como por arte de magia, los pechos me empiezan a doler y me baja la leche. Me olvido de todo lo que me ha dicho Cyrus sobre guardar las distancias, trastabillo y me quedo de rodillas delante de Agatha.

—Tiene hambre —dice ella—. No tengo más biberones.

—Yo podría darle de comer —le digo, en un tono esperanzado.

Agatha se lo piensa y asiente.

Me pongo de pie y me empiezo a desabotonar el abrigo. Agatha ve el chaleco de Kevlar, pero no dice nada.

—¿Me puedes ayudar?

Agatha afloja las tiras y yo me quito el chaleco por la cabeza. En ese momento veo de reojo la pistola guardada en el bolsillo de su chaqueta.

Miro a Agatha, esperando una señal.

Agatha suelta el nudo detrás de su cuello y se pone a Ben en el regazo.

—Toma, cógelo tú.

Me desabotono la blusa y abro el sujetador de lactancia, paso las manos sobre los muslos de Agatha, levanto a Ben y me lo acerco al pecho, viendo cómo se abren sus labios. No coge el pezón. Se lo froto en el labio superior, animándole a que abra más la boca.

—Puede que le cueste un poco —dice Agatha, que ha dejado la pistola en su regazo.

Al cuarto intento, Ben atrapa el pezón y chupa con fuerza. Apenas mueve los labios, pero veo cómo traga. Llena de alegría y alivio, empiezo a llorar. No creía, no me atrevía a tener esperanza, rezaba, deseaba, no me rendía, pero la emoción del momento me abruma.

Agatha mete la mano en el bolso y me pasa un pañuelo de papel.

—Quiero decirte que siento lo que he hecho. No espero que me perdones, pero tienes que saber que lo he querido igual que cualquier madre. No fue algo personal, por cierto. No me lo llevé porque quisiera hacerte daño, ni a ti ni a Jack. Yo te idolatraba. Quería una vida como la tuya.

—Nuestra vida no es tan perfecta como parece.

—Lo era para mí.

—Jack me decepciona continuamente, y yo a él.

—¿Le has perdonado por lo de Rhea Bowden?

—Lo estoy intentando. ¿Fuiste tú quien puso la nota en el parabrisas?

Agatha asiente y se queda mirando a Ben.

—Cuando era niña, solía sentarme con mis amigas a hablar de con quién nos gustaría casarnos. Decidíamos cuántos hijos queríamos y les poníamos nombres pijos como Jacinta o Rocco. Todas suponíamos que, por supuesto, nos casaríamos y tendríamos hijos. Era una progresión automática: escuela, profesión, novios, matrimonio, hipoteca e hijos.

»Hasta hacía dibujos en los que aparecía yo con mi familia perfecta, o recortaba fotos de revistas y las pegaba en un álbum de recortes. Yo llevaba un peinado de moda y una expresión de estar satisfecha con mi vida, y tenía un marido guapo, un niño y una niña y una bonita casa en Londres o en los alrededores.

Esa descripción podría ser la de mi propia vida.

—Ese era mi cuento de hadas, y no dudaba de que se iba a hacer realidad, pero me equivocaba, y no fue culpa de nadie. No fue culpa mía ni de Nicky.

Agatha juguetea con la pistola, dándole vueltas en las manos.

—No es solo la ausencia de hijos, sino todo lo que conlleva. Los rituales de ser padres: los grupos de madres, las charlas a la puerta de la escuela, los deportes del sábado esperando junto al campo, las cenas de clase, los actos benéficos y los días de discursos. Para ti, todas estas cosas son tan habituales que ni siquiera piensas en ellas. Para mí representan todo lo que nunca tendré. Soy una intrusa. Soy la increíble mujer invisible. No tengo hijos. Soy menos persona. No formo parte del club. Todas estas cosas, tú las das por descontadas.

—No, no es así.

—Te he oído quejarte cuando hablas con otras mujeres. Sois todas iguales. Habláis de pequeños dramas cotidianos, de

las noches sin dormir, de la pereza de vuestros maridos, de los niños que no comen bien, de las habitaciones desordenadas y de las alergias alimentarias. Solía odiarte por ello. —Hace una pausa—. No, lo siento. «Odio» es una palabra demasiado fuerte. Pensaba que eras ingrata.

—No son más que historias. Todo el mundo se queja. Sé que soy afortunada. Y sé que no debo dar mi vida por descontada.

—Pero lo haces. Seguro que, cuando ves a una mujer de mi edad sin hijos, te preguntas automáticamente si se le hizo tarde o si puso su carrera profesional por delante. Crees que quizá fue demasiado egoísta o demasiado quisquillosa.

—No, no lo pienso.

Pero, en el fondo de mi alma, sé que tiene razón.

Me siento un poco mareada, así que me cambio a Ben al otro pecho. Emite un eructo silencioso, dejando un delgado rastro de leche en mi piel.

—Yo no tuve hijos para hacerte sentir mal, Agatha. Y no es culpa mía que no pudieras tener un hijo, o que perdieses a uno. Sé que es doloroso. Sé que te sientes estafada. Pero no eres la primera mujer que no se puede quedar embarazada, y la infertilidad no es lo peor que te puede pasar. Es peor que tu hijo desaparezca. Estar tumbada en la cama, de noche, sin saber si está vivo o muerto. Tú tienes un vientre vacío. Yo tenía una cuna vacía. Lo mío es peor.

Veo un destello en los ojos de Agatha.

—¿Cambiarías tu vida por la mía?

Niego con la cabeza.

—Eso mismo pensaba yo.

Acaricio la frente de Ben con el pulgar. Tiene los ojos abiertos y me está mirando. Ya me está entregando su amor.

Agatha tiene razón. Hasta hace unas semanas, no tenía ni idea de qué se siente cuando no eres fértil, o cuando pierdes un hijo. Ahora ya lo comprendo.

—¿Qué vas a hacer ahora? —pregunto.

Agatha mira la pistola en su regazo.

—Aún no lo he decidido.

—Podrías darme eso.

Niega con la cabeza.

—Por favor, Agatha, no hagas locuras.

Suspira, agotada.

—He estado haciendo locuras toda mi vida.

Agatha

Meg se coloca bien el sujetador y se abotona la blusa. Rory, con la tripa llena, se ha dormido en su regazo.

—Deberías irte —le digo.

—Y tú, ¿qué harás?

—Me quedaré un ratito por aquí.

—Podrías venir conmigo.

—No.

Meg vacila, quiere discutir, pero ya tiene lo que ha venido

a buscar. Dice que comprende cómo me siento, pero yo sé que eso no es posible. Puede solidarizarse conmigo, pero no puede empatizar. Pocas personas pueden comprender realmente qué significa entregar a un hijo. Yo tenía quince años cuando me sucedió, y no solo entregué a mi recién nacido. Entregué al niño de un año, y al de dos, y al de tres, y al de todos los años que cumpliese. Renuncié a todas las mañanas de Navidad, a todas las visitas del Ratoncito Pérez, a todos los conciertos escolares, días de la madre, cumpleaños y besos de buenas noches.

¿Cómo puede Meg empezar a comprenderlo? Quizá si hubiese tenido un aborto, o si se hubiese despertado al lado del cuerpo frío como el mármol de una niñita, o si hubiera convivido con un monstruo cruel retorciéndose en su interior, podría comprenderlo.

«¿Por qué tiene ella tres niños, si tú no tienes ninguno?»

Ha tenido buena suerte.

«Ella es uno de ellos, forma parte de la multitud.»

Meg no es así.

«Ella es todo lo que tú odias. Una pretenciosa mamá bloguera mimada por los anunciantes y por los políticos.»

¡No!

«Ha dicho que una cuna vacía era peor que un vientre vacío. Lo que quería decir es: tú no lo entenderías porque no eres madre. ¡Zorra arrogante!»

Meg está metiendo los brazos en su abrigo.

«Ella cree que su experiencia invalida la tuya. Cree que es mejor que tú.»

¡No!

«¡Detenla!»

Es demasiado tarde.

—Me voy a ir —dice Meg, sosteniendo a Ben contra su pecho—. Gracias por traerlo de vuelta.

Asiento. Ella mira fijamente la pistola.

—¿Quieres despedirte de él?

Niego con la cabeza. Una única lágrima se desliza por mi mejilla y cae sobre los nudillos, que están sosteniendo la pistola. La pequeña gota transparente parece una joya, amplificando la piel de debajo, creando un minúsculo reflejo curvado del techo.

Con cada paso, Meg se va alejando.

«Ella no quiere a Rory tanto como tú. No lo conoce. ¡Quítaselo!»

No puedo.

«Sí que puedes. Levanta la pistola. Aprieta el gatillo. Es fácil.»

Meg llega a la columna y cambia de dirección hacia las escaleras.

Miro la pistola. La lágrima ha rodado hasta mi dedo índice y ha rozado el gatillo.

Es tan extraña, la vida que llevamos. Buscamos la felicidad, pero casi todo tiene que ver con la supervivencia. La existencia. Tratamos de gestionar nuestras expectativas, pero lo que realmente hacemos es mantenernos a flote, perder el tiempo o pensar en vidas que podríamos haber vivido. Pronto somos iguales que los demás seres humanos: impíos, codiciosos, traicioneros, hastiados y envidiosos, y deseando ser más ricos, más guapos, más jóvenes, más afortunados, o poder volver a empezar.

Para mí, no existe el olvido. Antes iba cada semana a un psicoterapeuta (idea de Nicky) que me decía que tenía que coger todos mis pensamientos negativos y mi baja autoestima, y encerrarlos en una caja de metal, como el cofre de un pirata, con muchas cadenas y candados. Tenía que enterrar esta caja bien profundo, en un desierto tan grande que no pudiera encontrarla ni cavando durante diez mil años. Intenté hacerlo, pero los recuerdos se filtraban como los residuos nucleares que tienen una vida media de milenios.

No importa con cuánto empeño lo intente, el monstruo siempre estará conmigo, escondido en los márgenes de cada claro, esperando que se extinga el fuego o se apaguen las luces para arrastrarse hacia mí. Ni siquiera estoy segura de si son mis pensamientos o es el monstruo el que piensa por mí. No sé cuánto queda de mí misma.

Bajo la pistola a mi lado y camino lentamente cruzando la galería hasta que estoy delante de mi cuadro favorito, *Tahiti Revisited,* mirando las palmeras, el río de cálidas aguas y los picos rocosos. Recuerdo preguntarle a Hayden si un día me llevaría allí, pero eso ya no sucederá.

Observando la pintura, me imagino disolviéndome en el lienzo y apareciendo al otro lado. Tres mujeres de la Polinesia se están bañando en el río. Amigas o hermanas. Una de ellas está nadando, mirando al cielo, mientras las otras se secan en la orilla, extendiendo toallas sobre unas rocas. La mujer más próxima está de espaldas; tiene un trasero rotundo, los pechos ocultos, la piel tatuada. Lentamente, poco a poco, me imagino entrando dentro de su cuerpo. Siento el agua secándose en mi piel y el calor del sol en los hombros. Miro hacia la cabaña con techo de hierbas que hay un trecho más allá y elevo la vista al pico rocoso bañado en luz.

A cierta distancia, justo fuera del campo visual, mis hijitos están jugando en la arena coralina, recogiendo conchas y haciendo flotar trozos de madera en la marea. Todos están allí: Lizzie, Emily, Chloe y Rory; viviendo en el paraíso, creciendo y haciéndose adultos, sin tener nunca frío ni hambre ni soledad ni miedo. ¿Qué es el amor, sino un truco de la luz?

Detrás de mí oigo pisadas en las escaleras de pesadas botas, pero no pienso abandonar mi isla. Quiero oler las flores tropicales, saborear las frutas y sentir la arena entre mis dedos. Entro en el agua templada, la siento subir por encima de las rodillas, de los muslos...

—¡SUELTE EL ARMA! —dice una voz amplificada.

... por encima del pecho, sobre los hombros, acariciándome la piel...

—¡SUELTE EL ARMA!

—¿Quiere decir este cacharro? —digo, levantando la pistola hasta mi sien—. Yo nunca...

Meghan

El día de Navidad por la mañana fuimos a misa, cruzando Barnes Green hasta la iglesia de Saint Osmund. No es que de pronto me haya vuelto devota o sufrido alguna especie de conversión espiritual, pero quería darle las gracias al padre George y a la comunidad por sus oraciones y buenos deseos.

Quizá sea esto lo que Agatha ha hecho por mí: me ha dado un motivo para creer. Yo había renegado de la fe porque la veía desde un punto de vista intelectual, pero la fe no tiene nada que ver con el intelecto. Del mismo modo, el hecho de ponerse de rodillas o el de murmurar salmodias no ofrecen garantía alguna de contacto con Dios. No podemos registrar nuestras oraciones como si fuesen un paquete y obtener una firma en el momento de la entrega.

Después de la misa de Navidad, caminamos hasta casa, siguiendo el mismo camino que tomamos la noche de la vigilia a la luz de las velas, a lo largo de Church Road hacia Barnes Green. Jack empuja el cochecito de Ben mientras Lachlan y Lucy corren delante de nosotros.

Pasamos la Navidad en casa, que ya está llena de risas y de envoltorios de papel rotos. Mis padres están aquí, y también Grace y su nuevo novio. Simon y Gina han llegado también, cargados de regalos para los niños.

Estoy cocinando pavo con todas las guarniciones posibles: salsa de arándanos, castañas y patatas asadas, coles de Bruselas, zanahorias glaseadas con naranja y salchichas envueltas en beicon. Quitándome un cabello húmedo de la frente, le sonrío a Ben, que está sentado en un moisés en el banco de trabajo, mirando cómo preparo la salsa.

En el salón están jugando a las charadas. Es el turno de Lucy, y yo sé que está haciendo *Frozen* porque es lo que hace siempre. Lachlan lo adivina a la primera. Entra en la cocina corriendo.

—¡Mamá, mamá, lo he adivinado, lo he adivinado!

—Bien hecho. —Me seco las manos en el delantal—. Ven aquí, cariño. Quiero que abras la boca mucho, mucho.

—¿Por qué?

—Solo voy a pasarte este bastoncillo de algodón por dentro de la mejilla. No te va a doler.

Me enseña todos los dientes y le paso dos veces el bastoncillo por el interior de la mejilla antes de meterlo en un tubo de plástico y enroscar el tapón.

—¿Para qué es eso? —pregunta.

—Para dar buena suerte —le digo, despeinándole el cabello—. ¿Quieres patatas fritas? —Le doy un bol—. Pero compártelas, ¿eh?

Al cabo de un rato, Simon entra a verme. Sé lo que quiere preguntar. Se inclina sobre el moisés, mostrando un dedo; Ben alarga su manita y lo coge con fuerza.

—Eso es un buen apretón —dice, mirando al bebé, tratando de ver algún parecido o una prueba de paternidad.

Cojo otro bastoncillo de algodón y lo pongo sobre los labios rosados de Ben. Él abre la boca automáticamente y le froto el algodón en la mejilla. Volviéndome hacia Simon, oculto el bastoncillo en la palma de la mano y le entrego la muestra de Lachlan que he recogido antes.

—Aquí lo tienes. Recuerda el trato que tenemos. Si es tuyo, le digo la verdad a Jack. Si no lo es, nos dejas en paz. Así que piénsalo bien antes de poner en peligro mi matrimonio y vuestra amistad.

—Ya lo he pensado —dice Simon, sosteniendo la muestra a la luz, como asombrado de que algo tan pequeño y corriente pueda contener tanto poder.

—¿Qué has decidido?

—Voy a tratar de dejar embarazada a Gina, pero puede que conserve esto.

—Bueno, no sé durante cuánto tiempo se conserva, pero esta oportunidad es única.

Simon me mira con una chispa en los ojos, que podría ser culpa del champán.

—¿Lo sabes?

—Siempre lo he sabido.

—Entonces, ¿no es mío?

—No.

Simon se mete el tubo de ensayo en el bolsillo en el momento en que llega Jack, con un sombrero de Santa Claus demasiado pequeño para su cabeza. Me pone la mano en la espalda. Antes me habría abrazado, pero ahora está tentando hasta dónde acepto sus gestos cariñosos, pidiendo siempre permiso antes de cruzar cualquier línea.

—¿Qué estáis murmurando vosotros dos? —pregunta.

—Bebés —le digo, inclinándome hacia atrás para besarlo en la mejilla.

—No vamos a tener más, ¿verdad? —pregunta, con horror fingido.

—Nosotros no —digo, moviendo la cabeza hacia Simon.

—¿En serio? ¿Gina está…?

—No —dice Simon.

—Pero ¿tú…?

—Me lo paso bomba intentándolo.

—Bien por ti —dice Jack—. ¿Por qué has tardado tanto?

—He estado esperando a la mujer adecuada —contesta Simon, mientras me sonríe con dulzura y un deje de tristeza.

Los echo a los dos de la cocina, compruebo el pavo y doy vuelta a las patatas. Ben hace un ruidito y me regala una preciosa sonrisa, la primera, que le ilumina los ojos. Es un regalo precioso, un bebé inesperado que entró trastabillando en el mundo y cautivó a una nación, que hizo brillar un foco sobre nuestras pequeñas y rutinarias vidas durante un breve periodo. No sé lo que quedó al descubierto, pero con seguridad no fue un matrimonio perfecto. Eso habría sido aburrido. Necesitamos la oscuridad para apreciar la luz, y los baches en el camino nos impiden quedarnos dormidos al volante.

¿Durará mi relación con Jack? No tengo ni idea. Estamos juntos y seguimos enamorados, y tenemos tres niños preciosos, así que apuesto por plata, si no oro. Me refiero a las bodas.

Pase lo que pase, siempre tendremos a Lucy, Lachlan y Ben. Los niños son como cápsulas temporales que enviamos hacia el futuro, esperando que aún haya un mundo para que puedan heredarlo. No sé si son astillas del mismo palo, o si hay que buscar a alguno de ellos en otro palo, pero ¿qué importa?

Los amamos. Son nuestros.

Agatha

La mañana después del día en que me maté abrí los ojos y vi la luz entrando por las persianas, y sentí las sábanas en la piel y el aire fresco entrando por la nariz.

Alguien llamó a la puerta y la abrió.

—Buenos días, Agatha; me llamo Colin.

Llevaba una bandeja de desayuno; el uniforme blanco parecía brillar sobre su piel negra. En la bandeja había tostadas y huevos revueltos con mucho perejil, así como una cucharada de nata.

—¿Dónde estoy? —pregunté.

—En el hospital.

—¿Estoy enferma?

—Tu mente necesita que la reparen.

Luego me dejaron salir al salón, donde el personal había puesto un árbol de Navidad con bolas de colores vivos y luces intermitentes y un ángel en lo más alto. Miré por la ventana, que tenía barrotes verticales, y vi el invierno en el exterior.

Por la tarde tuve una visita, un hombre muy amable llamado Cyrus, que me dejó sostener su mano mientras le contaba mi vida. Nunca nadie me ha escuchado así; ni mi madre, ni mi padrastro, ni el señor Bowler, ni Nicky, ni Hayden, ni los médicos de la clínica de fertilidad, ni los hombres desconocidos que me llevaba a casa y me follaba, con la esperanza de quedarme embarazada.

—¿Has estado alguna vez en Tahití? —le pregunté.

—No. ¿Y tú?

—Sí.

—¿Cuándo?

—Voy continuamente.

—Cuéntame lo de tus otros bebés.

—No lo entenderías nunca.

—Me gustaría probar.

Aquella noche me senté en una silla de ruedas frente a la tele para oír a un coro cantar villancicos, y me alegré de no haber muerto.

—¿Qué te gustaría hacer mañana, Agatha? —preguntó Colin—. Tenemos yoga y pilates. También puedes cuidar de las plantas en el invernadero.

—Oh, no puedo —contesté—. Mi hija viene a visitarme. Viene en coche desde Leeds.

—¿Cómo se llama?

—No lo sé. Pero es muy guapa e inteligente, y me dirá su nombre cuando llegue.

La mañana después del día en que me maté… y la siguiente… y la otra, que era el día de Navidad…, aprendí a esperar.

Agradecimientos

Después de haber escrito doce novelas, es maravilloso enfrentarse a la página en blanco con el mismo entusiasmo y capacidad de asombro que tenía cuando escribí las primeras líneas de *Sospechoso* en el año 2002. Con frecuencia, los lectores me preguntan si tengo un favorito entre los libros que he escrito, y yo siempre respondo que elegir uno sería como revelar que tengo un hijo favorito (cada uno tiene sus momentos).

Lo que sí diré es que aspiro a superarme como escritor, a no dejarme llevar hacia una escritura rutinaria y a no escribir dos veces la misma historia. Esto es especialmente así en *Secretos ocultos*, una novela cuya estructura, sustancia y dobles voces son lo más ambicioso que he abordado nunca. Si he superado la prueba con éxito es gracias a diversos editores maravillosos, en particular Mark Lucas, Lucy Malagoni, Rebecca Saunders, Ursula Mackenzie, Colin Harrison y Richard Pine.

Estoy en deuda con mis fantásticos equipos editoriales en Little, Brown Book Group UK en Gran Bretaña, Hachette en Australia, Goldmann en Alemania y el reconocido Scribner's en Estados Unidos, que publica un libro mío por primera vez. Espero que este sea el principio de una hermosa colaboración.

Guardando lo mejor para el final, quiero dar las gracias a mis preciosas y dotadas hijas, Alex, Charlotte y Bella, y a la mujer a la que más se parecen, su madre, Vivien, mi esposa, la única. Ella sabe que es mi favorita.

Este libro utiliza el tipo Aldus, que toma su nombre
del vanguardista impresor del Renacimiento
italiano, Aldus Manutius. Hermann Zapf
diseñó el tipo Aldus para la imprenta
Stempel en 1954, como una réplica
más ligera y elegante del
popular tipo
Palatino

Secretos ocultos
se acabó de imprimir
un día de verano de 2020,
en los talleres gráficos de Egedsa
Roís de Corella 12-16, nave 1
Sabadell (Barcelona)